송정의 환幻

The Illusion of Pine Garden

송정의 환

The Illusion of Pine Garden

박인기 지음

지식과교양

추억하기의 진정한 가치는 그것이 과거를 향한 화해의 힘을 발휘한다는 데에 있다. 추억이란 고단한 삶의 역정을 걸어 나온 인생 장년의 훈장이라고 해야 마땅하다. 새삼 추억 저편으로 넘나들고 싶은 이 마음의 정회는 무엇일까. 보듬어 기리고 싶은 소중함이 이미 우리들 추억 속에 있기 때문이리라.

그지없이 고단하였지만 열심히 살았던 우리들의 시절이 눈물처럼 내비치는 곳. 학창의 공간은 떠난 이후에도 늘 현재형으로 함께 한다. 송설의 옛 친구들이 모이는 공간이면 어디서나 늘 새록새록 옛 생각들이 묻어났다. 사람들은 세월을 그리워한다고 하지만 세월이야 원래 무심한 것. 그 세월을 함께 동행했던 사람들로 세월은 늘 되살아난다. 누가 내 마음을 알리? 누가 우리의 시절을 알리? 누가 우리의 사춘기를 알리? 물어볼수록 외로워지는 심사와 더불어 우리는 옛 친구를 부른다.

아! 그래, 그 60년대의 혹심한 가난, 그 한가운데서 우리는 헐벗은 소년들로 만났다. 너나없이 가난하여 굳이 부끄러워해야 할 일도 없었던 시절, 절대 궁핍의 세월이었지만 만나서 주고받았던 인정과 언어는 따스하고 풍성하게 남았다. 그 시절 그 정겨운 언어들이 40년 가까이 하늘을 떠돌다가, 전쟁터와도 같았던 우리들 일터를 떠돌다가, 그래도 소멸하지 않고, 우리들 마음 한 구석에 오래오래 잘 발효되고 있었다. 오늘 친구들의 목소리가 번져 나오는 인터넷 공간 구석구석에서 그런 우리들 언어를 발견한다. 고맙고 고마운 일이다.

추풍령 내리벋는 경부선 열차를 타고 오르내리면서도 차창 너머 늘 마음의 눈길로 가 닿던 곳. 세월이 흘러 이제 학교는 앞뒤 좌우의 고층 건물들에 가리어 숨어 버렸다. 그래도 우리들 마음속에 깃발처럼 살아 있는 이데아로서의 모교는 여전히 우뚝하다.

이제 그 40년 전의 송설 공간을 추억마차로 찾아 가려고 한다. 1960년대식 명칭으로 말한다면, '송정으로 가는 추억마차'를 타고 가는 셈이다. 송의 언덕과 교실과 운동장에서 함께 공부하고 뛰었던 친구들의 표정과 마음을 지금 이 시점의 계단에서 다시 헤아려 남기려 한다. 돌아보는 일만큼 속절없는 것도 없으리라. 되돌아갈 수 없기 때문이다. 그것은 지금 눈으로 보이지는 않는다. 다만 마음에서 살아 있기에 필시 아름다운 풍경이 될 것이다. 그것은 필시 송정의 환(幻)이라 할 수 있으리라.

차 례

02 아프고 시렸던 성장의 풍속들

01

내 맘 속에 사는 이, 그대여!

송정 벚꽃 아래의 언약

S형! 봄날이 가고 있습니다. '봄날은 간다', '봄날은 간다'. 유행가 제목으로도 익숙한 구절이지요. 그렇기도 하지만 '봄날은 간다'라는 이 표현에는 무언가 애틋한 정서가 묻어 있습니다. 다른 계절에도 어김없이 날은 가는 것이건만, 유독 '봄날'이 간다는 것이 가슴에 와 닿는 연유는 또 무엇이겠습니까.

이를테면 '여름날은 간다', '겨울날은 간다' 하는 표현들은 왜 없는지요. 설령 그런 표현을 억지로 떠올려보아도 그냥 무표정한 소리로서 떠돌 뿐, 결 고운 정서의 무늬를 띠지 못하고 사뭇 건조한 언어로 날아가 버리고 마는군요. 생각하면 봄날은 삼라만상의 청춘이 자라는 날이지요. 우리의 봄날은 어디이었던가요.

S형! 생각이 나시지요? 열여섯 청춘의 어느 해 송정 벚꽃 아래서 저마다 유정한 벗과 더불어 봄날을 각인해 두었었지요. 송정 벚꽃 방창한 기운 아래 서면, 우정도 더욱 굳세게 빛나는 듯한 느낌이었지요. 분위기 탓일까. 우리는 마치 '도원의 결의'를 한 유비 의형제처럼 말없이도 얼마나 뿌듯한 신의를 약조할 수 있었던가요.

S형! '언약(言約)'은 글자 그대로 '말로써 이루어지는 약속'이지요. 그런데 우리가 그 이팔청춘의 봄날, 송정 벚꽃 아래서 맺은 언약은 말보다는 마음으로 전하는, 그야말로 '이심전심(以心傳心)의 언약'이었더랍니다. 요란한 언어로 우정을 확인하지도 않았지요. 또 구령 붙이듯이 다짐하지도 않는 것이었지요. 사실 그런 식의 우정 의리 표현은 청춘의 봄을 맞는 우리 시골 소년들에게는 얼마나 쑥스러운 것이었겠습니까?

'지금 여기(now and here)' 송정에서 너와 내가 함께 존재하고 있다는 것만으로도 충분히 언약의 효과를 내던 곳. 송정은 그런 덕을 신전(神殿)처럼 지니고 있었다고나 할까요. 그렇군요. 송정은 '자연의 신전'이 되어 우리의 우정을 축복하던 곳이었지요. 그 무렵 국어 시간에 배웠던 상징주의 시인 보들레르의 '조음'이란 시의 첫 구절, '자연이란 신전(神殿)이다'는 말이 송정에 서 있으면 나는 정말 그럴 듯하게 여겨졌더랍니다.

S형! 우리의 청춘과 우정이 자라던, 벚꽃 화사하던 송정을 생각합니다. 하학종이 울리고 지기(知己) 친구와 오르는 송정. 봄날에 취해서일까. 우정에 취해서일까. 내 마음 나와 같이 알아주는 친구를 거기서 만들었지요.

S형! 그때 송정 꽃그늘 아래서 주고받던 마음들이 생각납니다. 생략법으로 이어가도 너무나 잘 알아듣던 서러운 가난 이야기이며, 혼자 끙끙대던 상처투성이 짝사랑 아픈 마음들이 오가기도 했었지요. 무엇

보다도 이 질곡의 현실을 넘어서서 마침내 나를 세우고야 말겠다는 의지들을 서로 주고받던 동산. 청운(靑雲)을 향한 포부들이 모두 그 꽃그늘 아래서 있었더랍니다. S형! 우리 그렇게 우정을 키워갔지요. 서편 황악산 산등성이로 해가 기울고 있었지요.

S형! 우리 그때 송정에서 벚꽃 피는 날을 오래 기약하여 사진을 찍었지요. 얼마나 소중했던지요. 사진 찍기가 워낙 드물었기에 사진은 그 자체로도 소중했었지요. 요즘처럼 쉽게 찍고, 많이 찍고, 아무 데서나 찍고, 의미 없이 찍고, 그래서 함부로 나뒹구는 그런 사진이 아니었지요. S형! 형과 찍은 사진을 잘 간직하고 있습니다. 검은 교복에 헤진 가방 옆에 끼고, 꽃그늘 아래 밝은 마음을 간직한 사진 한 장.

우리가 찍던 흑백사진은 색깔의 장난이 끼어들 틈도 없었지요. 그냥 그대로 솔직해서 정말 우리들 마음 같았지요. 송정 벚꽃조차도 흑백 사진 속에서 훨씬 더 화사했더랍니다. 흑백 사진의 묘미란 세월과 더불어 고색창연(古色蒼然)한 정조를 읽을 수 있다는 것이지요.
S형! 송정 봄날을 떠올리면 느닷없이 시인이 되는 기분입니다. 그만큼 감개(感慨)가 크다는 것이겠지요. 송정에서 맺은 우정이 40년 세월을 달려왔군요. 이 봄 다시 송정에는 꽃이 피고 돌자취 이끼들엔 푸른 봄기운이 감돌겠지요.

S형! '봄날은 간다'를 되뇌어 봅니다. 그때 그 송정의 봄날을 생각합니다. 그 봄날이 얼마나 짧았던가를 생각해 봅니다. 만개한 벚꽃그늘

이 일순에 사라지는 그런 봄날을 아시는지요. 그 봄날로부터 얼마나 순식간에 이렇게 흘러 와 버렸는지를 생각합니다. 정말 그때는 몰랐지요. 그립고 아쉬움에 가슴 조인다는 말이 무엇인지.

S형, 송정 벚꽃을 추억하는 마음 사이사이로 무어라 형용할 수 없는 송정의 환상 같은 것이 비집고 드는군요. 아주 순정한 감수성이지요. 그것이 벚꽃처럼 마음의 결에 고운 파문을 지으며 흩어져 내립니다. 화창한 날의 감상(感傷)이란 또 무슨 모순이라 해야 할지요. '아름다운 모순'이라고나 해 둡시다.

그 시절로부터 한참을 지나왔습니다. 나이를 어지간히 먹은 탓일까요. 조지훈의 시, '낙화(落花)' 끝 구절이 마음 끝에서 애잔하게 머물고 가는군요. "꽃이 지는 아침은 울고 싶어라." 오늘 송정을 대하는 마음도 그러합니다. 그렇듯 애틋하게 송정은 이제 우리들 마음의 환상(幻想)으로 저만치에 늘 있습니다. 그저 마음만 먹으면 너무도 간절하고 애틋하게 떠오르는 환(幻, illusion)이 되어 있는 것입니다.

사람들 사이에 꽃이 필 때
무슨 꽃인들 어떠리
그 꽃이 뿜어내는 빛깔과 향내에 취해
절로 웃음 짓거나
저절로 노래하게 된다면

- 최두석, '사람들 사이에 꽃이 필 때' 중에서

신발·가방 수선하던 아저씨

추억 마차가 달려가는 첫 정거장에서 누구를 만날 것인가. 첫 정거장이니 기왕이면 멋진 것을 떠올려 보기로 해야지. 우리의 풋풋한 시절이 얼마나 순수했는지를 상고하리라. 휘황한 광채 속에서 자랑들을 추억해야 하리. 자부심 가득한 것들을 추억해야 하리. 누군들 초라해지기 위해서 추억의 커튼을 열어젖히겠는가.

그러함에도 불구하고 화려한 것들은 잠시 밀쳐 두려 한다. 평범하고 조촐한 그리고 다소 불행해 보이던 모습 하나를 먼저 떠올리려 한다. 친구들이여 기억하는가. 붉은 벽돌 본관 건물 뒤쪽 양지바른 한 구석에 쭈그리고 앉아서 구두도 닦고 신발·가방도 고쳐주던 아저씨. 다리가 불편하여 절뚝이는 걸음으로 우리들과 마주쳤었지. 기름 때 묻은 구두 수선 가방과 있어도, 그는 늘 웃음이 가시지 않는 얼굴이었다. 약간은 열적은 듯한, 그러면서도 선량한 웃음기를 늘 입가에 매어 두고 있었다.

어디서 용케 구한 중고품 군화의 징을 박을 때는 우리들 주문도 요란했다. 그에 질세라 중고품 구두를 다루는 아저씨의 숙련된 기술 또한 일품이었다. 중고품 군화 밑바닥에 징을 박아 소리내며 신고 다니는 일, 아! 그 무렵 그것은 가히 유아독존의 멋이었다. 떨어진 가방 끈은 일 원짜리 동전 몇 개면 간단히 수선되었다. 시건방진 멋이 들어 모자 창을 이리 붙이고 저리 붙여대며 교모를 학대할 때도 아저씨 신세를 졌다. 우리는 가끔 허술한 꾀를 부려 악동처럼 학교를 빼먹어도 신발 수선 아저씨의 등하교는 성실하고 엄격했다.

아저씨는 학교 뒤편 동네에서 살았다. 종잡을 수 없는 나이이기도 했고, 가죽 기름을 묻힌 얼굴이어서 세월이 흘러도 늙지 않을 것 같던 모습이었다. 풍문에는 상이용사라는 말도 있었다. 효자라는 말도 있었다. 그런 말을 바람결에 전해 듣기는 했지만, 그의 삶에 따뜻한 시선을 줄 정도로 철이 든 우리들은 아니었다.

아저씨는 일을 하는 동안도 담배를 자주 물었다. 담배 한 개비를 아끼듯 비벼 껐다가는 다시 꺼내 피우곤 하던 모습이 선하다. 담배 검사라도 예상되는 월요일 조회 날이면 덩치 큰 골초 학생들은 아저씨께 담배를 숨겨 놓고 피우던 일도 있었던가. 그건 그것대로 우리들에게는 대단한 무용담이었다. 그런 우리들에게 빙그레 웃기만 할 뿐, 대체로 너그러웠다.

인생사 쓰린 고비를 지내온 그의 인내와 고초가 어떠했을까. 이제야 철이 들어 내 인생의 이런저런 어려운 마디들을 돌아보며, 그를 제대로 볼 수 있을 듯하다. 이렇게 추억해 보는 동안 유독 그에게서 40여 년 세월을 넘어 편안한 친근함을 느끼는 것은 무엇 때문일까.

아마도 그는 어렵고 고단했던 1960년대의 시대적 자화상 같은 얼굴
로 우리에게 남아 있는 것 아닐까. 사실 우리들 대부분도 전혀 내색하
지 않고 그 무렵의 시대고(時代苦)에 절뚝이며 힘든 세월의 고비를 넘어
왔던 것 아닐까. 그래서 그 시절의 그 아저씨가 더 친숙하게 다가오는
지도 모른다.

우리 시대의 영웅들

동경(憧憬)이 많았던 시절이었다. 동경이 있으므로 청춘은 아름답다고 한다. 동경의 반대 자리에 추억이 있다. 중년의 내리막길에서는 동경이 사라져 간다. 사라지는 동경의 자리에 추억이 들어 와 자리 잡는다. 동경과 추억은 그런 함수 관계를 지닌다. 그래서 젊은 날 동경이 많았던 사람들은 노년으로 가면서 추억의 질감을 더욱 현묘하게 가진다.

동경은 영웅을 꿈꾸게 한다. 그 무렵 국가적 영웅도 있고, 세계적인 영웅도 있었다. 박정희 신화가 우리시대 대표급 영웅 신화이었다면, 세계 주니어미들급 권투 챔피언 김기수의 신화는 우리에게 구체적 열광으로 영웅을 맛보게 해 주던 일대 사건이었다. 산업화와 더불어 대중사회가 조금씩 형성되던 무렵이었지. 순진한 우리들은 현대판 '영웅 신화'에 속는 듯 매료되기도 하고, 스스로의 꿈을 위해 애써 영웅을 갈망하기도 하였다.

그러나 지금 우리들 가슴에 정겨웁게 동반하는 영웅들은 그런 거창한 영웅들이 아니다. 오히려 송설 모교의 학창 생활 공간에서 선망과 기대의 대상으로 떠올랐던 '내 마음의 영웅'들이다. 지금 뇌리에 떠오르는 그들은 학창 시절을 함께 호흡했던 선배와 동기생들이다.

축구는 학교를 대표하는 스포츠 종목이었다. 그런지라 축구 영웅이 많았다. 시민체육대회에서 농고나 상고와의 축구시합에서 튼튼한 다리 근육으로 위력적 파이팅을 발휘했던 김광웅 선배, 왼쪽 터치라인을 타고 질풍노도처럼 달리던 오재민 선배, 지칠 줄 모르는 뚝심으로 투혼을 보여주던 서태범 선배 등이 우리들의 작은 영웅이었다.

김천에 연식 야구 붐이 몰아쳤던 60년대 초반에 투수로 활약했던 박행남 선배도 떠오른다. 내 개인적 감회로는 우리 동기 중에서도 축구와 야구로 이름을 날리던 이장현, 박창효, 한시환, 이종명 친구들이 내 마음 한 구석에는 영웅 자리를 차지한다. 이 사실을 본인들은 얼마나 알고 있는지.

따지고 보면 영웅이란 내 열등의식의 반대쪽 자리에 존재하고 있는 그 누구이다. 내 열등을 보완하는 좋은 역할을 해 주었다. '마음의 영웅'을 가지지 못한 소년 시절이란 불행하다. '마음의 영웅'을 가지지 못한 소년기는 상상하기 어렵다. 건성으로 늙어버린 아이이거나, 아니면 짱짱한 자폐적 오만으로 가득 차 있거나, 그 둘 중의 하나일 것이다.

영웅 이야기와는 좀 다른 이야기이지만 이런 장면도 생각난다.

고등학교 시절, 해 저무는 9교시 늦은 보충수업 장면, 교실 뒷자리 책상 아래로 어지럽게 그러나 은밀하게 흑백사진 몇 장이 나돈다. 그 무렵 인기 절정의 청춘 여배우로 트로이카를 이루었던, 문희, 고은아, 남정임의 사진이다. 사진을 가로채고 빼앗는 손길도 분주하다. 누군가 어렵사리 준비해 온 사진이다. 결국은 영어를 가르치던 윤현목 선생님께 들켜서 풍비박산이 나고…….

트로이카 청춘 여배우들도 그때 우리에게는 어떤 영웅이었을까. 아니면 우리로 하여금 '정복하고 싶은 영웅 심리'를 자극하는 존재들이었을까.

젊은 날이란 무언가 채우던 시절이었다. 그렇다면 지금은 비우는 시절이다. 비우는 것은 마냥 쓸쓸하기만 한 것인가. 그렇지는 않다. 아름다움에도 각기 그 놓이는 자리가 있다. 동경으로 채우는 아름다움, 그리고 추억으로 비워 내는 아름다움. 그 둘이 지긋이 대칭을 이루고 있는 구도. 그것이야말로 제법 그럴듯한 '인생의 그림' 아니겠는가.

그러므로 밝은 햇살 부서지는 가을 뜨락에 앉아 하염없이 생각을 달려 지난날을 돌아보라. 마음 속 친숙했던 내 마음의 영웅들도 만날 수 있으리니, 그로 인하여, 아무도 모르게 느껴지는 은은한 향수(鄕愁)가 생겨난다면, 그 또한 작고 조촐한 행복이 아니겠는가.

악동(惡童)들을 용서하시옵시고……

　진주 출신 작곡가 이재호가 1940년대 초에 작곡하고 가수 진방남이 부른 노래로 〈불효자는 웁니다〉가 있다. 이제는 흘러간 노래 가운데도 고전이 되었다. 20대 젊은 시절에는 이런 종류의 노래가 낡은 구닥다리 느낌이 들고, 어지간히 청승맞다고 생각했었다.

　라디오를 듣다가 이런 노래가 나오면 유행하는 팝송 쪽으로 얼른 다이얼을 돌렸다. 스무 살 경륜의 인생 감수성이니 기껏 그 정도일 수밖에. 그런데 나이가 들면서 이런 노래들이 다르게 와 닿는다. 가슴 밑바닥을 소리 없이 흐느끼게 하며 다가오는 것이다.

　'늙어서 철든다'는 말은 보편적 믿음을 가져도 좋은 말이다. 이제와 돌아보는 세월 속에는 부모님께 잘못한 것들이 주마등처럼 스친다. 우리를 키우느라 들판과 시장터에서 고단한 생계 노역에 몸을 맡긴 우리의 어머니들. 그런 어머니들께 우리는 또 얼마나 속 썩혀드리는 일만 골라서 하고 다녔는가.

　효자 불효자 가릴 것 없이, '어머니'라는 3음절의 언어 앞에 가장 순정하게 꺼내 놓을 수 있는 것은 '울음'밖에 더 있겠는가. 철없던 시절에 대한 용서를 회한의 정회(情懷)와 더불어 간구하는 동안 울음은 안에서 꺼이꺼이 흘러나오는 것이다.

후회와 용서를 구하고 싶은 데가 또 하나 있다. 송설 학창시절의 몇몇 선생님들이다. 선생님의 마음을 헤아려 드리기는커녕, 못된 짓을 해 대었다. 온유하신 선생님들께는 유독 더 악동 짓을 했다. 사춘기 특유의 저항이라고 해도, 우리는 참 철딱서니 없던 악동들이었다.

돌아보매 불효자의 정서에 겹쳐서 선생님에 대한 송구함이 마음 한 구석을 휘돌아 간다. 용서를 빌기로 하자. 이미 염치를 분간하고 아는 나이를 훨씬 넘겼다. 하늘의 이치를 알고 따르는 지천명[知天命]의 경계조차도 넘어섰지 않은가.

선생님! 이 악동들을 용서하시옵소서.

농업과 한문을 가르쳐 주시던 김이득 선생님은 순박하시고 자상하신 성품의 소유자이셨다. 선배들로부터 전해 오는 그분의 별명, '고구마'는 순박하고 부드러우신 선생님의 분위기를 향토적 정서와 더불어 느끼게 해 주기에 충분한 것이었다. 선생님은 우리를 개구쟁이 손주 녀석 대하듯 대해 주시기로 진작부터 작정하고 계신 것은 아니었을까.

선생님이 이른바 '무서운 선생님'이 아니신 걸 알게 된 우리들은 정말 청개구리처럼 말을 안 들었다. 선생님께서 판서를 하는 동안 날다람쥐처럼 교실을 굴러다니며, 주먹질을 해대며 장난을 쳐대었다. 판서해 놓은 한자, '학(學)'자를 가르치며 선생님께서 '배울 학'하고 따라 하도록 하면, 우리는 그걸 길게 늘여 뜨려 읽으며(배~우~울-학) 장난기를 피웠다. 늘어뜨리며 읽지 말라고 꾸중하시면 아주 촉급하게 **빠른** 스타카토 조로(배 울 학) 장난기 가득하게 읽어대었다.

선생님과 송정 실습지에서 실습을 하기도 했다. 고구마 줄기 심기 또는 꺾꽂이 실습을 주로 하였다. 그 때도 요상한 질문으로 분위기를 흩어놓으며 선생님 심기를 어지럽혔던 악동들이 바로 우리들이었다. 교실 수업 중에는 부산스럽게 촐싹거리는 아이들이 너나없이 많았지만, 선생님 시야에 먼저 들어 올 법한 앞줄의 조무래기들이 선생님께 자주 발각되었다.

아무리 못된 짓을 하다 들켜도, 선생님의 벌칙은 간단했다. 아무리 큰 벌을 내리는 경우라도 벌을 주는 방식은 동일했다. 들고 계신 출석부를 약간 높이 들었다 내리면서 뒤통수 부분이나 앞이마를 한번 때려 주시는 것이었다. 그럴 때는 꼭 짧은 훈계를 덧붙였다.

“내끼지 마라*.”

우리는 이 출석부로 때리는 벌을 무서워하지도 않고, 아파하지도 않았다. 그걸 아시는지 모르시는지, 선생님의 ‘출석부 벌칙’은 만고불변이셨다. 가르치는 이가 먼저 흥분하여서 걷잡을 수없이 에스컬레이터 되는 감정의 체벌은 교육행위 자체를 망가뜨린다. 그런데 선생님은 매에 관한 한 흔들리지 않는 원칙을 지니셨다. 경륜과 수양 없이는 될 수 없는 일관성이었다.

나는 선생님의 훌륭하심을 이 대목에서 발견한다. 선생님은 가르치는 사람의 항심(恒心)을 흔들리지 않고 지니셨던 분이라 생각한다.

* ‘경박스럽게 까불며 나대지 말라’라는 뜻의 김천 사투리.

선생님의 출석부는 그 어느 과목의 출석부보다도 일찍 헤졌다. 얼마나 우리가 속을 썩여 드렸는가를 웅변으로 입증해 주는 출석부이다. 당시 성적 평가는 중간고사 30점, 기말고사 40점, 평소점수 30점, 합계 100점 만점으로 배당되었는데, 선생님의 평소점수 매기기(수업태도가 좋지 않은 악동들을 평소점수 30점에서 감점하기)는 특이했다. 출석 번호 순으로 일으켜 세우시고는 유심히 인상과 행색을 지켜보신다. 선생님 눈에 많이 익숙한 녀석들은 수업 중에 까불고 내끼다가 여러 번 출석부 벌을 받은 녀석임에 틀림없다.

사람은 천사가 되기에는 너무나 악하고, 악마가 되기에는 너무나 선하다. 파스칼의 말이던가. 선과 악, 두 개의 극점 사이를 오가는 것이 인간들이다. 선생님께 악동 짓을 하던 때로부터 훌쩍 40년 세월을 넘어서 엎드려 용서를 구한다. 착해진 것일까. 아무튼 이런 생각에 흔연히 젖는다는 것, 그건 그것대로 사는 일의 감동이다.

그건 그렇고, 이런 우리를 향해 뭐라 하시며 김이득 선생님은 하늘 나라에서 내려다보고 계실까. 지금도 여전히 가볍게 눈주름을 모으시며 이렇게 말씀하실까?

"내끼지 마라!"

플라타너스의 추억

40년 세월 너머로 송설 교정(校庭)을 추억하노라면 마음 닿는 곳마다 옛정이 새롭다. 그 때 그 자리에 있었던 만상(萬象)에 온갖 교감(交感)이 오간다. 나무 한 그루 풀 한 포기에도 불현듯 정감이 살아오는 것. 해 저무는 날 추억에 잠기려 하는 심사를 아시는지? 그것은 마치 순정파 '애수의 소야곡'처럼 애틋한 감염을 불러올지니, 추억 있는 자들은 눈 감을 지어다.

송설 교정은 플라타너스의 영토이었다. 본관 건물 앞으로는 하늘을 찌를 듯 열 두 그루의 플라타너스 행렬이 후덕한 자태를 보였다. 마치 본관 건물을 호위하듯 그렇게 잘 자란 나무들이었다. 키 큰 나무의 넓은 잎새들이 드리우는 그늘이 참으로 넉넉하였다.

그래서 100m 가까운 본관 앞마당은 여름 내내 싱그러운 플라타너스 녹음의 터널이었다. 겨울 내내 안온한 바람막이의 요새이었다. 문득 우리들이 고개를 치어다 올리면 그 끝가지가 푸른 하늘을 향해 아득히 뻗쳐 있었지.

플라타너스는 4,000평 운동장 사방을 씩씩하게 둘러 자랐다. 장수들의 열병식이라고나 할까. 운동장 동편 정구장 배구장 부근이 약간 트였을 뿐, 운동장 서편과 북쪽으로는 각각 종대 횡대의 위풍당당한 플라타너스 행렬들이 훤칠한 풍채를 다투었다.

그 플라타너스들로 인하여 학교 앞 국도나 철길의 차창에서 보는 모교는 '숲속의 보금자리'이었다. 그것은 '플라타너스의 영토'이었다. 보기에 좋았다.

그때는 잘 몰랐었다. 교정의 그 큰 나무들이 우리의 정신과 영혼 속에 어떤 메시지를 알게 모르게 심어주는지를. 추풍령 바람 맞으며 플라타너스 교정의 품안으로 들어 왔을 때 느끼는 마음의 평안과 형용할 수 없는 위안 같은 것이 대체 어디로부터 오는 것인지를. 나무 한 그루 한 그루에도 정령(精靈)이 있다고 믿었던 고대인들의 마음을 알 듯도 하다.

그 플라타너스들은 1930년 송설학원의 개교에 잇달아서 심어진 나무들이었겠지. 그렇다고 치면 우리가 다니던 1960년대 중반까지는 30년 넘게 그 자리에서 자라왔던 나무들이다. 이제 그로부터 다시 40년의 세월이 훌쩍 흘러갔다. 나무 또한 세월의 무상을 알 것인가. 무수히 갈아들었던 학도들의 체취를 자신의 나이테 속에 어떻게 각인시켰을까.

플라타너스! 버즘나무과에 속하는 쌍떡잎 식물, 북반구 지역에 널리 분포되어 있다. 프랑스인들이 중국에 가져다 심은 나무로 알려져 있다. 나무가 잘 자라며 옮겨 심는 데에 강하여 가로수나 학교 운동장에 많이 심었다. 나무껍질이 비늘처럼 벗겨지고, 열매가 방울처럼 달린

다. 다 자란 나무의 높이는 40~50m에 이른다. 잎은 3~5개로 얕게 갈
라지고, 턱잎은 물결 모양의 톱니가 있고 상당히 큰 편이다.

　시민대운동회라도 송설 교정에서 열리는 햇볕 따가운 날에는 플라타
너스 넓은 잎으로 모자를 만들어 쓰기도 했다. 동그랗고 단단한 열매를
따서는 장난치기에 바빴지. 운동장에서 야외 수업이라도 하는 날에는
그 열매로 친구들 뒤통수 맞추기에 여념이 없었던 그런 날도 있었다.

　어린 날 학교 교정이나 마을 입구에 서 있던 그 큰 나무들은 이제 우
리들 추억 속에서는 단순한 나무가 아니다. 그것은 이미 돌아 갈 수 없
는 시간에 대한 그리움의 부호이다. 그것은 고정불변의 절대 이미지로
내 속에서 늘 푸르게 자란다.

　플라타너스, 그가 상징하는 의미는 '위안', '휴식', '용서'라고 한다. 송
설 교정에서 뛰놀던 날에는 그가 베풀어 주는 그늘에서 쉬었고, 그가
막아 주는 바람을 피하여 안식을 얻었다. 이제 다시 40년 세월의 뒤안
길에서는 그대 플라타너스를 추억하는 것만으로 마음 훈훈해지는 정
신의 위안을 맛본다. 김현승 시인의 시구가 의미 있게 다가온다.

　　　꿈을 아느냐 네게 물으면
　　　플라타너스,
　　　너의 머리는 어느 덧 파아란
　　　하늘에 젖어 있다.

그러나 어찌하리. 세월은 그냥 흐르는 것이 아니라 강산을 바꾸며 흐르는 법. 교사(校舍)를 증축하고, 운동장 스탠드를 만들고, 체육관을 짓고, 중학교 건물을 확장하며, 그 무성하고 당당하던 풍채의 플라타너스들이 어쩔 수 없이 사라졌다. 플라타너스의 영토는 해체되었다. 시간 앞에 그 무엇이 한결같음을 유지할 수 있으리오.

그저 우리들 마음속에서만 사는 존재이런가.

부질없는 나무 추억이 또 하나 떠오른다. 1966년 당시 본관 건물 서쪽 우리들 고2학년 교실 남향 화단에서 자라던 오동나무 한 그루. 참 고상한 품격의 오동이었는데……. 그해 가을바람에 지던 그 오동나무 잎의 하강 이미지가 지금도 감성의 무늬를 파문인 듯 번져 올린다. 그 오동나무, 지금도 있을까. 그마져 버혀졌을까. 그렇다면 어디서 무엇이 되어 어떤 윤회의 길을 가고 있을까.

벚꽃 지는 걸 보니
푸른 솔이 좋아
푸른 솔 좋아하다 보니
벚꽃마저 좋아.

- 김지하, '새봄'

악대부(樂隊部)를 기억하는가

악대부(樂隊部)를 기억하는가. 악대부는 어디에 있었는가. 활기차고 발랄하던 시민대운동회 입장식 선두의 행렬에 있었던가. 학교끼리 맞붙던 축구경기장 응원석 함성 속이었던가. 여학생들이 선망하던 눈망울 속에 있었는가. 아니면 악대부 지도를 하던 김법 선생님이나 이안삼 선생님의 날카롭고도 인상적인 지휘 몸짓과 더불어서 떠오르는가.

악대부라는 이름에는 왠지 그 무렵 그 시대의 경직성 같은 것이 엿보인다. 음악을 다루는 예술적 향취보다는 기율의 규범이 더 강해 보이던 '악대부'라는 이름! 모던(modern)한 풍으로 부른다면 '브라스 밴드(brass band)'라는 제법 고상해 보이는 이름도 있었지만, 그 시절에는 모두 그냥 '악대부'라고 불렀다.

악대부를 갖지 못한 학교도 많았다. 범시민적 이벤트가 있는 운동장에서는 송설 악대부는 늘 주름을 잡았다. 그것만으로도 우리는 기를 당당히 펴고 산 셈이다. 봄이나 가을에는 지역의 큰 체육대회나 운동회들이 송설 교정에서 다반사로 열렸다. 시민대운동회는 송설학원 운동장에서 단골로 열렸다. 5개 시·군 학생체육대회라는 것도 있었다. 김천시, 금릉군, 상주군, 선산군, 칠곡군의 대표 선수들이 벌이는 스포츠 행사이다. 그 시절 송설 악대부의 공덕과 애환이 담긴 행사들이었다.

악대부는 송설 추억에 다가가는 집단적 브랜드이다. 우리 송설 건아들이 송설의 이름으로 함께 있는 자리에 늘 악대부가 있었다. 운동회, 추모제, 각종 기념행사 등에 늘 함께 있었다. 그런데 가만히 생각해 보면, 그런 행사의 장면보다도 어느 봄날 송설 교정 속에서 추억되는 악대부에 더 정감이 가기도 한다. 고단한 '연습의 소리'로서 우리들 청각 이미지 속에 살아 있는 악대부의 추억이 훨씬 정겹고 친숙하다. 생각해 보자.

윤사월 아지랑이가 교정에 아른거리는 토요일 한낮. 벚꽃 지는 송정 언덕으로 꽃이파리 흩날리고, 학교 앞 국도변 보리밭 자락으로는 훈풍이 불어온다. 토요일 4교시 종료 종이 길게 울리면, 혼곤한 봄 정경과 더불어 교실, 복도, 운동장 할 것 없이 일제히 청소로 부산해지는 풍경. 청소 끝나는 대로 이내 하학(下學)의 행렬이 이어진다. 공연히 여유롭고 기대 부푼 봄 한가운데의 토요일 한낮, 학교는 파하고 마음은 부유(浮游)한다.

청소가 파할 무렵이면 운동장 양끝의 쓰레기장으로 모아진 청소 쓰레기들이 태워진다. 소비란 것이 워낙 보잘 것 없으니 쓰레기랄 것도 없었다. 그저 겨우내 구석에 박혀 있던 짚북데기나 마른 쓰레기들이 고작이었다. 쓰레기 태우는 연기 자락들이 하늘하늘 교정에 퍼지면,

연기인 듯 아지랑이인 듯 봄기운이 교정의 일상으로 친숙하게 감싸 돌았다.

그때 교정 어디선가 나팔 소리가 들려오곤 했었다. 집으로 하학하는 우리들 귓전으로 음계 연습을 하는 나팔 소리가 들려오곤 했었다. 그러면 우리는 으레 짐작을 한다.
'시민대운동회가 곧 닥쳐오는구나.'
'송설당 추모 제사일이 가까워져 왔구나.'

하학하는 등 뒤로 들려오는 교정의 나팔 소리는 이유도 없이 흥겨움을 북돋았다. 불쑥불쑥 제멋대로 터지는 연습용 소리들이다. 그럼에도 그 소리의 조각들을 청각 이미지로 불러일으키노라면 신묘한 향수(鄕愁)의 감정이 되살아온다. 안으로 갈아 앉는 부드러운 저음의 트럼본 소리. 높고 맑은 그래서 다소 힘들어 보이는 트럼펫 소리. 나팔 소리 쉬는 사이로 큰북 작은북 소리. 누가 불고 있을까. 평화라는 주제를 구상(具象)으로 그린다면 이런 오후를 그려야 하는 것 아닐지.

연습 소리이니 아름다운 하모니와는 거리가 멀다. 간헐적 파열의 소리들이 나오고, 불협(不協)의 어울림이 울퉁불퉁 연결되는 소리, 연습용 음계를 힘들게 오르내리는 그 소리들이 지금도 귀에 쟁쟁하다. 그런 소리들이 매일 늦도록 연습을 거치면서 신록 교정 속에서 반듯하게 다듬어져 나갔다. 생각해 보라. 그런 토요일 봄날이 얼마나 많았던가를! 이렇게 해서 악대부는 우리들에게는 친숙한 소리의 추억이 되었다.

이제 눈을 감고 생각하매, 그 악대부와 더불어 귀에 쟁쟁, 마음에 경
경(耿耿), 친숙하게 떠오르는 음조(音調)들이 있다. '콰이강의 마치', '쌍
독수리 마치', '자이안트 행진곡', '아리랑 행진곡' 등의 곡조들이 있었
다. '가을바람(동요)'을 변주하여 부르던 행진곡, 민요 '도라지'를 변주
한 행진곡 등도 있었다. 행사 때마다 연주하여 익숙하던 행진곡들이
다. 무엇보다도 그 무렵 만들어서 처음 불렀던 '송설응원가'는 악대와
더불어 우리들 모두의 신명을 자극하기에는 최적이었다.

축구 경기에서 한골을 넣고 기쁨에 겨운 학우들에게 악대는 나팔 소
리로 온갖 기를 다 살려 주었다. 나팔 소리로 '좋오~타'를 그럴듯하게
연출하면 응원석은 신명 넘치게 일제히 후창으로 화답하였다. 흥이 겹
지 않을 수 없는 풍경이다.

웅변은 어디로 갔을까

그 시절은 웅변의 시절이었다. 수백 명 가득한 강당에서 기죽지 않고 사자후(獅子吼)를 토하는 그 기백과 뱃장도 멋있어 보였고, 짜릿한 감흥을 주는 대목들이 오래도록 뇌리에 남았다. 그것이 다소 신파조의 상투성 강한 웅변의 수사법인 줄 알면서도 기묘한 매력을 느꼈다. 그래서 가끔씩 골방에서 혼자 되뇌어 보기도 했다.

웅변에 대해 향수를 느끼는 것은, 이제는 웅변이 흔치 않기 때문이리라. 지금은 웅변이 사라진 시대이다. 그 대신 깐죽거림이나 뒷말이 넘치는 세태이다. 꼭 그런 것은 아니지만, 왠지 이렇게라도 말함으로 해서 웅변 편을 들고 싶은 나의 심사(心思)는 무엇일까. 그 웅변의 시대가 우리들의 시절이었기 때문일까.

웅변의 시대는 그 시대가 계몽의 시대이었음을 말해 준다. 경제적으로 피폐하고, 문화적으로 열악하고, 의식면에서 덜 깨어 있어서 사람들의 삶과 의식을 누군가가 자꾸 붙들어 깨우쳐 주어야 한다고 생각했던 시절이다. 웅변은 몽매한 사람들을 깨우치는 수단으로서 제법 적절했다. 그만큼 국가가 모든 것을 가르치고 관여하던 시대이기도 했었다.

결핍을 참고 이겨내자는 이른바 '내핍(耐乏)생활 강조'는 1960년대의 가장 빈번한 웅변대회 주제이었다. 경제개발 1차 5개년 계획을 추진 중이던 그 무렵에는 '국산품 애용'을 계몽하는 웅변대회도 해마다 열렸다. 북한에 비해서 열세이었던 당시로서는 일종의 사상 교육으로서 '반공웅변대회'가 다반사이었다. 현충일과 6·25가 들어 있는 6월에는 어디에서나 가슴 끓어오르게 하는 애국적 웅변들이 있었다.

쥐잡기 운동과 기생충 박멸 계몽을 위해서도 심심찮게 웅변대회는 열렸다. 날씨가 추워지면 불조심 계몽 웅변대회, 불우이웃돕기 정신 앙양(昂揚) 웅변대회가 열렸다. 북한의 공비 침투 사건이 일어나면 이를 규탄(糾彈)하는 반공 웅변대회가 곧 이어졌다. 12월 10일 인권의 날에 는 인권을 계몽하기 위한 웅변대회도 열렸다. 가을의 김천 문화제 때 도 웅변대회는 움직일 수 없는 행사이었다. 이때는 주로 '향토사랑'이 웅변 주제로 자주 떠올랐다.

그때 유행하던 웅변 원고에 단골로 등장하던 문구들이 지금도 주절 주절 떠오른다.

"저 창공의 무심한 새들도, 자유롭게 오고가는 휴전선이건만, 한 핏 줄을 이어받은 우리 동포들은 왜 남북으로 서로 갈려 오고가지 못한단 말입니까?" 억양이 고조되면 박수가 터져 나온다. 연사는 박수가 잦아 지기를 기다려, 다시 새로운 문구를 진지한 어조로 시동을 건다.

박수를 얼마나 받느냐 하는 것이 중요하다. 이른바 심사 기준에 '청중의 호응도'라는 것이 있다. 웅변을 많이 들어 본 우리들은 안다. 어느 대목이 상투적 박수 유도 대목인가 하는 것을 안다. 목소리가 높아지고, 절규하는 어조로, 두 손을 위로 비스듬히 곧추 세워 부르르 떨면서 어김없이 이런 문구를 토해낸다.

"이 어린 연사, 애타는 가슴으로, 만장하신 여러분을 향하여 뜨겁게 뜨겁게 외칩니다."

강조하기 위하여 '애타는 가슴으로'를 두 번씩 반복하는 경우도 많다.

'상이용사 아저씨를 도웁시다'라는 제목으로 웅변하던 신무식군의 웅변은 그 특유한 발음 때문에 온통 웃음바다를 이루었다. 너무 또박또박하여 마치 가상 로봇이 말하는 듯한 느낌을 주었기 때문이다. 그러나 그는 굴하지 않고 자기식의 발음과 어조로 웅변을 끝내었다. 본인인들 얼마나 긴장했겠는가.

웅변 감상의 묘미는 예기치 못한 실수로 벌어지는 해프닝에 있다. 특히 초보 아마추어들이 객기 가득하게 참여하는 교내 웅변대회는 포복절도(抱腹絶倒)의 장면을 여러 번 연출한다. 원고를 까먹고 횡설수설하는 경우가 대표적이다. 이미 연설한 대목을 두 번 세 번 되풀이하며 당혹스러워 하는 것은 본인에게는 고역이지만, 청중에게는 더 없는 희극이다. 청중들의 자지러진 웃음 반응에 놀라서 연단에서 혼비백산하던 친구들도 있었다. 멀쩡히 잘 하다가 연단에 놓인 물 한 잔을 따라먹고 나서는 까맣게 원고를 까먹는 친구들도 있었다.

억지로 떼밀려서 반(班) 대표로 출전은 했으나, 변변한 원고조차 준비하지 못한 경우, 웅변 원고의 내용이 가관인 것들도 많았다. 어느 해이던가, 공중도덕 지키기를 강조하는 교내 웅변대회를 했는데, 단상에 오른 N군 왈(曰),

"만장하신 여러분! 길거리에서 자지를 아무데나 내 놓고 오줌을 누는 행동을 하지 맙시다. 이 연사 강력히 외칩니다."

너무도 질박하고 솔직한 표현이었다. 강당 안이 떠나 갈 듯 웃음의 도가니로 빠져 들었다. 그 뒤로 이 대목은 친구들 간에 오래도록 입에 오르내렸다.

웅변에 관한 한, 우리는 우리의 웅변시대를 확실하게 장악했던 동기생 석현양(昔鉉洋) 군을 기억하지 않을 수 없다. 그는 송설학원 6년을 지내는 동안 교내는 물론이고 김천시내의 모든 웅변대회에 입상(대부분은 우승)을 놓친 적이 없다. 경상북도 대회에서도 입상을 여러 차례 했다. 단정하고 곧은 자세와, 반듯하고 우렁찬 음성, 그리고 원고의 내용을 지적으로 소화해 내는 역량 등에서 단연 타의 추종을 허락하지 않았다.

그가 단순히 기술적 웅변의 재능만을 지닌 인물은 아니라는 데에 우리의 친구 자랑이 있다. 말과 삶이 따로 놀지 않고, 괴리 없이 살아가는 그의 모습과 인간미는 정녕 웅변의 숨은 힘을 이어받은 것인가. 어쨌든 그로 인하여 우리들 웅변의 추억은 한결 풍요롭다.

음악실의 추억

특별교실 건물은 T자형 건물이었다. 특별교실은 본관과 더불어 붉은 벽돌 건물이었다. '특별교실'이라는 이름에 걸맞게 음악실, 미술실, 과학실험실 등이 있었다. 과학실험실은 해당 과목에 맞추어 생물실험실과 물리·화학 실험실로 나누어져 있었다. 각 특별교실마다 실습 자료 및 기구를 보관하는 작은 부속 교실이 따로 있었다.

음악실에는 남향 창문 쪽으로 피아노가 있었다(사실 피아노 구경을 중학교에 들어와서 처음 해 보는 친구들도 많았다). 음악실 의자는 5~6명이 함께 걸터앉는 벤치형 의자이었다. 일명 예배당 의자, 교회에서 볼 수 있는 의자이다. 화음에 따른 코러스 연습이 앉은 그룹별로 이루어져야 하는 것을 고려했을 것이다. 음악실은 삼면이 창으로 되어 있어서 늘 밝았다. 겨울에도 햇살이 길게 들어 와 주었다.

우리는 음악 시간이면 부리나케 음악실로 달려가 가급적이면 뒷자리 또는 선생님으로부터 먼 자리에 앉으려고 기를 썼다. 음악 선생님들(김수연, 김범)의 열정적 기질은 말리지 못하는 부분이 있었으므로, 그 열정의 대상이 되지 않기 위해서이다. 선생님 가까이에 있으면, 선생님의 열정이 피할 수 없는 고통의 세례가 됨을 알기 때문이었다. 노래를 배우는 동안 음정과 박자가 틀리면(반 전체의 잘못된 발성임에도 불구하고) 영락없이 앞줄에 앉은 친구들의 이마머리 위로 지휘봉이 떨어지는 것이다. 마치 실로폰 막대기로 건반을 치듯이.

'후니쿠라 후니쿠라'를 배울 때나, '푸른 다뉴브 강의 물결' 후반 소절을 배울 때, 스타카토식의 리듬과 창법을 미처 따라가지 못하면, 김법 선생님의 지휘봉 막대기는 스타카토 방식으로 앞줄 친구들의 까까머리 이마머리 위로 어김없이 떨어졌다. 우리에게 바른 음정과 정확한 리듬을 교정해 주는 과정이 그런 방식으로 이루어졌던 것이다.

노래를 가르치시다가 누군가 음정이 이상하면 "언 놈고?, 언 놈고?(어느 놈인고? 어느 놈인고?의 대구 사투리 발음)" 하시며 확인하다가, 급한 성질을 어쩌지 못하시고, 결국은 그 근처 같은 줄에 앉은 친구들이 모두 한 방씩 지휘봉 세례를 내렸다. 그야말로 복불복(福不福)의 운명을 맛보는 셈이다. 우리들도 그것이 특별한 악의라기보다는 선생님이 지닌 음악가다운 기질의 한 면모라는 것을 서서히 익혀 갔다.

음악실에는 그 외에 오르간이 두어 개 정도 있었던 것으로 기억된다. 중학교 18학급 고등학교 12학급, 총 30개 학급이니 음악 시간이 겹칠 수도 있다. 대개는 특별교실에 있는 음악실에 가서 수업을 받았지만, 간혹 음악 수업이 겹치면 오르간을 교실로 옮겨 와야 했다(주로 하급학년일 경우에 그러했다).

오르간 옮기기 사역에 차출되어 끙끙거리며 수고하던 모습도 생각
난다. 수업 시작 전에 미처 옮겨 놓지 못해서 꾸중을 듣는 일은 다반사
이었다. 주번이나 반장이 그 꾸중을 도맡아야 했다. 그래서 급히 옮겨
오다보면 오르간을 땅에 떨어뜨리거나 다치게 하는 일이 생긴다. 그러
면 꾸중과 기합이 곱빼기로 늘어나기도 했다. 재수없는 날이 따로 없
었다.

음악 선생님으로 젊은 여선생님이 부임하신 적이 있었다. 학교에 여
선생님이라고는 없던 시절. 아니 여선생님의 존재를 상상조차도 해보
지 않았던 시절이었다. 비록 우리 동기들은 그 여선생님의 음악 수업
을 받지 않았으나, 학생들의 선망과 호기심의 흔적은 쉽사리 발견되었
다. 음악실 길다란 나무의자 뒷면에는 그 여선생님에 대한 이성적 관
심이 묻어나는 낙서들이 군데군데 보이기 시작했다. 더러는 고상하기
도 하고 더러는 다소 불경스럽기도 했다. 사춘기의 뒤안길이 대체로
그렇지 아니한가. 돌아다보면 솔직하고 아름다운 모습이었다.

하모니카여, 하모니카여!

하모니카(harmonica) 악기를 보면, 왠지 젊은 날 애틋하게 정들이고 애잔하게 떠나보내었던 첫사랑 소녀가 함께 오버랩(overlap)되어 떠오른다. 무슨 확실한 논리적인 이유가 있는 것은 아니다. 하모니카와 첫사랑 소녀와의 사이에 이런 낭만적 연상이 성립하는 것은 그 무렵 그 시절의 정서인지도 모른다. 우리는 하모니카를 연인처럼 동경하고 소망했다.

하모니카에 대해서 유독 그런 정서와 추억을 가진 사람들이 바로 우리들이다. 요즘의 청소년들에게 하모니카는 시대의 유물처럼 느껴질지도 모른다.

하모니카의 추억을 한 줌이라도 가지고 있는가. 하모니카를 불어보고 싶어 했던 추억이라도 있는가. 하모니카는 누구나 가지고 싶어 했던 작은 연인과도 같은 존재이었다. 무슨 에로틱한 애욕의 연인이 아니라, 청순하고 고상한 어린 누이와도 같은 연인(요즘의 이미지로 말하면 '국민의 여동생'으로 환기되는 문근영 같은 이미지의 사춘기 연인)으로 떠오르는 악기이다.

하모니카! 가지고 싶어는 했지만 쉽사리 소유되는 물건은 아니었다.

귀했기 때문이다. 그래서 그랬을까? 하모니카는 마음으로만 연모의 정을 키워가던 사춘기 연인 같은 이미지로 남기도 한다. 그렇다고 하모니카가 아주 희귀품은 아니었다. 주로 미군부대 PX를 통해서 유출된 하모니카들이, 비록 중고품이기는 해도, 더러더러 우리들 손에 들어오기도 했다. 돈을 주고 살 형편은 아니었지만, 삼촌이나 매형 같은 젊은 어른들이 어디선가 구해서 좀 불다가, 시간이 지나면, '그래 너 가져라.' 하는 식으로 넘겨주었다. 아니, 그러기 전에 우리가 몰래 들고 나왔다.

하모니카를 가지고 다니며 불면, 온갖 끼들이 되살아났다. 가지고 다니는 모습조차도 범상치 아니하였다. 몸에 꽉 끼는 까만 맘보바지 '뒷꼍주무이(뒷곁주머니의 김천 사투리)'에 하모니카의 반짝이는 금속 부분이 살짝 드러나도록 보이게 하고 다닌다. 그 자태 자체가 멋이었다. 연주는 가히 '폼생폼사'이었다. 호흡을 밀고 당기며, 멜로디의 페이스를 살리는 모습도 일품이거니와, 한 손을 잘게 흔들어 기묘한 바이브레이션을 연출하는 경지에 이르면 연주 이전에 그 멋 부리기의 모습이 한결 더 봐 줄 만 했다. 끼를 되살려내는 매력이 하모니카 그 안 어디에 숨어 있는 것 같았다.

하모니카는 아무도 없는 언덕에서 불어도, 청각을 모으게 하고 모두에게 시선을 집중하게 하는 묘한 매력이 있다. 해 저무는 황혼녘 동구 밖 개울가 느티나무 아래서(또는 노실 고개 뒤쪽 성의여고 돌아가는 후미진 길목 어디쯤에서) 혼자 조용히 불어도 마침내는 동네가 다 듣는다. 하모니카를 부는 이도 은연중에 그걸 의식한다. 내 하모니카 소리가 들려 퍼질 만한 대상을 마음으로 그리게 된다. 그 대상이 마음으로만 애틋 하게 자리 잡았던 첫사랑 소녀이기 십상이었다. 사춘기의 고상한 로맨 티시즘의 일단이다.

하모니카는 우리 또래의 그런 정서를 고스란히 신화처럼 간직하고 있다.

1960년대 후반, 레크레이션 송으로 유명했던 노래 중에 이런 가사의 노래가 있다. 남녀가 함께 어울리던 젊은이들의 모임과 야유회가 있는 자리에서는 흔히 불러지던 캠프 송이기도 했다. 그 시절이 얼마나 하모 니카의 시대이었던가를 웅변으로 보여주는 노래이다. 추억해 보시라.

삼오야 밝은 둥그런 달이 둥실둥실 떠오면
아가씨 마음 설레는 마음 울렁울렁 거려요.
삼돌이가 부는 저 소리 하모니카 부는 저 소리
신이 나서 부는 저 소리 하모니카 부는 저 소리
삼오야 밝은 둥그런 달이 둥실둥실 떠오면
아가씨 마음 설레는 마음 울렁울렁 거려요.

하모니카 멋을 일찍이 보여 주었던 학창 시절의 친구들을 돌아보자. 백우기군의 감성 100% 하모니카 연주는 '떨림의 미학' 쯤으로 지금도 기억에 남는다. 김의준군의 하모니카는 악보에 충실한 매력이 있었고, 이상범군의 하모니카는 연주 폼 자체로 연주를 압도했다. 박신홍군은 찬송가를 포함하여 무엇이나 열심히 불어보려는 도전의 정신이 가상했다.

어찌 이들뿐이랴, 하모니카와 더불어 사춘기의 멋과 고뇌와 감수성을 다스려 나가던 친구들의 얼굴, 얼굴, 얼굴들! 그 진지함과 그 발랄함이 우리의 존재를 시시각각으로 증명하였다. 하모니카와 더불어 부활되는 우리들의 1960년대는 하모니카로 인하여 우리들 나름의 실존을 이쯤 세월에서 음미하게 한다.

털어놓지 못하는 설움이 많던 시절, 해 저무는 송정에 호젓하니 오른다. 감추어둔 마음을 하모니카 한 자락에 풀어내며 안으로 시름을 달래던, 바로 그 시절이었다. 스스로 내가 나를 달래어 일으켜 세워야만 했던 시절, 하모니카는 작은 연인처럼 우리를 위무(慰撫)하였다. 송정 숲에서 최희준의 '하숙생' 멜로디를 애잔하게 하모니카로 지피어 올렸었지. 오늘 하모니카의 추억은 그 시절 우리들 마음의 내밀한 곳을 한없이 돌아보게 한다.

가을엔 편지를 하겠어요

사춘기 어느 해 가을, 가슴 설레며 그 누구에게 편지를 썼다. 사랑의 마음을 어렵사리 한 장의 편지로 담으며, 그런 마음조차도 차마 부끄러워, 내 감정을 직접은 토로하지 못하고, 내 마음을 남의 시에 의탁하여 전하고자, 온갖 시집을 다 뒤져, 정지용(노래 '향수'의 시인으로 잘 알려진 납북 시인)의 시 하나를 찾아내었다. 그리고 편지의 말미에 정성스레 이 시를 적어 넣었다.

그의 반

내 무엇이라 이름하리 그를
내 영혼 안의 고운 불

공손한 이마에 비추는 달
나의 눈보다 값진 사람
바다에서 솟아올라 나래 떠는 샛별
쪽빛 하늘에 흰 꽃을 달은 고산식물(高山植物)

(그대는) 나의 가지에 머물지 않고
(그대는) 나의 나라에서도 멀다.
(그대는) 홀로 어여삐 스스로 한가로워
항상 멀리 있는 사람

나는 사랑을 모르노라. 오로지 수그릴 뿐.
때 없이 가슴에 두 손이 여며지며

구비 구비 돌아나간 시름의 황혼 길 위에서
나는 바다 이 편에 남겨진
그의 반임을 고히 지니고 걷노라. (정지용, 1935)

　연애편지 쓰기는 학교가 가르치지 아니하는 것 중에서, 상당히 의미 있는 교육과정이다. 나의 모든 지식이 순종하고, 나의 모든 열정이 다 무릎 꿇고, 나의 모든 감정이 길들여지는, 그리고 나의 모든 도덕성이 아름답게 자극받는, 그런 총체적 경험의 마당이 곧 연애편지 쓰기의 마당이다. 그러나 대부분은 메아리 없는 편지이기 십상이다. 상대의 무심함에 쓰린 상처를 감내하며, 세상에 대한 면역을 키우던 첫 계절이 연애편지 쓰던 학창시절 아니었던가.

　휴대폰이니 채팅이니 하는 것들이 생겨나면서, 속 깊고 은근한 편지들이 세상에서 사라졌다. 그러면서 사람들 가슴의 진정성도 사라져 버렸다. 그 진정성 때문에 아름답기까지 하던 사람들의 부끄러움도 사라져 버렸다. 요즘의 사귐과 사랑은 그저 무수한 휴대폰의 수다와 부질없는 감정 확인으로, 쉽사리 이합집산(離合集散)한다. 도처에 소통이 과잉이지만, 오히려 진정한 소통은 빈곤해지는, 이 '가벼움의 시대'에 우리들 초로(初老)의 소외가 걸려 있다.

　말없이 전해 받고 오래도록 따뜻한 온기로 남아 있던 편지글의 여운과 감촉을 추억해 보자. 우리들은 안다. 드러내자니 부끄럽고 안으로 감추어 두자니 안타깝기 그지없던 '진정한 내 마음'이 마지막 인내하는 그 끝자락에서 우리는 마침내 편지를 쓰지 않았던가. 편지는 그런 웅숭깊은 삶의 맛을 우러나게 한다.

송설학원에 들어 와 중학생이 되면서 '펜팔(pen pal)'이란 말을 알게 되었다. 얼마나 모던(modern)하고 매력 있게 들리는 말이었던가. 그 유명한 〈학원〉 잡지나, 농촌 계몽용 〈농원〉 잡지, 대중잡지인 〈아리랑〉 등에는 펜팔 난이 문전성시(門前成市)를 이루었다. 실제로 펜팔을 하는 친구들을 발견할 때면 부럽기도 하고, 가슴이 두근거리기도 했다.

중학교 2학년 무렵이었던가, 'English World for Student'라는 중학생 영어 신문이란 것이 있었다. 타블로이드판 4면으로 흥미롭고 코믹한 영어 회화 소재나 문법 독해 등의 자료를 시의성 있게 편집해 주던 신문이었다. 한 달에 두세 번 발간하였는데, 당시 학교의 선배들이 아르바이트로 하급생들의 주문을 받아 쉬는 시간에 교실로 배달해 주기도 하였다. 여기에는 영어 펜팔 소개도 있었다. 영어를 잘 하던 동기생 서영기군이 영어 펜팔을 한다고 하여 우리 촌놈들의 기를 옴팡 죽이던 장면도 생각난다.

펜팔에는 늘 전설이 따라 다녔다. 내용은 이러하다.
어떤 친구가 마음 고운 아가씨와 펜팔을 하였다. 얼굴도 모른 채 여러 해를 펜팔로 사귀며 그 고운 마음씨와 성격에 깊은 흠모의 정을 쏟아 장래를 약속하려고 마음을 먹게 되었단다.

그런데, 어느 날 상대 아가씨로부터 자기를 이제 그만 잊어달라는 편지가 왔다. 그 간 자기에게 사랑과 정을 베풀어 준 것에 대해서는 죽어서도 잊지 못할 것이라며, 앞으로도 영원히 사랑한다는 말을 전해 왔더란다. 그런데 자기를 잊어 달라고 하는 것이다.

그래서 이 친구가 너무 당혹스러워 그 아가씨의 펜팔 주소지를 물어물어 찾아갔다. 그 아가씨의 마을에 가서 알아보니 그 아가씨는 신체마비로 운신이 어려운 불구의 몸이었다는데, 얼마 전에 스스로 목숨을 끊었다는 것이었다. 유서에는 한 줄의 글이 적혀 있었다.

"나의 청춘은 행복했었다."

이런 전설 같은 이야기를 들으면 펜팔이란 것이 더 멋있고 고상해 보였다.

생각하면 우리들의 송정 시절에는 편지들이 살아 있었다. 방학 끝 무렵이면 불쑥 날아오던 친구 송건수군의 엽서는 지금도 감회가 아득하게 어리어 온다. 모순의 현실에 대한 철학자 같은 고뇌도 있거니와, 그것을 함께 나누고자 하는 우정이 더 따사로웠다.

진정을 다하는 편지의 언어는 늘 미더웠고 관용이 넘쳤다. 눈앞에 현존(現存)하지 않는 상대를 향하여 마음의 눈으로 끝없는 응시를 함으로써 비로소 얻어내는 한 구절의 메시지! 아, 그것은 '보이지 않는 것의 실상에 대한 믿음'과 통하는 것이었다.

그렇게 모던(modern)해 보이던 '펜팔'이란 말이 이제는 구시대의 문화 유물처럼 되어간다. '일선에 계신 국군 아저씨들에게' 쓰는 그 형식적인 편지쓰기마저도 이제는 사라졌다. 새로운 의사소통의 습관들이 계속해서 생겨나겠지만, 편지 문화의 한 가운데서 우정과 사랑을 쌓았던 우리들에게는 아쉬운 감회가 아니 일어날 수 없다.

친구여! 가슴 아린 옛 편지의 추억들을 풀어 놓으시게나. 오늘은 그때 못 보낸 편지들을 정갈하게 다시 써 봄이 어떠하겠는가. 혹시 보내지 못한 답장들이 있었는가. 주저할 일이 무엇이겠는가. 오늘 답신을 마련해 보자. 세월이 곰삭을수록 옛정은 더욱 깊어지는 법. '가을엔 편지를 하겠어요. 누구라도 그대가 되어 받아 주세요'. 왜 그런 노래도 있지 않던가.

요즘 우표 한 장은 220원이고 엽서는 190원이다. 1963년에 나온 세종대왕이 그려진 보통우표는 3원이었고, 엽서는 2원이었다. 왠지 옛날 우표의 가격은 익숙하고, 요즘 우표 값은 낯설다.

내 마음 어딘 듯 한편에 끝없는
강물이 흐르네
돋쳐 오르는 아침 날빛이 빤질한
은결을 도도네
가슴엔 듯 눈엔 듯 또 핏줄엔 듯
마음이 도른도른 숨어 있는 곳
내 마음의 어딘 듯 한편에 끝없는
강물이 흐르네.

- 김영랑, '끝없는 강물이 흐르네'

그 소녀, 그 소녀, 그 소녀

딱하고 안타까웠던 소년 시절이라고나 해야 할까. 요즘 아이들에 비하면 감성 표현을 극도로 절제해야 했던 시절을 우리는 사춘기로 보냈다. 그 중에서도 연애 감정의 직접적 표출은 거의 금기의 영역에 드는 것이 아니었던가. 이성을 그리워하는 것 자체가 학생답지 못한 것으로 치부되는 시절이었다. 그 때는 다 그랬다.

평화동 이면 도로, 어느 빵집 어두운 모퉁이에서, 여러 날을 온갖 공덕을 들여서, 어렵사리 간신히 불러 낸 한 소녀를 그 누구도 몰래 만나게 된다. 떨리고 두근거리는 가슴으로 몇 마디 말을 붙인다. 그 순간 불쑥 나타난 어른의 일갈(一喝),

"대가리 피도 안 마른 녀석이!"

이 말 한 마디면 마치 구제받지 못할 비행(非行)이라도 저지른 소년으로 규정되어 버린다. 다행히 이성교제 단속 나온 학교 선생님이 아니었다는 것만으로도 가슴을 쓸어내린다. 생각하면 좀 억울하기도 하다. 그 시절은 왜 그렇게 막히고 답답한 분위기들로 가득했을까.

막히고 답답한 분위기란 것도 일종의 시대적 풍경이다. 그래서 요새는 느낄 수 없는 그 시절다운 뉘앙스를 가진다. 그 막막답답의 분위기를 누가 바꾸어 보자고 소리친다고 해서 쉽사리 고쳐질 수 있는 것은 아니었다. 요즘 '시대정신'이란 말이 정치권 유행어로 한창인데, 이것이야말로 그 시대의 '시대정신' 내지는 '시대정서'쯤 되는 것으로 인정해야 하는 것일까.

그러나 그런 억압의 시대정서보다도 더 강렬하게 작용하는 것이 있었다. 생명 가진 것들의 본질적 생태를 어찌 한 시대의 정서나 문화가 다 누를 수 있으리오. 사춘기 소년이 이성을 그리워하고, 만나고 싶어하고, 손잡고 싶어 하고, 마침내는 소유하려는 꿈에 도달하게 되는 이 만고불변의 생태적 섭리를 어느 시대가 비켜 갈 수 있겠는가.

돌아보자. 나에게 운명처럼 마주쳐 온 '그 소녀'는 나에게 무슨 열병이었던가. 어떻게 사춘기 소년의 여린 내면을 바람처럼 할퀴고 지나갔는가. 그래서 그 상처는 오래 아름다운가. 아니면 너무도 짧아서 오래도록 행복의 추억으로 남는가.

① 처음 얼굴을 마주치자마자 온 정신을 혼미하게 했던 그 소녀, ② 오래도록 불면의 밤을 앓게 했던 그 소녀, ③ 정신과 육신을 한꺼번에 뜨겁게 부풀어 오르게 하던 그 소녀, ④ 일상의 다른 모든 욕구들을 다 잠재워 버리고 오로지 그녀에게로만 집착하게 했던 그 소녀, ⑤ 차가운 거절로 가슴앓이를 하게 했던 그 소녀, ⑥ 내가 남자라는 존재임을 자각하게 하던 그 소녀, ⑦ 그녀에게 그 누군가가 접근하고 있음을 알

고 견딜 수 없는 질투와 불안으로 지새우게 하던 그 소녀, 등등

　가수 조용필의 대표적인 노래 가운데 '단발머리'라는 노래가 있다. 가사는 이렇게 전개된다.

　"그 언젠가 나를 위해 꽃다발을 전해주던 그 소녀// 오늘따라 왜 이렇게 그 소녀가 보고 싶을까// 비에 젖은 풀잎처럼 단발머리 곱게 빗은 그 소녀// 반짝이는 눈망울이 내 마음에 되살아나// 내 마음 외로워질 때면 그날을 생각하고……."

　이 노래를 따라서 흥얼거리노라면 노래 속의 단발머리 소녀가 우리들 모두에게도 있었음을 알 수 있다. 내가 이렇듯 그리워하는 그 소녀가 나에게 꽃다발을 가지고 달려오는 환상의 꿈을 아니 꾸어 본 사람이 있을까. 비록 그 소녀가 가난한 현실과 때 묻은 일상의 자국들을 덕지덕지 붙이고 살아도, 우리 환상 속의 '그 소녀'는 늘 화사한 공주 같은 차림으로 우아하게 살았다. 이 눈멀음의 축복을 어이할거나.

　사춘기 그 질풍노도의 시절, '그 소녀'들과 주빗주빗 수줍게 만나던 곳은 어디이었던가. ① 김천여고 뒤 직지천변 보트장은 자연스러운 접촉을 가능하게 하는 장소이었고, ② 극장 옆 도로 변의 제과점들은 제법 만남의 고상함이 비치는 장소들이었고, ③ 공휴일 오전 나절 남산공원 마당도 만남의 자연스러움을 잘 보장해 주었다. ④ 구 법원 건물 부근과 성의여고 아래쪽의 주택가 골목길도 잠시 호젓한 만남을 연출하기에 좋았다. ⑤ 자취생들은 이런저런 용건을 앞세워 골목이나 집안마당에서 쉽사리 조우하였다. ⑥ 좀 어둑하기는 했지만 중국집 한

구석 군만두 한 접시 시켜 놓고 힘든 미팅이 이루어지기도 했다. ⑦ 탁구장이 있는 곳도 인기가 있었고, ⑧ 교회의 중고등부는 합법적 교제가 보장이 되는 곳이기도 했다. ⑨ 통학생들은 역으로 가는 길목, 역에서 집으로 돌아가는 길목들이 모두 동행의 교제 공간이 되었다.

이 나이가 되어서 모이는 40년 전 초등학교 동기들 모임이 성황을 이룬다. 여학생 동기들의 참여도 많다. 내 마음에만 묻어 두었던 '그 소녀'를 만나기도 한다. 초로의 나이가 되어 만나는데도 일말의 두근거림이 있는 듯하다. 우리의 사춘기는 부끄러움의 기억과 억눌린 질풍노도의 에너지를 함께 지니고 있다. 나이가 들어 이제 '그 소녀' 앞에 부끄러움은 좀 극복이 되는데, '질풍노도'의 그 열정은 안으로만 잦아든다.

유감인 것은 영원히 만나지지 않는 '소녀'들도 있다는 것이다. 안부 소식조차도 아득하게 끊어진 '그 소녀'들. 어찌할 것인가. 내 맘 속에 사는 이, 그대여!

축구의 추억

오늘, 2006년 6월 24일, 월드컵 축구의 열풍이 지구를 휩싸고 간다. 마치 그 열풍의 기운으로 지구가 자전하고 있다는 느낌이다. '16강 진출 좌절'이라는 결과적 사실(fact) 때문만은 아니지만, 이 국민적 붉은 열정의 꿈은 참으로 장렬하다는 생각이 든다. 경탄을 자아내게 하는 집단화된 열정 에너지로 한국 축구를 환호하고 응원하던 한국인들의 그 붉은 마음이 눈물겹다. 이 눈물겨움의 정서를 다시 먼 훗날에 우리는 어떻게 추억할까. 이렇듯 마음 쓰린 날, 우리에게 주어지는 최종의 위안은 추억이다. 아쉬움의 끝자락에 서서 옛날 송설 교정의 축구를 추억하기로 한다.

1960년대 말 축구는 가히 송설학원을 대표하는 핵심 스포츠이었다. 다른 운동부서가 시절 따라 여건 따라 부침(浮沈)이 있었어도, 축구부는 비교적 일관성 있게 운영이 되었다. 실력도 만만치 아니하여, 인근에서는 송설 축구부를 경계하지 아니하는 팀이 없었다. 특히 송설34회 무렵에는 전국체전 4강에 오르는 때도 있었다. 어느 해인가는 체전에 출전한 송설 축구부의 경기를 전교생이 라디오 중계로 듣기도 한 것 같다.

흔히 말하는 숙적으로는 대구·경북 차원에서는 성광고가 자주 등장하였고, 지역에서는 성의상고와 자주 결승에서 맞붙었다. 어려운 형편에도 전담 코치를 영입하여 무언가 앞선 기술을 익히기에 나름으로 열성을 다하였다. 송설 축구부는 주요 경기마다 결승이나 준결승에 진출하여, 우리들 기본 자존심을 높여주는 데 큰 기여를 하였다. 축구 경기 응원하다가 승리 환호성에 목이 쉬어 귀가하던 날이 해마다 여러 번 있었다.

그 때 운동장을 누비던 친구들! 친구가 선수로 뛰면 성원하는 마음이 곱절 늘어난다. 축구 선수 유니폼을 입고 학교 대표로 뛰던 그들! 선수는 승리의 환호를 끝없이 꿈꾸지만 현실은 늘 애환이 함께 한다. 훈련은 늘 혹독하고, 자신의 기량은 늘 주변의 평가 대상이다. 게다가 미래의 불확실성이 이중고(二重苦)로 다가오는 생활이다. 어찌 공부의 스트레스에 비하랴. 승리의 짧은 환희와 각고의 긴 고통이 그들 애환의 현주소이었음을 이제야 돌아보게 된다.

박창효 동문은 운동부 시절을 떠올리며 스스로 '교실 학생' 아닌, '마당 학생'의 고충을 이야기 한다. 오전 수업 마치기 무섭게 오후 내내 운동장에 나가 훈련에 임한다. 운동 때문에 버리게 되는 공부는 두고두고 불안한 미래의 짐이다. 엄한 기율은 일차적으로 극복해야 할 기본 환경이다. 그러나 그들 덕분으로 당시 우리는 송설 자존심을 경기장에서 만끽하였다. 그들 덕분으로 이제는 추억의 시합 장면들을 이렇듯 아련하게 반추한다.

중학교 시절 축구 선수로 뛰었던 친구들 중에는 운동 재능이 있는 동기생들이 많았다. 부동의 센터 포드로 활약하던 석용구 군, 누구도 넘볼 수 없는 기량의 수문장 최석훈 군, 담이 크고 투지가 강했던 최용수 군, 바지런하게 뛰었던 박정식 군, 시야가 넓고 볼 찬스에 강했던 김준태 군, 든든한 뒷심으로 묵묵히 수비 기량을 보이던 편재원 군, 몸이 빨랐던 김덕준 군, 독한 근성으로 상대의 기를 죽이던 조진주군, 그 면면이 떠오른다. 그밖에도 축구부와 인연을 스치듯 맺고 간 친구들의 얼굴도 떠오른다. 정치호 군과 김의준 군, 그리고 김동수 군의 모습도 있었던 듯하고.

고등학교 시절에는 과묵한 이미지로 믿음직한 수비를 보여주던 이장현 군의 모습이 인상적이다. 그는 거룩함(saint)에 가까운 선수 이미지를 보여준다. 공수 연결에 기량을 보이던 미남 선수 이장원 군은 판단력이 뛰어났다. 빠른 주력으로 순간 질주를 하며 왼쪽 터치라인으로 볼을 전광석화처럼 몰고 가던 한시환의 플레이는 일품이었다. 약간 어깨가 들려진 자세로 집요한 마크와 태클을 가하여 상대를 무디게 하던 권순열 군의 투지는 오래 기억에 남는다. 여기 미처 다 떠올리지 못하는 모습들을 용서하시기 바란다.

선배 선수들의 모습도 어제처럼 선연하다. 아무런 개인적 인연이 없음에도 마음에 쌓인 이 친근감과 팬 의식은 세월이 가도 변치 않는다. 송설 28회의 우람찬 센터포드 김광웅 선수, 송설 29회의 날쌘돌이 윙(wing) 오재민 선수, 인물 좋고 늠름한 풀백 이재년 선수, 두뇌 명석한

홍종철 선수, 송설 30회에 오면, 힘과 투지의 헤딩왕 서태범 선수, 철벽의 문 손문석 선수가 추억으로 남는다. 송설 31회의 기량 좋고 매너 좋은 풀백 이재호 선수, 정확한 패스와 경기 감각이 돋보이던 곽후영 선수가 인상적이다.

1969년 가을 어느 날, 전국체육대회 고등부 축구 준결승전이 서울 중앙고등학교 운동장에서 있었다. 김천고등학교와 대진하는 상대는 서울의 축구 명문 경희고등학교! 나는 그날 대학 강의를 빼먹다시피 하고 모교 축구를 응원하러 경기장으로 치달렸다. 상대팀은 대규모 학생 동문 응원단이 진을 치고 있었다. 우리는 그야말로 한 줌밖에 안 되는 응원단이었다. 나는 기죽지 않고 응원석에서 열띤 목소리로 응원을 했다. 경기 중반에 부슬부슬 가을비가 내리기 시작했다. 스코어는 지고 있었지만 준결승에 오른 후배들이 대견하고 대단했다. 비에 젖고, 송설 사랑의 마음으로 젖고, 결승 진출 좌절에 대한 아쉬움에 젖고, 돌아오는 길 오랜 만에 만난 동창들 몇몇과 막걸리에 젖었다.

오래 오래 두고두고 기억에 남는 장면이다.

온 나라가 송설 교정으로 모이다

도무지 서울 같은 대처(大處)에 나가 볼 일이라고는 없던 시절이었다. 그럴 일이 없었다. 그러니 몸으로 얻는 세상 견문이 없었다. 매양 느리고 만사 변화 없고, 속도라고는 느끼지 못하는 세상. 사실 1960년대 초반의 우리들 삶은 전형적 농경 사회의 끝자락쯤 되는 곳에 있었다. 적어도 일상에 있어서는 한 세대 전인 1930년대 후반이나 별 차이가 없었다.

중학생 시절 우리들의 '세상 감수성 지표'는 제로에 가까웠다.

1960년대 초반의 김천은 변경(邊境)의 촌락이었다. 마을은 고즈넉한 정물화의 구도였다. 특별히 아름다워서 정물화가 아니라 움직임이 거의 없는 정태적 생활상이, 그림으로 치면 정물화에 가까웠다는 이야기이다. 별 변화 없이, 늘 그저 그렇고 그런 농촌 풍경의 틈새로 아주 작은 상업도시 하나가 살짝 놓여 있는 풍경. 철길로는 하루 몇 차례씩 경부선 열차가 지나지만 우리와는 아무런 상관이 없었다.

그렇게 갇힌 듯이 아무런 속도감 없이 지내다 보면, 그저 온 천지가 내 사는 곳을 중심으로 돌아가려니 하는 생각에 빠지기도 한다. 촌놈이란 것이 달리 촌놈일까. 바깥세상을 잘 모르면서 그저 내 사는 곳을 세상의 중심으로 여기는 것이 몸에 밴 사람들이 촌놈의 전형이다. 하여튼 우리가 그 비슷한 경지에 있었던 것 같기도 한데…….

그런 김천으로 온 나라가 다 몰려오는 일이 생겼다. 1963년이던가. 이 변경의 고즈넉한 송설학교 마당에 일대 사변이 일어난다. '전국연식야구대회'라는 것이 송설학원 운동장에서 열리게 된 것이다. 각 시도의 지역예선을 통과한 전국의 정예 야구팀 18개교가 전국선수권을 겨룬다. 그 빅 이벤트가, 서울도 아니고 대구도 아니고, 김천중학교 운동장에서 열리게 된 것이다. 참으로 보기 드문 전국대회이다. 게다가 개최지 학교의 프리미엄을 업고 모교 김천중학도 당당히 참가한다고 하지 않는가.

송설재단의 김세영 이사장께서 대한 연식야구협회 회장을 맡으시면서 전국대회를 모교 운동장으로 초치한 것이다. 이사장의 이런저런 배려가 깃들어 있음을 알면서도 우리는 설마 그런 큰 행사가 어느 어름에 여기서 벌어질 것인가. 잠시 스쳐가는 소문일지도 모른다고 생각했다. 대통령이 선거 공약으로 내세웠던 김천─삼천포를 잇는 이른바 김삼선(金三線) 철도라는 것도, 기공식까지 하고서도 물 건너가는 것을 보지 않았던가.

그러나 이 일은 그렇지는 않았다. 가시적인 변화가 나타났다. 운동장 서북편 끝자락에 백 네트(back net) 공사가 시작되었다. 경기 관람을 위한 중앙 로열박스를 마련하자면 반드시 필요한 시설이었다. 우리들은 그 이름이 노상 헷갈려서 '마그네트'라 부르기도 하고, 어른들이 부르는 일본식 발음대로 '바구네또'라 부르기도 했다.

다른 하나의 가시적 움직임은 우리 학교 야구부가 엄청나게 보강되어 임시코치가 영입되고, 눈에 띠게 훈련이 강화되었다는 것이다. 우리는 학교가 파해도 집에 갈 생각을 안 했다. 운동장 가에 둘러서서 해가 저물도록 우리 팀 훈련 장면을 구경하곤 했었다.

모교 야구부가 전국선수권대회에 나간다는 것은 자랑스럽기도 하였지만, 걱정스럽기도 하였다. 과연 얼마나 성적을 낼 수 있을 것인가. 야구부가 엄청나게 팀을 보강하였다고는 하지만 그건 말이 그렇다는 것일 뿐, 사정을 들여다보면 첩첩 곤경이었다. 현재의 중학생 선수 이외에 학년이 넘친 선수를 다시 끼워 보는 것 이외에 달리 보강의 방도가 있었겠는가. 선수 부족의 고충은 오죽 했겠는가. 스카웃이란 욕심조차 내지 못하였을 터. 학교 당국과 야구 지도부장 이덕수 선생님의 고충이 이해가 되고도 남는다.

인정하고 싶지 않겠지만 우리들 대부분은 '촌놈'이었다. 야구란 원래 그 이미지가 촌놈과는 어울리지 않았다. 축구나 배구와는 달리, 무언가 모던(modern)한 분위기가 감도는 것 아닌가. 그런데 야구의 룰을 제대로 아는 녀석이 없었다. '연식 야구'가 정확히 무엇인지도 몰랐으니까. 학교에서 구경한 폼새대로 마을에 돌아가면 50원짜리 고무공을 가져다 동네 너른 마당에서 야구 흉내를 내었다. 유행은 무섭다. 더 무서

운 것은 무언가를 설익게 배웠을 때이다. 조금 아는 것을 가지고 아주
모르는 친구들의 기를 죽이고 다니던 풍경이 흔했다. 루울을 가지고
서로 옳다고 씌우기를 하면 금방 목에 핏대가 올랐다.

아무튼 그렇게 해서 김천 초유의 전국연식야구대회가 열리게 된다.
선린중, 경동중, 배문중, 장충중, 성남중, 동래중, 부산 해동중, 인천동
산중, 제물포중, 하인천중, 천안중, 대전중, 춘천중, 그리고 재일교포팀
등등의 선수단이 떠오른다.

야구의 추억

야구는 짧은 인연으로 송설 교정을 머물고 갔다. 야구의 시절은 너무도 짧았다. 1962년에서 1968년에 이르는 시간에 송설 유니폼의 야구팀이 우리들 곁에 있었다. 시절이 너무 짧았기에, 야구의 추억은 아쉽다. 피울 듯 져버린 꽃송이 같은 추억이다. 그 추억은 어둠 속 섬광에 드러나는 슬픈 애인의 얼굴처럼 애잔하고 선명하다. 1960년대에 송설 문하(門下)에 있었던 사람들에게는 각별 그러하다.

김세영 재단이사장이 대한연식야구협회 회장을 맡으면서 1963년부터 전국연식야구대회를 여러 해 송설 교정에 유치했다. 이 대회의 부침(浮沈)과 더불어 우리 야구부의 모습도 기복을 드러낸다. 출발부터 여건 미흡으로 어려움이 많았다. 전국대회를 송설 운동장에서 개최하면서 야구부 발전의 기제를 마련할 수 있을 것이라는 기대와 의욕을 가졌었다.

당시 중학생 야구는 연식야구(軟式野球)이었다. 연식야구란 글자 뜻 그대로 부드러운 방식의 야구라는 말이다. 사용하는 공이 덜 딱딱하다는 데서 연식야구라 했다. 연식이란 주로 야구공의 딱딱한 정도, 즉 공 소재의 밀도가 약하다는 데서 연유한다. 연식야구 공은 실로 박지 않아서 공 표면에 실밥이 없다. 또 공의 고무재료 자체를 연한 것으로 처리하여 부드러움을 연출하게 하였다.

당시 야구명문 중학들, 이를테면 선린중학교, 배문중학교, 인천 동산중학교, 경상중학교 등에 비하면, 우리 야구부는 실로 어려운 처지이었다. 기본 장비조차도 구하기 어려웠다. 당시 최고의 선진 팀이었던 재일교포 야구팀이 모국 방문 순회 경기를 마치고, 1962년 8월 20일 야구기구 품목 55점을 송설 야구부에 기증하였다. 이것이 우리 야구부에는 큰 도움이 되었다. 협회장인 김세영 이사장의 영향력에 힘입은 것이었다.

야구부는 이덕수 선생님이 맡으셨다. 왕년에 야구 경력이 있으셨단다. 수학을 가르쳤던 이덕수 선생님은 수업 시간에 방정식을 풀거나 도형을 증명할 때 특이한 억양으로 '고로!'라는 말을 자주 하셔서, 우리는 선생님께 '고로!'라는 별명을 붙여 드렸다. 짧은 스포츠형 머리에 은빛 테의 반짝이는 안경을 끼고, 손에 쥔 공을 배트로 쳐 날리며 선수들에게 수비 훈련을 시키던 모습이 눈에 선하다. 투명한 안경알 너머로 보내는 시선이 강렬하셨다.

1963년 봄에 운동장 북서쪽 코너에 백네트를 마련하였다. 김천 바닥에서 전국을 상대할 만한 선수를 고르기란 참으로 어렵다. 선수층이 두터워야 무얼 한다지만 선수층 따질 겨를이 없었다. 그저 학교의 명예가 걸린 일이니, 초등학교 때 야구 재능을 보였던 친구들은 학교와 선생님께 순종하여 참여하였다. 마땅한 선수가 없으면, 학년과 나이를 바꾸어 억지춘향 격으로 팀을 구성해야만 했던 시절이다.

선수 친구들이 있음으로 해서 야구의 추억은 빛난다. 축구 풀백으로 공로가 많았던 이장현 군은 원래 야구 쪽에서 포수로 활약하였다. 그는 아마도 부친의 재능과 인품을 물려받은 듯하다. (그의 부친은 일찍이 학생시절 일본 야구의 명성을 상징하는 고라꾸엥(甲子園) 출전 선수로 활약하였다. 기량과 매너가 훌륭하신 분으로 알려져 있다.)

이종명 군은 센터로서 활약하였는데 몸이 빠른 만큼 판단력이 빠르고 시야를 인정받았다. 파이팅이 넘치면서도 원칙에 충실하고 무엇에나 열심이었다. 그가 사는 모습도 그러하다. 왼손잡이 투수로 활약하던 박창효 군 또한 우리가 잊지 못할 선수이다. 큰 키와 체력 체격 조건이 뛰어났던 그는 늘 '미완의 대기'로 주목을 받았다. 너그러운 호인형의 마인드(mind)를 지닌 그가 치열한 승부의 세계에서 겪은 선택과 배제의 시련들은 그의 인생에 약이 되었을까 짐이 되었을까.

선배들의 활약상도 추억의 한 대목을 이룬다. 송설 30회의 인상적인 박행남 투수, 변화구의 위력을 처음 내 눈으로 보게 했던 선수이다. 전국의 야구 강호들을 맞아, 큰 스코어 차이로 밀릴 때도, 안경알 너머 무표정하게 그 무거운 분위기를 감내해내던 모습은 승패를 넘어서서 인상적인 장면으로 남는다.

손문석 포수는 축구에서는 수문장 활동을 하고 야구에서는 포수를 했다. 에러가 많은 중·고교 야구에서 포수는 전체를 리드하는 분위기

메이커이다. 굴하지 않고 파이팅을 외치던, 눈이 부리부리하던 손문석 선수를 떠올리게 된다.

유격수를 보던 정성기 동문의 모습도 떠오른다. 포지션이 포지션이 니만큼 어쩌다가 억울하게 놓치는 에러의 순간을 간절하게 아쉬워하 던 표정은 인상적이라기보다는 오히려 인간적이라 해야 할 것이다.

1970년대 한국 축구의 포스트 김재한 선수도 김천중학시절에는 야 구선수이었다. 키가 큰 그는 일루수를 맡았는데, 다른 내야수가 악송 구로 보내오는 볼을, 긴 다리를 활짝 벌려 가까스로 잡아내며 만장의 박수를 받는 모습도 이채로웠다. 놓치거나 빠트릴 때의 야유들도 아슴 푸레 기억에 떠오른다.

이기고 진 무수한 게임들이 있겠지만, 그 무렵 우리 야구부는 시련 의 승부들이 많았다. 1963년 5월 24일 송설 운동장에서 벌어진 전국대 회(이 대회의 공식 명칭은 길다. 제6회 문교부장관 배 쟁탈 대회 및 중학야구단 일본원정 선발대회)에서 김천중학은 배문중학과 첫 경기에서 붙었는데, 1:9로 패했다. 1964년 10월 23일 경북경식야구대회 도내 고등학교 야 구대회에서 김천고등학교는 대구상고와 붙어서 3:5로 패하고, 이어 대 구공고와 붙어서 3:9로 패했다. '졌지만 장래가 기대되는 팀'이라는 언 론의 평에 만족할 수밖에 없었다.

승부의 세계는 냉혹하다는 말이 있다. 제 삼자가 하기로는 쉬운 말 이지만, 패배를 겪는 선수들은 그 냉혹함이 뼈에 저미어 든다. 우리 모 두 그들에게 오늘은 따뜻한 위안과 인간적 공감을 전하자. 그래! 그때 당신들이 있어 송설 모교의 깃발이 어딘가 어느 하늘 아래 날릴 수 있었구나!

　끝으로 이종명 군의 회고담 한 가지를 소개한다. 1964년 우리가 중3일 때, 대구지역 체전에서인가 김천중학 야구부는 대구 경상중과 대결하여 3:7로 진 적이 있다. 비록 스코어는 밀렸지만 경기 내용은 상당히 잘 싸운 것으로 되어 있다. 그런데 우리와 싸웠던 이 경상중학교 야구 선수들의 상당수가 뒷날 경북고등학교의 야구부 선수로 스카웃된다.
　잘 알다시피 경북고등학교는 1967년 이후 전국의 모든 고교야구를 여러 해 제패하는 이른바 무적 경북고 야구를 만들어 낸다. 이덕수 선생님이 수업 시간 중에 그 야구 경기에 대한 아쉬움을 정말 아쉬운 표정으로 토로했다는 이야기는 가슴에 울리게 남는다. 그 시대 우리의 고귀한 열정을 전설처럼 전해주는 대목이라 할 수 있다.

"야들아, 봐라!"

"야들아, 봐라!"

"아! 야들아, 봐라!"

이 말을 한번 따라해 보시지요. 시선 집중을 이끌어 내는 외침의 분위기를 살려서 말해 보십시오. 물론 김천말의 억양으로 말해야겠지요. '야들아' 부분은 좀 늘어지는 템포로, '봐라' 부분은 다소 빠른 템포로 말해야 합니다. 전체적인 목소리 톤은 높아야 합니다. 무언가 밝혀서 설명하지 않으면 안 되겠다는 투의 어조로 말해 보십시오. 이 말을 듣는 아이들이 정말 나를 보지 않을 수 없도록, 그런 심정으로 말하는 겁니다.

"야들아, 봐라!"

아주 낯설지는 않은 말이지요. 어디선가 들었던 말처럼 느껴지지 않습니까? 그렇습니다. "야들아, 봐라!" 이 말을 들으면, 중학교 시절 떠오르는 수업이 있을 것입니다. 학생들의 산만한 주의력을 교사 쪽으로 환기시키려고 할 때, 선생님께서 사용하였던 말입니다. 이쯤 되면 알 만한 친구들은 눈치 채었을 겁니다. "야들아, 봐라!" 이 말은 1964년 우리가 중학교 3학년이던 해, 세계사 과목을 가르쳐 주시던 이광조 선생님의 전용 특허 말투입니다.

　　그런데 이광조 선생님의 전용 특허이신 이 "야들아, 봐라!"는 이렇게 글자로만 적어 놓아서는 그 맛과 분위기가 제대로 살아나지 않습니다. 이 말에 어울리는 이광조 선생님 특유의 어조와 억양과 악센트가 잘 구사되어야 비로소 이 말의 인상적 효능을 맛볼 수 있기 때문입니다. 이 말의 인상적 효능이 무엇이냐고요? 그건 선생님 특유의 끌어들이는 호소력이라고 해야겠지요. 그런데 유감스럽게도 여기서는 그 음성 언어적 특징을 재현할 수가 없군요. 이 글의 서두에서 그 시절 이광조 선생님이 구사하시던, "야들아, 봐라!"의 실제 분위기를 묘사해 보았는데, 목소리 연기가 아닌, 글로써는 아무래도 한계가 있군요.

　　내 개인적인 기억으로는, 선생님의 세계사 강의는 참으로 흥미진진했습니다. 세계사 지식과 더불어 역사에 대한 보편적 교양을 심어주려는 선생님의 열정이 가슴에 와 닿는, 그런 강의이었습니다. 세계사에 대해서, 아니 세계에 대해서 우리는 무지한 소년들이었지요. 달리 학습 정보를 구할 데도 없던 시절이었으니까요. 텔레비전도 인터넷도 없던 시절 아닙니까?

　　세계사 지식에 대해서 선생님은 거의 독점적인 지위를 가지신 셈이었는데, 그 독점하고 계신 지식을 어떻게 하면 학생들에게 재미있게 나누어 줄 수 있을까를 고민하시는 것 같았습니다. 마치 '나만 많이 알고 있어서 미안하다.'는 심리를 지니신 것처럼 보이기도 했습니다. 그러니까 그렇게 적극적으로 열정적으로 설명해 주려고 한 것이라 생각합니다.

바로 그런 순간에 나오는 발어사(發語詞)가 "야들아, 봐라!"이었던 것 같습니다. 그러니까 선생님께서 "야들아, 봐라!"를 꺼낼 때는, '내가 이제부터 너희들에게 설명을 잘 해 주겠다.' 하는 마음을 표명하는 것이라 할 수 있습니다. 그리고 '내 설명을 들으면 재미는 물론이려니와 이해가 되고도 남을 것이다.' 하는 자신감과, 가르치는 신명이 배어 있었습니다.

실제로 선생님이 "야들아, 봐라!"를 외치고서 해 주신 설명들은 길건 짧건 모두 재미있었습니다. 선생님 신명이 살아 있으니까, 듣는 학생들의 신명도 자연히 함께 살아나는 것입니다. 이런 걸 두고 현대교육학은 교사와 학생의 상호작용이라고 하는 것 아니겠습니까.

선생님은 세계사적 사건의 배경과 원인을 참 알기 쉽게 설명을 잘 해 주셨습니다. 나라와 나라 간의 커다란 정치적 분쟁의 구조도 골목에서 벌어지는 우리들의 골목대장 싸움판에 비유해서 설명합니다. 세계사 속에 등장하는 산업혁명이나 자본주의 발달은 아래 장터 농기구 공장이나 김천 역전 평화시장의 장면을 절묘하게 끌어들여 설명을 하시는 겁니다. 바로 이런 투의 설명을 의욕적으로 시작하려고 할 때, 어김없이 교실 허공으로 내던지는 외침이 바로 "야들아, 봐라!"이었던 것입니다.

그런데 선생님에게는 당신 나름의 역사교육에 대한 철학이 있었던 것 같습니다. 역사는 역사적 사건을 단순히 지식 항목으로 가르치는 것이 아니라, 역사를 흐름과 법칙으로 이해시켜야 한다고 생각하신 것 같았습니다. 역사에서 가치도 배우고 교훈도 발견하고 인간 사회의 속성도 탐구하는, 그런 역사교육을 보여 주셨던 것 같습니다. '외우는 역사'가 아니라, '설명할 수 있는 역사'를 중시했던 것 같습니다. "야들아, 봐라!"는 그런 교육 철학에 잘 부합되는 것 아니었을까 하는 생각을 합니다.

선생님은 서양사를 가르치시며 그 해박함을 유감없이 발했습니다. 지금도 기억이 납니다. 로마 교황청의 권력과 관련해서 '카노사의 굴욕' 같은 사건을 배울 때는 얼마나 소상하게 배경을 설명하고 당시의 지배 권력과 연관되는 정치적 사회적 제도 구조를 실감나게 가르쳐 주셨는지요.

영국 역사상의 대헌장, 권리청원, 권리장전, 명예혁명 등의 사건을 민주주의 발전사의 맥락에서 가르쳐 주실 때는 수도 없이 "야들아, 봐라!"를 꺼내셨지요. 역사적 사건에 대한 개념적 이해를 못하고 있는 우리 표정을 보면, 선생님은 "야들아, 봐라!"를 연발하셨습니다.

우리는 때로 공부 내용은 저만치 밀쳐두고 "야들아, 봐라!" 그 자체에 몰입하기도 했던 것 같습니다. "야들아 봐라!" 라는 말에는 묘한 매력이 있었나 봅니다. 선생님 말투 흉내 내기의 단골 항목으로 "야들아 봐라!"가 등장하기도 합니다. 그런데 이 흉내는 선생님을 놀린다는 의미보다는 '선생님처럼 되고 싶다.' 라는 심리 기제가 반영된 것이라 할 수 있습니다. 이를테면 우리 모두가 "야들아 봐라!"에 친숙감을 가지게 된 것이지요. 이런 경우가 흔하지는 않지요. 권위적이지도 않고 억압

적이지 않았던 선생님의 성격이 친숙감을 키워 준 면도 있었던 것 같습니다.

요절한 시인 박인환은 '사랑은 가도 옛날은 남는 법'이라고 노래를 했던가요. 그의 어법을 잠시 빌린다면 '옛날은 가도 말씀은 남는 법'이라는 생각을 합니다. 42년 전 세월을 거슬러 우리들의 젊은 이광조 선생님을 떠올리며, 그 분의 수업을 표상하던 가장 인상적이던 말씀, "야들아 봐라!"가 우리들 마음에 남아 있음을 확인하게 됩니다.

아, 참! 또 있습니다. 이 가을쯤이면 아주 멋있게 어울리던 이광조 선생님의 흰색 바버리 코트가 떠오릅니다. 깃과 허리 밴드가, 모던(modern)해 보이면서도 어딘가 고풍스러웠던, 그 바버리 코트! 하마터면 추억 속에서 놓치고 잊어버릴 뻔 했습니다.

좋아하고 또 좋아하고

1966년 늦가을 고등학교 2학년 1반, 우리는 약간의 도발적 심리로 선생님들에 대한 인기투표를 하였다. 혹시라도 불경스러운 행위로 들킬까 염려하여(그 때는 그러했다), 선생님들이 접근하는 것을 철저히 경계하는 상태에서, 자습시간을 활용하여 감행된 인기투표이었다. 투표 결과에 대한 공식적 기록은 어디에도 남아 있지 않다. 이른바 야사(野史)에나 남을 일이다. 나의 희미한 기억에 의존하여 그 장면을 복원해 본다.

여러 군소 후보들을 누르고 상위 랭킹에 올랐던 분으로 네 분의 선생님이 떠오른다. 랭킹3, 4위를 두고 김건묵 선생님과 이재민 선생님이 경합하였던 것으로 기억된다. 역사를 가르치셨던 김건묵 선생님께서는 교무부장이셨는데, 성실함과 책무감이 돋보이시는 분이셨다. 농담 한번 건네지 않으시는 점잖은 어른이셨다. 그러나 강의에 대한 열정은 대단하셨다. 그는 수업 중 역사적 사료와 그 전거를 사실 차원에서 정확하게 기억하고 풍부하게 소개하셨다. 우리는 선생님의 세밀한 역사 지식에 경탄했다. 아울러 객관적 지식은 엄격해야 함을 인식하게 되었다. 지금도 귀에 쟁쟁한 선생님의 강의 멘트가 있다.
"AD 476년 로마제국은 게르만 용병 오도아케르에 의해 마침내 망하고 말았던 것이다." '마침내 망하고 말았던 것이다.' 이 대목을 'ㅁ' 자가 들어가는 부분마다 강한 액센트를 넣어서 마치 물결이 밀려오듯 말씀하시는 것이었다. 인상적으로 남는다.

이재민 선생님은 우리가 고등학교에 들어가던 해에 송설학원으로 오셨던 분이시다. 그리고 우리에게 3년 내내 수학 과목을 지도해 주셨다. 김건묵 선생님이 아버님 연배의 이미지이셨다면, 이재민선생님은 젊은 삼촌 같은 분위기의 정서로 대할 수 있었다고나 할까. 190㎝를 넘는 키에 우리들은 선생님을 우러러 보기도 힘들었다. 구두가 항공모함처럼 커서 경탄의 눈으로 바라보았던 기억이 있다. 선생님도 아마 첫사랑 같은 애정으로 우리를 가르치셨던 것 같다.

그 큰 키를 바짝 낮추어 낮은 칠판에 수학 문제를 가득 풀이해 주신다. 칠판에 그린 도표며 수식들이 얼마나 반듯하고 깔끔한지 마치 인쇄된 참고서의 한 페이지 같다. 수업이 끝날 때쯤에는 언제나 그의 양복은 희끗희끗한 분필 자국이 묻어 있다.

검고 굵은 안경테 너머로 우리들의 이해 정도를 확인하고는, 미처 알아듣지 못했다고 생각되면 열심히 다시 풀이를 하신다. 가끔씩 툭툭 던져주는 농담과 유머가 우리들에게는 남다른 친근감으로 작용했던 것 같다. 운동장이나 복도에서 불특정의 학생들을 부르실 때 "어이!" 하고 부르시는 것도 왠지 정감이 묻어났다.

학생들과의 개별 대화를 마다 않으시는 편이었고, 젊은 연배이셨던 만큼 우리들을 잘 이해해 보려고 노력을 하셨다. 운동장에서 선생님들 간 배구 시합이라도 있는 날에는 선생님의 진가가 드러났다. 인간적 소탈함과 강의에 대한 열정이 우리들에게 감명 깊게 다가왔던 분이시다.

인기투표 결과 1위와 2위의 차이는 간발의 차이이었던 것으로 기억된다. 2위는 역시 수학을 가르치셨던 김용해 선생님이셨다. 선생님은 우리가 졸업하도록 가르치시다가, 이후 서울 신일고등학교로 옮기셨다. 선생님을 파격적으로 초빙해 가신 것이다. 그런데 그 소식은 얼마나 서운하고 아쉬웠던가. 우리가 선생님께 매료된 것은 명쾌하고도 산뜻한 선생님 특유의 수학 해법 방식에도 있지만, 수학 시간 내내 우리로 하여금 긴장감 있는 집중력에 사로잡히게 하는 선생님 특유의 카리스마이었다. 마르신 풍모에 가냘퍼 보이시는 체격이시지만, 선생님 앞에서 털끝 하나라도 거슬릴 수 있을 것이라는 생각조차도 하지 못했다.

선생님은 수학 지도 이외에도, 우리에게 공부에 대한 희망과 꿈을 가지도록 하는 데 많은 공력을 기울이셨다. 아카시아 꽃이 피는 6월 무렵이면 수험생들의 슬럼프가 시작되는데, 선생님의 공부 격려를 듣고 있노라면 한 방에 슬럼프 기운이 물러갔다.

"제군들! 고3 한 시절 예쁜 여학생에게 잠시 한눈팔면, 제군들 한 평생이 물 건너간다. 대학 가면 사귈 수 있는 여학생 많다. 자! 교과서 45페이지 예제 3번!" 이런 식이시다. 문제 풀이도 군더더기가 없으시지만, 경고하는 말씀에도 군더더기가 없다. 견결해 보이기가 난초의 이미지이고 선비의 풍모를 지니신 분이었다. 지식 카리스마의 전형으로 기억되는 분이시다.

인기투표 1위는 누구이었던가. 그는 짧은 인연으로 우리를 스치듯 지나가신 분이다. 그러함에도 불구하고 우리에게 긴 여운의 공감을 남겨 두었던 분이다. 국어를 가르치셨던 김의교 선생님이 그 때 그 투표에서 1위의 인기를 얻었던 분이시다.

그는 얼마간은 우울한 낭만주의자의 정서로 우리들에게 새로운 감수성을 불어 넣었다. 지금 생각하면 4·19적인 자유주의 이상을 우리에게 분위기로서 처음 맛보게 한 분이기도 했다. 큰형 같은 분위기로 우리에게 동일시의 환상을 만들어 주기도 했던 것 같다.

김의교 선생님은 낭만적 시인이었다. 그는 가끔 자작시를 칠판에 써서 그윽한 정조를 살려 슬프게 읽어 내리곤 했다. 그가 소리 내는 시의 구절들을 듣고 있노라면 시의 음절들이 뚝뚝 눈물방울처럼 떨어진다는 느낌이 들기도 했다. 교과서에 실려 있던 안톤 슈낙의 '우리를 슬프게 하는 것들'을 선생님이 젖은 목소리로 그리고 약간은 쉰 듯한 목소리로 조금 빠른 템포로 읽어나가면, 그 슬픈 일들의 이미지와 대상들이 우리들 가슴을 일렁거리며 지나가는 듯했다.

그가 들려 준 대학 시절 무전여행 이야기는 포복절도할 정도로 우스운 해프닝들로 가득한 것이었다. 그만 하자는 이야기를 끈질기게 졸라 대었던 기억도 있다. 하회탈처럼 웃으면 눈이 작아지는 선생님의 표정의 내면은 무엇이었을까. 어찌 보면 안으로는 짙은 슬픔 같은 것이 묻어 있기도 했다. 20여 년 전 부산여고에 계신 것을 우연히 알 수 있었는데, 선생님의 근황은 알 수가 없다.

인기(人氣) 자체야 무상한 것이라 해도, 우리가 좋아하고 또 좋아했던 선생님들의 그 추억은 이리도 오래 여운이 남는다.

신사와 오토바이

학교는 시가지로부터 한참 떨어진 곳에 있었다. 넓게 펼쳐진 들판과 훵한 신작로를 앞에 두고, 뒤로는 결코 낮다고만 할 수 없는 산줄기를 둘러 세운, 한적한 곳에 학교는 있었다. 학생들은 물론이고, 교장선생님을 비롯한 선생님들도 걸어서 학교에 오거나 자전거를 이용하였다. 금릉군의 면 단위 마을로만 들어가도, 어쩌다 들어오는 자동차는 아이들의 구경거리이었다. 달리는 오토바이는 오래 시선을 떼지 못하게 하는 경이의 대상이었다.

1964년쯤이던가. 아침 학교 등굣길에 작은 이변이 일어났다. 김동일 선생님이 오토바이를 타고 오신 것이다. 그것도 어쩌다 한번 타고 와 본 것이 아니라, 아예 출퇴근 자가용의 오토바이인 것이다. 요즘이야 자동차도 흔하고 오토바이도 흔한 교통수단이지만, 그 무렵 우리로서는 꿈꾸고 꿈꾸어도 오로지 꿈에서나 타볼 만한 것이 오토바이이었다. 멋이 있어 보였다. 단아하시고 반듯한 신사의 매너를 지니신 분이라, 오토바이가 그 분에게 더욱 특별한 매력을 보태었다. 오토바이야말로 젊음과 자유의 역동성을 상징하는 물건 아닌가.

그 무렵, 우리의 동기생 박신홍 군의 부친, 박홍국 어른(대구일보 김천

지국장을 하셨던가)도 오토바이를 몰고 다니시었는데, 그 어른은 오토바이로 경부국도를 달려 김천에서 서울을 종종 다녀오시곤 했단다. 아마도 산업화 사회의 전조(前兆)들이 잠자는 김천을 향하여 그렇게 다가오는 것이었는지도 모르겠다.

아무튼 김동일 선생님의 오토바이는 우리에게는 아주 참신한 충격과 더불어 '멋'에 대한 새로운 감수성을 불러일으키기에 족했다. 그것은 물론 선생님의 내적인 품성(personality)과 상응되는 멋이기에, 경쾌한 오토바이 이미지임에도 불구하고 아주 중후해 보였다. 선생님은 본질적으로 신사이었기 때문이다.

'신사(紳士)'라는 말이 그 당시 우리에게 주는 통념적인 이미지는 '양복 한 벌 그럴싸하게 잘 빼 입은 신사'로 구체화되는 것이 보통이다. 또 '신사'라고 하면 스타일리스트(stylist)다운 멋쟁이 남성의 면모를 떠올리게 된다. 식민지 역사를 겪고 다시 전쟁의 폐허에서 모든 것을 상실하고, 세계의 주류에서 멀어져 있었던 우리에게는, 그런 신사의 풍모가 그리웠음직하다. 아니 '신사 콤플렉스' 같은 것이 있었는지도 모르겠다.

근대 서구에 대한 동경과 그 서구식 생활 모드 자체가 대중들에게 유행병처럼 번져 나가던 징후들을 우리 사회는 겪었다. 겉멋만 부리는 패션 차원의 '겉멋 신사'가 신사의 전부인 것처럼 자리하던 것이 그 대표적 성향이라 할 수 있다. 근대화가 서구화와 같은 개념으로 혼재하던 시대의 부산물이다. 스스로를 비하하여 '엽전들'이라고 자조하던 심리, 그 심리의 대척되는 자리에 '겉멋 신사'가 있었는지도 모르겠다.

막상 신사의 본 고장이라 할 수 있는 영국에서는 신사의 자질을 외적 요소보다는 내적 특성에서 찾는다. 관용을 가지고 약한 자들을 먼저 보살피고, 자신의 힘을 결코 무례히 쓰지 아니하고, 불의 앞에서 진정한 용기를 드러내는 남자다움의 내적 자질을 신사의 도(道)로서 강조한다. 의협심을 보이겠다면서 방방 뜨거나 감정의 찌꺼기를 배설하듯 분출고서야 신사라 할 수 없다는, 오래 참는 미덕을 기꺼이 보이는 품성의 소유자가 진실로 '신사'에 가깝다는 것이다.

신사의 참 이미지가 그러할진대, 진정한 신사의 모습으로 떠오르는 분이 있다. 체육(유도)을 가르치셨던 김동일 선생님이다. 선생님은 동기생 김용환 군의 아버님이시기도 하다. 2003년 가을에 타계하셨으니, 선생님이 떠난 후의 세월도 살같이 빠르게 흘러갔다. 김동일 선생님에게 신사다운 분위기가 있다고 막연히만 생각했는데, 언젠가 전장억 선생님께서 그걸 확인해 주셨다. 두 분은 송설학원에서 12년(1954년~1966년)을 함께 근무하셨다.

2005년 봄 서울에서 우리는 전장억 선생님을 서울로 모셔서 마치 40년 전의 학생처럼 선생님의 문학 강의를 들었다. 그날 사은 행사를 마치고 떠나시는 전장억 선생님 앞으로 김용환 군이 나아가 인사를 드린다. "선생님을 뵈오니 돌아가신 아버님을 뵈옵는 것 같습니다." 전장억 선생님의 감회 어린 회고가 이어졌다. "자네 어른은 참으로 신사이셨네. 인격이 훌륭하셨지. 멋을 아시는 어른이셨지. 드문 신사이셨어."

김동일 선생님은 송설 동문이시다. 1922년생, 대덕이 고향이시다. 송설 7회이시니 이선중 전 법무부 장관, 양갑석, 김용해 선생님과 동기이시다. 일본 동경체육대학을 다니시었다. 해방되고 서울 경기중학교에서 교편을 잡으셨다. 6·25때 인민군에 잡혀 총살 직전에 구사일생으로 살아나, 피난 차 김천으로 오서서, 휴전 후 경기중학교 초빙도 마다하시고 1954년부터 1966년 초까지 모교에 봉직하셨다. 뒤에 대학에 출강도 하시고, 소년중앙 잡지 일을 하시기도 하고, 삼성체육관 관장을 하셨다. 만년에 향리 대덕에 내려와 지내시기도 했다.

나는 선생님이 베풀어 주시던 유도 교육 장면이 선연하게 와 닿는다. 단아한 분위기이면서도 제자들과 더불어 힘과 몸과 정신을 직접 공유하려는 모습, 그리하여 우리들 성장의 차원을 한 가닥 높이 이끌어 올려, 그런 정신의 경지를 당신에게서 배워 가기를 바라는 모습을 보았다. 그래서 마침내 도복을 입고 수련의 수범을 보이는 선생님의 모습은 멋이 있었다. 그런데 그 멋은 바깥의 형색에서 나오는 것이 아닌 이미 내면의 어떤 덕성에 속하는 것이었다. 그 덕성의 본질은 '너그러움'이었다고 생각된다.

아, 참! 이런 장면 하나가 떠오른다. 선생님은 오토바이로 출근하면서, 국도변 추운 출근길에 시간 늦어 동동 걸음을 하던 음악 강사 선생님(이경자 선생님이던가)을 오토바이 뒷자리에 태우고 오시던 장면도 있었다. 그런 출근 모습을 보고 우리는 환성을 지르기도 했는데, 그 장면이야말로 선생님이 보여주는 신사의 멋과 풍모가 보이는 대목이다. 그 무렵 그 세태에서는 쉽지 않은 일이었다. 너그러움과 용기와 의연함이 모두 배어 있었던 것 같다.

양갑석 선생님

1940년을 전후하여 태어나, 경북고등학교를 다녔던 인사들은 양갑석 선생에 대한 각별한 기억을 가지고 있다. 1954년부터 1959년까지 선생은 경북고등학교에서 학생들을 가르쳤다. 이 연배의 경북고 출신들에는 국가 수준의 뛰어난 인재들이 많았다. 나와 대학에서 함께 근무했던 경북고 출신의 1940년생 송종헌교수는 내가 김천고등학교 출신임을 알고는 첫 번째로 물어보는 말이 "양갑석선생에게서 배웠느냐?" 하는 것이었다. 송교수는 양갑석 선생의 높은 학문적 수월성과 가르치는 열정을 떠올리며, 그를 인상 깊게 기억하고 있었다. 특히 엄격한 교수 방법, 그리고 물리와 수학에 관한 해박한 지식에 대해서는 경탄을 금하지 않았다.

송교수는 이런 말을 하였다.

"우리 경북고등학교 다닐 때, 선생님 별명을 '겐베이'라고 불렀지. 일본말로 헌병(憲兵)이라는 뜻이야. 선생님이 워낙 엄격하고 빈틈없으시고, 학생들이 무서워했으니까 그런 별명을 지어드렸는데, 모두 적격이라 생각했었지. 무서워하기는 했지만 마음으로 승복하고 존경했었어, 선생님의 수학 지식은 그 자체로 엄청난 카리스마이었지, 누구도 함부로 범접할 엄두조차 못 내었으니까. 그래보았자 그저 30대 초반의 나이였지만, 하늘처럼 높은 존재로 우리들에게는 각인되어 있었다네."

나는 이렇게 대답하였다.

"저희들 김천고등학교에서는 선생님 별명을 '히틀러'라고 붙여 드렸습니다. 일사불란하게 목표를 향해서 굳센 의지로 밀고 나가는 모습을 그렇게 나타낸 것입니다. 학교를 높은 수준으로 발전시키기 위해 강력한 수월성을 길러야 한다는 신념을 일관되게 실천하신 분이니까요. 히틀러라는 별명을 드렸지만, 그 분의 공덕으로 그 후 김천고가 전국의 명문으로 도약하는 기틀을 마련하게 되었지요."

송교수는 당연하다는 듯 동의했다. 그리고 1960년 양갑석선생이 경북고에서 다시 김천고로 돌아오실 때, 경북고에서는 얼마나 아쉬워했었는지 모른다고 했다.

양갑석선생님에 관해 좀 더 알기 위해 선생님의 둘째 따님 양정옥 여사의 도움을 받았다. 마침 그녀는 나와 같은 학번의 같은 세대이다. 잘 모르고 있었던, 선생의 살아오신 역정을 들을 수 있었다. 선생은 1923년 김천시 지좌동(예전에 그곳을 갈대라고 불렀다)에서 2남 4녀의 장남으로 태어났다. 김천국민학교와 김천중학교를 거쳐 18세에 그 유명한 동경물리학교로 유학을 떠나, 학업을 마치고 22세경에 귀국하여 황해도 경이포에 있는 제철공장에 첫 취업을 한다. 선생님의 회고담에 의하면 당시로는 매우 훌륭한 직장이었다고 한다.

그러나 모든 청년들이 징용으로 끌려가던 때이고 곧 징용영장이 나올 상황에 처하자, 다시 일본육사에 진학한다. 난국을 피하는 한 방편이라고

나 할까. 세계를 총체적으로 전망하기 어려웠던 시절에, 이 가난한 청년 수재의 내적 고통이 들여다보이는 대목이라 할 수 있다. 그는 해방을 일본 육사에서 맞이하고, 바로 귀국한다. 1946년 잠시 쉬는 중, 은사인 김천중학교 정열모 교장으로부터 잠시 도와달라는 청을 받고 교육자로 첫발을 디딘다. 그러나 그는 당시에 교사생활보다는 공부를 계속할 계획이었다.

그러던 중 갑자기 부친이 돌아가시고, 가족 부양의 책임을 지게 됨에 따라 공부를 계속하지 못하고 교단에 남게 된다. 1954년 경북고등학교로 자리를 옮기고, 1960년 다시 모교 김천중고등학교로 돌아오고, 교감을 거쳐 교장으로 봉직하시다가 1977년 돌아가실 때까지 김천고등학교의 수월성과 후학양성에 전심전력하였다.

선생님의 따님 양정옥 여사가 전하는 내용을 그대로 옮겨 본다.

1954년 김천중학교에서 경북고등학교로 옮긴 것은 아버지 개인의 포부 내지는 가정적 이유가 컸던 것 같습니다. 자식 교육 문제가 큰 요인이었다고 생각되고, 개인적 성취를 위한 계획도 있었던 것 같습니다. 공부를 계속할 계획도 있었고, 대학으로 옮겨갈 생각도 있으셨던 것 같습니다. 그러나 가장으로서의 책임을 잠시도 벗어날 수 없었던 환경 탓에 그 꿈은 이루어지지 못했습니다.

일반 학원으로부터는 여러 차례 스카우트 제의가 있었는데도 가시지 않았습니다. 당시에도 유명학원에 인기 강사가 되면 대우가 매우 좋았다고 하는데, 한 번도 학원에서 강의를 하지 않으셨습니다. 돈 받고 강의를 하면 안 된다고 생각하셨던 것 같습니다. 아버지의 일생은 이렇게 실리보다는 명분에 실려 있었다는 생각이 듭니다.

그러다가 다시 김천고등학교로 오신 것은 동창회의 요청 때문이었습니다. 재단에서 먼저 제의를 했지만, 다시 돌아갈 생각은 없으셨다는데, 동창회의 끊임없는 설득과 요청에 의해 1년 이상을 끌다가 결정하셨다고 합니다.

아버지는 가난한 집에 장남으로 태어나셨습니다. 거의 빈농 수준이었던 것 같은데, 할아버지는 일찍 개명하셨던 분 같고, 할머니가 자식 사랑과 교육열이 대단하셨던 것 같습니다. 부모님들의 특별한 기대를 받고 성장하셨고, 그래서 일생 동안 책임이 무거우셨던 분입니다. 어려운 살림살이를 보면서 성장하셨고, 동경 유학시절도 거의 고학 수준이셨다고 합니다. 그때의 배고픔을 간혹 얘기하시곤 하셨습니다. 그래서 가난한 학생들이 배불리 먹고 맘껏 공부하며 뜻을 펼치게 하는 것이 아버지의 꿈이 되신 것 같습니다.

아버지의 엘리트 교육 중시는 동경물리학교와 일본 육사 다닐 때의 교육과 경험이 큰 영향을 미친 것 같습니다. 동경물리학교는 들어가기는 어렵지 않으나 졸업하기가 매우 힘들 정도로 엘리트 양성에 치중하는 학교였다고 합니다. 아버지 생전에 당시 그 학교를 졸업한 사람은 세 사람밖에 없다는 말씀을 우리에게 하시곤 했습니다. 평소에 표현을 잘 안하셨던 분이라, 내면의 생각이나 동기를 겉으로 잘 드러나지 않으셨지만 속뜻은 깊었습니다.

아버지는 당신이 젊어서는 나라를 경영하고 세계로 나아가는 큰 꿈을 가졌던 것 같고, 나중에 교육자가 되어서는 그런 일념으로 인재를 양성하는 교육적 상상력을 가지고 있었던 것 같습니다. 아버지는 기계나 설비 철강 같은 기간산업에 특별한 관심을 가지고 계셨습니다. 가르친 제자들 중에 그쪽 부문에 종사하고 계신 분들과 대화를 하실 때 매우 기뻐하셨던 것으로 기억됩니다. 그리고 당신은 그 꿈을 이루지 못했으나, 그러한 인재를 양성하고 그렇게 성장한 제자들을 보는 것으로 큰 보람을 느끼셨던 것 같습니다.

여기까지 따님의 증언을 듣고 나면, 우리들 마음에 형성되는 양갑석선생의 이미지는 왠지 낯설지 않다. 이런 이미지의 사람이 또 누가 있었더라. 우리 세대라면 어디선가 친숙한 어떤 인간상을 보는 듯하다. 딱히 어디라고 딱 집어내기는 그렇지만, 나는 선생의 이미지가 어딘가 박정희대통령과 흡사함을 느끼게 된다. 식민지 수재 청년으로서 겪었던 꿈과 좌절이 그러하고, 모진 가난의 질곡을 딛고 근대와 자아를 추구해 가는 모습도 그러하다. 보다 큰 경영의 지표를 향해 권위적 카리스마로 강력한 돌파를 해 나갔던 리더십도 그러하다. '헌병'과 '히틀러'의 별칭을 기꺼이 수용했던 그 마음 자락에는 이 학교를 수월성 진화의 제일선에 올려놓겠다는 일념의 각오로 일로매진한다는 표정이 오우버랩 된다.

선생은 늘 움직이시지만, 우리들 느낌에는 흔들리지 않고 미동도 않으시는 이미지로 남아 있다. 뒷짐 진 자세로 빠르지도 느리지도 않은 평균 속도의 걸음걸이로 수학 수업을 들어오시던 모습, 짙은 눈썹과 강렬한 시선으로 응시하면 다 수그릴 것 같은 분위기, 모든 종류의 해법을 전부 관장하는 듯한 놀라운 수업 카리스마, 그리고 전체 학교 구성원을 높은 수월성 지표로 이끌어 진두지휘하던 모습이 선하다. 일찍이 선생의 시절에 이룩한 송설의 명성은 오래 김천고의 가치 브랜드로 작동했었다. 강한 성장 엔진을 만들어 주셨던 분이다. 그 무렵 대한민국은 조국 근대화의 엔진을 가동하는 즈음이었고, 송설학원 또한 학교 중흥을 위해 강한 엔진을 장착하던 즈음이다. 우리 세대는 마땅히 선생을 기리지 않을 수 없다.

02
아프고 시렸던 성장의 풍속들

결투

송정에서는 결투가 가끔씩 있었다. 혈기방장(血氣方壯) 하던 젊은 날의 초상이다. 송정과 더불어 결투의 추억을 떠올리는 것은 우리들만의 행운이다. 결투, 그것이 벌어지던 때의 가슴 들끓었던 격정과 고뇌를 아는가. 해 본 이는 안다. 그것을 지켜보았던 송정의 키 큰 소나무들도 안다. 엄청난 고뇌이었지. 그러나 오늘은 그것조차도 낭만의 얼굴로 다가온다.

결투는 원래 개인 간의 분쟁을 격투로 해결하던 게르만 민족의 풍습이었다. 결투는 증오와 불화의 해결, 영광이나 명예의 회복을 위해 서로가 합의하여, 미리 타협된 규칙을 준수하면서 투쟁하는 것으로 정의된다. 결투가 단순 폭행이나 구타 등과 구분되는 것이 바로 이 대목이다.

송정에서 오늘 오후에 한판 붙어 보자! 좋다! 당당하게 붙는 거야!
이렇게 말하고 해질 무렵 송정으로 향하던 모습들이 있었다. 결투행위의 윤리성과 자기존재의 당당함을 은연중에 의식하던 성숙함이 엿보이는 대목이다. 이런 결투는 송정의 분위기와 더불어 제대로 격이 살아난다. 도시의 후미진 골목이나 쓰레기장 뒷구석에서의 맞장뜨기라면 아무래도 철딱서니 없는 싸움에 불과했을 것이다.

학년 초, 우리들 세계에서 힘의 질서가 자리 잡기 위해서는 몇 번의 결투가 필요했다. 소위 랭킹을 조정하는 과정이다. 싸움에 능하지 못한 이들에게도 송정 결투는 있었다. 명예와 자존을 다친 학우들 간의 송정 결투가 그런 류이었다. 감정을 추스르지 못하고 아무데서나 엉겨 붙는 싸움이 중학생의 것이라면, 고등학교 시절은 '송정 결투'의 의식을 빌렸다.

의연히 결투를 약정하고 송정에 올랐으나 막상 몸싸움으로 옮겨 가지 않고 미수(未遂)에 그치는 결투도 많았다. 나는 이런 경험이 교육적으로는 매우 유익하다고 생각한다. 결투를 마치고 송정을 내려오면서, 새롭게 친구가 되어 내려오는 일이 다반사이었고, 이기든 지든 새로운 고뇌를 안고 내려오는 경우도 있었다. 어찌 아름다운 젊은 날의 초상이 아니랴.

송정 결투 풍속을 이미 잘 알고 계셨을까. 전장억 선생님께서 각별 강조하시던 한문 경구도 생각난다(고1 한문 시간). '少之時也는 血氣方壯하니 戒之於在鬪하고(젊을 때는 혈기가 뻗쳐나니 싸움을 조심하고)'

결투의 본 정신이 명예와 자존의 추구라고는 해도 그것은 엄연히 교칙으로 금지된 싸움 행위이다. 결투를 비밀로 유지하기 위해서 쏟는 노력 또한 지극했다. 졌다고 해서 보복을 다시 기획하지 않는 것은 결투의 매너이었다.

혈기방장하던 이들이 어찌 학생들만 이었을까. 송정 결투와 관련해서 믿거나 말거나 전설 하나가 전해 온다. 중3 때 농업을 가르치시던 야무진 알밤형의 백아무개 선생님과 고1 때 영어를 가르치시던 미남형의 김 아무개 선생님이 송정에서 한판 결투를 벌였다는 이야기가 그것이다. 결투의 원인이 무엇이며, 경과는 어떠하였고, 승패는 어떠하였는지에 대해서는 전해지는 것이 없다. 승패의 추측은 학생들 사이의 오랜 화제가 되어 두고두고 전승되었다.

제각기 묻어 둔 송정에서의 결투 추억이 있는가. 불발로 끝나버린 송정 결투의 약속이 있었던가. 기억의 창고에서 꺼내어 이쯤에서 새롭게 고백해 보자. 이겼던들 무슨 시퍼런 자랑이 되며, 졌다한들 무슨 부끄러움이 되겠는가. 오로지 아름다운 자존의 자화상, 젊은 날의 초상들을 만나리니.
친구야! 우리 송정으로 가자.

너희가 바람을 아느냐

겨울이면 우리는 바람과 더불어 학교에 다녔다. 눈쌓인 황악산 능선을 헤집고 오는 거센 추풍령 바람이 있었다. 그 바람을 온몸으로 감당하며, 귀 싸매고 고개 숙여 박고, 그렇게 학교 가던 길이 있었다. 부곡동 삼거리까지의 오름길이 끝나면 일망무제(一望無際)로 와 닿는 봉계들판. 그 들판을 한 걸음에 내리 닫듯 불어 삼키던 추풍령 눈바람, 그 바람의 세례를 지금도 기억한다.

백두대간 소백산맥의 중간 어름을 점하는 황악산과 추풍령! 충청과 영남을 가르는 곳. 바람도 쉬어 간다고 했었지. '바람 대기소'인지라 모여 있는 바람이 많기도 했을까. 그곳으로부터 남으로 30여리를 내달아 김천 고을 송설학원이 있다. 그 30리 길이야말로 바람이 휘몰아 다니던 길이었다. 우리가 처음 송설학원에서 체득한 것은 그 바람 아니었을까.

춘삼월이라고는 해도 추풍령 눈바람은 매섭고 차가웠다. 입학하여 처음 내닫던 등굣길도 어김없는 바람의 세례. 첫등교의 첫시련은 이렇듯 바람과의 만남이었다. 걸어서 다니는 것이 상식으로 되어 있던 시절이라, 버스나 승용차 통학은 꿈에서조차도 불가능하던 시절이었지.

그래서 그 무렵 그 바람을 몸으로 맞았던 우리 세대는 힘주어 말한다.

"너희가 바람을 아느냐?"

1960년대의 베스트셀러로서 '바람이 불어오는 곳'이라는 부제(副題)를 단 이어령 교수의 책이 있었다. 나는 이 책의 내용과 상관없이 내게 바람이 불어오는 곳으로 '학교 가는 길'을 떠올린다. 부곡동 벌판으로 내리 닿던 추풍령 눈바람을 떠올린다.

'바람이 불어오는 곳'이 달리 있으랴. 시련과 배움이 있는 곳이 곧 바람이 불어오는 곳 아닐는지. 그러고 보니 이어령 교수가 쓴 글의 주제도 이에서 크게 벗어나지 않은 것 같다.

추풍령 바람이 주는 시련의 의미를 터득할 수 있었기 때문일까. 그 혹독한 바람 세례를 맞으면서도 그 무렵 추풍령은 미지의 이상을 향하는 우리들 마음의 길목이기도 했다. 그 너머 어디에 청운의 꿈이 있을 것 같았다. 온몸으로 바람을 안고 가던 가슴에서 끈질긴 꿈의 싹이 자라는 것이다.

그 무렵 우리 학교는 자전거 통학으로 유명했다. 바람이 센 날은 온몸의 힘으로 페달을 밟아도 자전거가 나아가지 않는다. 도로는 비포장의 자갈길이고. 바람에 밀리지 않으려고 안장에서 엉덩이를 떼고 몸을 일으켜 세워 페달을 밟아도 자전거는 잘 나아가지를 않는다.

지금도 눈에 익은 풍경 하나. 직지사 아랫마을 마전에 사셨던 전장억 선생님은 퇴근길이 바람과의 싸움이셨다. 그렇게 힘들게 자전거를 밟아 나가시던 모습을 여러 번 뵈었다. 바람 앞에 멋진 스타일을 다스릴 틈이 없다고나 해야 할지. 다수동을 지나 훤한 들판길로 나서시면 아예 내려서 자전거를 몰고 걸어가시던 모습도 눈에 선하다. 그렇게 바람의 일상 가운데서 우리를 가르치셨던 선생님! 생각하면 아름다운 풍경이다.

능숙한 목공은 나무의 결(texture)을 안다. 노련한 석수장이는 돌의 결을 안다. 산전수전 다 겪은 사람은 세상인심의 결을 헤아린다. 우리가 옛 모교를 추억함에 떠올릴 수 있는 추풍령 눈바람은 우리들 심정으로만 공유되는 바람이다. 그래서 우리는 추풍령 바람의 결을 안다. 그 바람은 겨울바람이었지만, 우리들 마음에 지금도 사철 불고 있다.

잠 이루지 못하는 밤
고향집 마늘밭에 눈이 쌓이리
잠 이루지 못하는 밤
고향집 추녀밑 달빛은 쌓이리
발목을 벗고 물을 건너는 먼 마을
고향집 마당귀 바람은 잠을 자리.

- 박용래, ‘겨울밤’ 중에서

데모의 추억

송설학원에 다니는 동안 우리는 두 번의 가두시위를 하였다. '가두시위'라고 말하면 다분히 중립적인 용어로 들리지만, 그 당시는 '데모[demonstration]'라는 말이 더 널리 쓰였다. 말이란 묘한 것이다. '가두시위'가 차분하고 정당한 차원의 집단의사 표시 방식으로 다가온다면, 데모는 무언가 불순하고 일탈적인 저항처럼 느껴지는 면이 있다.

데모란 본질적으로 불순한 것인가. 물론 그렇지는 않다. 당시의 통치 문화와 저널리즘이 빚어낸 일종의 의미 왜곡이라 할 수 있다. 데모 또한 민주적 의사 표시의 한 방법이다. 그러고 보니 그 무렵 데모란 말의 쓰임이 좀 고약했구나. 그런 것들을 이제야 어렴풋 짚어 볼 수 있게 되었다. 세상이 개명하여 그리된 것인지, 세상 살아온 우리들 나이가 그런 깨달음을 주는지 잘 모르겠다. 어쨌든 우리는 두 번이나 데모의 행렬에 참가했다.

우리의 첫 데모는 중3 때인 1964년 5월 경, 한일회담 반대를 위한 데모이었다. 이른바 '6·3 사태'라고 불리던 시국이다. 그 해 3월 서울의 대학가에서 "굴욕적인 한일회담 반대"를 외치는 시위가 발생하여 전국적으로 확산되었다. 박정희 정부가 한일회담을 계속 추진하자, 4월 19일을 전후하여 학생시위는 재발되었고, 6월 3일에는 1만여 명의 학생과 시민이 시위에 참가하였다. 그 언저리 쯤 어디에 우리들의 데모가 있었다. 김천에서는 처음으로.

선배들의 은밀한 지시가 교실마다 돌았다. 1교시 후에 운동장으로 신속히 모이라는 메시지이었다. 누가 모이라고 하는지 왜 모이는지 모호한 전달이었다. 보안유지를 기하기 위한 것이었겠지. 그러나 누군가 가라앉은 목소리로 '오늘 데모가 있다'는 전언을 남겼다.

집단으로 공부를 거부하고 데모를 하러 나간다? 생각만 하여도 가슴이 차오르는 일이었다. 절대 권위의 선생님들을 무시하며 일종의 모반에 가담하는 호기심어린 불안이 있는가 하면, 무서운 그 무엇과 맞선다는 불타는 모험의 의지도 생겨났다. 순진하다 해야 할지.

운동장에 급히 모였다. 기미를 알아차린 선생님들의 불호령 같은 제지가 있었다. 물러서는 우리들을 고등학교 선배들이 다시 불러 모았다. 서둘러 선두에 나아간 고3 김중범 선배의 일갈 시국 성토가 있었다. 중3짜리 우리들에게 시국을 보는 분별이 특별히 있었겠는가. 그러나 무언가 주창하지 않으면 안 된다는 사명감 같은 것이 가슴 한 쪽을 밀치고 올라오기도 했다. 선생님들의 제지를 벗어나기 위해 서둘러 교문을 박차고 시내를 향했다.

대오는 정연하다가 어지럽다가, 달리다가 걷다가, 그런 리듬으로 나아갔다. 어디선가 준비한 플래카드도 나왔다. 부곡동 삼거리 쯤에 이르렀을 때는 시민들이 몰려들었다. 우리는 제법 의연한 표정을 지어보이기도 했다. 그런가하면 동네 아저씨나 옆집 아주머니와 눈이 마주쳐 쑥스럽고도 어벙벙한 표정을 짓기도 했다.

구호는 대개 두 종류이었다. "한일회담 결사반대" "굴욕 외교 중지하라" 요즘의 자극적이고 뺀들뺀들한 시위 구호에 비하면 점잖고 단아했다. 대오 중간 중간 선배들이 선창을 유도하면 우리는 후창으로 따라했다.

묘한 기분이었다. 개구쟁이에서 갑자기 어른이 된 기분이라고나 할까.

김천역 부근에서 경찰이 나타났다. 경찰과 대치하는 경험은 참으로 희한(稀罕)했다. 좁은 김천 바닥이니 경찰 아저씨들도 대개는 아는 분들이었다. 길가의 동네 아저씨들은 '쪼무래기들이 가당치도 않다'며 우리를 손으로 가리키곤 했다. 경찰은 마이크로 해산을 종용했다.

"학교로 돌아가서 학업에 전념하라."
"학교로 돌아가서 학업에 전념하라."

해산 지시 메시지나 투항 권유 메시지는 반복해서 전한다는 데에 묘미가 있다. 우리들은 그 후 놀이를 하다가도, 경찰의 그런 말투를 자주 흉내 내기도 했다.

심한 제지는 없었다. 우리들 일부는 아래 장터 입구까지 시위를 돌고, 일부는 그 중간에서 학교로 돌아왔다. 그냥 집으로 간 아이들도 있었다(나는 그런 친구들의 기질이 정말 부러웠다). 시위를 주동했던 선배들

은 그 후 교칙에 따라 징계를 받았을 것이다. 그럼에도 다수 무리에게
는 그 데모가 무슨 잔칫날 풍경과 다를 바 없는 낭만의 심회로 와 닿는
다. 세월이 이미 그렇게 되었다. 그날 데모에 앞장섰던 이들의 추억도
마냥 그러할까.

　데모도 추억이 될 수 있는가. 데모가 추억이 되기 위해서는, 막상 그
데모가 품었던 이념은 희미한 옛사랑처럼 사라져야 하는가. 아직도 그
데모가 진행형으로 가슴에 불타고 있는 이들이 있는가. '추억되기를
거부하는 데모', 그런 것이 있을지도 모른다.
　그러나 여기는 그냥 '송정으로 가는 추억'을 반추하는 자리에 불과하
므로, 데모도 추억의 코드로 해부하는 것을 허용하기로 하자. 시간이
야말로 위대한 변조(變調)의 마술사이지 않는가.

그 뜨거운 날의 데모

1967년 7월에 우리는 데모를 했다. 그 해 우리는 고등학교 3학년이었는데, 데모를 피해갈 수 없는 형국이었다. '데모를 했다'기보다는 '데모의 세상 속으로 들어갔다'고나 해야 할까. 대학교는 물론이고, 고등학교까지 전국적으로 데모 열풍에 휘말린 것은 1964년 6월의 한일회담 반대 데모에 이어 3년 만에 불어 닥친 정치적 격변기의 데모 열풍이었다.

1967년 6월 8일에 치룬 국회의원 선거는 사상 유례가 없는 부정선거이었다. 정통성 콤플렉스를 안고 있는 정권은 정국을 휘어잡을 의회 세력 확보에 급급하여 도처에서 선거를 파행으로 내몰았다. 1960년의 3·15 부정선거의 경험이 그대로 재현되는 듯한 장면들이 전국에서 생겨났다. 당선 무효, 선거 무효가 무더기로 잇따랐다.

선거부정의 공작들이 너무나 무모하고 너무나 광범위하고, 너무나 한심하여, 국민의 분노가 대단했다. 단순한 부정을 규탄하는 데서 시작된 시위들은, 금방 총선 자체를 무효화하고 재선거를 요구하는 데로 이어지고, 이어서 정권의 도덕성에 대한 심각한 저항과 분노로 이어졌다. 대학가에서 시작한 6·8부정선거 규탄 데모는, 전국 대부분의 중고등학생 데모로 이어지면서, 그 해 여름이 다가도록 온 나라를 뒤집어 놓았다.

김천에도 데모의 물결은 밀려 왔다. '데모를 했다'기보다는 '데모의 세상 속으로 들어갔다'고 한 것은 이런 분위기를 두고 한 말이다. 정치와 관련된 데모는, 정치에 의해서 그 가치가 갑론을박되기 마련이다. 분노로 비분강개하는 편이 있는가 하면, 어린 학생들이 데모에 나서는 것은 바람직하지 않다는 현실론이 그 대척의 자리에 놓이기도 한다. 누구나 정당한 명분을 가지고 데모를 하지만, 데모 그 자체도 정치의 한 소용돌이에 맞물릴 수밖에 없다.

이런 불의를 보고만 있을 수 없다는 정의감은 데모 심리의 표면을 지배한다. 그런가하면 그것과는 조금 다른 심리, 즉 온 나라가 데모 열풍인데, 우리인들 빠질 수가 있느냐 하는 심리가 묘하게 데모 욕구의 안쪽을 건드리고 나온다. 더욱이 김천에서는 우리가 먼저 봉화를 올려야 한다는 기묘한 선구적 영웅심리라 할까, 경쟁심리라 할까, 그런 것이 개입한다.

어찌 그것뿐이겠는가. 이 모든 행동의 총체적 책무를 최상급학년인 우리가 감당해야 한다는 맏형의 심리를 겪는다. 밀고 나가는 추동력과, 만사를 신중하게 챙기는 두 면이 다 필요한 것이다. 하기로 하고서도 앞과 뒤가 번갈아 돌아 보이는 일이 이 일이다.

선생님들과 맞서야 한다는 데서 오는 심리적 부담도 있다. 학교 당국이 고등학생의 데모를, 잘 한다고 밀어줄 리야 없는 일 아니겠는가. 선생님들의 반대를 뿌리치는 일은 그것대로 전술적 고민에 해당한다.

1967년 6월 하순에 있었던 우리들의 데모가 있기까지에도 앞장선 친구들의 고뇌와 각오들이 먼저 있었다. 금수연, 현경렬, 고재두, 이들의 고뇌어린 책무감과 추동력이 있음으로 해서 그날 우리들의 규탄 메시지도 작은 함성이 될 수 있었다.

어둑한 학교 공간 뒤쪽으로 몰래 써 둔 플래카드를 숨겨 두고, 아침 일찍 게릴라처럼 연락 체계를 가동하여, 교무실에서 직원조례가 이루어지는 10분 내외의 시간에, 어렵사리 전교생을 불러내어, 궐기 선언문을 낭독하고, 전 대오를 교문 밖으로 뛰쳐나가게 해야 한다.

대오가 교문을 막 벗어나기 직전, 기미를 알아차리시고는, 추상같은 호령으로 학생들 앞을 가로막아 서시는 학생부장 선생님, 대열이 주춤하며 멈추었다. 대열의 선두에서 지휘하던 지휘부에는 마침 고재두 군이 있었다. '대오를 물리라'는 선생님 말씀에, '그렇게 할 수 없습니다.' 부동자세로 말하는 고재두 군.

짐짓 노기를 띠우시는 선생님 표정을 보았다고 느낀 순간, 정신이 번쩍 들도록 얼얼해지는 뺨 한 대! 고재두 군이 그렇게 꾸중의 뺨을 맞는 바로 그 순간, 그것이 이심전심의 싸인이었을까. 데모 대열은 선생님들의 방어선을 밀치고 물밀 듯 터져 나갔다. 그 이후는 아무도 막을 수 없었다.

선두 플래카드에는 이렇게 적혀 있었다. "절름발이 황소는 부정을 먹고 사나?" 공화당 정권의 상징인 황소가 애꿎게도 수난을 당하였다.

그날은 참 더운 날이었다. 데모를 해 보기도 전에 더위에 지쳤다. 목들이 말라 물 한 바가지 얻어먹던 풍경이 여기저기 보였다. 역전 광장에서는 경찰이 나와 해산을 종용하였다. 우리는 잠시 앉아서 연좌(連坐)데모의 방식으로 구호를 외쳤다. 앉았다 일어서 보니 태양열에 녹아

버린 아스팔트에 교복바지 엉덩이 부분이 시커멓게 망가져 있었다. 그 날 데모의 가장 강렬한 추억이라고 말하는 이들도 있다.

피가 끓기도 하고, 피가 맑기도 했던 열여덟 그 시절! 끓는 피는 열정이 되고, 맑은 피는 순정이 되었다. 열정 때문에 데모를 하기도 했고, 순정 때문에 데모를 하기도 했다.

질풍노도이어서 아름다운 시절이었다.

빼상집의 추억

누군들 청춘의 시기가 안온했을까. 미래는 불안하고, 현실은 억압으로 가득하던 시절이었다.

하지 마라! 하지 마라! 하지 마라! 금지의 울타리에서 그냥 박제될 것 같았던 우리들의 사춘기가 있었다. 안으로부터의 욕구는 견딜 수 없는 충동의 에너지로 분출하고, '나'라는 존재가 명쾌하게 인정되지 않는 이 모순을 어찌할까.

시대가 궁핍하다고 꿈조차 시들 것인가. 꿈이 푸르고 원대할수록 좌절과 상처도 큰 법. 굳이 그런 이유를 들지 않더라도 성장의 길목에서 세상이 주는 고난들을 감당하다 보면 불만과 저항을 배운다. '저항하므로 존재한다'는 실존적 행동주의자들의 구호가 아주 달콤하게 다가오던 시절이기도 했다.

이 대목에서 떠오르는 희미한 옛사랑의 그림자가 있다. 학교 입구 골목에 있던 일탈의 자유 공간. 빼상집의 추억이 있다. 잰자이[팥죽]집의 추억도 있다.

빼상집과 잰자이집은 학교 입구에 있었던 음식 가게의 일종이다. 누구나 자연스럽게 출입하는 간판 걸린 정식 가게라기보다는 무언가 은밀한 분위기를 지녔던 가게이었다. 저항 욕구가 강하던 사춘기 시절, 슬쩍 수업을 빼먹고 일탈의 스릴을 만끽하는 공간이었다. 그뿐인가, 학교 안에서 들키면 중벌이 떨어지던 흡연을 마음대로 할 수 있는 곳이기도 했다. 이를테면 이런저런 문제 행위의 안전지대쯤으로 여겨지기도 했다.

'빼상집'은 그 어원이 확실치 않다. 물론 사전에도 없는 말이다. 유력한 경험적 증언에 의하면 주인의 장사 방침에서 유래한 말이라 한다. "죽어도 외상은 안 된다. 돈 없이는 절대로 (담배 등을) 안 준다. 책이나 가방이라도 맡겨야 그것으로 물건 값을 빼고서야 준다." 그러니까 요즘 식으로 말하면 '절대선불'의 거래 방식인 셈이다. 그래서 생긴 이름이라고 한다. 자못 삭막한 어원을 지닌 셈이다. 이름 또한 50년대 후반 이후 60년대 후반까지 전승되어 온 것이리라. 믿거나 말거나 듣는 이의 자유이겠지만, 돌아보면 그 시대답다.

그러나 장사 방침은 방침일 뿐, 자주 드나드는 사이에 이런저런 친숙함도 생겨 문제학생들의 문제거리들에 더러는 인생 조언도 주는 풍경이 심심치 않았다고 하니, 그건 그것대로 재미있는 모습의 한 장면이다. 이 나이쯤에서 돌아보면 가게 주인들의 삶은 또 얼마나 고단하고 모순된 아픔들을 안으로 지니고 있는 것이었을까.

잰자이라는 말은 일본말이다. 잰자이집은 단팥죽집이란 뜻이다. 그 생겨난 근원과 후대에 가서 사라진 내력을 알 도리가 없다. 그러나 가슴 두근거리며 무슨 공작원처럼 몰래 출입하던 그 분위기는 생생하단다. 단팥죽을 빙자하여 흡연의 모험을 자행하던 시절. 빨리 어른이 되고 싶은 충동이 넘쳐나던 시절. 내 안의 그런 영웅 심리에 내 스스로가 대견스러워 하던 시절. 그 때는 왜 그렇게 어른되기를 갈구했을까. 어른의 삶이 얼마나 고된지 몰랐지. 모든 것은 꿈꾸던 시절이 좋은 법, 이루어진 꿈이란 한갓 허접대기 현실에 불과하다.

빼상집이나 잰자이집을 직접 출입한 사람들은 많지 않다. 그러나 이들 집이 지니고 있는 분위기 표상은 우리들 모두에게 은은하게 남아 있다. 억눌리고 탈출구 없던 우리들의 욕구와 고민과 충동과 저항을 보듬어 주던 공간으로 남는다. 수도 없는 '정신의 가출'을 경험하며 소년들은 자란다고 했다. 일탈을 꿈꾸지 않고 어찌 건강한 성장을 기대하리오. 이 모두가 발달 심리학자들의 강조 항목이다. 그래서 모범생을 규범을 잘 지키는 것으로만 구분하는 일은 무의미한 일인지도 모른다.

이제 우리는 어떤 종류의 일탈도 꿈꿀 수 없는 나이가 되었다. 물론 그 시절 빼상집도, 그 무렵 잰자이집도 사라진 지 오래이다. 다만 우리 마음속에서 허물어지지 않고 버티어 서 있을 뿐이다.

아! 사라지는 것의 아름다움이여.

헌 책을 위하여

봄방학 하는 2월 말에는, 새 학년 올라가서 쓸, 새 책을 받는다. 호리호리한 춘양당 서점주인 아저씨가 싣고 온 교과서가 강당이나 음악실 공간에 학년별 과목별로 쌓이면 우리는 책값 영수증을 들고 줄지어 책 타갈 순서를 기다렸다. 인쇄 잉크 냄새 산뜻한 새 책을 받아들면 기분이 좋았다. 한 학년 올라간다는 것도 비로소 실감이 났다. 길게 오래도록 순서를 기다려도 마냥 좋았다. 새 책을 자전거 꽁무니에 싣고 돌아가는 국도변에는 희끗한 버들가지 새순이 하늘거렸다.

새 학년에 사용할 책을 모두 새 책으로만 사는 아이들은 많지 않았다. 어려운 살림에 책값은 어느 집 할 것 없이 부담이었다. 당연히 헌 책을 사거나 물려받아 썼다. 그 시절 가난은 그렇게도 보편타당한 그 무엇이었다. 중학교 유니온(Union) 영어 교과서는 헌책 사용자가 새책 사용자만큼 많았다. 헌 책에 이미 전 주인이 한글로 발음을 적어 놓아서, 영어 선생님께 호된 꾸중을 들은 사람도 있었다. 내가 한 것이 아니라는 말은 이래저래 궁색한 변명이 되었다. 그래서 묵묵부답 꾸중을 감수했다. 참으로 애꿎은 사연이다.

새 학년에 꼭 새로 사야만 할 책은 어쩔 수 없어 몇 권을 사지만, 우리들은 으레 헌 책 준비를 따로 해야 했다. 학교에서 교과서 구입 신청을 받을 때도 새 책에 대한 수효만 확인을 했다. 보통 새 교과서가 열두서너 권이라면 그 중 반 이상은 헌 책으로 채울 요량을 하던 것이 그 시절 모습이다. 헌 책방도 그 나름의 수요와 공급이 왕성해서 봄방학 시즌에는 성시를 이루었다. 같은 헌 책이라도 낡아진 정도에 따라 값이 매겨졌다. 동생 없는 친구들은 다 배운 책을 헌 책방에 내다파는 쏠쏠한 재미도 있었다.

그 무렵 우리들 의식 속에 '생물도감'이니 '지리부도'니 '서예교본', '펜맨쉽'이니 하는 책은 아예 사치품으로 분류되었다. 색도와 지질 때문에 일반 교과서에 비해서 상당히 비쌌다. 사지 않았다. 직접 배우지도 않는 책이라면 굳이 살 필요가 없다는 것이 부모님들의 생각이었고, 우리들조차 말없이 동의했다. 뻔히 아는 살림 형편인데 사달라는 염치조차 내지 않았다고 해야 할 것이다. 그래서 가난이 효자를 만든다는 말을 나는 이해를 한다. 달리 효심이겠는가. 부모를 생각하여 참을 줄 아는 눈치를 얻으니 그것이 효(孝)라는 것이다.

배우는 시간 수는 적고 책값은 비싼 책들이 희생되었다. 미술책이나 음악책이 대표적인 경우이다. 미술책이나 음악책은 안 사고 적당히 때우는 경우도 있었다. 책을 준비 못하여 벌을 서야 했던 고충은 무어라고 해야 할까.

중학교 2학년 때는 '백지도 노트'(사실 불필요한 지리 참고서 정도로 생

각했었지)를 비싸다는 이유로 사지 못한 친구들도 있었다. 지리 교과서
만 있으면 되었지, 그깐 텅빈 지도 공책이 무어 필요하냐는 부모님 말
씀에 더 떼를 쓰지 못 했을 것이다. 그러나 아뿔싸! 일년 내내 지리 숙
제가 백지도로 행해지는 것을 몰랐으니. 지리 시간마다 백지도 빌리러
다니는 곤욕을 치루고, 빌린 남의 백지도를 내 것인 양 내밀었다가 양
심불량으로 회초리께나 맞았다. 이중고(二重苦)란 이를 두고 하는 말
이다. 삶이란 본질적으로 고단한 것임을 그때 이미 우리는 얼추 터득
하고 있었다고나 할까.

　　고등학교의 교과서들은 검인정 교과서가 많았다. 나는 대부분의 검
인정 교과서를 헌 책으로 사서 사용하였다. 동생들이 둘씩 중학교에
들어오면서 초긴축 가계를 꾸리는 과정에서 당연히 요청된 상황이었
다. 싸게 산 화학책은 뒷면 20여 페이지가 달아 난 것도 있었고, 영어
책 중간중간에는 우수에 가득 찬 낙서들도 있었다. 내가 이렇게 쓰는
헌 책을 이 다음에 다시 헌 책으로 사서 쓰는 후배 학생도 있으려니 생
각이 되어 나도 낙서 한 구절을 남겼다.
　　"헌 책으로 새 지식을 얻으니 헌 책에 감사하라. 결코 헌 책을 비관
하지 말지어다."

　　아카데미 극장이 생기기 전 그 옆 언저리에 헌 책방 하나가 있었다.
헌 참고서를 사러 기웃거리던 곳이다. 삼각 로터리 산밑 쪽으로 있던
헌책방 '박문당서림'은 간판도 당당했다. 어느 해 봄방학 무렵 아버지
는 우리 형제를 그 곳에 데리고 가서 헌 교과서를 한 보따리 도매로 사

주셨다. 헌 교과서만 사 줄 수밖에 없었던 아버지의 마음은 어떠했을
까. 이제는 그 아버지조차도 세상에 계시지 않지만, 그날 그 헌 책 사
러 가던 날의 모습은 지울 수 없는 풍경이 되었다. 내 마음속 화석 같
은 풍경이 되었다.

이 글을 쓰는 시간, 가을은 깊을 대로 깊고, 밤도 깊었다.
문득 술 한 잔을 기울여 헌사(獻辭)를 부치려 한다.

헌 책을 위하여!
가난한 아버지들을 위하여!

워커의 추억

말에는 사회적 이미지가 따라 다닌다. 어느 때부터인지 '군화'는 상징어로서의 쓰임이 더 많아졌다. '군인들이 전투에서 신는 신발'이라는 일반적인 뜻보다는 '군사 문화' 또는 '군부 독재'를 상징하는 말로 쓰이는 경우가 많아진 것이다. '군화'가 환기시키는 '밟아버린다'는 의미와 결합되어 부정적 이미지가 따라붙게 된 것이다. 여기에는 물론 '1980년 광주'로 표상되는 시대의 우울과 아픔이 녹아 있다.

그런데 우리들 또래에게 군화는 친숙 이미지로도 자리한다. 일찍이 우리는 군화를 '워커(walkers)'라고 불렀다. 청년기 군대 경험 이전에 이미 소년기에 소중한 생활용품으로 우리는 워커를 만났다. 그러기에 워커를 통하여 아련한 성장기의 그리움을 먼저 발견하게 된다. 그래서 지금도 워커는 친숙한 코드이다. 우리에게 워커는 전쟁과 가난을 동시에 보여주는 표상이었다.

오래 걸어 본 사람들은 안다. 헐벗은 신발이야말로 나의 현실적 토대를 허약하게 하는 것임을! 헐벗은 신발로 가는 동안에는 먼 행로를 꿈꿀 수 없다는 것을!

마음으로 그리워하는 여학생 앞에 떨리는 마음으로 나아가 본 사람들은 알 것이다. 신발이 제법 번듯하면 다리에 힘이 들어가고 마침내 마음까지도 당당해질 수 있다는 것을.

그 무렵 우리들은 간절히 소망했었다. 잘 닦여진 아주 훤칠한 워커 한 켤레를. 지금에서 보면 이 얼마나 소박한 소망인가.

전쟁의 폐허에서 일상 하나하나가 생존의 선택처럼 놓이던 시절, 구호물자와 미군부대 피엑스 물자가 서민 경제의 한 역할을 하던 시절. 어쩌다 군부대에서 흘러나오는 모포나 워커나 야전잠바 등 낡은 군수품들이 민간에서는 일용할 중고품으로 거래되었지. 군대의 물자와 민간의 삶이 서로 의탁하면서 살아야 했던 시절이었다. 그런 궁핍의 시대에 우리는 송설 학창 시절을 어떤 사춘기적 열정으로 보내었던가. 워커 한 켤레의 추억은 그래서 눈물겹지 않을 수 없다.

낡은 워커 한 켤레는 우리들이 가장 원하던 신발 패션이었다. 그런데 그게 그렇게 구하기 힘들었다. 헐벗어 신을 것조차 없던 시절에 워커는 아주 튼튼한 실용의 가치를 자랑하며 우리에게 다가왔다. 그뿐인가 그, 나름의 남성적 멋의 가치를 워커는 잘 지니고 있었다. 사춘기 감수성이 그런 멋을 놓칠 수 있는가. 굳이 신품이 아니어도 좋았다. 아니 신품이란 것이 있을 수도 없었다. 제법 말끔한 워커 한 켤레를 신고 오면 선망의 표적이 되기에 충분했다.

중학교 때는 주로 헝겊 운동화를 신고 학교를 오가던 모습이 선하다. 그나마도 마음 놓고 신을 형편이 되지 못했다. 검정 고무신을 신은 채로 학교를 다니던 친구들도 있었다. 농구화라는 것이 있어서 어렵사리 사서 신지만 워커의 멋에 비할 바가 못 되었다. 고등학교에 올라오면서는 낡은 중고품이지만 더러더러 다양한 모습의 워커들이 등장했다.

체육시간에 축구를 할 때도 워커를 신고서 했다. 상대가 걸어차일까 두려워 달라붙지 못하기도 했다. 뒤축 닳는 것을 방지하느라 징을 넣고 '저벅저벅' 소리를 내면서 다니는 친구도 있었다. 불량스럽다고 학생부에서 단속을 하던 때도 있었다.

누가 생돈을 주고 워커를 사서 신겠는가. 주로 집안의 친지들에게서 얻다시피 한 워커이기에 용도폐기 직전의 물건들이 많았다. 그런 워커를 신발 생명이 다할 때까지 사시사철 신고 다니다 보면 군화의 밑창이 갈갈이 벌어지는 경우가 많았다. 우리는 이걸 두고 '아가리 벌어진 워커'라고 했다. 그런 워커를 신고 다니는 친구를 그저 별명처럼 '김아가리', '조아가리' 등으로 부르기도 했다.

허기지고 헐벗은 삶을 인종(忍從)으로 받아들이게 했던 시절, 우리에게 워커는 사춘기적 호사품으로 각인되었다. 요즘 아이들이 이걸 어떻게 생각할까.

사람들이 군화를 군인들의 것으로 인식하면서 워커는 서민들의 생활용품으로부터 멀어져 갔다. 물론 그만큼 우리 경제가 나아지고 소비수준이 좋아졌기 때문이기도 했다.

요즘은 풍요가 넘쳐 아이들의 신발 가격이 장난이 아니라고 한다. 그런 신발을 아이들은 함부로 신다가 버리고, 툭하면 잃어버린단다.

워커의 추억을 떠올리노라니 우리들 부모 세대가 우리를 기르면서 겪었던 고초를 알 듯하다. 그래도 얼마나 좋은가, 이제는 이만큼 살면서 옛날 가난을 기분 좋게 추억할 수 있으니 말이다. 그러면서 문득 나라 걱정 하나를 떠올린다.

"우리의 젊은 세대들이 나중에 늙어서 혹시라도 가난의 자리에서 자기들의 옛 풍요와 옛 호사를 추억하는 일이 없어야 할 터인데. 제발 없어야 할 터인데……."

노파심이기를 간절히 바랄 뿐이다.

내한 마라톤

'내한(耐寒) 마라톤'은 우리 송설학원을 드높이는 정신적 브랜드의 일종이다. 우리들만이 마음 속 깊이 지니고 있는 하나의 송설 정체성이라고나 할까. 내한 마라톤에 참여함으로써 마침내 송설 학도다운 자격을 지니게 된다고 믿고 싶은, 그런 어떤 묘한 상징성을 가지고 있는 것이다. 추위를 참고 이겨낸다는 뜻이 '내한(耐寒)'이란 말 속에 들어 있다.

'내한 마라톤', 이는 모교가 우리에게 베풀어 준 매우 값있는 교육과정이었다.

한창 추운 겨울, 전교생이 웃통 겉옷을 벗어 던지고 김천 시내를 관통하여 뛰는 마라톤이다. 학교 정문을 출발하여 시내를 돌아 다시 학교 정문으로 돌아오는 약 20여리의 코스이다. 가벼운 감기 따위로 인해 내한 마라톤에 참여해 보지 못해 본 사람들은 안다. '나만 뛰지 못했다'는 생각이 설명할 수 없는 열패감으로 다가와서 꽤 오래 자신의 내부에 머물게 됨을. 그래서 내한 마라톤은 송설 동문이 되는 '마음의 자격증'과도 같은 구실을 한다.

마라톤은 고독한 경기라고 한다. 하지만 우리들의 내한마라톤은 조금도 고독하지 않았다. 고독은커녕 장난기 가득한 이벤트이기도 했다. 10대 개구쟁이들의 끝없는 농담과 장난과 산만함이 내내 이어지는 그런 마라톤이었다. 그렇긴 해도 그날 집으로 돌아가 저녁 밥상머리에서는 무용담처럼 각자의 '내한마라톤 완주기'를 자랑했다.

그러나 진지함 또한 만만치 않았다. 우리들 내면에 있는 자존심과 초월적 자아가 이 마라톤 대회를 계기로 부쩍 자라기도 했다. 모르는 사이에 남성적 기개가 살아나고, 묘한 도전 의지도 생겨난다. 내 안에 있는 영웅의 존재를 처음으로 확인하기도 했다.

일부 선생님들이 어린 제자들과 동행하여 뛰었다. 우리에게는 더 없는 용기와 격려가 되었다. 그 모습이 좋았다.

내한 마라톤은 김천시의 명물 이벤트이기도 했다. 연변에는 지나가던 시민들이 걸음을 멈추고 구경을 했다. 주택가 골목의 꼬마들도 큰길로 몰려나와 손을 흔들며 구경을 했다. 혹시 아는 여학생이라도 길가에서 지켜 봐 주기를 바라는 마음들이 있었지. 그래서 누군가 쳐다보고 있다는 생각이 들면, 더 열심히, 더 진지하게, 진짜 마라톤 선수처럼 뛰려고 했다.

그 누구도 등위나 성적을 강조하지 않았다. 그 혹한을 뚫고 뛰어서 돌아오는 것만으로 모두가 승자이었다. 실제로 그런 기분이었다. 내한 마라톤은 참여를 권장할 뿐 별다른 강제가 없었다. 중도 포기도 달리 만류하지 않았다. 그것은 그것 나름의 교육적 효과를 알아서 챙겨 주

었다. 포기한 자 스스로 겪을 자괴감(自愧感)만으로도 이미 교육적 효과
는 충분한 것이었다. 그래서 이 마라톤은 뛰는 동안에 우리를 성숙시
키는 힘이 있었다. 그것이야말로 진정한 교육의 힘일지 모른다.

　담배 끊기에 성공한 작가에게 기자가 물었다.
　"선생님에게 담배를 끊게 한 가장 큰 힘은 무엇이었습니까?"
　"첫째 날은 굳센 각오로 담배를 멀리 했지요. 그 다음날은 '어제부터
오늘까지 어렵게 끊었는데, 다시 피워서는 되겠나.' 하는 생각으로 버
티었지요. 그 다음날부터는 계속 그렇게 생각했습니다. '내가 여태껏
끊어 온 전통이 있는데, 그 전통을 일순에 깨뜨려서야 되겠는가.' 이렇
게 말입니다."

　내한마라톤은 송설의 자랑스러운 전통이다. 전통이란 위대한 힘을
발휘하게 한다. 전통의 내용(내한마라톤 자체)도 가치 있는 것이지만, 전
통은 그것을 이어나려고 하는 힘을 만들어 낸다. 그래서 '전통의 위대
함'이 생겨난다고 할 수 있다.

　내한 마라톤 대회에 동문들의 참여를 기획한다고 한다. 세월을 가
로질러 반백의 선배와 홍안의 후배들이 추풍령 눈바람 맞으며 겨울 한
복판을 함께 뛰는 모습이 벌어질 것이다. 참으로 감격스러운 풍경이
아닐 수 없다.
　편하고 호사로운 것이 좋은 줄을 알지만, 그것보다 더 높은 수준의
즐거움이 있다는 것, 내한마라톤은 그것을 가르쳐 주었다.

멀리서 우리가 서로를 그리워할 동안
우리는 집 한 채를 밀고 가서
서로를 따스하게 잠재우는
집이 될 것을 꿈꾸는 것입니다.

- 고영조, '더 깊은 사랑에게' 중에서

통학생 순정

아시는 대로 김천은 교통의 요지이다. 서울 부산을 내리닫는 경부선 대동맥이 추풍령을 넘어 와 숨차게 맞닿는 영남의 관문이 김천이다. 정열모 선생이 지으신 송설 교가에는 김천을 '삼한대처(三韓大處)'라 했다. 우리들의 향토 자부심을 살려 주는 말이다. 산업화 이후 신흥 도시들이 졸지에 여기저기 생겨나긴 했어도, 그게 그리 대수로 보이지는 않았다.

게다가 송설학원이 있어서 김천이 인재들을 불렀다. 타도인 경상남도(거창, 합천 지역 등), 충청북도(황간 영동 등), 전라북도(전북 무주 지역 등) 등에서까지 송설학원으로 찾아 왔다. 그런저런 연유로 그 무렵엔 통학생이 많았다.

통학생이란 본래 '아침저녁 학교를 다니는 학생'들 모두를 일컫는 말이다. 걸어 다니면 '도보 통학생', 자전거 타고 다니면, '자전거 통학생', 버스 타고 다니면 '버스 통학생'인 것이다. 그런데도 '통학생'이란 으레 열차통학생을 뜻하는 말로 알아들었다. 그만큼 열차통학생들의 사정이 특별했기에, '통학생'하면 누구나 열차통학생으로 알아들었다.

열차 통학은 낭만도 있어 보였다. 시내에서 노상 걸어서만 등교하던 이라면 열차통학을 선망하기도 했다. 워낙 차 탈 일이 없던 때이었으니 그럴 만도 했다. 그러나 열차 통학은 그 본질이 고단함에 있다. 새벽같이 일어나자마자 서둘러 역사(驛舍)로 달려가기가 십상이고, 저녁이면 옴짝 없이 별을 보고 귀가하는 시간 벨트에 묶일 수밖에 없었다.

그 무렵 동·하절기에는 등교시간 운용이 달랐다. 그런데도 통학열차의 시간표는 융통성이 없었다. 겨울에는 얼어붙은 이른 아침 속으로 아주 일찍 열차가 김천역에 닿았다. 모진 바람을 안고 발을 구르며 등교하면, 이미 통각(痛覺)으로 와 있는 추위의 실체를 만끽하였다. 여름에는 열차에서 내려 땀을 뻘뻘거리며 걸음을 재촉해도 지각 면하기가 어려웠다.

통학생들에게는 어딘가 자유롭고도 로맨틱한 분위기가 있었다. 늘 달리는 길 위에 있다는 것, 열차와 더불어 어딘가로 흘러가고 있다는 것, 그래서인지 약간의 유랑적 분위기 같은 것이 있었다. 열차 안은 청춘 남녀의 자연스러운 동석의 공간이었다. 풋풋한 사춘기, 열차에서 아침마다 저녁마다 만나는 남여학생들의 주고받는 눈길들이 그런 분방한 낭만기를 북돋우었다. 최초의 도발은 언제나 은근히 쪽지를 주고받는 데서 시작한다.

저녁 통학열차가 떠나는 시간까지는 꽤 시간이 남는다. 그 시간이 늘 만만한 자유의 시간이었다. 역전 주변을 하릴없이 서성거리기도 하고, 조금씩 연애 진도를 나아가기도 했다. 누구와 누구가 그렇고 그런 사이라는 소문이 희미하게 나돌기도 한다. 분방하게 세상을 기웃거리고 있노라면, 세상 물정에 먼저 눈을 뜨기도 하였다.

열차가 연착하는 날이 다반사이었다. 그것도 두어 시간 쯤은 아무것도 아니었다. 차 안에서 출발을 기다리는 일은 고역이기도 했지만, 좋아하는 여자 아이를 한참이나 바라다 볼 수 있는 시간이 되기도 했다. 연착으로 늦어 시골역 모퉁이 어두운 귀가 길을 함께 돌아갈 때는 제법 연모하는 마음이 자라기도 하였다.

좋은 일만 있는 것은 아니었다. 어쩌다 보면 예쁜 여학생 하나를 두고, 사랑의 라이벌, 애정의 삼각관계가 되어, 한판 결투를 벌이는 일도 있었다. 이런 일들이 빌미가 되어 통학생들은 끼가 있다는 선입견에 시달리기도 했다. 그런 선입견 때문에 공연히 한 대 맞을 매도 두 대 맞는 설움을 겪기도 했다.

통학생 순정과 더불어 떠오르는, 순정 가득하던 통학생 친구 두 사람이 아프게 추억된다.

박경호! 그는 왜관에서 통학을 하였다. 장거리 통학이었지만 꾸준했다. 헤진 가방 어깨에 걸치고, 검정색 낡은 워커로 플랫폼을 오가던 친구. 어딘가 제임스 딘의 반항적 분위기가 제법 그럴 듯하게 어울렸던 친구. 짐짓 오연한 듯해도 안으로는 여린 성정과 짙은 외로움을 지니고 있었던 친구. 무엇이 그로 하여금 지독한 삶의 모순과 대결하게 하였을까. 그리하여 마침내는 삶의 끈을 놓게 하였을까. 그의 죽음이 아프게 와 닿는다.

안창윤! 그는 두원에서 통학하였다. 착하고 따뜻한 사람, 법 없어도 살 사람이다. 어디에서나 자기를 낮추어, 무한정 참는 사내. 작은 키에 조금은 느릿한 걸음걸이로 차분하게 걸어가던 그의 모습. 웬만큼 심술 궂게 건드려도 노기를 띤 적이 없고, 늘 보일 듯 말 듯 잔잔한 웃음으로 점잖게 손사래만 치던 모습. 젊은 나이에 병마와 치열하게 싸우다 무너졌다. 운명이란 누가 조종하는 모순의 끈인가. 그가 겪었음직한 절망이 아프게 와 닿는다.

오늘 추억마차는 생각의 고삐를 조이지 못하고 그냥 달려 왔다. 인생을 '역려과객(逆旅過客)'에 비유했다는데, 우리 모두는 나그네 되어, 인생이라는 여관에서 하룻밤 머물고 가는 것이다. 살 같은 세월을 의식하노라면 차창으로 잠시 스쳐 지나는 꽃 한포기도 소중하지 않을 수 없다. 그 역려의 길에서 우리는 동문이 되고 친구가 되어 이렇듯 함께 간다.

먼저 간 두 친구를 추모해 보는 마음 끝에 기대어, 스스로에게 묻는다. 오늘 우리들 인생 열차는 어디쯤을 달리고 있는가.

그 해 여름 청암사에서는

1967년 그 해 여름, 우리는 청암사에 갔었다. 학교는 그해 여름방학을 통째로 박제(剝製)하여, 그 속에다 우리들의 입시 공부 일정을 아주 촘촘히 새겨 넣었다. 그리고는 그 박제된 여름방학을 청암사 절터에다 풀어 놓았다. 우리들 백여 명과 함께.

흔하지 아니한 구상이었다. 청암사가 우리를 품은 것인지. 우리들의 추억이 청암사를 길어 올린 것인지. 아무튼 그로부터 청암사는 우리에게는 아주 인상적인 추억의 코드가 된다. 지난 봄 우리의 친구 전제훈 동기가 청암사 인근 중산초등학교 교장으로 부임하면서 인터넷 카페에 올려놓은 청암사 풍경사진을 보는 동안, 불현듯 '1967년 청암사'가 추억으로 되살아 나왔다.

우리는 그해 여름 그렇게 청암사에를 갔었다. 입시 공부를 위한 학교 차원의 단체 합숙 프로그램이 펼쳐지는 것이다. 심산유곡 고색창연(古色蒼然)한 사찰에서. 학승(學僧)의 수행을 연상케 하는 공부를 한다? 절에 가서 공부를 한다는 것이 얼핏 명분으로 그럴 듯 해 보였다.

절에 가서 하는 공부이니 최선을 다해야지. 그런 마음의 다짐을 앞

세우다 보면, 자못 고상해 보이기까지 했다. 청암사에 가서 입시 공부에 몰두하면 청운의 꿈이 이마에 닿을 듯 가까워질 것 같았다. 혹독한 더위를 피하기로서도 청암사는 참으로 적절했다.

기억이 흐리기는 하지만, 청암사 한달 합숙비로 사오천 원인가를 내었다. 큰 돈이었다. 1967년 국민소득 160불 시대, 오로지 가난으로 국민적 평등을 이루던 그 시절에는 큰 돈이었다. 그 돈이 안 되어서 부모님을 조르고 조르다 마음의 상처만 남겼던 학우들도 많았다.

상처가 어찌 우리들의 몫이기만 했겠는가. 청암사 합숙 공부 못 보내서 속 터지는 어머니들의 상처는 왜 이제야 챙겨 보게 되는지.

청암사 행은 첫날부터 고행의 연속이었다. 트럭 몇 대에 싣고 간 책보따리와 책걸상, 공동 비품은 대덕면 소재지까지만 운송이 가능했다. 거기서부터는 우리들 모두가 보부상처럼 이고 지고 가파른 가릿재 언덕을 넘어 청암사로 옮겨 날라야 했다. 뜨거운 태양 아래 숨이 턱턱 막혔다. 누군가 일제 강제징용의 노역을 상징하는 '보국대' 이야기를 꺼내기도 했다. 6·25때 탄약 보급노역에 강제 징발되었다는 어른들의 고생담이 실감으로 다가오기도 했다.

그러나 진짜 고생은 승패와 결과가 잘 보이지 않는 공부 그 자체이었다. 그해 여름 청암사에서는, 입시라는 현실의 질곡에 우리들 의식과 존재가 몽땅 소진되는 시간이 머물고 있었다. 서릿발 같은 경쟁과 자기극복을 한바탕 산사에서 감당해 보겠노라고 청암사엘 갔었지 않았는가. 그러나 일상은 졸음으로 채워지거나, 허무한 공상에 지배되거나, 사귐의 문턱에 불안하게 걸쳐져 있는 여학생의 환상에 넋을 놓거나 등등 그런 방향으로 흐르는 날이 많았다.

인연을 맺었던 건물들을 보자. 청암사 절터는 크게 대웅전 쪽과 극락전 쪽으로 나누어진다. 두 지역 사이로 작은 개울이 흘러 그 경계를 담당한다. 대웅전 쪽에는 '육화요(六和寮)' 건물이 'ㄴ'자형으로 지어져 있었는데 총 108평 크기의 건물이다. 대방 하나와 소방 여러 개로 되어 있었다. 80평 되는 대방에는 높이 60여 m의 부처님상이 있었는데, 이 방에는 30여 명의 학우들이 기거했다. 그밖에 작은 방에는 각기 3~4명씩 모두 20여 명이 있었다.

절 마당을 가로지르는 맑은 개천을 지나면 극락전이 있었다. 극락전은 1905년 중건된 건물로 정면 7칸, 측면 7칸의 상당히 큰 건물이었다. 극락전에도 40여 명의 학우들이 침구와 책걸상을 가져다 놓고 기거하였다.

담임을 맡았던 이재민, 전장억, 윤현목, 윤주섭 선생님들. 가정을 포기하다시피하고서 우리와 동고동락(同苦同樂)을 했다. 아니 동고동락 이상이었다. 공부만 가르치나? 규율도 잡아야지. 안전사고나 위생사고도 감독해야지. 전장억 선생님과 윤현목 선생님의 중1짜리 아들(전광희군과 윤규일군) 둘이 까까머리 행색을 하고 나타나 며칠인가를 머물렀다. 그 두 아이들 모습이 마치 동자승(童子僧)처럼 귀엽고 말끔하여 우리들의 총애를 받았다.

　그 해 여름 백 명 가까이 되는 총각들의 합숙 공부는 청암사의 분위기를 어떻게 휘저어 바꾸어 가게 했을까. 사찰에 입시 성취를 꿈꾸는 이들이 들어가 모였으니, 이른바 거룩한 것[聖]과 속된 것[俗]이 서로 조화를 이루고 있는 형국이라고나 할까. 입신양명(立身揚名)의 포부를 펴려는 젊은이들을, 무심무상(無心無想) 득도의 경지를 지긋이 가리키는 부처님은 어떻게 포용을 하고 있었을까.
　눈에 보이지 않는 형국이니 알 수가 없다.

　그로부터 다시 40여 년이 지난 오늘의 청암사는 140여 명의 비구니들의 도량(道場)이 되었다. 출세도 버리고, 속된 것을 버리고, 얄궂은 운명 같은 것도 일찍이 버리고, 오로지 수행에 힘쓰는 그윽하고 정갈한 비구니들의 가람이 되었다.

자취생 엘레지

사는 일에 너무 고답한 가치를 부여하면 자칫 현학적이기 쉽다. 인간의 정신이 고매함을 지향하는 것도 중요하지만, 그런 인간도 밥을 먹어야 살 수 있음을 아는 것도 중요하다. 살지 못한다면야 '고매함'이 무슨 소용이 있는가. "다 먹고 살자고 하는 일." 이 말처럼 실감나는 삶의 진리가 어찌 따로 있겠는가. 이쯤에서 떠오르는 말이 바로 '자취(自炊)'라는 말이다.

스스로 자(自), 불 때어 밥 지을 취(炊), 자취(自炊)란 말이 원래 그런 뜻이다. 밥해 먹는 일을 자기 스스로 감당해야 하는 학생을 자취생(自炊生)이라 한다. 집안 형편이 포실하면 하숙을 얻지, 누가 굳이 자취를 하겠는가. 우리 시대의 자취생들은 공부하는 일[학문의 길]과 밥해 먹는 일[삶의 길]이 항상 나란히 놓여 있음을 일찍이 터득하였다.

자취생들 가운데는 지례 5개면 출신들이 많았다. 그 무렵 김천에서 부항, 대덕 오지까지는 버스로 세 시간 이상이 족히 걸렸다. 차편도 극히 제한되었고, 고장은 다반사이었다.

거창, 성주, 선산, 상주, 예천, 문경, 영동 등 원거리 출신으로 송설학원에 유학을 온 학생들도 대부분 자취의 길을 운명처럼 받아들였다.

그 운명의 길에는 심신의 고단함이 그림자처럼 따라붙는다. 등 따시게 자고 해 주는 밥을 먹으며 다니는 친구들에 비하면 자취생은 이중의 고통을 겪는다. 밥 짓고 설거지하고 연탄불 갈아 넣기는 피할 수 없는 기본 노동이었다. 빨래도 해야 하고, 청소도 해야 한다. 자취 노동이 지겨워서 결혼 뒤에 밥 짓는 일은 죽어도 않는다는 친구들도 있다.

심리적인 고통도 만만치 않다. 우선 방을 빌려 준 주인댁에 눈치 보이는 일을 하지 않아야 한다. 전기 수도 아껴 쓰기, 친구들 몰고 오지 않기, 공부 안 하는 학생으로 보이지 않기, 공동 시설 잘 사용하기 등등, 화장실을 공동으로 쓸 때는 더욱 세심한 주의가 요한다.

부득이하게 물건을 빌려 쓰는 것도 신경 쓰이는 대목이다. 방값 독촉에 지혜롭게 대응하기, 베풀어준 호의에는 예절 바르게 인사 차리기 등도 만만치 않은 인생살이의 역량을 요구한다. 자칫 잘못하면 '배운 데가 없다.'는 말을 듣기 쉽다. 순식간에 부모님을 욕되게 하는 지경에 가 닿게 되는 것이다. 이쯤 되면 가히 스트레스의 소용돌이라 할 만하다.

주인댁에 예쁜 딸이라도 있는 경우에는 스트레스라기보다는 새로운 번민이 시작된다. 그녀의 일거수일투족(一擧手一投足)에 자취생은 끝없는 관심과 상상의 실타래를 풀어간다. 그러다가 대개는 그녀를 자주 찾아오는 그녀의 친구와 모종의 로맨스가 엉글어지는 쪽으로 상황이 전개되는 경우가 많다.

아마도 방을 임대한 쪽과 임차한 쪽의 계약적 관계 때문에 자취생과 주인집 딸이 서로 눈 맞는 관계로 쉽게 나아가지 못하는 것 아닐까. 혹자는 이렇게도 설명한다. 스물 네 시간 일상생활이 다 노출되다 보니, 주인집 딸과 자취생 사이에 무슨 신비로움이 생길 수 있으며, 무슨 로맨틱한 분위기가 연출될 수 있겠는가. 오히려 간헐적으로 들르는 '그녀의 친구'가 더 관심을 끌 수 있는 자리에 놓일 수 있다는 것이다. '그녀의 친구' 쪽에서도 마찬가지이다.

자취생들이 누리는 가장 큰 혜택은 자유이다. 자유에는 책무가 따른다고 교과서에서는 배웠지만 세상이 교과서대로만 되는 것은 아니다. 부모님의 잔소리가 없으니 그야말로 '자유만리(自由萬里)'이다. 추풍령 행 철길이 바라보이는 후생주택 골목에 있었던 이응탁 군의 자취방. 우리는 그 자취방에서 황혼을 달리는 경부선 열차를 바라보며, 영화에서 본 노신사처럼, 아주 중후하게 아주 여유 있게 담배 한 모금씩을 피워보기도 했다.

자취생들에게는 당연히 이성교제의 기회나 여건도 자유로웠다. 이런 일일수록 시샘이 따르는 법. 동네 토박이 친구들의 방해나 위협에는 속절없이 취약한 것이 자취생들이다. 남의 동네에 사는 서러움을 너무 일찍 맛보았다. 자취생의 엘레지라 일컬을 만한 대목이다.

형제가 같이 자취를 하는 경우는 밥 당번을 정하여 역할 분담을 하기도 했고, 차제에 동생들 군기를 확실하게 잡기도 했다. 고향의 어머님은 아들 형제를 김천 대처에 자취생으로 보내시고 걱정이 많다. 대개 중학생짜리 동생에게는 고등학생 형의 동태를 물어보며 혹시라도 수상한 게 있으면 말하라고 한다. 고등학생 형에게는 동생에 대한 책무를 주며 '너만 믿는다.'는 믿음을 전한다.

60년대식 자취생 풍속도를 여실하게 보여주는 풍경 하나를 반추해 보자. 그것은 방학이 끝나고, 또는 명절이 끝나고, 또는 주말 휴일이 끝나고, 시골집에서 다시 자취방으로 돌아오는 길목, 자취생들의 이고 지고 든 짐 풍경이다.

이불 보따리, 김치를 담은 통, 마늘·양파·깻잎 묶음, 간장 된장을 담은 작은 독항아리, 고향 땅에서 소출한 채소나 과일, 어머니가 손수 마련한 밑반찬, 이들을 우지끈 싸맨 크고 작은 보따리. 이고 지고 들어도 자꾸만 떨어지는 보따리. 간신히 챙겨서 이고 지고 들고 걸음을 옮겨 놓는다. 자취생들이 감당하는 삶의 빛깔과 무게라고 해야 할 것인지.

그 김치통과 간장 항아리와 무명 이불 보따리는 우리에게 무엇으로 남는가. 그것은 궁핍한 시대이었음에도 불구하고, 한량없이 풍성하게 베풀어 주신 부모님들의 사랑의 무게인지도 모른다. 힘들게 지은 농사를 내다 팔아, 꼬깃꼬깃 마련한 지폐를 꺼내어 공납금 내라고 주시던 그 거칠고 험한 손! 비록 말씀은 없으셨어도, 그 시절 우리들은 그분들에게 소중한 '꿈나무'이었다. 생각이 여기에 미치니 마음이 뜨거워진다.

중학교 입학시험 치던 날

우리들이 송설학원에 들어오기 위해 중학교 입학시험을 치던 때를 기억하는가. 기억이 너무 아물아물하여 생각이 나지 않는 사람이 많을 것이다. 우리는 중학 입시를 국가고사로 치룬 세대이다. 우리는 5·16 군사혁명이 났던 해, 바로 그해 1961년 12월 3일에 입시를 치루기 위해 김천중학교 운동장으로 갔다.

그해 김천중학교의 입시 경쟁률은 2:1에 약간 미치지 못하였다. 그러나 어디서나 공부를 좀 한다는 아이들이 온다는 김천중학교 아닌가. 어른들은 김천중학교 입시는 경쟁률이 낮다고 해서 방심할 일은 아니라고 했다. 어린 마음에도 공연히 불안했다. 12월 3일은 예비 소집일로 수험표를 받고 고사장을 확인하고 체력장도 했던 날이다. 우리는 상당한 긴장감을 가지고 난생 처음 송설교정에 집합했다. 체력장 진행을 총괄 지휘하시는 조종옥 선생님의 구령 소리에 우리는 더욱 쫄아들었다.

군사혁명 정부는 모든 것을 국가적 전체성에 입각하여 추진하였다. 중학교 입시도 국가고사로 치루었다. 지금의 수능시험처럼 전국의 중학 입시생들이 같은 시간에 같은 문제(문교부 중앙고시위원회가 출제한 문

제)로 시험을 쳤다. 입학시험은 학과 시험 150점, 체력장 25점, 총 175
점 만점이었다.

예비 소집 날 체력장 시험이 있었다. 100m 달리기, 턱걸이, 공 던지
기, 넓이뛰기, 도움달기 등 모두 5개 영역 각 5점 만점으로 총 25점 만
점이었다. 기억이 분명치 않지만 100m 달리기는 18초가 만점이었고,
턱걸이는 6개가 만점이었던가. 추위와 긴장이 겹쳐 만점 받기가 쉽지
않았던 것으로 기억된다.

본격 시험은 12월 4일에 있었다. 아침 8시 30분까지 집합하여 고사
장에 입실하였다. 국민학교와는 다른 책걸상 모습이 인상적이었다. 1
점당 한 문제이니까 모두 150문제를 붙잡고 씨름을 한다. 1교시 시험
(9:00~10:00)은 국어(30점)와 실과(10점), 2교시 시험(10:10~11:10분)은 사
회(30점)와 음악(10점), 3교시 시험(11:20~12:20)은 자연(30점)과 미술(10
점), 그리고 마지막 4교시 시험(12:30~13:30)은 산수(30점) 과목을 쳤다.

산수는 단답형 주관식 문제가 많았고 다른 과목은 객관식 택일형 문
제이었다. 국가고사에서 우리들 시골 출신들은 음악이니 미술이니 하
는 과목들이 자신이 없었다. 제대로 배울 기회가 없었기 때문이다. 12
월 중순경에 합격자 발표 방(榜)이 강당 벽에 붙었다. 우수 성적자들은
장학생으로 발표되기도 했다. 특대생 정영목을 비롯하여, 최상기, 박
신홍, 김종태, 우승원, 문현록, 박영수, 김국수 등등의 친구들이 잇달은
순위로 실력을 발휘했다.

합격자 발표 방을 보고 힘없이 발길을 돌리던 사람들도 물론 있었다. 시험의 운명이란 묘한 것이다. 그때 점수 한 점 차이로 영원히 함께 동문이 되지 못한 사람들도 있을 것이다. 누구인지 모르지만 있을 것이다. 그렇다면 동창으로 동문수학(同門修學)한다는 것의 운명적 인연도 상당한 전생의 연고를 가짐으로써 가능해진다는 말인가.

합격자 발표를 보고 오는데, 김천 역앞에는 교복지 선전 광고가 있었다. 제일모직공업주식회사의 '구렛빠' 교복지 선전이었다. 질기고 경제적이고 줄지 않고 좀 먹지 않는다는 선전 문구가 있었다. 구렛빠! 그래 구렛빠! 그래 그런 교복지가 있었다. 그것도 우리에게는 고급이었지.

그해 우리가 김천중학교 입학을 위해 치루었던 국가고사 입시 문제 몇 개를 찾아보았다. 1961년 그 해 12월 어린 우리들을 골 아프게 했던 문제들이다. 지금 보면 마치 처음 만나는 생면부지(生面不知)의 문제처럼 보일지 모르겠지만, 우리들 모두가 이 문제를 놓고 얼마나 긴장하며 고심하며 끙끙거렸을까? 실과 문제 하나와 산수 문제 하나를 추적하여 소개한다. 풀어 보면서 그 해 그날을 추억으로 음미해 보면 어떨까?

암탉이 말랑말랑한 달걀을 낳았다. 이 닭에 무슨 모이를 더 주
어야 하겠는가?

① 뼈가루　　② 옥수수　　③ 쌀겨　　④ 배추잎

철수가 4일 동안 어떤 일의 2/5(5분지2)를 하고 나머지를 영희
가 9일 걸려서 다 했다고 한다. 처음부터 두 사람이 함께 하면 이
일을 다 하는 데에 몇 날이 걸리겠는가?

금오산 봄바람과 청춘의 초상

나이가 들면서 '봄이 온다는 것'을 제법 관조하여 음미하게 된다. 음미(吟味)란 원래 그 속 맛을 깊이 우려서 느끼는 것이다. 그러니 '이 맛이다.' 하고 딱히 정리되는 것은 아니다. 하지만 여러 가닥의 감회가 모여 기묘한 하모니(harmony)를 이루는 데에 묘미가 있다. 그러므로 약간의 흥분과 한 자락의 우울(憂鬱)이 함께 있어도 좋겠다.

태어나서 여러 수십 번의 봄을 맞고 보내었지만, 막상 우리 육신이 봄이었던 시절에는 봄에 대해서 무심하였다. 청춘의 시절에는 우리들 육신 자체가 봄의 일부이었으니, 누리에 봄기운이 퍼지면 그것이 마냥 우리에게는 생명의 에너지로 피어올랐다.

그래서 청춘은 늘 '아름다운'이란 수식어를 그림자처럼 달고 다닌다.

이제는 좀 다르다. 봄기운이 그냥 희망과 생기로만 수용되지는 않는다. 봄을 우주 변환의 의미로 음미하면서, 올해 맞는 봄이 현재의 우리들 실존(實存)에 어떤 그윽한 의미를 드리우는지 자못 진정성을 가지고 아쉬워한다. 봄을 느끼는 우리의 감수성도, 넉넉한 성찰, 따뜻한 허무, 잘 다스린 열정, 이런 것들과 어울려서 원숙경(圓熟境)에 든다. 그런 상념을 따라가다 보면 추억 속의 봄 풍경 하나가 떠오른다.

1967년 4월 초이었던가 금오산으로 소풍을 갔다. 고3 봄 소풍인 셈이다. 김천과 구미를 잇는 상시 교통수단이 기차가 대종이었던 시절이다. 무엇보다도 구미는 김천에 비교가 되지 않는 작은 촌락에 불과했었다. 이 사실은 참 오래 잊고 있었던 것인데, '맞아! 참 그랬었지.'하고 새삼 확인하게 된다. 우리는 김천 역에서 대구행 통학열차를 타고 구미를 향했다.

구미에는 일찍 도착했다(통근차를 탔으니 당연). 느릿한 행보를 할 수밖에 없었다. 워낙 움직이는 동선(動線)이 길었다. 금오산으로 가는 길은 느긋한 자유 공간이었다. 200여 명이 넘는 학생들의 소풍 행로를 대오 정연하게 이동시키기는 힘들었다. 일부가 아직도 구미 역 부근에서 어정거리고 있는 동안에, 다른 일부는 채미정 근처에 도착하는 만만디 모습이 연출되었다.

주변은 늘어진 봄 풍경이다. 대지의 생기를 몰아오는 바람은 유혹의 색조가 완연했다. 우리들 마음에 질풍노도(疾風怒濤)가 일던 청춘의 시절이다. 저수지 따라 진달래 망울들이 피어났다. 봄물은 호수에 가득하고, 나비 첩첩 날아들고, 어디선가 산새들이 울었다.

음주 행위에 대한 엄격한 경고와 주의가 있었지만, 이 요상한 봄바람과 난만한 봄기운을 이겨낼 수 있을까. 또 우리들 청춘의 질풍이 몰아오는 충동의 에너지를 어찌할 것인가.

막걸리 한 모금씩에 학생의 계율을 파계하고, 일탈의 자유를 호젓하게 만끽하던 금오산 소풍, 그런 날이 또 있을까. 점심 무렵부터 변덕 심한 봄 날씨는 흐리고 바람 불어 심술을 보인다. 그 틈에 남긴 술을 한 모금씩 더 보태곤 했다. 저수지 둑에서 실시한 보물찾기 놀이는 왠지 유치했다. 우리가 할 놀이가 아니었다. 돌아갈 김천행 저녁 통근열차의 시간은 아직 아득하고, 그래서 오락대회 비슷한 것을 어디 방천 언덕 같은 곳에서 했었다.

남일해, 오기택, 남상규, 쟈니 리, 최희준, 김상국 등의 노래가 최신의 인기 레퍼터리로 등장한다. 나는 그날 김성규 군이 남일해 특유의 저음과 감정을 열심히 재현해 내며, 정말 가수 같은 폼으로 부른, 남일해의 '이정표' 노래를 분위기 있게 기억한다. 분위기 좋았었다.

길 잃은 나그네의 나침반이냐./ 항구 잃은 연락선의 고동 소리냐//
해 지는 영마루 홀로 서있는 이정표/ 고향길 타향길을 손짓해 주네//

노래자랑은 계속 이어졌다. 남진의 '울려고 내가 왔나', 남상규의 '추풍령', 쟈니 리의 '뜨거운 안녕', 최희준의 '종점', 정원의 '허무한 마음' 같은 노래들로 계속 향연을 이루었다. 약간은 일탈된 이벤트가 되어가고 있었던 셈이다.

우리는 질풍노도 청춘의 바다를 지나가고 있었다. 이미 깊숙이 어른의 경계를 향해 나아가고 있었다. 나는 그때 우리들 '청춘의 초상'을 최초로 보았다.

순전히 봄바람 탓이라고 해야 할 것이지만, 노래자랑 분위기는 계속 이어져서, 돌아오는 객차 안에서는 해프닝도 있었다. 키가 크셨던 이재민선생님을 염두에 두고, 우리는 가수 이금희가 부른 '키다리 미스터 김'이라는 노래를 '키다리 미스터 리'로 바꾸어 악을 써 가며 불러댔다. 다분히 놀려드리는 투로 부른 것이었다. 선생님이 이쪽 객차 칸을 제압해 놓으면, 옆의 칸에서 그 노래가 이어지고, 그쪽으로 달려가 노래 소리를 죽여 놓으면, 아까 그 칸에서 다시 노래가 살아났다. 김천역 플랫폼에 내려서까지 반복되었다. 보기에 따라서는 불경(不敬)스러운 행동이었다. 선생님은 애써 노기를 다스리려고 하셨던 것으로 기억된다.

금오산 봄바람 탓이라 해도 좋겠다. 그러나 이미 우리에게 청춘의 봄에 와 있었던 것이다. 우리들 안에 자신도 어쩌지 못하는 그 질풍노도의 청춘이 온 것이다.

그대

헐벗었던 유년기.
전란의 소년기.
돌을 져 나르던 청년기.
불과 얼음이 번갈아 손을 잡던
형벌의 긴 장년기.
그 풍진 다하여
마침내 보통 날씨
그대 初老

그러나 괜찮다 괜찮다
그 모든 세월에
허리 굽혀 절하는
여자 하나
있잖니

- 김남조, '그대 세월'

저항의 시절, 모자 꼴 백태(百態)

송설 교정에 가을이 깊어지면 우리들 마음에도 바람이 들어왔다. 여름 한 철, 교정의 하늘을 짙푸르게 채우던 플라타너스의 녹음은 어디로 갔는가. 이런 센티멘탈리즘을 느끼면서 어른이 되어 갔었다. 그러면 학교 일상의 굴레들이 갑자기 시시해 보였다. 우리 내면에 잠자고 있던 저항과 내 안의 소영웅들이 저무는 계절 속에서 자극을 받는다.

황악산 산이마에는 설핏 겨울 그림자가 스친다. 운동장 구석 소각장에는 낙엽 태우는 연기가 늦가을 짧은 해거름까지 매캐했다. 이 가을이 가면, 곧 겨울이 오고, 우리는 졸업을 한다. 그리고 우리는 어디로 어떻게 흘러갈까. 불투명한 미래들, 그리고 궁핍한 현실들. 을씨년스러웠다. 불투명하고 궁핍할수록 안으로는 현실에 대한 오기가 더 솟던 시절이다.

우리들의 저항은 애꿎은 모자가 대상이었다. 모자(帽子)를 가지고 장난을 했다. 모자 뚜껑을 일부러 여러 번 칼로 그어서 금을 내었다. 그렇게 쓰고 다니기도 했다. 지적을 받으면 찢어진 모자 뚜껑을 지그재그 미싱으로 박아서 쓰고 다녔다. 워낙 궁핍의 시절이라 모자가 낡아서 그렇게 박는 경우도 없지 않았으므로, 달리 더 닦달을 하지는 않았다.

모자챙을 가지고도 일탈의 심리를 노출하였다. 학교가 정해 놓은 모자챙의 규격을 일부러 무시하고, 아주 짧은 챙을 붙여서 다니기도 한다. 악돌이 같은 인상이 금방 드러난다. 깡 세고 성질 고약한 조폭의 중간 보스 같은 분위기가 비쳐지기도 했다. 요즘 날라리 학생들이 이상하게 교복 줄여서 입고 다니는 것과 유사하다.

또 한편으로는 아주 긴 모자챙을 구해서 달고 다니는 부류들도 있었다. 동작이나 걷는 폼 또한 크게 과장하여 그럴싸한 불량기를 연출하기도 했다. 대체로 체격이 큰 학생들에게서 볼 수 있는 일탈 패션이었다.

당시 교모에는 귀단추라는 것도 있었다. 모자의 양쪽 귀 부분에 있는 단추이다. 이 귀단추의 역할은 모자 끈을 모자 양끝에서 고정시켜 주는 것이었다. 모자 끈은 양 귀단추를 이어주면서 모자챙 위에 놓이게 되는 것이었다. 모자 끈은 늘이고 줄이게 되어 있는데, 항상 바짝 줄여서 모자챙 위에 단정히 둘러지도록 교육을 받았다.

그런데 졸업이 가까워 오면, 모자 끈 자체를 떼어 내 버리는 식으로 '교모 바로 쓰기'의 규범 깨기에 우리는 골몰했다. 모자 끈이 제거된 모자는 마치 탈영병의 모자처럼 도발감과 낭패감을 주기에 적합했다. 그것은 저질러 본 사람만이 아는 쾌감 같은 것이 분명 있었다. 그런데 그게 또 그렇게 해 보고 싶었다.

좀 다른 모습이기는 하지만 모자 끈을 길게 늘여서 악마 정신을 유감없이 발휘하는 친구들도 있었다. 모자 끈을 늘일 대로 늘여 모자챙의 가장자리에서 불안하게 얹어 두는 모습이다. 이런 모자를 쓰고 느긋한 걸음걸이로 다니는 모습은 좀 우스꽝스러운 일탈로 보이기도 했지만, 그 나름의 개성적 멋이 있기도 했다.

한 가지만 더 떠올려 보자. 모자의 귀단추를 떼어 버리고, 그 자리에 다른 뺏지 따위를 달고 다니기도 했다. 그 무렵에는 다른 뺏지를 보면, 서로 가지려고 했다. 귀단추 대신 꽂은 뺏지가 그럴듯한 것이라면, 악세사리의 멋을 낼 수 있었다. 그러나 이런 경우, 선생님께 걸리기만 하면, 그런 멋부림이 복장 위반은 물론이고, '기생오라비' 취향으로 간주되어, 볼을 여러 번 찝혀야 했다. 물론 그 소중한 뺏지는 압수를 피할 수 없었다.

소박한 부류들은 귀단추 대신에 그냥 압정(押釘) 따위를 눌러 놓은 채로 모자를 쓰고 다니기도 했다. 그 무신경과 태평스러움의 표현이 일종의 저항인 셈이었다. 물론 예외는 있다. 졸업에 임하도록 학교는 다 다녔는데, 어느 날 귀단추 잃어버리면, 돈 주고 다시 사기도 무엇하다. 그래서 대충 압정으로 고정시켜 다니는 선의의 범생이들도 그 중에는 있었다.

이런 일탈적 모자 패션도 졸업학년의 늦가을 무렵부터는 대체로 선생님들도 못 본 척 눈감아 주는 분위기 또한 없지 않았다. 소년이 자라 청년이 되어가는 심리의 과정을 어찌 이해하지 못 하시겠는가.

교모란 학교 신성성의 상징이다. 그러나 이 질풍노도의 청춘들은 그것에 대하여 통렬한 모반을 하고 싶었는지도 모른다. 그런 일탈과 탈출의 심리는 어디서 오는 것이었을까.

일상의 딱딱함과 무표정에 투정과 푸념을 하고 싶었는지도 모른다. 학교 공간 안의 모든 것들이 억압의 매너리즘처럼 보기 싫었을 수도 있다. 선생님들의 끝없는 잔소리와 온갖 자질구레한 처벌들은 얼마나 귀찮고 성가신 것들이었는가. 나는 이렇게 당당한 청춘으로 성장하여 어엿한 인격적 주체로 자라고 있는데, 아무도 그것을 주목하여 받쳐 주지 않던 시절이다. 꿈꾸는 욕망마다 가능해 보이는 것들은 전혀 없었던 시절 아니었던가.

그래서 옛날 우리 때의 '농땡이 질'과 요즘 학생들의 '날라리 질'은 공통점보다는 차이점이 더 크다는 지적도 있다. 우리의 학창이 획일적 억압과 생존적 불안에 대한 나름대로의 저항적 일탈이었다면, 요즘의 날나리 학생들은 다양한 욕구와 개방적 가치들 속에서 '나'를 찾지 못하는 불안 의식 때문에 생겨나는 저항인지도 모른다.

소년은 자란다. 그 삐딱한 일탈을 먹고서 소년은 자란다. 우리와 함께 했던 온갖 삐딱한 것들을 향하여 갈채를 보내자. 바로 거기에 우리

들 아리고 아린 청춘의 객기들이 있었나니. '저항'의 또 다른 이름이
'도전'이라 하지 않았는가. 수식어를 하나 더 붙여 주자.

"아름다운 도전" 이것이 그 시절 우리들 저항과 일탈의 숨은 가치이
리라.

가방아! 가방아!

어느 자리에서인가 책가방 이야기가 나왔다. 몇몇 친구들이 가방에 대한 추억을 곱빼기로 환기하여 주었다. 그 시절 가방을 끼고 들고 다니던 우리들 본새가 참으로 리얼하게 재생되어 왔다. 학창 시절 가방과 더불어 지어 보였던 이런저런 몸짓들을 향해 시간을 거슬러 가 본다. 그 소년들이 지녔던 마음의 갈피들을 엿볼 수 있으리라.

가방은 언제나 끈이 취약하였다. 끈 떨어진 가방은 '끈 떨어진 두레박'만큼이나 불편하다. 가방으로서의 쓸모가 현저히 줄어든다. 옆구리에 적당히 끼고 다니는 방식으로 휴대할 수밖에 없다. 당연히 내용물을 많이 담을 수 없게 된다.

끈 떨어진 가방을, 내용물은 적절히 빼내고, 오른쪽 옆구리에 낀다. 자연히 가방을 낀 팔의 손은 바지 주머니로 들어간다. 그리고 약간 좌우로 흔들리듯 걷는다. 물론 교복 상의 윗단추 한두 개를 풀어 놓는 것도 잊지 않는다. 이렇게 되면 가방은 건달풍 패션의 소도구쯤으로 전락한다. 영화 '친구'에서 바로 이런 가방 패션이 그럴싸하게 재생되었었다.

모범생 풍의 가방 모드도 있다. 시간표상의 모든 과목 교과서, 노트,

체육복, 준비물 따위를 착실히 집어넣고, 온갖 과제물들 다 챙겨 넣고, 참고서나 문제집도 정성껏 가방 속으로 밀어 넣으면, 가방은 무게도 묵직하고 부피도 빵빵해 진다.

이 가방을 오래 꼿꼿이 들고 걷다보면 팔이 아프다. 이럴 때는 팔꿈치를 90도로 꺾어서, 팔에다 가방을 걸고, 가방 걸친 오른팔 끝의 오른손은 교복 상의의 중간 단추 근처에 살짝 밀어 넣는 폼으로 가방을 걸쳐 들고 다니는 것이다. 왼손에는 단어장 하나 들고 걸으면 그럴싸하다. 착실하다 못해 답답함을 보여 주는, 단정 성실의 표준 모드이다.

애초부터 정해 놓은 모범이 따로 있겠는가. 누구나 입학 초기에는 얼마간 다 이렇게 착실한 분위기로 가방을 챙겨 다녔다.

가방은 우리들이 감정을 투사하는 단골 대상이었다. 무슨 불만이었는지, 가방을 학대하듯 취급하려는 심리가 묘하게 마음 한 구석에 자리 잡는다. 가방을 학대하고 싶은 심리는 아마도 학교라는 억압 기제에 대한 사춘기의 저항을 투사한 것 아니었을까.

이런 경우 가방 패션은 드는 가방에서 지는 가방으로 옮겨 간다. 가방을 어깨 뒤로 가볍게 넘겨서, 정확히 말하면 어깨에 비스듬히 걸친 듯 눕힌 듯해서 가지고 다니는 것이다. 가방이 무거우면 절대로 폼이 나지 않는 가방 연출법이다.

이런 가방 폼새로 머리를 들고 빠르게 걸으면 경쾌한 듯 초탈한 듯한 분위기가 연출된다. 반면 가방을 어깨에 삐딱하게 걸치되, 머리를 땅으로 처박고 걸으면, 세상 고뇌를 혼자 다 감당하는 듯한 우울한 비관주의자의 면모를 연출한다. 어느 쪽이나 다 공부에 몰두하고 열중할 형편도 마음도 아니라는 것을 은근히 보여주는 가방 패션이었다.

　가방이라는 존재를 무시한다고나 할까. 어쨌든 가방에 대한 인식이 극단의 수준으로 가벼워지고 있음을 저항적으로 보여 주는 가방 패션에는 이런 것도 있다.
　거의 아무 것도 넣지 아니한 빈 상태의 가방을 학교에 들고 온다. 그런데 어떻게 들고 오느냐 하면, 가방 끈을 잡지 않고(끈이 있는데도 잡지 않고), 가방 상단 모서리를 엄지와 검지로 가볍게 집어서 들고 오는 것이다. 걸음을 옮길 때마다 가방이 달랑달랑하는 듯한 분위기를 연출하면서 들고 오는 것이다. 주변의 시선은 아랑곳하지 않는다. 형용할 수 없는 허무주의의 그림자가 드리우는 모습이다.

　처벌과 징계가 엄했던 시대이었다. 처벌에 기가 꺾이고 절망의 나락에 놓일 때가 있었겠지. 시절이 모질어서 공부에 좌절하고 진로에 좌절하고 가난에 좌절할 때도 있었겠지. 그럴 때 가방은 갑자기 쓸모없는 무용지물로 보이고 애증(愛憎)이 뒤섞인다.
　빈 가방 모서리를 두 손가락으로 살짝 집어서 달랑거리며 등교하는 가방 패션! 여기에는 가방이라는 사물에 대해서 그 사물의 본래 용도를 인정하지 않겠다는 자세가 숨어 있다. 그 불만과 저항의 시기를 옹호해 보는 쪽으로 가자. 가방[지긋지긋한 공부]에 종속되지 아니하는 내 존재의 해방과 자유를 저항적 오기로 들이대는 장면으로 봐 주면 어떻겠는가.

그런저런 표 나는 연출 없이, 특별한 유행 징후 없이, 그저 평범하게 낡을 대로 낡은 가방을 우리는 '똥가방'이라 했다. 낡을 대로 낡아도 좀체 새 가방을 마련할 수 없었던 것은 너나없이 다 경제 사정이 어려웠기 때문이다. 그러니까 똥가방 모드는 가장 보편적이고 가장 평균적인 유형의 가방 패션일 수밖에 없었다. 각자는 어떤 가방 패션의 주인공이었던가.

학창 시절 우리가 몰두했던 것들을 담아주던 그 가방은 어디로 갔을까. 우리의 일탈에 늘 동행했던 그 회색빛 가방들은 어디서 무엇이 되어 우리를 기억하고 있을까.

송설학원에 입학한 우리들에게 처음 책가방을 사 주시던 부모님들도 연로하셔서 다투어 이 세상을 떠나신다. 그 가방에 지식과 덕성을 길러 담아 주시던 스승들도 많이 타계하셨다. 참으로 달리는 말에서 스치며 등불을 보듯 모든 것이 빠르다. 그래서 더 애잔하다.

세상 사람들 하는 말에 '가방 끈이 길어서 좋다'는 말이 있다. 1960년대에 송설학창에서 공부한 것만 가지고도 가방 끈이 길다는 자부심을 가져도 좋을 것이다. 그 시절 그 가방 덕분으로 우리들 삶을 이나마 이루었고, 다시 자식들 키우고 공부시키며 살아 왔다. 돌아보건대 이제는 후덕한 인사가 필요할 듯하다.

"끈 떨어진 가방에게 감사를!"

"똥가방에게 사랑을!"

군대에서 만난 친구들

우리 친구들 중에 군대라는 데를 맨 처음으로 간 사람은 누구이었던 가. 아마도 이두만 군이 아니었을까. 적어도 내 기억의 한도 내에서는 그러하다. 이두만 군이 육군 준사관 코스 소년병 제복을 입고 처음 나타났을 때, 나는 아직 고등학생이었다. 그를 보는 순간 나는 무어라 형용할 수 없는 묘한 감정에 휘둘렸다. 군복을 입은 그의 모습은 경이롭기도 하고, 신비롭기도 했다.

그런가 하면 갑자기 세상이 나에 대해서 어떤 강박(强迫) 같은 것을 가해 온다는 느낌이 들기도 했다. 그 강박의 메신저로 이두만 군이 저렇듯 단정하게 군복을 입고 나타난 것 같았다. 이두만 군이 실제로 그렇게 말하지는 않았지만, 공연히 내 마음에는 '너도 곧 군대 와야지.' 하고 암시하는 것 같았다. 그 순간 나는 나의 현존(現存)에 대해서 묘한 혼돈이 생긴다. 나는 그야말로 '아이'에 불과한데, 그래서 군대와는 아무런 상관도 없다고 생각하는데, 그렇지도 않은가 봐 하는 생각이 슬며시 고개를 드는 것이다.

그렇게 멀어만 보였던 군대는 송설학창을 나서자마자 코앞에 있었다. 너무도 음험하고 거대하여 그 실체를 도무지 알 수 없는 군대라는 괴물은 '너 잡아먹자' 하는 기세로 득달같이 우리에게로 달려들었다. 마치 오래 동안 우리를 수배해서 찾아다녔다는 듯이, 그래서 너 잘 만났다는 듯이, 우리를 진공청소기로 흡인해 가듯 그렇게 군대로 불러들여 갔다.

나이가 비슷하고, 본적지가 같으니 징집의 시간과 공간도 앞서거니 뒤서거니 비슷하다. 논산 훈련소, 대구 50사단 신병교육대, 하사관학교, 광주 보병학교, 실역미필자(방위) 4주 훈련 코스 등등, 그 낯설기 그지없던 병영의 모퉁이에서 우리는 군대의 인연으로 만나고 또 만난다. 그뿐인가 우리에게는 월남전선도 있었지. 맹호부대의 퀴논, 백마부대의 닌호아, 청룡부대의 나트랑, 그 아득한 이역 전선에서도 우리들 인연은 앞뒤로 맞물려 돌아갔다.

아! 학창이란 얼마나 평등했던가. 송설의 요람은 얼마나 오순도순했던가. 학창을 나와 세상풍파의 길을 걷다가, 비슷한 나이에 군대로 다시 모인다. 그 사이에도, 친구들마다 자기 운명의 행로들 위에서 제각기 다른 방향으로 달리고 있었다. 병영에서의 친구 해후는 그런 달라짐을 냉혹하게 확인해 준다. 군대라는 특수성으로 인해 우리들의 해후는 더러는 난감하여 아득하고, 더러는 아득하여 더욱 난감해지기 일쑤이었지. 나란히 평등했던 학창의 인연은 간데없고, 엄중한 계급의 현실 앞에서 처참하게 안면은 몰수되던 이야기들이 얼마나 많았던가. 그런 인연의 이야기는 기구하여 곡절도 많다.

새까만 졸병 계급장 달고 입대하여, 학창 시절 친구를 상급자로 만

나는 이야기는 우연치고는 흔하게 많다. 그 외로운 군대에서, 마음의
기대는 간절하여, 멀리서 눈치껏 눈빛만 전해 보는데, 친구가 은근히
먼저 알고서 마침내 이심전심 배려를 전해 받던 때의 짙은 감동은 나
만이 아는 내 마음의 전설이 된다. 고약한 경우도 있다. 너무 모르는
척해서 야속하기 한량없는 경우는 그래도 괜찮은 편이다. 모처럼 아는
척 신호를 보냈다가 싸늘한 무표정의 공식 언어로 질책을 받은 경우는
두고두고 상처를 감당하지 못한다.

이런 이야기들은 우리에게는 전설로 굳어진지 오래이다. 제대하고서
도 몇 십년이 넘는 동안, 이런 이야기들이 얼마나 우리들 입에 회자(膾
炙)되었던가. 누군가 꺼내기만 하면, 친구들은 너무도 익숙하게 이야기
를 재생한다. 본인보다 친구들이 더 잘 외우고 있는 이야기, 그 이야기
덕분으로 우리의 우정은 미움과 고움을 초탈하여, 아름답게 승화된다.

나에게도 군대와 더불어 가는 송설의 인연이 있다. 동기생 박용배
군은 2년 동안 내내 101 학훈단 2분단 같은 소대 소속이었다. 노상 태
권도 총검술 사격술 훈련을 같이 받고, 툭하면 완전 군장 구보 같이 뛰
고, 기합 같이 받으며 그렇게 지냈다. 입영 훈련 때는 늘 한 내무반 동
료로서, 내무검열 일석점호 때는 침상 일선에 나란히 부동자세로 서
서, 목에 힘줄 세우며 관등성명을 크게 복창하던 추억을 공유했다.

나는 32사단 98연대 1대대에서 근무했다. 해안 경계 소대장 마치고,
예비중대의 부중대장을 할 때이다. 1973년 7월 우리 중대로 2명의 소

위가 전입 왔다. 석양 무렵 이들이 중대장에게 신고를 하는데, 너무도 낯익은 얼굴이 있었다. 송설 동기생 이재훈이다. 그는 무슨 사정으로 일년을 쉬어, 나보다 한 기수 늦은 ROTC 장교로 임관되어 공교롭게도 우리 중대에 온 것이다. 세상에 이런 인연이! 그는 2소대장이 되었다. 그 해 중동전으로 석유 값과 물가가 엄청나게 뛰었는데, 무슨 상관이 있으랴. 이재훈과 나는 우정 깊은 군대생활을 했다.

노자(老子)에 심취했던 이재훈 소위는 두주불사(斗酒不辭)사이었다. 서산 읍내 삼거리의 백곰집, 미락식당 등에서 늦도록 술잔을 기울였다. 술이 높으면 우리들 토론도 춤을 추었다. 오기와 객기에 기대어 젊음과 시대의 책무를 서로 따지기도 했다. 버스터미널 옆 '서산식당'에는 술 따르는 아가씨들도 있어서 더러 호기를 부리기도 했다. 1974년 7월 나는 전역을 하고 그는 논산 훈련소 교관으로 가면서 우리의 군대 인연은 끝났다. 작년 여름 이재훈이 폐암으로 세상을 떠난 날, 나는 그의 빈소에서 울음을 죽이면서, 우리들의 청년 사관 시절을 반추했다.

군대의 인연이 어찌 현역의 시절로써 다 하랴. 1980년대 들어 여러 해 동안 나는 서초구 내곡동 예비군 교육장에서 교육을 받았다. 여기서 줄기차게 만나던 친구가 고재두 군이다. 이미 30년 전의 일이다. 심심하고 따분했던 예비군 교육장에서 옛 송설 친구 만나기는 귀한 복이라 할 수 있다. 예비군 시절 그 인연이 돈독했음일까. 나는 몇 해 전 고재두 딸의 결혼 주례를 맡았다. 보다 깊숙한 인연의 울타리로 사뭇 들어앉게 된 셈이다.

군대란 것이 그렇다. 입대 전에는 청춘이 고뇌하고, 군대에 가서는 육신이 곤고하고, 나와서는 추억이 이 모두에 광채를 띠게 한다. 군대에서 만났던 친구들의 아픔은 무엇이 되었을까. 그토록 준열하던 계급장들은 어디로 갔을까. 우리들 젊음이 그만큼 곧고 매웠다고 생각하니, 문득 그 시절을 위하여, 정중히 거수경례를 올리고 싶다.

나무가 나무끼리 어울려 살듯
우리도 그렇게
살 일이다.
가지와 가지가 손목을 잡고
긴 추위를 견디어 내듯

나무가 맑은 하늘을 우러러 살듯
우리도 그렇게
살 일이다.

- 오세영, '나무처럼' 중에서

놀이의 추억

추억 중에 역동적인 것이 놀이의 추억이라는데, 일본어 명칭으로 뛰어 놀았던 '가이생' 놀이가 떠오른다. 가이생 놀이는 공격팀이 자유롭게 머무는 가로 5m 세로 약 2~3m의 넓은 사각형 공간(공격팀 칸)과, 수비하는 팀이 1명씩 머무는 가로 5m 세로 60~80㎝의 좁은 사각형 공간(수비수 칸)이 서로 맞붙어서 죽 연속되는 공간(공격자칸+수비수칸+공격자칸+수비수칸+……의 형태)에서 벌이던 놀이다.

우리 시대의 놀이는 궁색했다. 그러나 질박하고 순진했다. 우리들 놀이는 땅과 더불어 흙에 딩굴며 몰입했다. 그런 점에서 우리들 놀이는 숨은 덕성을 지니었다.

'가이생 놀이'는 공격하는 사람이 수비하는 사람에게 몸을 터치 당하지 않고 수비수 칸을 모두 넘어 갔다가 다시 처음 칸으로 되돌아오면 이기는 게임이다. 그러나 공격자가 모두 아웃이 되면 공격과 수비는 교체되어 가이생 놀이는 계속 되었다. '가이생' 소리를 외쳐대며 가이생 놀이가 시작되면 공격자들은 수비하는 애들의 시선을 이리저리 유인하여 혼란한 틈을 타 재빠르게 수비 칸을 넘어간다. 수비하는 애들은 공격자들이 수비 칸을 통과하지 못하도록 양팔을 벌려 막아냈다

내 기억에는 이 놀이를 마을이나 학교에서 초등학교 조무래기부터

고학년 아이들까지 뒤섞여 했던 것 같다. 덩치 큰 고학년 아이들이 그때그때 놀이의 규칙을 해석하고 심판 역할을 했다. 이들의 역할이 신뢰를 잃고, 누군가 부당하다고 대들며 울면서 집으로 돌아가고, 그러면 놀이는 파국에 이르렀다.

놀이의 문화란 것이 참으로 묘해서 중1 무렵까지는 이 가이생을 운동장 변두리에서 했었다. 그러나 학년이 높아지면서 이 놀이는 자연스럽게 멀어져 갔다. 말하자면 이 가이생 놀이는 초등학교와 중학교의 놀이 행태를 가르는 분기점 상에 놓인 것이었다.

'놀이'가 인간의 본성임을 밝힌 사회학자 〈요한 호이징하〉는 일찍이 '호모 루덴스(Homo Ludens, 놀이하는 인간)'라는 유식한 용어를 세상에 내어 놓았지만, 우리 시대는 그런 게 있는지조차도 몰랐다. 우리들 안의 호모 루덴스는 기를 펴지 못했다.

그래서 그런지 우리 세대는 잘 놀지 못한다. 노는 판을 만들어 주어도 쑥스러워 한다. 그런들 그게 흉이 될 일은 아니다. 그건 그것대로 우리들 놀이문화의 한 스타일일 뿐이다.

1962년 일인당 국민소득 80달러 시대에 우리는 중학교에 들어갔다. 곤궁의 시대에는 오로지 일해야 했으므로 '노는 것'은 무조건 나쁜 것으로 간주되었다. 생각하면 억울하다. 노는 활동이나 노는 기획을 한 번도 반듯하게 보장받지 못하고 지냈다. 더구나 노는 데에 돈이 드는 일이라면 놀겠다고 말도 꺼내지 못하는 시절이었다.

어쩌랴, 그런 시대고(時代苦)에 짓눌리며 그저 형편대로 놀 뿐이었다. 중학교 1학년 때는 함석지붕 중1 교사(校舍) 앞마당에서 닭싸움 놀이를 많이 했다. 쉬는 시간, 점심시간 내내 닭싸움을 많이 했다. 일찍 유명을 달리한 배진환 군은 작고 빵빵한 체구에도 신묘한 닭싸움 재주를 가지고 있어서 누가 붙어도 난공불락이었다. 출석번호 3번의 작은 체격이었지만 키 큰 아이들도 그를 이기지 못했다. 닭싸움 잘하기는 중키의 김덕준 군도 발군이었다.

중학교 2학년이 되면서 체육시간에는 줄넘기 활동을 했다. 줄넘기 줄이 놀이를 불러 왔다. 둘이 마주 선 상태에서 줄을 허리에 둘러 오른손으로 잡고, 바짝 당기거나 풀어서 상대의 자세를 무너뜨리는 놀이를 했다. 나중에는 줄 없이, 그냥 빈손으로 마주 서서 양 손바닥을 서로 앞으로 내밀거나 뒤로 빼서 상대의 자세를 무너뜨리는 놀이이다. 무조건 힘세다고만 이기는 게임이 아니어서, 하는 사람이나 구경하는 사람이나 재미에 몰입할 만했다.

사춘기에 들면서는 놀이도 약간의 일탈 기운을 동반한다. 교문 앞 하교 길에는 가끔 엿장수의 엿판 리어카가 나타나기도 했는데, 엿치기 놀이가 시선을 끌었다. 엿가락을 분질러, 입김으로 크게 불어서 엿구멍을 확인하고, 누구 엿의 구멍이 큰지를 따졌다. 엿구멍 작은 사람이 엿값을 내기로 되어 있는 놀이인지라, 사행성이 끼어들었다. 호기를 자랑하느라 한번으로 끝내지 않고 몇 차례 반복하다 보면 돈 없는 쪽이 물러설 수밖에 없었다.

놀이에 게임 속성이 끼어들면서는 놀이는 별의별 행태로 변화한다. 송정 뒷산에서 딱정벌레 따위를 잡아와서 싸움시키는 놀이는 특별 이벤트였는데, 수업시간에 하다 들키면 벌이 푸짐했다.

아카시아 피어나는 계절에는 송정 계단에서 서로가 가위바위보로 순서를 정하여 아카시아 이파리를 손가락으로 띵겨서 떨어버리는 놀이도 했다. 낭만적 추억이 남는 놀이이다. 중3 쯤에는 몸에 제법 체모들이 자라났는데, 그걸 한 가닥씩 뽑아서 누구의 것이 더 센지 서로 걸어 당겨서 끊어지는 쪽이 지는 변태성(?) 놀이도 있었다.

고등학교에 들면서는 놀이도 공부의 압박에 종속되는 편이었다. 수업 틈틈이 지루함을 이기기 위한 놀이들이 등장한다. 바둑놀이에 심취하여 노트에 종횡 19줄을 치고, 연필로 백돌과 흑돌 표시를 하며, 종이 바둑을 두는 것이 유행하였다. 교단 선생의 눈을 피해 공부에 몰두하는 듯 위장할 수 있는 이점이 있었다.

운동장에서 볼을 차지 못하는 반작용으로 책상에서 축구 놀이를 하였다. 두꺼운 마분지로 미니 축구장을 만들고, 골대를 확실히 세운 다음, 선수 포지션을 마분지 상에 표시하고, 플라스틱 책받침 일부를 원형으로 오려서 축구공을 만들고, 그 원형의 공을 연필이나 볼펜 끝으로 톡톡 움직이게 만들어서 축구 놀이를 하였다. 플라스틱 원형의 볼이 상대 포지션에 걸리면 공격권을 넘겨주는 방식으로 놀이를 했다. 이것 역시 수업 중에 은밀히 진행되었다.

　　그러나 무엇보다도 오래도록 우리들을 떠나지 않았던 놀이는 동전 치기이었다. 금을 그어 놓고 하는 동전치기이든, 주먹 안에 있는 동전 을 짝수 홀수 맞추기로 따먹는 동전치기이든, 동전치기는 놀이의 윤리 성에 더러는 흠집을 내어가면서도 오래 우리와 동반하였다. 동전치기 는 딱지치기, 구슬치기 등의 놀이 족보를 모두 수렴하면서, 일탈과 긴 장의 서스펜스를 아낌없이 연출하는 놀이이었다. 새로 지은 교사(校舍) 들로 학교 공간이 계속 바뀌어 가면서, 그 옛날 동전치기 추억이 서린 모모한 구석들도 이제는 어딘가로 다 해체되고 말았다.

03
추억의 이름으로 포옹하기

보강의 추억, 우리들의 공부 문화

공부 이야기는 재미없는 이야기이다. 공부 자체가 따분한 것이기 때문에 특별한 경우가 아니고서는 화제가 되기 어렵다. 따라서 공부 그 자체를 추억으로 불러내는 일은 밋밋하기도 하거니와 핀잔을 듣기 십상이다. 오히려 공부를 팽개쳤던 이야기, 공부에 저항했던 이야기는 추억의 메뉴로 일등감이다.

그러나 알고 보면 그런 '안티 공부'의 추억들도 모두 '공부 현상'으로부터 파생되어 나온 것들이다. 공부 마인드로부터 천리만리 멀어져 있다 해도, 송설 학창 동안의 우리는 공부의 손바닥 위에서 헤어나지 못하는 손오공의 처지와 같았다. 책가방 끼고 학교 가고, 교실에서 수업 받고, 시험 치고, 진급 진학을 한다. 우리는 그런 '공부의 프레임' 안에 있었다. 그 안에는 우리들 공부 생활의 어떤 내재적인 분위기나 정신적 성향의 흐름 같은 것이 있지 않았을까. 그걸 '우리들의 공부 문화'라고 붙여 볼 수 있을 것이다.

모교는 우리에게 공부를 권장하였다. 더불어 공부의 질을 높게 끌어올리려 했다. 학습과 지식의 수월성(excellency)으로 학교와 학생의 정체성을 구축하려는 노력이 대단하였다. 이는 학교의 도약과 발전을 교육과정 내적으로 견인하려던 당시 양갑석 교감선생의 지향의지[mentality]이기도 했다. 그 무렵의 모교는 지금의 사교육 채널이 제공하는 거의 모든 종류의 보충강의 프로그램들을 제공해 주었다. 전국적으로 흔하지 아니한 사례로 보인다. 그것이 얼마나 특단의 관심과 노력이었는지는 나중에 사회에 진출하여 다른 학교 출신들을 만나 서로 비교해 보면서 확인할 수 있었다.

공부를 지긋지긋한 고통의 기제로 기억하면서도, 또 한편으로는 모교가 제공했던 각종 보충강의의 추억을 따스하게 떠올릴 수 있는 이유는 무엇일까. 그것은 그 무렵 모교의 보강 프로그램들이 각별한 정성과 수월성 지향을 보여 주었고, 그런 프로그램들을 통해서 우리는 그 '수월성의 자존심'을 어렴풋하게나마 공감하고 누릴 수 있었기 때문이다.

성적과 상관없이 그 무렵 우리는 '공부 지향의 자아'가 강했다. 공부를 지향하는 사람으로서의 자존감과 정체성이 높았던 것이다. 사실 성적 석차를 높이는 것보다 공부에 대한 '긍정적 자아'를 가지게 해 주는 것이 더 교육적 의의가 있을지 모른다.

보강의 추억을 거슬러 가보자. 여름 나절 보강은 이른 아침 풀잎에 이슬이 총총할 때 시작하여 긴긴 해가 다 하고 어둠이 내리도록 이어졌다. 오전 7시 반에 시작하는 아침 보강을 1교시로 잡는다면, 때로는 11교시 12교시 수업으로 치닫는다. 해 짧은 늦가을에는 아예 어둠이 채 가시지 않은 새벽에 등교하여, 종일 공부의 틀 속에서 부대끼며, 다시 어둠살이 낀 교문을 나서면, 이미 황악산 산 그림자가 황혼 속에 침몰하고 있었다.

보강 끝내고, 빈 도시락 딸가닥거리는 가방을 자전거 뒤에 싣고, 아득한 공복감을 다스리며 집으로 돌아오는 길이면, 누군가의 시선 속에 있고 싶었다. 공부하는 나의 정체성을 알리고 싶은 자의식의 발로일 수도 있다. 그것이야말로 성장기 지적 자존심이었다. 이렇게 하루가 지는 모퉁이에서 느끼는 공복감은 어쩌면 나만이 느끼는 '지식에 대한 허기'인지도 모른다는, 고매한 환상에 빠지기도 하였다.

달리 교과서 외적인 지식의 충전을 받을 수 없는 시절이었다. 학교가 베푸는 보강 시간에 접하는 여러 텍스트들은 우리의 궁핍한 문화 소양을 보전해 주는 역할을 하였다. 릴케나 프루스트, 보들레르 등의 잘 알려지지 아니한 시들을 국어 보강 시간에 배웠다. 그 때 이래로 일생에 접할 기회조차 없던 가사나 한시나 세익스피어 희곡, 그리고 모더니즘 계열의 평설들을 접하며, 인문학적 사유의 고답함에 매료되기도 했다.

영어 보강은 어려운 부교재들을 사용하면서 복잡한 구문의 늪에서 헤매기 일쑤이었다. 그 무렵 우리에게 영어는 영원한 콤플렉스이었다. 보강 시간에 배우는 유명한 영문 텍스트들은 주목을 끌 만했다. 사전을 통째로 외우겠다는 무모한 계획을 실행하던 친구들도 있었다.

일본 동경대학의 입학시험 수학 문제들을 구하여 우리들에게 소개하고, 그 풀이의 과정을 다양한 방식으로 보여주시던 분은 양갑석 선생님과 김용해 선생님이셨다. 이분들은 참으로 진지하고 열성적으로 우리들을 이끌어 나가시며, 수학적 추상과 순수형식의 세계가 보여주는 이치를 피부에 와 닿게 했다. 그것은 경이감을 주기에 충분했다.

막상 풀라고 하면 나는 자신 없지만, 그런 수준의 수학적 과업들을 내가 접하고 있었다는 것만으로 상당한 정신적 보상이 되었다. 생각하면 이런 지적 자존심이 지식 성장의 에너지이었다. 마침내는 이런 마음도 먹어보게 된다. '내 안의 지적 오만을 허용해도 좋으리라.' 지식이 주는 순정한 가치를 어렴풋 맛보는 마당이었다.

공부의 풍속도 참 많이 달라졌다. 공부의 가치를 인정하는 세태도 삭막하게 변하였다. 우리들 공부 문화 중에 지금의 것과 큰 차이가 나는 것이 있다. 그것은 공부라면 그 자체로 가치 있고, 진지해야 한다는 인식이다. 보강이 입시를 대비한 것이긴 했지만, 죽기 살기로 문항의 술수와 기술을 간파하는 데 진력하는 약삭빠른 요즘의 공부와는 달랐다.

무언가를 이루기 위한 수단으로 삼았던 일이었는데, 그 수단 자체에 열중하다보니 목적보다도 수단이 더 의미 있는 일이 되어 버리는 경우가 있다. 이런 일을 두고 본말이 전도된 어리석은 짓이라고 할 것인가. 반드시 그렇지만은 않다. 이런 일은 이익에 민감하고 약삭빠른 사람에게서는 일어나지 않는다. 진실을 다 하려는 사람에게서 나타난다.

위대한 과학자 예술가들의 발견과 창조는, 그것이 어떤 전략적 목적
으로 이루어지기도 하지만, 다른 어떤 일을 해 나가는 과정에서 과정
의 몰두로 이루어진 것이 적지 않다.

40년 전 우리의 공부문화는 이 언저리에 있었던 것 같다. 잔머리 굴
리기 식의 공부보다는 공부 그 자체의 가치를 더 인정했던 것 같다. 지
나치게 결과 지향적인 삶이 기승을 부리다보니, 요즘은 공부하는 태도
도 변질되었다.

자전거를 찾습니다

모교 송설학원은 '자전거 풍물'로 유명했다. 교문 옆 자전거 주차장에 즐비하던 수백여 대의 자전거. 1966년에 동아일보사에서 발간한 '한국대관(韓國大觀)'이라는 두터운 책자에는 당시 송설학원 학도들의 자전거 통학 모습과 교문 옆 자전거 주차장을 큰 사진으로 찍어, 이를 한국의 신명물(新名物)로 소개하고 있다. 그것은 그 나름대로 하나의 장관(壯觀)을 연출하는 것이었다.

1965년 당시, 모교는 중학교 18학급, 고등학교 12학급에 전교생 1,800명. 이 가운데 자전거 통학생이 600여명, 선생님들조차도 대부분 자전거 통근을 하시던 풍경이 선하다. 해맑은 아침 기운과 더불어 경부국도를 달려와 송설의 문으로 드나드는 자전거의 무리들. 그것은 생동하는 선(線)의 움직임이었다. 요즘 북경이나 상하이 외곽 거리에서 자전거 행렬이 출근길을 잇는 풍경을 보노라면 친숙하고도 기묘한 감회에 잠긴다.

이쯤에서 미당(未堂) 서정주 시인의 말투를 잠시 빌려 볼거나.
"우리를 이나마 키운 것은 팔할(80%)이 자전거이었다."
그 자전거 꽁무니에 책가방 보따리를 싣고, 송설의 문을 3년씩 6년

씩 드나들었다. 그 자전거 바퀴에 우정을 싣고 일상을 탈출해 보기도
했다. 그 자전거에 가끔은 어렴풋한 풋사랑의 그림자가 실리기도 했
다. 그 자전거 안장에 고단한 육신을 싣고 풍설(風雪)을 마다 않고 다니
는 동안 우리는 인내를 배웠다.

따지고 보면 '자전거' 한 대가 만만치 아니한 재산 목록으로 행사되
던 때이었다. 자전거 자체가 대단하다기보다 그 무렵 우리 살림들이
그렇게 곤궁했다. 중고품 자전거 한 대 마련해 주는 것이 힘들어서 가
슴앓이를 하던 우리의 가난한 부모님들. 그 속도 헤아리지 못하고 조
르다조르다 팽 돌아앉아 성을 내던 철없던 우리들. 대개는 그런그런
사연이 있는 자전거들을 타고 다녔다. 물론 그런 형편마저도 안 되는
도보부대의 친구들도 있었다.

자전거를 보관 관리해 주던 자전거방 아저씨 모습도 떠오른다. 작
달막한 키에 옅은 구레나룻가 있었지. 이런저런 자전거 고장을 능숙한
솜씨로 수리를 해 주시던 아저씨이었다. 추억을 좇아가노라면 아저씨
일을 돕던 우리 또래의 아가씨도 떠오른다. 따님이었을 게다. 떠꺼머
리 총각들 속에서 지내는 것이 익어졌기 때문일까. 묵묵히 열심히 그
리고 상당히 씩씩하게 일하던 모습도 생각이 난다. 그 아가씨는 어디
서 어떻게 늙어갈까.

우리는 자전거방 아저씨에게 3개월 단위로 보관료를 내었는데, 돈을
낸 표시증을 중지손가락 크기 만한 납작한 나무 도막에다 해 주었다.

육면체 모양의 말끔하게 다듬은 나무 도막에다 불에 달군 쇠꼬챙이로 송설학원 자전거 관리소의 로고를 새겨 주고, 보관 번호를 써 주었다. 그 솜씨가 일품이고 꼬챙이로 새기는 속도가 전광석화(電光石火) 같아서 참으로 신기하였다. 우리는 이 로고가 새겨진 나무패를 자전거 안장 뒤에 달고 다녔다. 이를테면 합법적으로 보관 보호받을 수 있는 자전 거임을 나타내는 것이다.

양갑석 선생님의 멋 부리지 않은 자전거도 생각나고, 김이득 선생님 의 8호짜리 키 높은 자전거도 생각이 난다. 승마하듯 단정한 김영택 선 생님의 자전거 자세도 떠오르고, 점잖게 느린 속도가 한결같던 박병환 선생님의 나즈막한 자전거도 생각이 난다. 모두가 낡고 바랜 자전거들 이었다. 선생님 자전거와 부딪치는 바람에 황망하기 그지없던 일도 아 주 드물지만 있었다.

그 자전거들은 어디로 갔을까. 한없이 산화되어 천지에 흔적도 없이 사라졌을까. 한갓 무정한 쇠붙이 불과한 것에도 이리 그리움의 정이 지피고 아련한 감개가 되살아나는 것은 어찌 설명해야 할 것인가. 마 음 같아서는 '자전거를 찾습니다.'라고 방(榜)을 내걸고 싶은 심회. 그러 면서 되뇌어 보는 덕담 한 마디.
"모든 굴러가는 것들에 행운 있을지어다".

시험에 들게 하지 마옵시고

예수가 로마 군병에게 잡혀가기 전에 기도했다는 주기도문(主祈禱文)에는 '시험에 들게 하지 마옵시고 다만 악에서 구하옵소서'라는 구절이 나온다. 이 때의 '시험'이란 말은 중간시험이나 기말시험 할 때의 '시험'이라는 말과 같은 말인가, 서로 다른 말인가?

이 둘은 한자로는 모두 '試驗'으로 표기되는, 같은 말이다. 학생의 능력과 태도 등을 알아보기 위하여 어떤 문제를 처리·해결하여 내게 하는 것이 학교에서 치루는 시험이다.

선한 영혼을 꼬드겨 죄짓게 하려는 '악마적인 유혹'은 성서에서 말하는 '시험'이 될 수 있을 것이다. 어쨌든 시험에선 이겨야 한다. 그러고 보니 시험은 몸도 마음도 영혼도 모두 고단하게 하는 성질이 있다.

학교 다니는 일의 공식적인 결과는 졸업이다. 학교를 다녔는데도 학년이 올라가지 않으면 유급이 된다. 유급이 있는 한 졸업은 그만큼 연기된다. 누가 이 평범한 사실을 모르랴. 송설학원에 입학 후, 신입생 오리엔테이션에서는 이 평범한 사실이 다시 엄숙하게 강조된다. 출석 제대로 하지 않고, 시험 제대로 치지 않으면 중도하차한다는 경고가 삼엄하다.

갓 중학생이 된 우리는 일순 긴장하지 않을 수 없다. 시험의 중요성이 재삼 강조되고, 시험 앞에 우리는 번번이 주눅이 든다. 낙제도 걱정이지만, 어렵게 학비를 대는 부모님의 얼굴을 떠올리면 면목 없는 시험 결과는 마음의 고통이 되었다. 성적이 시원치 않으면 상급학교 진학을 조를 염치가 없기도 하던 시절이었다. 시험을 잘 보아야 한다는 강박관념으로 인해서 우리는 '또 다른 시험의 경지'에 들게 된다. '컨닝(cunning)의 유혹'이 바로 그것이다(정확한 영어로는 cheating이라 해야 한다는데, 여기서는 '컨닝'이 오히려 더 cheating답다).

커닝의 유혹은 시험을 통하여 우리를 시험에 들게 하는 고약한 경험이었다. 당당하지 못하다는 점, 누군가를 속인다는 점 등등이 우리의 어린 양심을 아프게 스치고 갔지만, 양심은 멀고 유혹은 가깝다. 인간이기 때문에 가지는 '아름다운 모순'이라고 너그럽게 보아 줄 수도 있을까. 그럴 수도 있겠지만, 아마도 그것은 '온당치 못한 인(仁)'일 것이다.

학교인들 왜 대책이 없었겠는가. 시험 날이면 1학년과 2학년이 반반(半半)씩 각기 한 줄씩 섞어서 앉도록 조치했다. 무슨 우월감이었는지 옆자리 하급생 시험문제의 정답을 가르쳐주다 틀린 답을 가르쳐 주어서 봉변을 당하는 일도 있었다. 그러나 대체로 순진하여 지금 아이들처럼 영악한 커닝의 풍속은 없었다. 시대 자체가 순진했었던 탓이라고나 할까.

커닝을 시도했으나 다행으로 들키지 않은 사람은 무릇 얼마이며, '커닝을 해 볼까' 마음으로 꿈꾸어 본 사람은 무릇 얼마이겠는가. 그러고 보면 우리들 대부분은 커닝의 위험한 유혹을 가까스로 힘겹게 방어하면서 학창 시절을 지내 온 것은 아닐까?

그 유혹과 방어의 경계지대에서 잠시 월경(越境)하여 커닝을 하다가 감독 선생님께 발각되는 친구들. 학생지도부에서 반성문 쓰고, 교무실 앞 복도에서 손들고 근신하며 곤욕을 치루는 풍경들을 기억한다. '부모님을 모시고 오라'는 파국적 상황만은 막아 보려고 용서를 빌고 또 빌고 하던 모습도 이제는 아련한 추억의 강 저편이다.

시험 감독에 임하는 선생님들의 개성도 각양이었다. 선글라스를 끼고 들어오셔서, 선생님 시선 자체를 보여주지 않으며, 엄하게 감독을 하시던 송대섭 선생님이 떠오른다. 시험지 배부 전 위협성 경고 메시지로 아예 커닝 의지를 초토화 하던 조욱연 선생님도 떠오른다. 손거울로 교실 내 사각(死角)지대를 날카롭게 스크린 하시던 선생님은 누구이셨더라?

이 대목에 어찌 추억이 없겠는가. 시험 감독으로 들어오신 김법 선생님의 명대사(名臺詞) 한 대목을 반추하지 않을 수 없다. 시험지를 배부하시면서, 커닝 행위에 대한 강력한 단속 의지를 피력하신 후, 연극의 독백 대사처럼 선생님은 말씀하신다.

"속고 속이는 세상!, 학생은 선생을 속이고, 선생은 학생을 속이고……."

이윽고 중앙 교탁 자리로 이동하신 후, 신문 한 장을 펼쳐들고 보신다. 신문지 중앙에는 조그맣게 구멍 하나가 뚫려 있다. 그러면서 다시 되뇌이는 말씀.

"속고 속이는 세상!, 학생은 선생을 속이고, 선생은 학생을 속이고……."

진정으로 사랑했던 고향에로의 통로는
오직 기억으로만 존재할 뿐
이 세상의 지도로는 돌아갈 수 없다.
우리들이야말로 진정한 고향을 가졌던
마지막 세대였지만,
미처 우리가 늙어 죽기도 전에
그 고향은 사라진 것이었다.

- 이문열, '그대 다시는 고향에 가지 못하리' 중에서

재건체조와 중간체조

우리 또래 남자들에게는 평생에 인연을 맺는 체조가 세 개쯤 있다. 첫째는 학창 시절에 아침저녁으로 하던 '국민보건체조'라는 것이 있었다. 이 국민보건체조는 5·16 이후 '재건체조'로 명명되기도 했다. 둘째는 군대 가서 총검술과 더불어 시도때도 없이 하던 '국군도수체조'가 있었다. 셋째는 아마도 앞으로 우리가 노인학교에서 배우게 될 '노인웰빙체조' 쯤 될 것이다. 그 체조는 우리 세대가 맞을 노령화 사회의 상징이 될지도 모른다.

체조가 국민적 체육 활동으로 기세를 올리던 무렵은 아무래도 5·16 군사혁명 무렵이었다. 군대식의 방법과 문화가 일반 사회와 교육에 일대 영향을 미치던 시절이었지 않았던가. 군사혁명 당국은 새로운 체조를 보급하면서 당시 혁명 강령에 맞추어 '재건체조'라 불렀다. 재건체조는 5·16을 겪으면서 학교 관공서는 물론이고 농촌의 자연부락 단위까지 보급되었다.

재건체조는 아침 방송 시작과 더불어 전파를 타고 전국 온 마을에 방송이 되었다. 라디오가 없는 농촌 마을에서는 이장님 댁에 라디오 한 대를 두고, 집집마다 조잡한 나무통 스피커 한 대씩을 유선으로 설치하고, 청취료는 대개 봄에는 보리 한 말, 가을에는 나락 한 말씩을 받았다. 그 스피커로 새벽이면 재건체조가 음악 구령과 함께 온 마을에 울려 퍼지는 것이었다. 그 스피커마저도 경제 형편이 궁하여 달지 못하는 집이 적지 않았다.

아무튼 그때 우리의 학교에서는 '중간체조'라는 것이 있었다. 2교시나 3교시를 마치면 전교생이 모두 운동장으로 나가서 '재건체조'를 했다. 체육선생님 구령에 맞추어서 일제히 했다. 팔-다리-목-가슴-옆구리-등배-몸통-뜀뛰기-팔다리-숨쉬기 등으로 이어지는 맨손 체조를 2회 연속하고서 다시 교실로 들어 와 그 다음 수업을 계속하는 것이었다.

사회주의 전체주의 체제인 북한이 걸핏하면 구경거리랍시고 내어 놓는 이른바 '매스 게임'이라는 집단 체조가 있다. 1960년대 그 무렵 우리에게도 집단 체조나 매스 게임이 자주 등장하였다. 군사문화가 지닌 전체주의적 사고방식을 반영한 것이라 할 수 있다. 어쨌든 우리의 '중간체조'라는 것도 고도의 집단성을 강조하는 바탕 위에서 운영되었다. 평상의 쉬는 시간이 10분이었다면 중간체조가 있는 때의 쉬는 시간은 20분이었다.

그 20분의 시간이 유혹으로 다가오기도 했다. 어디로 빠져 볼 수는 없을까. 중간체조의 집단성에 순응하지 않는 친구들이 늘 있는 법이다. 악착같이 중간체조를 빠지려고 온갖 계략을 다 짜내던 친구들이 있었다. 안 나가고 몰래 남아서 친구들 도시락 훔쳐 먹는 악동들은 다반사로 있었다. 송정 뒷산으로나 문지알 동네 쪽으로 몸을 엄폐시켜서, 숨어서 피우는 담배 한 모금에 스릴을 만끽하던 친구들이 왜 없었겠는가.

학교 당국 또한 만만치 않았다. 중간체조 빠지고 뒤로 숨은 악동들을 아주 작심하고 대거 색출하려 나서기도 했다. 아예 상습 불참자들에게 본때를 보이고자 색출 작전을 기습적으로 실시하기도 했다. 또 그 중간체조시간을 이용하여 교실에서 불시에 소지품 검사를 했다. 흡연 혐의 학생들을 찾아내기 위한 것이다. 영웅처럼 폼잡으며 빠져나갔다가 패잔병처럼 붙잡혀 온 친구들, 다음 시간 수업도 들어가지 못하고 운동장에서 내내 기합을 받기도 했다.

중간체조는 좋은 점이 많았다. 전교생이 공부에 굳어진 몸과 머리를 풀기 위해 운동장으로 모여 경쾌한 음악에 맞추어 맨손 체조를 하는 모습은 그 나름대로 장관이었다. 처음에는 학년별 반별로 조례 때의 대오를 유지하여 체조를 했었으나, 그 후에는 각자 자기가 원하는 편한 자리에서 체조를 했다. 체조를 하는 동안 교정 맞은편으로 경부선 급행열차가 추풍령 경사선을 오르는 모습은 중간체조의 아주 익숙한 배경 사진처럼 떠오른다.

초여름에 들면 운동장 사위(四圍)를 둘러 선 플라타너스 그늘 아래로 모여 웃옷을 벗고 체조를 했다. 추운 날에도 중간체조는 중단되지 않았다. 호주머니에서 손을 빼라는 호령은 단골 호령이었다. 플라타너스

갈색 낙엽이 운동장에 깔리는 만추의 날에도 중간체조는 있었다. 체조가 끝나고 들어오는 시간이면, 운동장 스피커에서는 경쾌한 행진곡이 흘러 나왔다. 우리는 그 행진곡들에 코믹한 가사를 붙여 웅얼거리곤 했다.

이렇듯 중간체조는 집단 활동의 추억으로 남아 있다. 혹자는 그 집단성을 후진성의 한 양상이라고 비판한다. 그러나 그 집단성이야말로 개인에게 줄 아무 것도 없던 시절, 개별화할 것이라고는 꺼리조차 없는 상태에서 우리가 살았던 한 방책이기도 하다.

비단 중간체조만 그러했을까. 먹는 것, 입는 것, 자는 것, 교육받는 것, 이 모두에서 달리 어떤 특별한 것을, 어떤 개성적인 것을 추구한다는 것이 사치일 수밖에 없던 시절이었다. 집단성과 전체성은 그 시절로서는 어쩔 수 없는 소박하고도 범용한 방식일 뿐이었다. 그 시절은 그 시대의 잣대로 보면 이해의 폭이 커지는 법이다. 이제는 내가 이 선진한(?) 세상의 풍요와 자유를 이해 못하는 축에 들게 되었는지도 모르겠다.

유행가, 유행가, 우리들의 대중문화

우리들의 사춘기는 유행가에 대한 은밀한 관심으로부터 시작되었다. 학교에서 배우는 노래와 그렇지 아니한 유행가 사이에는 엄격한 구분이 있었다. 유행가 자체를 불량스러운 것으로 보는, 보수적 교조주의가 지배하던 시절이다. 그야말로 소풍이나 가서 한 번쯤 부르는 것으로나 허용되는 노래이었다. 유행가도 아니고 학교 노래도 아닌 '크리스마스 캐롤(화이트 크리스마스)'을, 김법 선생님 지도로, 음악실에서 합창했던 어느 날, 우리는 참으로 희한한 일탈감과 해방감을 맛보지 않았던가.

요즘 아이들은 그렇지 않다. 학교에서는 노래란 걸 가르치나 하는 생각이 들 정도로, 온통 대중가요 판이다. 10대들을 위한 대중음악 시장이 따로 형성될 만큼 그들은 대중음악의 막강한 주인이 되어 있다. 방송의 음악 쇼 무대가 10대 시청자들 중심인 것을 노상 보지 않는가. 넘쳐나는 대중음악과 대중영상물들에 푹 빠져 지낸다. 멜로적인 감흥에 눈물 흘리던 우리 식의 순진함은 잘 안 보인다. 화려하고 재미는 있으나 감동은 줄어들었다. 순진한 감흥보다는 자극에 자극을 구하는 세태이다.

그 때는 유행가에 접근하는 것 자체가 쉽지 않았다. 텔레비전은 없던 시대, 라디오는 귀중품에 속하였고, 그나마 수신 상태가 엉망이었다. 전파상 앞 스피커에서 레코드판으로 틀어주던 유행가를 학습하는 것이 제일 정확했다.

김천 장날 시장 통, 술집에서 어른들이 부르는 '흘러간 노래'는 유행가 교습의 본이 되기도 한다.(어른들이야 역전 다방 구석의 낡은 스피커에서 익혔을 것이다) 또 추석 무렵, 동네마다 달밤에 하던, 노래자랑대회가 유행가 학습 및 전파의 중요한 마당이었다.

그렇게 해서 유행가를 배웠던 것이다. 사정이 그러하니 유행가를 먼저 배운 친구들의 자랑감과 유세 또한 대단했다. 우리들 모두는 서로가 상대의 성장에 대해서 일정한 부러움과, 기묘한 질투와, 속절없는 열등감들을 가졌다. 그리고 그렇다는 것 때문에 얼마나 깊은 부끄러움을 가졌던가. 우리는 소설 『데미안』의 주인공 '싱클레어'처럼 열등감과 싸우면서, 알을 깨는 아픔을 키우고 있었다. 이 모든 것의 증거가 우리들의 유행가이었다.

그래서일까. 유행가는 그렇게 귀에 솔솔 들어오는 것이었다. 그 유행가로 인해서 내 안에 숨어 있는 야릇한 감정과 끼가 미묘하게 자극되는 것이다. 유행가와 더불어 이성에도 눈이 뜨고. 유행가와 더불어 금지된 세상의 울타리들을 넘어 가고 싶은 욕구들이 생겨났다.

우리의 유행가는 청춘의 애환과 성장의 궤적이 담겨 있다. 영화 주제가 '빨간 마후라(1965)'는 '남성성'과 '영웅'의 이미지를 꿈꾸게 했다. 이 노래는 건전가요 계열에 들어서 각종 운동 경기 때 응원가로 불렀다. 1966년 가을, 열아홉 살의 남진이 불렀던 '울려고 내가 왔나'는 가사가 저항의 애조를 띠어서 우리의 사춘기 감수성에 어필하기도 했다.

허무주의적 페이소스를 띠던 최희준의 '하숙생(1966)'은, 인생에 대하여 무언가 고뇌어린 폼을 잡으려 하던 우리들에게, 무게 있는 유행가로 다가왔다. 자취하는 친구 방에서 설거지 밀쳐두고 부르던 유행가이다. 석양이 길게 드리우던 송정에서, 하모니카로 부르기도 했다.

'빨간 구두 아가씨(남일해)', '아빠의 청춘(오기택)' 등은 경쾌한 리듬과 남성적 저음의 매력이 어울리면서 산뜻한 연애 감정을 환기시키는 것이어서, 크리스마스나 연말에 몰래 모이는 남녀 모임 같은 데서 애창되던 레퍼토리이었다.

아카데미 극장에서 상영한 '맨발의 청춘'은 학생 입장 불가의 영화이었지만, 이 영화의 스토리를 모르는 사람은 없었다. 최희준이 부른 주제가는 우리에게 금방 어필되었다. 주먹 하나로 인생을 밀어나가며 사랑과 배신의 치열한 청춘을 보여 주었던 이미지로 다가오는 노래, 야성과 반항의 청춘을 나의 것으로 동일시하며 노래에 몰입했었다. 패티 김의 '초우'는 고상하지만 비극적 유한성 로맨스의 환상을 꿈꾸게 하기에 족했다. 상처 받은 삶이 거룩할 수 있다는 인생 미학을 은근히 깨닫기도 했다.

　'뜨거운 안녕(쟈니 리)', '허무한 마음(정원)', '종점(최희준)' 등의 유행가를 흥얼거리면서는 진한 사랑과 허탈한 작별을 다 겪어 본 듯한 기분에 빠지기도 했다. 정훈희의 '안개'는 원작 영화의 고상한 주제와 맞물려 모던한 분위기로서 자기도취의 경지를 북돋는 노래이었다. 이런 유행가와 더불어 내 안의 온갖 감정들이 자유롭게 일렁이는 것을 만끽했다. 그러면서 우리는 어른이 되어가는 고개를 막 넘어 서고 있었던 것이다.

　배호의 노래가 나올 즈음, 우리는 송설학창을 졸업한다. 우리는 오기택, 남일해, 쟈니 리 같은 가수의 10대 팬이 될 수 있었던 마지막 세대인 셈이다. 고교 졸업 후 우리가 맞이한 유행가의 세상은 일대 변환이었다. 이른바 포크 송 세대, 송창식, 윤형주, 김세환, 조영남 등의 통기타 가수들이 혁명군처럼 밀려들어 왔다. '유행가'라는 말 자체가 고색창연(古色蒼然)한 말이 되었다.

　그러나 오늘 추억 속의 유행가는 이미 열띤 유행의 물결을 벗어난 지 오래이다. 다만 우리들 서로의 정겨운 기억 속에, 우뚝 불망비(不忘碑)처럼 서 있다.

그날 저녁의 김기수

그날은 화끈하게 기억에 남는 날이다. 저녁을 먹고 평상 마루에 나앉으니 초여름의 싱그러움이 오감에 와 닿는다. 동구 앞 미루나무 그늘로 설핏 황혼이 걸리는가 싶더니 엷게 서서히 어둠이 내리던 초여름 저녁이다. 해는 한껏 길어서 아직 저녁 전기가 채 들어오지 않았던 것 같기도 하다. 1966년 6월 25일 저녁 풍경이다.

그 무렵만 해도 6월 25일에는, '상기하자 6·25!'를 함께 외쳤다. 북의 남침으로 일어난 6·25 사변 기념 의식이 열리던 때이다. 그런데 그날은 '6·25 사변'을 압도하는 주제어가 우리를 찾아 왔다. 일찍이 우리가 겪어 보지 못했던 흥분과 기대가 종일 감돌았던 날이다.

가난한 나라 배고픈 복서 김기수가 세계 타이틀에 도전하는 날이다. 전쟁을 겪고, 곤궁과 열패감 속에서 내일이 없던 시절 아닌가. 암담함 속에서는 그 암담함이 보이지 않을 수도 있다. 한국이 세계 1위에 도전한다는 것은 꿈에서도 가능할 것 같지 않던 시절이었다.

오후 7시, 세계 챔피언 타이틀전은, 장충체육관에서 시작되었다. 텔레비전은 거의 없던 시절, 라디오 중계방송이 열을 뿜었다. 길고 지루한 오픈 게임들이 계속되었지만, 사람들은 꼼짝 않고 귀를 기울였다. KBS는 이광재 아나운서, MBC는 임택근 아나운서를 내세워, 격정의 애국심으로 중계를 했다. 그게 또 얼마나 멋있어 보였던지!

라디오조차도 흔하지 않았다. 있다한들 성능이 문제이었다. 시내 사람들은 평화동 거리나 삼각 로타리 쪽으로 나와, 전파상 주위에 몰려서 귀를 기울였다. 역전 거리도 한산했다. 전파상 앞에서는 권투를 아는 듯한 사람이 보충 설명을 하면, 공연히 우러러 보였다.

농촌에서는 집집마다 동네 공지사항 연락용으로 설치한 스피커로 중계를 들었다. 평상시 동네 공지사항이 전달되던 스피커이다. 그리고 KBS의 프로그램들을 스피커에 연결하여 들려주고, 보리농사가 끝나는 6월에 보리 한 말, 가을 추수 무렵에 나락 한 말을, 청취료 조로 내고 듣던, 바로 그 스피커이다. 그마저도 형편이 안 되어 달지 못하는 집이 적지 않았다.

당시 김천·금릉은 일종의 난청지역이었다. 낮에는 대구 KBS만 좀 들리다가 밤이 되면, 온갖 잡음이 기승을 부렸다. 그 틈새로 이북 방송들은 웬 출력 주파수가 그렇게 센지. 경제나 산업이 모두 북한에 뒤지던 시절이었다. 라디오에서 나오는 중계방송도 지글지글 잡음투성이이었다. 그 중계방송을 조잡한 스피커로 다시 또 중계 방송하는 셈이었다.

김기수를 추억해 보자. 1941년 함남 북청에서 유복자로 태어나 1·4

후퇴 때 가족과 함께 월남해 여수에 정착했던 그는 소년가장으로 구두 닦이·목판담배장수를 하다 권투에 입문했다. 여수중학교 때, 전국학생복싱선수권대회에서 우승하며 두각을 나타냈고 이후 성북고등학교와 신흥종합대학(지금의 경희대학교)을 거쳤다. 1958년 도쿄 아시아경기대회 복싱 웰터급에서 금메달을 따내는 등 87승 1패의 아마추어 전적을 쌓은 뒤 1962년 프로에 입문해 1965년 동양태평양 미들급 챔피언에 올랐다.

세계복싱협회(WBA) 주니어미들급 타이틀전이 열린 1966년 6월 25일, 장충체육관. 챔피언은 이탈리아의 니노 벤베누티였고, 도전자는 한국의 김기수. 7시 경에 시작된 경기는 오픈 게임과 여러 행사들을 끼워 넣는 통에, 밤 10시가 가까워서야 15회전 경기가 모두 끝났다. KO는 없었지만, 막상막하의 혈전이었다. 초조감이 엄습하기도 했다.

장충체육관을 직접 찾은 박정희 대통령 앞의 재떨이에는 담배꽁초가 수북이 놓여 있었다(전 포철 회장 박태준 회고록). 대통령은 일 년 전부터 결심을 하고, 김기수 선수를 국가 차원에서 지원하도록 하였다. 모두들 링 아나운서의 채점 결과를 숨죽인 채 기다렸다. 두 명의 부심은 엇갈린 판정을 내놓았고, 이제 챔피언 벨트는 주심 리처드 포프에 달려 있다.

"벤베누티 68, 김기수 74." 한국 최초의 프로복싱 챔피언이 탄생하는 순간이었다. 신문들은 호외까지 뿌려가며 김선수의 승전보를 알렸고,

6월 27일에는 서울시내에서 승리 축하의 카퍼레이드가 벌어졌다. 한국이 가난과 설움을 디디고 일어설 수 있음을 김기수가 상징으로 보여주었다. 사람들은 그런 상징을 기쁘게 자기화(自己化) 하였다.

집집마다, 거리마다 환호성이 올랐다. 그 해 여름은 '김기수 신드롬'이 우리를 휘감아 나갔다. 이날 시합은 우리 모두에게 꿈과 용기와 자존심을 불러일으키게 하는 쾌거이었다. 그날 감격의 강도나 자존심 회복의 강도로 말한다면, 2002년 월드컵 4강 진출에서 느꼈던 환희와 감동에 결코 못하지 않았다.

복싱 도장들은 장안의 인기를 얻고, 권투 영화('내 주먹을 사라')도 만들어졌다. 우리는 학교에서나 동네에서나 짐짓 멋들어진 세도우 복싱의 폼을 연출하며 당시 유행 코드로서의 복싱을 만끽했다. 그 무렵 그 복싱 문화의 디테일들이 오늘 우리들 추억 속에서 살아난다.

김기수는 1997년 6월 10일 만 56세의 나이로 세상을 떠났다. 아쉽고 안타까웠다. 우리 시대의 징표 하나를 잃어버리는 느낌이었다. 그를 위해서 우리는 어떤 헌사(獻辭)를 바쳐야 할까. 그가 만들어 준 용기와 자존의 추억을 위해 건배하고 싶다.

지난 6월 이탈리아 나폴리에서 만난, 내 나이 또래의 운전사에게 벤베누티를 아느냐고 물었다. 안다고 했다. 김기수를 아느냐고 물었다. 안다고 했다. 그를 잠시 내 추억의 뜨락에 동참시킬 수 있었다.

귀국하여 젊은 대학생들에게 물어 보았다.

"김기수를 아느냐?"

돌아오는 대답은 거의 비슷했다.

"알아요! 댄스 개그맨, 댄스김, 그 김기수 말이죠? 근데 그 사람 왜 요즘 개그콘서트에 안 나온대요?"

비, 비, 비, 비의 추억

올 여름은 유난 비가 많다. 장마가 끝나고도 장마보다 더 오래 비가 내린다. 입추가 지난 오늘도 여름비가 내린다. 아침 운동을 나온 올림픽 공원 숲 속에서 쏟아지는 비를 만나 비에 갇혔다. 우두커니 벤치에 앉아 오래도록 비를 바라본다. 문득 송설학창 중1, 고1 단층 목조 함석지붕으로 된 건물의 함석지붕 골을 따라 떨어져 마당 자락을 가지런히 파내던 낙수(落水)물 행렬들이 떠오른다. 비는 추억의 상관물이다. 비는 현존의 난마 같은 삶을 가라앉히고, 잃어버렸던 시간의 형해들을 의식 저 아래 편에서 깨어나게 한다.

어린 시절, 비 내리는 날은 무언가 음습한 상상력이 내 안에 웅크리고 있는 것 같았다. 그 시절 내리던 비는 우리를 가두어 놓았다. 비 오는 날은 갈 데가 없다. 그저 대청마루에 걸터앉아 낙수 지는 빗방울을 쳐다보노라면 지붕 석가래 어디선가 해묵은 구렁이 이야기 같은 전설들이 상상력의 울타리를 넘어서 살아나올 것 같았다.

비 오는 툇마루에 나와 앉으면 장독대 옆 억세게 자란 홍초나 맨드라미가 후줄근히 서서 유령처럼 형체를 곧추세운다. 비안개와 저녁 아궁이 지피는 삭정이 연기에 휩싸여 맨드라미와 홍초는 화사한 꽃이라기보다는 요상한 무서움의 분위기를 빚어내었다. 이 모두는 눅눅하고 추지고 꿉꿉한 여름비의 우울한 질감 때문에 생겨나던 우리 세대의 느낌들이다.

비는 그치지 않는다. 툇마루에서 바로 보이는 토담 하나를 격한 뒷집 초가에도 비는 내린다. 추녀 아래, 빈 빨래줄 사이로 빗줄기 추적거리면, 얼마나 고즈넉한 쓸쓸함이 빚어지던지. 문득 서울로 돈 벌러 갔다는, 그 집 딸, 내 또래 미숙이의 얼굴도 빗줄기 위로 떠오르곤 했다. 서울이란 어떤 곳일까…….

그런 비를 요즘 아이들이 알까. 비오는 날이면 인터넷 PC 방에서 죽치고 게임에 몰입하여 시간을 꼴깍 죽여 내는 요즘 아이들의 모습과 비교하면, 우리들의 '비오는 날'은 권태와 응시를 다 거느리고 있었다고나 할까. 비와 더불어 우리들 감관(感官)은 생동하는 자연의 모습에 왜곡 없이 감응(感應)하였다. 궁핍했지만 그렇게들 아름답게 감수성을 길렀다.

비는 운명적 로맨스를 진전시키는 모티프가 되는 경우가 많다. 1957년 제작된 헤밍웨이 원작의 영화 '무기여 잘 있거라 (A Farewell to Arms)'는 비가 영화의 무드를 관장한다. 주인공으로 분한 '럭 허드슨'과 '제니퍼 존스'의 순정한 사랑이 의미 있게 성숙하는 고비마다 비 장면이 기묘하게 겹친다. 또 이들 사랑이 비극적 운명의 질곡으로 향해 가는 대목마다 비가 내린다. 죽음이 사랑을 거두어 가는 엔딩 장면 역시 허무의 비가 내린다. 이쯤 되면 비는 사랑과 추억을 운명의 곡조에 실어 변주하는 신의 암시적 메시지 기능을 한다.

우리 친구들의 로맨스 추억 또한 비와 연관된 것이 많다. 그 무렵 1960년대식 연애담의 핵심은 비를 끌어들이는 데에 있다. 남녀가 함께 비를 맞으며 걷다가 마침내 비 피하는 공간으로 이어지면서 누가 먼저랄 것도 없는 부지불식간의 입맞춤의 장면으로 연결되는 도식을 보여준다. 요즘이야 첫 키스를 언제 어디서 했느냐는 물음이 흔한 인사처럼 되었지만, 그 무렵이야 입맞춤만으로도 운명적 사건이 되기에 충분했다.

C군은 비오는 날, 좋아하는 소녀에게 짐짓 우연히 나타난 것처럼 해서 우산을 펴 주었다. 그것도 꾸준히 몇 번씩 시도를 해서 마침내 우산 속 로맨스를 만들었다고 지금도 너스레를 떤다. 참으로 60년대 방식이다. 농촌 출신 K군은 고2 여름방학, 사모하던 여학생과 우연히 호두를 함께 따다가 비를 만나고, 비를 함께 피하던 건초저장 헛간에서 운명적 첫 키스를 했단다. 약간의 과장이 없을 리 만무하지만, 그때는 얼마나 부러워했던가. 그 방면의 선수들은 상투적인 버전이라 깎아내리지만, 그래도 나는 들을 때마다 듣기에 좋다.

송설 학창에서 연유되는 비의 추억은 어디서부터 우리를 일깨워 오는가. 그것은 아마도 여름날 체육시간 운동장, 그 무성한 플라타너스 넓은 잎으로 후드득 떨어지던 빗줄기 소리 아니었을까. 워낙 키 높고 가지 많은 플라타너스가 하늘을 이고 있어서, 여간 굵은 빗방울이 쏟아 부을 때까지는 우리는 비 안 오는 셈 치고 열심히 볼을 찼다. 정말 그랬었다.

그러다가는 마침내 빗속으로 나아가 온몸을 강한 빗줄기에 내맡기고, 비에 적시며 축구를 했다. 몸을 내어 지르며 달리는 동안 땀이 빗줄기 속에 함께 씻겨 내려가는 정화감, 그건 일종의 엑스타시이었다. 참으로 시원하고 통쾌한 경험이었다. 비와 인간의 만남은 본래 그러한 것이다. 요즘 사람들은 비 제대로 맞는 경험을 박탈당한지 오래 되었다. 비와 혼연일체로 젖어 청춘의 세례를 받은 곳이 송설운동장이었다. 그것은 청춘의 의식 같았다.

비가 오면 함성이 터져 나오는 날도 있었다. 오후 일정이 풀베기 작업이나 송충이 잡기 작업으로 예정되어 있는 날, 점심나절부터 비가 내리면 환호가 일었다. 작업이 취소되기 때문이다. 집단체조나 단체 행사가 있는 날도 비는 우리 편이었다. 체육복 준비를 안 해 온 학생들에게도 비는 구세주이었다.

송정 뒤쪽 산록에서부터 비구름이 낮게 깔리어 퍼져 오고, 문득 보랏빛 서늘한 바람이 나무들 사이로 휘몰아 오면서, 교실 창 옆 오동나무 큰 잎사귀에 후드득 소리가 나기 무섭게 쏟아지는 비! 아침에는 아무 징조도 없다가, 이렇듯 오후 나절부터 줄기차게 쏟아지는 비를 어둑한 교실에서 지켜보면, 귀가길이 아득하게 멀어 보였다. 농소, 어모, 개령, 하강, 조마, 태화 등지의 자전거 통학생들에게는 삼십 여리를 웃도는 거리이다. 자전거 끌고 맞바람 잔뜩 섞인 빗줄기를 가슴으로 밀어내며 가야 하는 날이면, 적진을 필마단기(匹馬單騎)로 뚫어야 하는 장수의 기상이라도 있어야 했다. 그깟 종이우산이나 비닐우산은 추풍령 비바람 앞에 한갓 허접대기에 불과했다.

그런 날을 수도 없이 겪으면서 학교를 드나들었다. 그렇게 학교를 다녔던 것만으로도 우리 스스로는 공로가 창창하다. 우리와 함께 비를 맞았던 송정의 낙락장송들이 그 공로를 증언할 것이다.

나무는 친구가 오면 다행하게 생각하고
오지 않는다고 하여 불행해 하는 법이 없다.
나무는 서로 속속들이 이해하고 공감한다.
서로 마주보기만 해도 기쁘고,
일생을 이웃하고 살아도
싫증나지 않는 참다운 친구다.

- 이양하의 '나무' 중에서

그리운 냄새들

추억을 부르는 인간의 감각은 마술피리와도 같다. 평범한 사실도 감각의 마술에 취하면 아름다운 추억이 된다. 그 마술피리에 빨려 들어가 변주되는 사랑의 기억들은 다시 눈물이 되고, 회한이 되고, 감격이 된다. 그리하여 추억을 부르는 데는 시각과 청각과 미각과 촉각이 서로 앞을 다툰다. 추억이란 그런 것이다.

옛사랑을 추억하게 하는 감각적 요소 중에 무엇이 가장 강력한 환기 작용을 할 수 있을까. 어떤 이는 마지막 헤어지며 돌아서 가던 그녀의 뒷모습이 지금도 눈에 보일 듯 각인된단다. 시각적 강화이다. 그 누구는 가장 부드러웠던 음절로 전하던 그녀의 사랑한다는 소리 한 마디에 '그 옛날'이 온통 재현되기도 한단다. 어떤 이는 '날카로운 첫 키스'의 감각에 다시금 혼절하기도 한다는데……. 또 어떤 여인은 그 흐린 불빛의 남산동 골목길 창밑으로 다가와 불러주던 세레나데 음조가 한량없이 그립다는데.

우리를 그리운 추억의 정점으로 이끌어가는 감각의 진정한 힘은 충동적인 것보다는 오히려 안으로 잦아드는 내면적인 것에 있다는 생각이 든다. 우리를 추억으로 몰고 가게 하는 그것은 얼핏 보면 숨어서 희

미하게 작동하는, 그런 감각일 것 같다. 그렇다면 그것은 무엇일까. 그
것은 냄새의 감각이다.

시각이나 촉각이나 청각은 추억을 직접 확인하여, 추억으로 회귀하
도록 우리를 이끌고 가지만, 후각은 그런 그리움의 추억들을 우리 안
에서 어느 결엔가 내분비하게 만든다. 그래서 미치는 것이다. 후각이
야 말로 가장 은은하게, 그러나 가장 끈끈하게, 안으로 우리의 의식과
정서를 장악하는 것이다. 그래서 마침내 후각은 어떤 충동적인 것보다
더 강하고 더 내밀하게 우리의 그리움을 지배한다.

입학식이 지나도 송설학당 3월 추위는 매서웠다. 추풍령 마루 서북
풍으로 몰아치는 봄 시샘 추위는, 기묘하게도 추억 속에서 어떤 냄새
하나와 깊숙이 화해를 한다. 점심시간이면 묻어오는 정겨운 냄새로 인
해 녹을 듯 말 듯 희석되던 겨울의 찬 기운들! 송설학당에 들어 와 3월
한 달 나를 인상 깊게 압도해 온 그 냄새는 따끈한 보리차 냄새이었다.

점심시간이면 주번 학생은 숙직실 근처 온수 끓이는 탱크에서 대주
전자 가득 보리차를 날라 와서, 반원 전체의 도시락 뚜껑에 부어 주었
다. 아니 그러기 위해 각반 주번은 3교시 후에 어김없이 반별로 대주
전자 두 개를 온수 탱크 앞에 미리 진열시켜 두어야 했다.(이걸 까먹거
나 빠뜨리면 난리가 났다) 이는 더할 수 없이 중요한 주번의 임무이었다.
학교당국의 ‘보리차 보급 철저’는 어떤 다른 지침보다도 확고하고 철
저했다.

빛깔의 고상함과 어울려 보리차는 냄새조차도 옅은 담갈색의 격조를 지니고 있는 듯했다. 그 구수하고 중후한 보리차의 냄새만으로도 점심 식사 전체가 그윽한 품격이 생겨나는 것 같았다. 도시락 반찬으로 펼쳐 놓은 김치 나부랭이나 장아찌 등의 궁색한 반찬 냄새들도 보리차 냄새가 있음으로 해서 그 궁상스러움을 면하는 듯한 느낌이었다. 아! 어중간하기 그지없는 1960년대의 내적 풍경으로 이것처럼 여실한 것이 있을까.

농사지어 먹고사는 집에서야 달리 밥상 위에 보리차라는 것을 끓여 두고 먹을 일이 없었던 때인지라, 그 보리차의 향기는 진화된 문화적 관습으로서의 느낌을 주기에 족했다. 말하자면 그것은, 이때까지 그저 우물에서 그냥 퍼 마시기만 했던 '물 마시기 행위'의 중요한 진화를 의미하는 것이었다. 그냥 마셔왔던 물을 '도회지 풍(都會地風)'으로 가공한다는 의미에서, 보리차 냄새는 우리들에게도 마치 어떤 진화를 재촉하는 듯했다.

나는 그 후 학교를 졸업하고 서울에 와서 커피를 일상의 문화로 접했다. 그러나 커피는 그 때 송설학원 입학하여 보리차 냄새가 주던 문화적 경이로움에는 비견될 수 없었다. 그때 우리가 마셨던 보리차 한 뚜껑은 분명히 문명적으로 진화된 문화적 음료이기도 했거니와, 동시에 '천연의 물'이 산업화의 물결에 시련을 겪게 되는 초입에 와 있음을 보여주는 것이었다. 그러하니 점심 도시락에 보급되던 보리차 한 뚜껑은 좋든 싫든 근대화의 한 상징 지표로 읽히기에 충분하다. 그러나 이렇게 쫀쫀한 비평적 해석을 늘어놓다 보니 문득 추억의 풍요로움은 억눌리고, 추억이 지니는 초월적 상상의 자유로움은 증발된다.

활엽수가 많았던 교정은 가을이면 떨어진 낙엽들을 쓸어 담기에 분주했다. 잡풀들도 왕성하게 자랐으므로 가을 대청소는 낙엽과 키 자란 잡풀들을 줍고 베어 쓰레기장에 모아서 불을 놓아 태웠다. 운동장에 서편에 접한 1,000여 평(지금의 중학교 운동장) 땅은 그냥 벼가 자라는 논이었으므로 벼 대궁과 키 큰 잡풀들이 적당히 무성했다. 간혹 터진 가마니 따위가 섞이긴 했지만 그것도 완전 식물성이라 내면의 고상함이 남아 있기는 마찬가지이었다. 쓰레기라면 음식 쓰레기나 비닐 쓰레기를 먼저 떠올리는 요즘 세태에서 보면 쓰레기랄 것도 없는 깔끔하고 향기로운 것에 가까운 것이었다.

매월 마지막 주 토요일 대청소날에는 이런 것들을 태웠다. 운동장 모서리에 있는 두어 개의 소각장에서는 저녁나절 내내 낙엽 태우는 냄새가 일었다. 가을을 태우는 냄새가 교정에 그윽했다. 연기가 서풍에 실리면 하교하는 국도변까지 매캐한 듯 고소한 듯한 특유의 냄새가 와 닿았다. 금오산 쪽이나 황악산 쪽이나 가을 하늘이 마냥 푸르러서 연기 냄새마저도 청정했다. 그 무렵 우리는 국어 교과서에서 이효석의 수필, '낙엽을 태우면서'를 배웠는데, 제법 기분이 흡사했다. 가을이 주는 센티멘털리즘과 그것의 극복을 한 발 먼저 송설 교정에서 느끼고 있었던 셈이다.

색즉시공(色卽是空)이란 말이 있다. 세속 중생(世俗衆生)의 감각적 인식이 다 허망함을 말한다. 그런가하면 현상학자들은 실존 현상으로 존재하는 감각적 인식이야말로 합리적 이성보다도 신뢰할 만한 것이라는 주장도 한다. 추억이란 사실적 경험에 대한 감각의 덧칠 같은 것인지도 모른다. 그러나 그것이야말로 너무도 인간적인 모습 아니겠는가. 감각의 프리즘 속에 투사되는 그리운 사람과 아름다운 시간들, 바로 그것 때문에 사는 이유를 스스로 지어내는 것, 그것이 인간 아닐까. 그래서 인간은 한없이 굳세기도 하고 한없이 슬프기도 한 존재이다.

보리차와 낙엽의 추억이 그리운 송설의 냄새로 배어든다. 그 추억을 애인처럼 껴안아 보듬어 본다. 송설 그대! 시간인가요? 공간인가요? 빛깔인가요? 냄새인가요? 소리인가요? 아니, 그 모두를 넘어서는 것인가요? 송설 그대, 더 바짝 내게로 다가오세요.

04

우리를 기워 낸 것은 무엇이었을까?

조종옥 선생님

누구든 기억은 비슷할 것이다. 중학생이 되어서 송설학원에 처음 들어서던 날, 입학식장에서부터 가장 강렬한 인상으로 만나게 되는 첫 번째 사람은 조종옥 선생님이시다. 입학식장의 그 많은 학생들을 단숨에 장악하여, 행사 일체를 정연하고 엄숙하게 지휘 통제하는 선생님의 모습이 지금도 강렬하게 각인되어 있다. 누구도 범접할 수 없는 위엄이란 이럴 때 가당한 말이다. 짧은 구령과 그 특유의 휘슬 소리(선생님의 휘슬은 잊을 수가 없다) 하나로 전교생을 정신 번쩍 나게 하시던 선생님 모습이 어제인 듯 눈에 어린다.

우리에게 선생님은 하나의 '상징'으로 남아 있다. 선생님을 통해서만 투영되는 우리들 소년기의 모습이 있다. 그래서일까. 그 상징의 구체적 의미는 따질수록 오묘해진다. 쉽사리 분해 되지 않는 정서이다. 김천중학에는 어떤 선생님이 계시더냐? 이렇게 물으면 바로 떠올려야 할 것 같은 선생님. 선생님은 우리들의 학창시절과 총체적으로 맞물리는, 우리들 소년기의 규율을 표상하는, 그런 존재이셨다.

선생님은 학생들 훈육을 담당하셨던 학생부장 선생님이셨다. 직함에 걸맞게 엄격하셔서 우리들에게는 항상 무서운 선생님이셨다. 아니,

선생님의 본 마음과 상관없이 우리들이 그렇게 느끼고 있었다고 하는 것이 정확한 표현이겠다. 전교생이 모인 운동장 중앙 단상에서 일갈(一喝) 호령하시는 우렁찬 목소리는 송설학원의 '소리 상징'처럼 귓전을 맴돈다.

> "일찍이 '사자후(獅子吼)'라는 말이 있었거니와 이는 바로 1960년대 송설학원 조종옥 선생의 지휘 호령을 두고 생긴 말이었다. 선생의 얼굴 모습에서 느낄 수 있는 위엄 또한 호랑이나 사자의 위엄 있는 얼굴 모습을 그대로 방불하는 것이었으니 '사자후(獅子吼)'라는 말은 조종옥 선생의 존재로부터 파생된 말이다."

어떤가. 정말 그럴듯하지 않은가. 고사성어(故事成語) 책이나 역사책에 이렇게 적혀 있을 것만 같은, 그런 호령이셨다.

아직도 우리들 모두의 귀에 생생한 선생님의 조회 단상 목소리.
"3학년 1반 후미(後尾)!"
"뭘 하나? 거기는!"
우리의 동작이 느려 터지거나, 대오가 꾸물꾸물 할 때는 일갈되는 호령이시다. 선생님 특유의 어조와 호탕한 결기가 느껴지는 어조, 몇십년을 넘어도 귀에 익은 목소리이시다.

이런 일화가 전해 온다. 당시 학생들의 극장출입은 교칙으로 엄격히 금지되었다. 그런데 C군 등 몇 명의 악동들이 몰래 영화구경을 갔단다. 영화를 보고 나오다 극장 실내 계단 모퉁이에서 선생님과 조우한 악동들. 후다닥 몸을 숨겼지만, 선생님에게 인지된 것이 틀림없었다. 고민이 아니 될 수 없었다. 아버지들이 시내 유지로 알려진 터이라 악동들의 고민은 더했다. 다음날 선생님 댁으로 찾아가 용서를 빌었단다. 빌면 용서가 되리라.

말씀을 다 들은 선생님 왈,

"너희가 교칙을 어긴 것이 이렇듯 자명해졌는데, 어찌 사사로운 정으로 처벌을 피하게 할 수 있겠는가. 이제는 내가 모른다고 할 수도 없는 형편 아닌가. 돌아들 가라."

다음날 어김없이 징계 처분이 떨어졌다.

오래 전 백우기 군의 상가에서 이 사건의 당사자가 추억담으로 전한 이야기이다. 우리는 그 엄정함에 혀를 내두르면서도 경의를 표했다.

선생님은 경북 체육계가 인정하는 훌륭한 육상인이셨다. 동시에 체육 지도자로서 지역 체육계에 뛰어난 리더쉽을 발휘하셨다. 경북 체육계에 끼친 선생님의 공덕과 역량은 대단했다. 체육의 사회·문화적 기능과 역할을 일찍이 아시고 몸으로 실천하신 분이다.

중2 시절이던가. 폭우로 인해 교실에서 체육 수업을 하던 날의 장면이 떠오른다. 선생님은 육상 경기에서 필드와 트랙의 차이를 설명하셨다. 교과서 진도를 잠시 멈추고 광복에서 6·25 사변을 거쳐 50년대 초반까지, 우리 송설학원이 경북육상계를 주름잡았던 업적들을 이야기

하셨다. 운동장에서는 보여 주시지 않던, 감회어린 열정을 내어 보이
셨다.

오래 살아 계셨더라면, 더 큰 스승으로 가르침을 주셨을 텐데. 세월
에 대한 회한과 사람에 대한 그리움이 겹친다.

풀베기 노작(勞作)

여름방학이 끝나고 개학이 시작되면 금방 추석이 다가선다. 그 무렵, 우리는 풀베기 노작(勞作)을 위해 잔 햇살이 따가운 초가을의 송정의 수풀을 헤집고 다녔다. 학교 목장의 소들이 겨울을 나는 동안 먹일 건초(엔실레지:소김치)를 장만하는 작업을 했다. 특별활동 시간이 들어 있는 목요일 오후가 주된 작업시간이었다. 누가 목장이 있어 전원의 목가적 낭만이 멋있다고 했는가? 꼴 베기의 힘든 고초는 이내 목장에 대한 원망으로 옮겨가기도 했다.

말이나 소에게 먹이는 풀을 순수한 우리말로는 '꼴'이라 한다. 학교 목장의 소들을 위해 목요일 오후 내내 각자가 베어야 할 소 꼴은 1인당 20kg이었던가. 꼴베기에 익숙치 못한 사람들에게는 만만치 않은 작업 양이었다. 가방 속에 낫을 가지고 와서, 우리 모두는 어느 초가을 한나절 그렇게 풀베는 초동(樵童)이 되었다. 다칠세라 낫의 날을 새끼로 칭칭 매어 오던 모습도 있었다. 아니 그렇게 해 오도록 안전교육을 받았다.

소꼴 베어 온 것을 엄격하게 검수하는 것은 주로 농업 선생님들의 몫이었다. 베어 온 풀을 저울에 달아 20kg 이상이 되는지를 확인하였다. 미달이면 물론 불합격이었다. 싸일로에 저장하기에 적절치 않은 잡풀이 많으면 그것 또한 불합격이었다. 목표 완수한 자는 즉각 귀가할 수 있었다. 대개 한 두어 번씩은 퇴짜 불합격을 맞았다. 땀에 흠씬 젖어 열심히 소꼴 베던 친구들 모습이 어제인 듯 하다.

풀베기의 고단함을 어찌 쉽게 극복할까. 고민하며 꾀를 내는 잔머리의 대가들이 그때인들 왜 없었을까. 20kg을 채우기 위한 피눈물 나는 노력들이 있었다. 검수 받을 풀 더미 속에 무게 됨직한 나무뿌리나 돌멩이 따위를 집어넣어 눈가림을 시도하기도 했다. 들켜서 벌 받고, 농업 과목 평소점수(그때 그런 점수 제도가 있었다) 감점 당하고, 늦도록 풀은 풀대로 베어야 했던 일진 사나운 날도 있었다.

농촌 출신 학우들의 풀 베는 솜씨는 가히 예술의 경지이었지. 그걸 바라보면 작은 감명이 일었다. 오른손에 낫을 들고 풀을 착착 쳐 가면, 펼쳐 뻗은 왼팔 위로 풀들이 가지런하게 착착 올라오며 쌓였다. 자동 컨베이어 시스템을 연상케 하는 것이었지. 그 친구들이 보여 준 도타운 우정을 나는 잊지 못한다. 자기 책임량을 끝내고서도 내려가지 않고, 끙끙거리며 허덕이는 미숙련 초동(樵童)들의 책임량까지 책임을 져주던 친구들이 바로 그들이었다.

'노작(勞作)'의 사전적인 뜻은 '힘들여 일하거나 만듦, 또는 그 작품'으로 되어 있다. 그렇다. 노작(勞作)이란 원래 몸이 고달픈 것이다. 그러나 그 고통을 넘어서 얻는 오묘한 삶의 가치가 있다. 그래서 현대사회에서는 '노작교육'을 의도적으로 강조하기도 한다. 노작교육은 주입식의 지식 교육이 아니라, 교실을 벗어나 학생들이 직접 몸을 움직이는 자기 활동에 의해 삶과 일을 배우는 교육이다.

그 무렵 우리의 소꼴베기가 '노작교육'의 철학에 얼마나 부합되는지는 알 수 없다. 그러나 학창시절 그런 노작의 과업이 의미 있었음을 이제사 느낀다. 삶과 일과 사람을 배우기 때문이다. 요즘처럼 약아 빠진 세태라면 소꼴베기를 노동력 착위라고 항의하려나. 그 시절 우리는 삭막하지 않았다. 꼴베기 노작은 농업과목의 한 과정(curriculum)으로 익혔다.

이런 일들을 추억하면서 느끼는 감사의 마음이 있다. 근원도 대상도 없는 감사의 마음이다. 그걸 뭐라 해야 할지. 모든 순후(淳厚)한 것들에 대한 감사라고 해야 할지, 아니면 순정한 시대에 대한 감사라고나 해야 할지.

이제 이 여름의 끝이 가면 다시 송정 숲에는 가을이 올 것이다. 마른 풀잎들의 향훈과 더불어 가을 정취가 스미겠다.

생각해 보면 우리들이 베어 온 풀들을 목장 앞 너른 마당에 펼쳐서 얼마간 가을 햇살 아래 말렸다. 그 풀 마르는 냄새가 좋았다. 눈을 감으매 그 펼쳐진 건초의 향기에 고즈넉이 둘러싸인 듯하다.

업어치기 한판을 위하여

모교 송설학원이 베풀어 준 교육 가운데, 오래도록 나에게 영향을 준 과목을 들라면 나는 '유도' 과목을 들겠다. 학교교육의 커리큘럼 안에서 유도를 배울 수 있게 해 준 은사님들의 교육적 혜안(慧眼)에 경의를 표하지 않을 수 없다. 이런 깨달음은 물론 오랜 뒤에 얻은 것이다. 그 당시야 시간마다 도복을 챙겨가야 하는 일이 얼마나 귀찮았던가. 그래서 이 반 저 반 빌리러 다니던 구차한 기억도 함께 따라온다.

1965년 고등학교에 입학하면서 우리는 주당 두 시간씩 정규 과목으로 유도를 배웠다. 천장 높은 목조 강당이 우리들의 유도 도장(道場)이었다. 강당 바닥에 다다미 매트 수십 장을 깔고 도장을 만들었다. 하얀 유도 도복 한 벌씩을 처음으로 갈아입고, 전방 낙법이며 회전 낙법 등을 배우던 그 산뜻한 첫 유도 수업이 떠오른다. 항상 단정하게 검은 띠 도복을 입고 학생들보다 먼저 도장에서 기다리시던 김동일 선생님의 모습도 떠오른다.

유술(柔術)이 아니고 유도(柔道)임을 갈파하시며, 정신의 도를 강조하시던 김동일 선생님. 장난기 충만한 우리들에게는 선생님 훈계는 귓전으로 스쳤지만, 그런 날들이 있었다는 것에 우리는 감회에 젖는다. 운동의 규율이 엄하여 불호령을 맞기도 하고, 정신이 해이하여 혼이 쏙 빠지는 기합을 받기도 하였다.

그러나 선생님은 유도의 달인답게 대체로 부드럽고 너그러우셨다 ('蹂道'의 '蹂'자도 결국은 '柔(부드러울 유)'자로부터 온 것이다). 부진한 학생, 집념 있는 학생, 모두에게 늘 운동 상대가 되어 다다미 위에서 함께 구르는 사제동행(師弟同行)의 모습을 보여 주셨다.

유도를 몸의 체험으로 배운다는 것이 소중했다. 도복이 땀으로 뒤범벅이 되도록 몰두해 보기도 하고, 아찔한 업어치기 한판을 당하고 그것이 얼마나 허망함의 본질을 맛보게 하는지를 알았지. 누르기 굳히기의 악다구니를 기진맥진하도록 겪으면서는, 심신을 아낌없이 소진하는 경험을 해 보았지.

그 승패를 초월하는 듯한 경험, 그 경험에서 '소진(消盡)의 미학' 같은 것을 느끼고, 도사가 되는 착각에 빠지게도 했다. 자유 대련의 긴장과 경쟁을 팽팽히 맛보기도 하고, 가끔씩 탈골의 공포를 직접 겪어 보기도 하면서 우리는 사나이로 자라는 길목 어디쯤을 가고 있었던 것 아닐까.

자전거 뒷 꽁무니에 도복을 달고 다니는 것도 그 무렵 우리들 멋부리기의 한 장면이었으니, 그 속에는 호연지기의 사나이 기상을 뽐내고자 하는 짱짱한 자존심과 은밀한 으쓱거림이 있었다. 나중에 알았지. 소년들은 그런 으쓱거림을 먹으면서 마침내 대장부로 자라난다는 것을. 언젠가 유단자가 되어 흑띠 도복을 자전거 핸들 머리에 단정하게 걸치고서 등하교 길목을 내달리는 모습은, 스스로 상상하고 스스로 도취되는, 유도 멋의 이상적 경지이었다.

경험이란 묘한 것이어서 경험을 하고 있는 그 순간에는 그 경험의 본질을 온전하게 체득하기는 어렵다. 그 경험의 시간과 공간으로부터 거리를 두고 멀어져 왔을 때, 비로소 그 경험의 본질이 보이는 것이다.

유도를 배우면서 '몸으로써 몸을 다스리는 법'을 알았고, 유도와 더불어서 마침내 '몸으로써 마음을 다스리는 지혜'를 익히게 한다. 이제 나이가 이만큼 들어서는, 옛날 유도 학습에 힘입어 '힘의 요체는 바로 그 힘의 부드러움에 있음'을 삶의 지혜로 깨닫는 데에 이른다.

그때 그 유도는 오래도록 우리들 일생의 내면에 잠복되어 우리를 반듯이 길러내는 데 일조를 했다. 송설 문하에서 유도로 단련한 경험은 그 후 우리 인생에서 용기가 되기도 하고, 담력이 되기도 하고, 지혜가 되기도 했다.

그렇게 우리를 길러 주셨던 김동일 선생님! 몇 해 전 병을 얻어, 투병하시다가 세상을 뜨셨다. 아쉽고 안타까운 마음이 이 글을 쓰면서 몇 배나 더 크게 번져 나간다.

체조에 관한 또 다른 추억

앞에서 재건 체조 이야기를 한 바 있다. 체조 이야기가 나온 김에 체조의 추억을 거슬러 올라가 보자. 체조는 원래 개인 운동이었으나, 학교체육에서는 차차 집단 운동이 되었다. 수백 명이 일체되어 한 리듬으로 한 동작을 이루면서 체조는 하나의 예술적 표현으로 전이되기도 하였다. 시간과 공간과 동작이 혼연일체를 이루는 것이 체조다. 우리들이 그런 아름다움을 연출한 주체가 된 적이 있었다.

1966년은 송설학원 개교 35주년이 되는 해이었다. 개교 35주년 기념 교내체육대회는 사실상 김천시민들이 초청되는 체육대회의 모습을 띠었다. 학부모를 포함한 많은 시민들 앞에서 여러 가지 체육 이벤트를 보였다. 우리는 그때 두 개의 단체체조를 준비하느라 땀을 흘렸다. 하나는 전교생 모두가 참가하는 매스게임형 맨손체조이었고, 다른 하나는 우리 학년(고2)만 참가하여 기량을 보인 집단 곤봉 체조이었다.

메스게임형 체조는 늘 하던 체조가 아니었다. 개교 35주년을 맞아 '전통 송설, 도약 송설'을 상징하는 새로운 동작의 체조를 새롭게 개발한 것이었다. 요즘 말로 하면 새로운 컨셉(concept)의 체조 하나를 개발 연출하는 것이다. 이 새로운 컨셉의 집단 체조는 우리들이 하얀 유니

폼으로 일심동체가 되어 정연한 대오를 펼침으로써 그 멋과 아름다움이 살아났다.

그러자면 상당한 훈련이 필요했다. 누구 하나라도 동작이 삐끗하면 전체가 스타일을 구긴다. 체육대회가 임박하고서는 오후 수업을 빼고, 따가운 태양볕 아래서 체조 연습을 매일 했다. 실수를 연발하는 학급은 따로 남아서 정신훈련 겸 기합성 훈련을 강도 높게 받았다. 고단하고 힘겨웠다. 운동장 너머 국도로 일찌감치 하교하는 타교생들의 모습을 보며 투덜거리는 날도 있었지만, '단체정신(Team Spirit)이 박약하다'는 꾸중 한 마디에 우리는 정말 우리가 단체정신이 모자란다고 생각했었다. 착하던 시절, 착한 땀을 흘렸다.

전교생 집단체조 외에 우리 학년(고2)이 담당한 체조는 곤봉체조이었다. 이 역시 개교 35주년을 기념하는 체육대회의 야심적 이벤트로 기획된 것이었다. 우리로서는 생소한 장르이다. 곤봉의 몸통은 장딴지처럼 통통하지만 곤봉 손잡이 부분은 가늘고 길게 깎았다. 그 맨 끝부분은 손가락 사이에 끼워도 쉽게 빠져나가지 못하게 마치 병뚜껑처럼 다시 뭉툭하게 하였다.

이런 곤봉 두 개를 양손에 잡고 손가락부분, 손목부분, 팔꿈치부분, 어깨부분 등의 관절과 근육을 사용하게 하여 수많은 동작을 지어내게 하였다. 우리들 수백 명의 신체 동작 속에 살아나는 곤봉의 율동과 운동 이미지는 시간의 리듬에 따라 전후좌우 대각선으로 힘차게 퍼져 나간다. 허공 가운데로 곤봉의 행렬이 투사되듯 뻗쳐지는가 하면, 일순 부채살처럼 오무려 들었다가 펼쳐지기도 하는 변주의 멋을 연출한다.

이런 장면을 연출하기까지 수백 번의 부분 동작과 수백 번의 연결 동작을 연습하였다. 수백 번의 개인별 훈련과 수백 번의 집단별 훈련을 하였다. 시범을 보이시는 선생님을 바라보며, ‘언제 저렇게 곤봉을 마술사처럼 주무르는 경지에 도달할까’ 한숨이 앞서기도 했었다. 부진한 반은 남아서 보충 훈련을 해야 한다는 것이 너무 싫어서 스스로를 독려하는 철든 모습을 보이기도 했다. ‘야! 3반! 이번엔 틀리지 말고 잘해 보자!’

곤봉은 심심찮게 장난감 도구가 되기도 했다. 가지고 놀다 손잡이 부분이 부러지기도 해서 난감하기도 했다. 궁한 대로 짝이 안 맞는 곤봉으로 동작을 하다보면 내 곤봉으로 내 뒤통수치기가 꼭 좋았다. 그래서 선생님과 부모님께 더 꾸중을 듣기도 한다.

체조 연출 효과를 위해 곤봉에 물감을 칠하기도 했는데, 이것이 책가방에 온통 환칠을 하기도 했다. 곤봉을 아침저녁 가방에 넣고 다녔다. 유도복, 체육복까지 가지고 가야 하는 날이면 책가방이 견디어 내지를 못했다. 곤봉에 눌려서 양철 도시락이 찌그러지기도 했다.

체조의 추억에서 빠질 수 없는 것이 있다. 그 무렵 경희대 체조부의 남녀 선수들이 김천에 와서 우리들에게 체조 시범 경기를 보여 주었다. 경희대 체대의 백남욱 교수가 모교를 위해 주선한 이벤트이었다.

리봉체조, 마루운동, 뜀틀, 평행봉, 안마, 철봉 등 신기에 가까운 체조 경기를 보여 주었다. 이런 경기를 직접 볼 수 있는 기회를 가지기란 쉽지 않았다. 텔레비전이 없었으므로 간접으로 볼 기회도 없었다.

달리 전용 경기장이 없었으므로 운동장에 매트를 깔고 각종 묘기를 보여 주었다. 우리가 단연 놀란 것은 체조 선수들의 기량과 더불어 여자 선수들의 노출이 심한 체조 유니폼이었다. 문화 결핍증에 가까웠던 우리로서는 그 노출의 정도가 홍미롭기도 하고 좀 민망스럽기도 하였다. 체조에 대한 인식이 촌스럽다는 것을 누가 알까 싶어 숨죽이고 관람하였다.

체조 경기는 그 특성상 운동중인 선수가 불필요한 공기 저항을 최소화하고 신체 자체의 움직임을 최대한 강조한다. 그러나 이러한 이치를 이해하기에는 더 많은 견문의 시간이 필요했다. 어쨌든 누구 말마따나 그 시절 우리는 무럭무럭 자라고 있는 중이었다.

청암사에 두고 온 추억

청암사 이야기가 아무래도 좀 미진한 것 같다. 내가 놓친 추억들을 여러 친구들이 다시 길어 올려서 전해 주었다. '1967년 청암사'는 '1959년 왕십리' 못지않은 우리들의 에스프리가 있다. 청암사에서 품었던 청운의 자화상이 있었나 보다. 다시 생각해 보니 청암사에 두고 온 추억이 많았다.

'육화요(六和寮)' 건물을 내려서서 극락전 가는 개천을 건너기 전에 '정법루(正法樓)'가 있다. 1940년대 초반에 지은 이층 누각의 건물이다. 원래 여름철 강당으로 지었단다. 밀양의 영남루나, 삼척의 죽서루 같은 정자 모양의 강당이다. 우리는 이 정법루 강당에서 하루 3시간씩의 강의를 들었다. 오전에는 육화요 학생들이 오후에는 극락전 학생들이 이용했다.

개울물 흐르는 소리가 정겨웠다. 청암사 숲 그늘이 서늘하고, 바람 또한 맑고 청신하여, 정법루 정자에 앉으면 졸음이 왔다. 스르르 눈을 감으면 신선이 따로 없을 것 같은 기분이었다. 심하게 조는 학생들은 스스로 일어서서 뒤로 가 두 손을 들고 있게 했다. 오후 강의 때는 십여 명씩 뒤에 서 있는 학생들이 있기도 했다.

정법루(正法樓)에서의 공식 강의 이외에는 자학자습이었다. 숙제와 자기 계획에 의한 공부이다. 새벽 5시 반에 기상하여 밤 12시에는 잠자리에 들도록 했다. 기상 후의 단체 체조, 식사 후의 각 1시간 정도의 자유시간 이외에는 오로지 공부에 전념하도록 했다.

새벽 4시면 어김없이 이루어지는 새벽 예불, 그 예불을 알리는 종소리는 맑고 청명했다. 그 소리에 잠을 깨어 새벽 일찍 책을 보는 친구도 있었고, 무슨 잔걱정들 때문인지, 그 소리에 하얗게 샌 밤을 추스르며 서둘러 잠을 청하는 친구들도 있었다.

그런 가운데도 별난 추억들이 있었다. 친숙해진 스님들이 간간히 해주는 신묘(神妙)하기 이를 데 없는 고승들의 정신세계와 그 분들의 초월적 능력에 대한 이야기는 초인에 대한 기대와 더불어 지적 호기심을 길러주기에 충분했다.

연애 감정에 빠져 있던 친구들은, 청암사 바깥에서 오는 편지, 청암사 바깥으로 내보내는 편지에 온 신경을 쓰기도 했다. 소등 이후에 몰래 구석에 불 밝히고 정성을 다하여 연애편지를 쓰던 친구들이 적지 않았다. 누군가 사랑이 위대하다고 편들면 나의 사랑이 위대해지는 듯한 착각에 빠졌다. 번잡을 피하여 온 산 속에서 오히려 번뇌가 더 요란했다.

점심 휴식 시간을 이용하여 절 입구 개천 소(沼)에서 장난기 넘치게 먹을 감던 풍경도 있었다. 박우택 군이 보여 주던 유연한 수영 솜씨는 탄성을 발하게 했었다.

가족들이 면회를 온 경우도 있었다. 내 가족이 아니었음에도 불구하고, 우리들 전체가 밝고 환하게 마당 쪽을 내다보았었지.

합숙 공부가 끝나는 날 수도암(해발 1,100m) 오르기를 했다. 왕복 10여 km가 실히 됨직한 산행 코스인데, 사람의 흔적이 거의 없는 길이다. 수도산 산록을 숨 가쁘게 오르고 내리는 행정(行程)이다. 나는 이 수도산 오르던 추억이 좋다. 자연의 심연으로 숲의 바다로 내 육신을 끝없이 유영(遊泳)해 갔던, 그래서 마침내 그 어디쯤서 숲의 미아가 되는 듯한 느낌을 가졌었다.

육신의 모든 기운이 완전 소진할 때까지 수도산 능선을 마구 마름질하듯 달렸었다. 그 능선과 계곡의 나무와 풀잎과 수액과 고목과 이끼, 그리고 온갖 산새와 파충류와 곤충들을 무수히 만나고 무수히 만났다. 그 만남들 사이로 쏟아지던 햇살들을 우리가 몸으로 느꼈던, 이 영검스러운 산의 추억은 합숙 공부의 덤으로 얻은 것이라기에는 너무 소중하다.

생각해 보매 그해 여름 우리의 감각과 의식은 청암사 고풍스러운 사찰 그늘에 고스란히 잠기어 있다. 지금도 누워 있으매 그 계곡의 서늘한 바람이 꿈결에 스쳐 오는 듯하다. 사찰 사위(四圍)를 휘도는 물소리 바람 소리에 홀리어 현실과 몽환이 교차되는 듯한 착각 속으로 다시 빠져든다.

1967년 8월은 명백한 과거임에도 지금 마주하고 선 한 폭의 신기루 같다.

사랑이 우리 가슴 속에서 싹트는 순간
우리는 다시 태어난다.
이것이 진정한 탄생이고 부활이다.
사랑이 우리 가슴 속에서 태어나는 순간,
다시 말해 겹겹으로 닫혔던
우리 마음이 활짝 열리는 순간,
우리는 다시 태어나게 된다.

- 법정, '수도자가 사는 집' 중에서

꾸중과 매의 추억

꾸중도 아름다운 추억이 될 수 있을까. 철없던 시절에는, 누구나 어른들로부터 꾸중을 듣는다. 나이 들어서 비로소 그 꾸중을 의미 있게 생각할 수 있다면 그는 성숙한 사람이다. 그리고 아름다운 사람이다. 야단맞는 일은 원래 유쾌한 일이 되지 못한다. 후회와 원망이 소록소록 살아난다. 혼자 있을 때는 누구나 꾸중의 기억을 지우고 싶다.

그러나 그래봤자이다. 요즘도 친구들이 함께 모이면 꾸중은 빠질 수 없는 추억의 메뉴이다. 아무아무개 야단맞던 추억은, 모일 때마다 단골 메뉴이다. 50대 중반이란 나이가 무색하다. 왁자지껄 웃음이 터지고, 마치 어제 일인 듯 야단맞던 그 장면을 몸으로 재현한다. 심지어는 누가 더 치열하게 야단맞았는지를 경쟁하듯, 무용담 펼치듯 전개한다. 이야말로 나이를 잊은 철딱서니, 순진무구의 경지이다.

열여섯 무렵쯤에는 우리들은 누구나 이렇게 생각했다. 마흔을 넘으면 엄청나게 어른인 줄 알았다. 철이 들대로 든 어른인 줄 알았다. 어디에 가도 철들지 않았다는 소리는 듣지 않을 거라고. 나이가 오십 쯤 되면 정말 고상한 경지의 어른스러움이 갖추어질 것이라고.

그런데 이제 이순(耳順)의 나이를 바라보면서 우리는 어렴풋이 깨달아간다.

"철든다는 것은 신기루 같이 가닿을 수 없는 허상의 목표인지도 모른다."

"철이란 평생을 살아도 들지 않는 것인지도 모른다."

"정말 철들면 불편하고 재미없어 어떻게 살까."

그래, 꾸중의 추억을 되돌아보자. 꾸중은 보약이다. 설령 서운한 꾸중이 있었다 치자. 세월이 모든 것을 덮어 줄 것이다. 철없고 어리석고 말썽장이이었던 우리의 허물을 세월이 덮어 줄 것이다. 더러는 다스려지지 않는 결기와 노기로 무언가 오버(over)되던, 꾸짖는 쪽의 미숙함까지도 세월이 덮어 줄 것이다. 그래서 추억은 모진 세월에 지친 기력을 돋우어 주며, 잘 곰삭은 화해의 효소를 안으로 지닌다.

자, 그러니 꾸중의 추억을 돌아보자. 물상을 가르쳤던 장석봉 선생님은 볼을 아프게 집어 흔들며 야단을 치셨다. 끔찍한 아픔이었다. 영어 과목 정언기 선생님은 반들반들한 대나무 회초리로 교복 입은 등어리를 45도 각도로 내리치는데 그 소리가 매 자체보다 더 무서웠다.

단어 익히기를 닦달하셨던 송대섭 선생님은 학급 전원을 상대로 하나라도 틀리면 손바닥에 불이 나도록 매를 드셨다. 박병환 선생님은 말썽꾸러기를 불러일으키고는 그 부모님을 걱정해 주는 방식으로 꾸중을 하셨다. 매는 들지 않으셨지만, 마음에 오래 남는 꾸중이었다.

항상 너그럽고 마음이 좋으셨지만 어쩌다 한번 화를 내시면 온 교실이 흔들릴 듯 무섭게 야단을 치시던 김민배 선생님. 그래 우리가 너무했어! 이런 자탄이 나올 만했다. 공부에 불성실하거나 산만하면 교탁 앞으로 불러내어 세워 놓으시던 양갑석 선생님. 우리들의 자존심에 자극을 주려하셨다.

경쾌하고 산뜻하게 그러나 긴장력 팽팽하게 수업을 해 나가시던 김용해 선생님, 일탈할 틈조차 없었던 수업이었지만, 그래도 졸음에 겨운 학생들이 있으면 분필 조각을 던져 정확히 가격을 하신다. 그리고는 조는 학생의 이름을 부르며 3초 동안 응시하시는 것으로 꾸중의 효과를 백 퍼센트 살리셨다.

젊은 패기와 의욕으로 농업을 가르치셨던 서울농대 출신의 백유현 선생님, 실습 시간에 통제에 따르지 못하거나, 숙제를 제대로 해 오지 못하면, 주먹으로 꿀밤을 먹이었는데, 무지무지 아팠다. 그 분의 체벌 방식은 오로지 이것 하나이었다.

일본 명치대 출신으로 상업을 가르치셨던 이홍석 선생님은 청년 시절 권투를 하셨다. 성품이 부드럽고 신사의 풍모를 지녔다. 수업을 악의적으로 방해하는 건방진 악동에게는 세도우 복싱의 폼으로 다가오셨다. 그쯤 되면 선생님께서 대단히 화가 나신 것을 의미했다.

전체 학생을 지휘하는 가운데, 정신을 놓고 있는 학생이 있으면, 무섭게 호령하여 불러내시는 조종옥 선생님은 호령으로 이미 혼을 빼 놓으신다. 흰 장갑 낀 손으로 불려 나온 녀석의 숙인 이마를 눌러 밀치는 동작만으로도 우리는 중벌을 받는 느낌이었다.

속 썩이는 개구쟁이 장난꾸러기들을, 아픈 매로도 다스리지 않으시며, 기껏 하드 카버 출석부로 내려치시며 '내끼지 마라'를 연발하시며 야단을 치시던 김이득 선생님. 이미 할아버지 같은 자애로움을 지니고 계셨다고나 할까.

투박하게 생겨서 한번 손바닥을 맞으면 괴력에 가까운 아픔의 효과를 내던 울퉁불퉁한 작대기 매도 있었다. 지리를 가르치던 성세경 선생님의 한 자(30㎝) 남짓한 짤막한 나무토막처럼 된 매이다. 귀찮고 복잡한 백지도 숙제를 못하는 날엔 어김없이 한 대씩 맞았다. 세계지리 시간 아프리카를 배울 때, 누군가 '선생님 그거 다 직접 가 보시고 하는 이야기입니까' 하는 농담식의 질문을 했다가 여러 대를 맞았던 친구도 있었다.

요즘 청소년들은 꾸중을 듣는 방식 자체를 모른다. 꾸중이란 잘 맞으면 아주 멋있는 성장의 모티브가 된다. 아무도 야단치려 하지 않고, 내 자식 기 꺾는다고 역성을 드는 엄마들이 많아 어디에서 남 자식 잘 못하는 것 야단치기도 쉽지 않은 세태이다. 꾸중 제대로 맞을 줄 아는 세대는 이제 우리 세대가 마지막인지도 모른다.

개구리 해부의 추억

오늘 경칩(驚蟄) 날에 떠오르는 송설 추억이 있다. 중학교 2학년 되던 해 봄이었다. 개구리 해부 실습이 있었다. 준비물에 대한 당부가 일주일 전부터 있었다. 생물 과목을 담당하신 안갑돈 선생님은 각 조별로 개구리 한 마리와 해부용 면도칼(그래봤자 쓰던 면도기에 끼어 있던 면도칼을 빼내어오는 것이 고작이었지만)을 준비하라고 말씀하셨다. 개구리는 되도록 큼직한 것으로 잡아 올 것을 당부하셨다.

해부를 한다? 개구리를 잡아 본 적은 있지만, 해부를 해 본 적은 없다. 해부를 한다? 해부는 의사들이나 하는 것 아닌가……. 생체 해부를 한다. 낯선 경험이다. 얼마나 호기심 돋우는 일인가. 마치 동물학자라도 된 듯한 기분이었다. 들판에 지천으로 깔린 것이 개구리이었으니, 해부 자료 마련에 돈이 들지 않는다. 우리는 가벼운 흥분으로 일렁거렸다.

해부 실습하는 날, 개구리와 더불어 등교하는 풍경도 각양각색이었다. 큰 깡통 속에 서너 마리를 잡아 와서 미처 준비 못한 조에게 인심 후하게 분양을 해 주던 친구들도 있었다. 학교에 와서 아침부터 개구리 사냥을 하던 친구들도 있었다. 개구리는 신관 동편 송정 올라가는 입구에 있던 연못에 많았다. 지금은 체육관이 들어서 있는 중학교 운동장이 그때는 모두 논이었다. 그 논두렁을 훑어가며 해부용 개구리 탐색을 벌리기도 했다.

개구리를 해부대에 눕혀 핀으로 사지를 고정시키면 흰 뱃가죽이 드러난다. 안갑돈 선생님의 설명과 지휘로 해부 실습이 이루어진다. 60명 한 학급이 모두 9개조 정도로 나뉘어 해부 실습을 했다. 조마다 설치는 녀석들이 있다. 서로들 자신이 면도날을 잡고 해부를 주도하려고 옥신각신이다. 해부 기술이 서툴러서 해부대에 올려놓은 개구리를 엉망으로 망가뜨린 조도 생긴다. 아주 반듯하고 정연하게 해부를 진행시키는 조도 있다. 해부 자체가 하나의 정밀한 기술(예술)임을 비로소 느낀다.

선생님 지시에 따르지 못하면, 그때그때 확인해야 하는 개구리의 생체 기관을 놓친다. 우왕좌왕하는 팀이 생긴다. 해부 실습보다는 장난기가 동하여 죽은 개구리로 온갖 엽기적 장난을 치다가 야단을 맞기도 한다. 개구리의 생체와 생태를 연관지어 그 유기적 구조를 학습하기 위한 해부 실습이었다. 알콜 병에 넣어둔 '해부된 개구리의 생체 표본'이 있었지만, 해부를 직접 하면서 얻게 되는 발견 학습의 효과와는 비교가 되지 않았다. 이제와 생각해 보니 참으로 좋은 경험이었다.

이쯤에서 우리는 개구리에 대한 감사의 헌사(獻辭)를 준비해야한다. 우리에게 해부의 학습을 제공해 주었던 개구리! 그로 인해 우리는 마침내 유기체와 세상을 해부적으로 인식하는 눈을 뜨게 된 것이다. 그것은 현상(現象)을 넘어서서, 보이지 않는 곳까지도 볼 수 있는 안목을 가지게 한다. 그런 과학적 경험이 우리의 사고와 인식을 성장시켜 간 것이다. 개구리 해부를 배우던 시절이야말로 우리들의 지력이 성장하던 한 모퉁이이었음에 틀림없다. 그 지적 성장의 길목에 개구리가 해부를 위하여 놓여 있었다.

개구리에 대한 헌사(獻辭)는 계속될 수밖에 없다. 우리에게 개구리는 배고픈 1950년대의 시대고(時代苦)와 연관된다. 고기 구경 못하던 때, 개구리를 잡아 고아서 영양실조의 아이들에게 먹이시던 우리들의 할머니, 어머니들이 있었다. 개구리와 연관되어 떠오르는 참으로 익숙한 '50년대적 그림'이다. 특별히 우리 또래에게는 그러하다. 희생을 당한 개구리의 슬픔이라 해야 할지, 전쟁과 극빈의 와중에 있던 그 무렵 아이들의 슬픔인지 모르겠다.

안갑돈 선생님은, 해부 실습이 여간 소란스러워도 그것이 실습의 한 과정인 한에서는 크게 야단을 치시지 않았다. 스스로 발견하고 스스로 느껴 볼 수 있는 기회를 가지게 하는 데 초점을 두시고 우리를 지도하시는 듯했다. 탐구의 자율과 창의의 학습을 중시하셨던 분이시다. 교육의 본질을 앞서 깨달아 실천하셨던 분이라는 생각을 하게 된다.

안갑돈 선생님은 우리 동기와는 짧은 인연밖에 가지지 못했다. 선생님의 수업은 좀 다른 분위기를 가지고 있었다. 지식 그 자체보다는 실행을 중시하는 수업이라고 할까.

당시 일반적인 수업의 모습이라면, 교사는 칠판 가득 판서하고, 학생은 그 내용을 노트에 적는 것으로 진행되었다. 참고서도 자습서도 귀하던 시절, 모든 수업은 지식 내용을 체계 있게 판서해 주는 것으로 전형을 삼았다. 그러면 우리는 그것을 열심히 받아 적는다. 그리고 시험 때 그 노트를 열심히 외우는 것이다.

선생님 수업은 전혀 딴판이었다. 체계성을 중시하는 판서보다는 무언가 느껴 볼 수 있는 자료나 그림을 가져와서 설명을 다양하게 해 주시는 쪽으로 이루어졌다. 판서 수업에 익숙해 있던 나는 선생님의 수업을 받으면서 어지럽고 혼돈스러웠다. 탐구하지 않고 외우려고만 했기 때문이다. 선생님은 외울 거리보다는 생각 거리를 주시는 편이었다. 학교에서 선생님이 맡으셨던 일 중의 하나가 상담 카운슬러이셨는데, 참으로 적임이셨다. 학생의 자리에서 학생을 이해하려는 멘털리티(mentality)의 소유자이셨기 때문이다.

수업 중 안갑돈 선생님의 말씀 가운데, 지금도 귀에 쟁쟁 남아 있는 것이 있다. 영양과 음식에 관한 말씀이었는데, 어린 우리들이 쉽게 이해하고, 좋은 식습관을 가지게 하려고 하신 말씀이라 생각된다. 나는 지금도 유식한 척, 선생님의 이 말씀을 곧잘 써 먹는다.

"(동물의) 뼈를 먹으면 너희들의 뼈가 좋아지고, 간을 먹으면 간이 좋아지고, 눈을 먹으면 눈이 좋아지고, 내장을 먹으면 내장이 좋아진다. 그런 모든 조건을 한꺼번에 다 갖춘 완전식품이 무엇인지 아느냐? 그게 바로 멸치이다. 멸치 많이 먹도록 해라."

글라이더의 유령

너무 아득하고, 잠깐 스쳐갔던 일이라 잘 기억이 나지 않을지도 모르겠다. 게다가 우리들 전체가 했던 일이라기보다는, 지원자에 한해서 참여했던 일이라, 그런 일이 언제 있었던가 하는 느낌이 들지도 모르겠다. 그런데 그게 지나놓고 보니까 쉽사리 없어지지 않더란 말이다. 오랜 잔상(殘像)으로 남아서 가끔은 아물아물 아지랑이 지피듯이 기억의 지평선 너머로 떠오르더란 말이다.

1963년, 가을이던가. 우리는 모형 글라이더를 만들었다. 일종의 특별활동 프로그램이었던 셈인데(그렇다고 '글라이더 반' 같은 특별활동 반이 있었던 것은 아니고), 과학에 관심 있는 학생들이 각자 글라이더 부품 재료를 구입하면, 그것의 조립 제작을 물상 선생님이 방과 후에 특별히 지도해 주었다. 그 당시 물상 선생님은 김홍규 선생님. 총각선생님이었지만 회초리가 매웠다. 실험을 하거나 제작을 할 때는 수업 군기가 엄정했다.

모형 글라이더 부품 재료는 구입한 학생들보다 구입하지 못한 학생들이 많았다. 그게 만만치 않은 가격이어서, 그 돈이면 열흘 동안의 자취 비용이 되고, 쌀이 얼마가 되고, 아버지 한 달 담뱃값은 실히 될 수 있는 것이어서, 언감생심 구입해 보겠다는 엄두를 스스로도 내지 못할 학생들이 태반이었기 때문이다. 말하자면 글라이더는 '매우 특별한 과학 실습 재료'이었던 셈이다. 사정이 그러하므로 학교도 교사도 구입을 강제하지 않았다. 지원자에 한하기는 했지만, 2학년 전체가 방과 후 과학실에 모여 글라이더를 만들었다.

자! 이렇게 되면, 재료를 사서 글라이더를 만들었던 친구들의 추억이 더 강렬할지, 아니면 허전하고 아쉬운 마음으로 곁다리 구경을 해야만 했던 친구들의 글라이더 추억이 더 간절할지? 그러나 그런 이분법은 온당치 않다. 글라이더는 만들어지는 순간, 하늘로 날아오르는 순간, 우리 모두의 글라이더가 되었기 때문이다.

날아오르는 글라이더에는 우리들의 환상이 실려 있었다. 당시에는 몰랐어도 지금에 와서는 그런 것이 있음직함을 마침내 알 것 같다. 시골 소년들의 꿈, 비상하려는 꿈을 가장 잘 담고 있던 글라이더! 그런 유령 같은 힘이 글라이더에게 있었다.

글라이더 부품 재료는 비싼 만큼 가냘프고 연약했다. 노랑색의 가느다란 찰고무줄을 여러 겹 꼬아 감아서, 프로펠러를 돌리는 힘을 제네레이팅 시킨다. 그 고무줄이 간혹 끊어지기도 한다. 대나무 재질로 날개 테두리를 만들고, 날개 테두리 안의 빈 공간은 얇은 창호지를 발라서 공기의 부력을 받도록 했다. 동체에 날개와 꼬리를 부치는 것은 '세멘타인'이라 일컫던 접착제이었다. 접촉 불량도 심심치 않았다. 붙였다가 떨어지기를 여러 번, 시행착오 끝에 조립 제작을 완성한다. 어딘가 허접하긴 해도 공력을 들인 것인지라 소중해 보인다.

글라이더가 날아오르던 그때의 하늘은 어디이었던가. 우리의 중2 교사(校舍) 부근에서, 특별교실 북쪽의 도르래 달린 우물이 멀찌감치 보이는 그 공간이 첫 비행의 무대이었다. 팽팽하게 감은 고무줄에 연결된 프로펠라를 잡고, 글라이더를 수평으로 세워, 글라이더와 함께 뛰어오다, 가볍게 허공으로 밀어 올리면, 글라이더는 부드럽게 공기를 탄다. 날리는 이도, 구경하는 이도 모두 한 마음이다.

고무줄 풀리는 힘으로 프로펠러를 돌리게 하면, 글라이더는 안간 힘으로 균형을 잡으며 기수를 허공으로 들이대었다. 누구의 글라이더이든 날아오르면 모두들 환호성을 질렀다. 그 누구의 글라이더가 균형을 잃고 운동장 모서리에 처박히면 장탄식도 같이 나왔다. 키 큰 플라타너스 나무의 중간 가지에 불시착하는 글라이더들도 있었다. 그 곳으로 모두 달려가는 모습도 보였다. 단 한번의 처녀비행에 풍비박산한 글라이더도 여럿 있었다. 그 허망한 낭패감은 그것대로 추억으로 남는다.

회상해 보면 촌스럽기도 한 풍경이다. 우선 무언가 궁색해서 촌스럽다. 글라이더가 낡아 빠진 모더니즘의 소도구쯤 되는 듯하여 왠지 촌스럽다. 우리들 모두는 그 모더니즘의 끝자락조차도 가닿지 못한 듯하여 촌티가 난다. 나뭇가지에 걸린 모형 글라이더를 향해 우루루 뛰어가는 시골 소년들(곧 우리들)의 뒷모습은 어디 원주민 같은 촌스러움의 정서가 감돈다.

그런데 그 촌스러움에 대해서 오히려 아득한 애정이 생겨나는 이유는 무엇일까? 원주민처럼 때 묻지 않았던 소년기의 초상화를 확인하기 때문 아닐까. 사실 우리는 그 촌스러움을 벗어버리려고 일평생 달려왔는지도 모른다. 때로는 물신(物神)에 휘둘리기도 하면서.

촌스러움이란 무엇이겠는가. 한 가지 모습, 원래의 그 한 가지 모습밖에 보여주지 못하는 것이 촌스러움 아니겠는가. 글라이더를 날리던 소년들, 글라이더에 함께 환호하던 소년들! 글라이더를 쫓아가던 소년들! 우리들의 '원래 한 가지 모습'이 거기에 있는 것 아니겠는가.

생각해 보니 그렇다. 모형 글라이더 비행기에도 이처럼 많은 사념(思念)이 스며 있구나. 그걸 만들어서 날리는 것만으로 가슴이 벅차던 시절이 있었구나, 그때 그 글라이더에 띄워 올린 꿈들이 아슴푸레 아름답구나. 친한 상념으로 오래 떠올리다보면 그게 곧 영적인 존재, 즉 유령이 된다고 했던가. 오늘 밤은 '글라이더의 유령'을 만날지 모르겠다.

그 해 가을, 글라이더와 함께 떠오르는 교정의 하늘은 푸르고 높았다. 특별교실 미술실 서향 창가 둔덕, 어린 향나무 곁으로 문득 코스모스 한 송이 피어 있었다. 코스모스를 향한 연모이었을까? 불쌍하게 돌진하던 글라이더 한 대, 플라스틱 프로펠러를 앞으로 처박고 기우뚱 날개 부서지던, 그 글라이더도 유령이 되었을까?

이미 47년 전이 되었다. 그 글라이더가 날던 모교의 교정으로 오늘 우리들은 정녕 무엇을 날려 보내어야 할까?

살며, 외우며, 자라며―영어의 추억

송설학창 시절, 매년 '영어 암송 대회'라는 걸 했다. 그 영어 암송대회를 기억하는가. 이 대회가 유독 추억의 함량을 많이 지니는 것은 이 대회의 진행 방식 때문이다. 참가하고 싶은 희망자만 대회에 참가하는 것이 아니라, 일단은 모든 학생들이 대회에 참여하는 방식을 요구했다. 이것이 죽을 맛이었다.

영어 암송 대회, 그게 어떤 행사이었던가? 영어 교과서에 있는 특정 단원 하나를 골라, 그 단원의 영어 텍스트 하나를 통째로 외우는 능력을 테스트하는 대회이다. 물론 발음의 정확성, 구문 이해의 적절성, 표현의 유창성, 종합적인 전달력 등이 심사의 기준이 된다. 대체로 5월 초쯤 대회가 공고되고, 6월 초순 무렵 암송 대회가 열렸다. 대회는 전교생이 모여 강당에서 하기도 했지만, 나중에는 학년별로 하고, 시상만 전체 조례에서 했다.

이 대회를 앞두고, 영어 선생님은 영어 외우기를 아주 엄격하게 닦달하였다. 대회를 공고하는 날부터 대회가 개최되는 전날까지, 근 한 달을 영어 암송의 실적과 능력을 부단히 확인한다. 조금이라도 부진하면 추상같이 기합을 주었다. 이런 과정을 거쳐서 대회에 참여할 최종

참여자들을 확정하였다. 그 무렵 다른 학교에도 이런 영어 암송 대회가 있었는지 모르겠지만, 참으로 우리들에게는 막강한 스트레스를 주는 대회이었다.

사정이 그러하니 어쨌든 등하교 길에 영어책 들고 가면서 영어 외우는 모습이 더러더러 연출되었다. 그 무렵엔 국도 옆으로 보행자 전용의 작은 소로가 있어서, 자동차 신경 쓰지 않고, 책 들고 읽으며 등하교할 수 있었다. 어른들 보기에 이런 풍경은 또 얼마나 기특한 모습이었을꼬! 천하 영재를 모아 공부 제대로 시키는 학교라는 믿음이 더 했을 것이다. 사실 학교든 개인이든 그 정체성(正體性)이란, 자기 자신이 만들어 나간다기보다는, 남들이 어떻게 나를 믿어주고 인정해 주느냐에 따라 형성되는 것이다.

우리가 배우던 영어교과서는 그 당시 많은 학교에서 선택하던 유니온(UNION) 교과서이었다. 입학 초 그 이국적 풍경과 알파벳으로 호기심을 불러일으키던 이 교과서가 이렇게 고통의 과업을 쏟아 붓는 고생 보따리가 될 줄을 누가 알았겠는가.

'영어는 웃으며 들어가서 울고 나오고, 독일어는 울고 들어가서 웃으며 나온다.'는 말을 선생님들은 무슨 유력한 명언처럼 자주 인용했다. 영어에 대한 사랑과 미움이 몸으로 체감되던 시절이다. 그런 계기를 영어 암송대회가 촉진시켰다.

그 무렵 우리나라 중등학교의 영어교육의 여건은 열악했다. 들여다

보면 선생이나 학생이나 눈물겹도록 힘겨운 것이 영어교육이었다. 지방 학교는 더욱 모든 것이 부족하고 어려웠다. 요즘 흔히 말하는 '생활 속에 살아 있는, 액션 잉글리쉬(Action English)'란 꿈도 꿀 수 없던 때이다. 지금의 영어교육 열풍과 비교해 본다면 참으로 아득한 신화시대의 모습이다.

어학 실습을 할 수 있는 시설조차 변변치 못했다. 교사들의 전문성이란 것도 지금과는 비교가 되질 못했다. 교육방송 같은 것이 있었으면 오죽 좋았을까. 시골의 학생들은 표준 발음의 모델 자체를 접할 수 없었다. 1963년이던가. 진원섭 선생님과 송대섭 선생님을 통해서, 원어민 발음이 수록된 일제 AKAI 녹음기 한 대를, 국보급 문화재 구경하듯이 두어 번 구경한 것이 처음이었다. 영어 암송대회는 주체할 수 없는 곤혹스러움을 우리에게 선사했다.

6월 초에 열리던 교내 영어 암송대회는 학교생활의 중요한 고비를 이루었다. 이 대회가 지나가지 않으면 여름방학도 올 수 없을 것 같은 불길한 생각이 들기도 했다. 등산으로 치면 마치 '깔딱고개'와도 같은 것이었다. 암송대회가 끝나면, 바로 교주 송설당 추모 제사가 있고, 이내 7월이 오고, 기말고사를 치루면, 방학으로 들면서 1학기가 끝나는 것이다. 이 깔딱고개의 계단에서 영어 외우기에 얼마나 노심초사했던가. 제대로 못 외워서 기합을 받고, 다음 시간까지 더 많은 암송 숙제를 부여받으면서 전전긍긍하던 모습들이 떠오른다.

그런 와중에도 출중한 재능을 보이던 친구들이 있었다. 문현록, 김국수, 박신홍, 최상기, 서영기, 문창성 등의 동기생들이 영어 암송대회에서는 활약의 주인공들이었다. 고 박영수 동기도 영어 암송대회에서 한 몫을 했었다. 이 대회를 통해 생겨난 외국어에 대한 동기 강화 때문이었을까. 이들은 국제금융 분야(문창성), 무역 분야(최상기), 해외건설 분야(김국수), 영어교육 분야(서영기) 등에서 영어와 검질긴 인연을 맺으며 평생을 살아간다.

다시 파스텔화 같은 추억의 풍경으로 가볼거나. 지금도 생각이 난다. 본관 건물에서 운동장 내려가는 경사면(지금의 운동장 전면 스탠드)에 학생들을 모여 앉히고, 녹음도 짙어가는 유월 어느 날 영어 암송 대회를 한다. 키 큰 플라타너스 나무가 지어주는 시원한 그늘이 초여름 태양과 어우러져서, 교실이 줄 수 없는 밝고 시원한 청량함을 만들어 준다. 누군가 앞에서 혼신의 지력(知力)으로 지난 한달 내내 각고의 공을 들인 영어 텍스트를 외운다.

그때는 철이 없어 몰랐다. 영어 암송대회 안에 스며 있는 풍경이 어떤 풍경인지를. 그 풍경의 의미가 무엇이었는지. 그저 빨리 이 성가신 대회가 지나가 주기만을 바랐었지. 그러나 우리가 아무 것도 모르는 사이에도 우리는 자란다. 우리들 소년은 자란다. 우리가 철이 없는 동안에도 우리는 자란다. 소년은 자란다. 소년들이란 원래 그렇게 자라는 법이다.

푸른 그늘을 지어 주던 교정의 플라타너스! 우리가 펼치던 암송 대회를 내려다보던 플라타너스는 안다. 소년들이 자라고 있다는 것을. 여기, 소년들이 서툰 영어를 외우며, 영어와 더불어 잘 자라고 있다는 것을.

사는 것은 외우는 것이고 외우는 것은 곧 자라는 것이다. 누군가 그렇게 말한다면, 우리 세대는 정말 그렇게 살아왔는지도 모르겠다. 살며, 외우며, 자라며!

내를 건너서 숲으로
고개를 넘어서 마을로

어제도 가고 오늘도 갈
나의 길 새로운 길

민들레가 피고 까치가 날고
아가씨가 지나고 바람이 일고

나의 길은 언제나 새로운 길

- 윤동주, '새로운 길' 중에

추억 속의 참고서

1965년 고등학교에 들어간 우리는 박병환 선생님께 『영문법』 과목을 배웠다. 선생님은 우리들의 학습을 자극하기 위하여 우리가 반드시 공부해야 할 책들을 자주 거론하셨다. 적어도 이런 책 정도는 반드시 정복해야 한다는 것을 강조하셨는데, 그것은 영국인 A. W. 메들리가 쓴 『삼위일체 영어』라는 책이었다. 영어 능력의 요체인 ① 독해력과 ② 문법 지식과 ③ 작문 능력 이 세 가지를 유기적으로 잘 연계해서, 즉 이 세 능력이 삼위일체를 이루도록 저술되었다고 해서 '삼위일체 영어'라고 불리었다.

박병환 선생님은 굳이 책을 소개하는 데 목적이 있었다기보다는 이 책으로 열심히 공부했던 모범적 선배들의 사례를 본받도록 하려는 데 더 강조점이 있었던 것 같았다. 강한 인상으로 남아 있는 말씀이었는데, 그 당시 우리에게 하신 선생님의 말씀은 이러했다.

"제군들 선배 중에 안청시라는 이가 있었댔어. 안청시 군은 메들리의 이 『삼위일체 영어』를 모두 일곱 번을 마스터 했었댔어. 해서 이제 그 학생은 고3 쯤 되어서는 이 『삼위일체 영어』를 거의 외우는 경지에 도달했다는 거라. 말할 것도 없이 서울대학에 우수한 성적으로 입학했댔지. 제군들도 좀 그렇게 하면 얼마나 좋겠노. 가방만 들고 학교에 몸

뚱이만 그냥 왔다 갔다 하지 말고."

잘 아시다시피 박병환 선생님이 말씀하시던 그 '안청시(安淸市) 군'은 서울대학교 정치학과의 교수를 거쳐 지금은 서울대 명예교수이고 송설 당학교법인의 재단의 이사이시다. 어쨌든 나에게는 안청시 선배에 대한 이미지가 메들리의 『삼위일체 영어』 참고서와 함께 환기된다. 우리는 실제로 그 다음 해에 영어 보충수업 시간에 메들리의 『삼위일체 영어』로 교재를 삼아 공부하였다. 해 보니 쉬운 일은 아니었다.

메들리의 『삼위일체 영어』는 판형은 작았지만 상당한 두께를 가진 책이었다. 책의 표지가 사전 표지처럼 갈색 비닐용지로 가공이 되어 있어서, 세련된 느낌을 주는 책이었다. 영문법 처음 시작하는 페이지에 '관사 a'를 공부하는 것으로 되어 있었지 아마. 사실 이 책은 6·25 전쟁 이후 1950년대에 이 땅에 들어와서 1970년대 초까지 대한민국 영어 참고서로서 부동의 1위를 차지하던 책이었다. 70년대 중반 그 자리를 『정통종합영어』, 『성문종합영어』 등에 물려준다. 어쨌든 우리는 『삼위일체 영어』와 지낸 세대이다. 공부가 지긋지긋하였더라도 우리의 추억이고, 공부에 충실하지 못해 뒤늦은 미련이 모락모락 아련하게 피어난다 하더라도 그 또한 아름다운 추억이다.

1963년 봄에 민중서관에서 중학생 참고서 시리즈를 꽤 정성들여 찍어내었다. 이른바 베스트 시리즈이다. 이를테면 '베스트 중학 국사', '베스트 중학 물상', '베스트 중학 수학' 하는 식으로 전 과목을 시리즈로 만들어 낸다. 책이 두껍지 않아 일단 지겹지 않고, 표지가 연한 노란색으로 잘 코팅 처리되어서 고급스러운 느낌을 주었다. 인쇄용지도 당시로서는 미색 모조지류를 쓰고 있고 그림과 삽화도 정교하고 다양했다. 사고 싶다는 생각이 드는 참고서이었다. 그러나 사고 싶다고 해서 다 사기는 정말 어려웠다. 참고서 문제집 넘쳐나게 사 놓고는 그저 두어 페이지 들여다보다 아까운 폐휴지 묶음으로 내보내는 요즘 세태와는 다른 시절이었다.

간혹 중간고사나 기말고사 문제가 참고서 한 귀퉁이에서 나오기도 했다. 참고서 내용을 중심으로 판서 내용이 제공되는 경우도 더러 있어서 베스트 시리즈의 주가는 높았다. 지금 같으면 있을 수 없는 일이었다. 시절이 지금과는 엄청나게 달랐으므로 일면 이해가 가기도 했다. 학생들이 참고서 사기도 어려운 실정이었으므로 그 내용을 중간전달해 주는 측면도 있었고, 교사들의 교수 내용정보 소스가 극히 제한되어 있던 시절이라, 좋은 참고서의 교수 자료적 기능이 인정되기도 했다.

우리 학창 시절 수학은 단연 정경진의 『수학완성』이 주류를 이루었다. 뒤에 홍성대 씨가 1966년 28세의 나이로 『수학의 정석』을 내어서 차츰 전국 수학 참고서를 석권하였지만, 우리는 그 직전에 수학 공부를 한 셈이다. 그 무렵 송설학원은 비교적 수학 학력에서 우위를 점하고 있었던 편이다. 두터운 참고서 『해석의 완성』을 사 본 친구들도 많았고, 보다 어려운 문제에 대비한다고 해서 민중서관의 『정해』 시리즈를 가지고 공부한 사람들도 있었다. 학교에서는 『기하 정해』 같은 책으로 보충수업을 하기도 했다.

국어 참고서는 일지사의 참고서들이 격조가 있고, 여러 텍스트를 다양하게 조직해 주었다. 읽을 책이 없고 문화적 경험이 제한되던 시절이라 국어 참고서에 실린 다양한 글들을 맛보는 것만으로도 여러 텍스트의 세계를 기웃거릴 수 있었다. 하희주가 편한 『적중 국어』 참고서를 가까이 했던 것 같다. 국어는 특히 고문은 선생님들이 좋은 텍스트들을 등사하여 배부하고 강독 훈련을 하게 해 주었다. 우리들의 학창 시대가 지나면서 국어 참고서는 동아, 교학사, 지학사 등의 메이저 출판사들이 지배하게 된다.

참고서에 대한 추억이라면 교문 앞에 잡상인들이 가져 와 펼쳐 놓는 불량 참고서류를 또한 잊을 수 없다. 가장 흔한 것이 간이 단어장이다. 영어 단어 공부는 반드시 사전을 찾아가며 하라는 말씀이 무색하게 우리는 온갖 불량 영어 단어장을 구입하였다. 초미니 단어장도 있고, 비닐 케이스에 넣어서 작은 두루마리 스타일의 단어장을 돌려가며 보도록 하는 단어장도 있었다. 헌책의 중고 자습서들을 사고팔던 기억들도 함께 묻어난다.

공부가 머리 아픈 일이기는 했지만, 참고서에 걸린 추억들은 곱살맞게 떠오른다. 다시 젊어 청춘으로 돌아가 공부를 하라고 한다면, 마다고 할까. 아니면 주저 없이 해 볼거나.

05

60년대적인, 너무도 60년대적인

영화 '추풍령'

"영화 '추풍령'을 아십니까?"

"영화 '추풍령'을 찍던 1964년 김천의 가을을 기억하십니까?"

이렇게 누가 묻는다. 우리의 기억 회로는 스파크를 튀기며 반짝인다. 갑자기 할 말도 많아진다. 눈빛조차 생기를 머금는다. 이 대목에서 할 말이 없는 사람도 있을까. 아마도 그 무렵 김천에서 자란 사람이 아니겠지. 너 그걸 모른단 말이야? 이렇게들 금방 흥분한다.

그까짓 영화 한 편이 그리 대수로운가. 그럼에도 '추풍령' 이야기만 나오면 우리는 열광의 공감 지대를 연출해 보인다. 그 영화에 묻어 있는 우리들 추억의 그림자가 너무도 선연하기 때문이리라. 동창끼리 오르는 등산길에서도 불쑥 비집고 들던 추억의 화제요, 반 년 만에 모여 앉은 친목회 동기들의 밝게 부서지는 웃음 속에서도 피어나는 화제이다. 추억의 그림자가 너무 선연하다는 말은 진정코 맞는 말이다. 그것을 '추풍령'이 입증한다.

영화 '추풍령'의 촬영팀들은 김천 모 여관에 로케이션 본부를 정하고 1964년 가을부터 초겨울까지 영화를 찍었다. 영화를 찍는다는 것이 무엇인지를 모르던 시절이었다. 그래 그랬었지. 그런데 그 영화라는 것을 찍는 일이 벌어졌다. 그것도 바로 우리들 눈앞에서 벌어졌다. 요즘 유식한 사람들이 쓰는 말을 빌리자면, 일종의 '문화적 충격'이었다. 적어도 나에게는 그러하였다.

"감독 전범성(田凡成), 주연 배우 이경희"
이런 광목 자막을 달고 김천 시내를 촬영차가 달렸다. 촬영 스텝의 본부 차량인 셈이다. 아이들은 차가 서면 둘러싸고, 차가 움직이면 종종처 뒤따라 달렸다. 그 아이들 속에는 가끔씩 우리들 자신도 섞여 있었다. 가난한 철도원의 이야기이었지. 그래서 김천역에서 직지사역 추풍령역을 잇는 철로 장면이 주로 촬영되었다.

학교 앞 철길에서의 촬영 장면을 운동장에서 목을 빼고 보다가 수업 시작을 한참이나 놓쳐 단체 기합을 받던 날도 있었다. 촬영 팀이 학교 앞 국도변을 얼쩡거리는 날은 운동장 체육 수업이 되는둥 마는둥 했다. 선생님도 학생도 함께 진도를 죽이고 내다보던 시간도 있었다지. 어제 배우를 직접 보았다는 아이들은 다음날 학교에 오면 목소리 위세가 달랐다.

이듬해 이 영화가 김천에도 상영이 되었다. 우리는 김천극장으로 가서 모두 단체 관람을 했다. 흑백영화이었다. 아는 골목, 아는 동네. 아는 건물이 화면에 나올 때마다 환호성이 일었다. 아! 도저히 돌아갈 길 없는 순수함이여, 복원할 길 없는 우리들의 순진함이여.

　그리고서 '추풍령'은 우리에게서 멀어져 갔는가? 아니다. 전혀 그렇지 않다. 전혀 그렇지 않다는 것을 우리들 자신도 한참 뒤에 확인할 수 있었다. 그러니까 정확히 말하면 이 땅에 노래방이라는 것이 생기면서 우리는 '추풍령'이 여전히 우리 곁에 있음을 확인하였다. 영화 '추풍령'은 일찍부터 주제가 '추풍령'을 동반하고 있었다. 우리들 가슴 속에는 진작에 그러하였다.

　그로부터 상당히 긴 세월을 지나왔다. 오늘도 비 추적거리는 어느 도회지 객지의 뒷골목 노래방에서 '추풍령'을 부른다. 누가 알리, 이 노래의 주인공 같은 심사를 우리가 지니고 있음을. 누가 눈치챌 수 있으리 우리들 소년기 그 산뜻한 감수성이 진하게 묻어 있는 추억의 노래라는 것을.

학교에서 들었던 중계방송

희미한 기억이지만 사라지지 않는 기억 하나가 있다. 소니 리스턴과 캐시어스 클레이의 세계 헤비급 권투 챔피언전 기억이 바로 그것이다. 마치 직접 본 듯이 선연한 기억이다. 그 경기의 라디오 중계를 학교에서 들었기 때문이다. 1963년 초여름으로 기억된다. 1963년 2월 25일에 이 두 사람이 세계 헤비급 챔피언 결정전을 하여 캐시어스 클레이가 이겼는데, 소니 리스턴의 재도전 리턴 매치가 그해 초여름 경에 있었던 것 같다.

아시다시피 캐시어스 클레이는 불세출의 권투 영웅 무하마드 알리의 본명이다. 사람들은 무서운 맷집과 체력으로 가난하고 어두웠던 성장기를 감옥에서 분노의 세월로 보내며 출세를 향해 절치부심했다는 소니 리스턴의 승리를 예상했다. 자신들의 가난과 서러움이 그런 동정을 가능하게 했을까. 그러나 라디오 중계방송의 결과는 클레이의 KO승이었다. 한 세대를 풍미한 클레이의 유행어 "나비처럼 날아가서 벌처럼 쏜다"는 말은 그때 생겨난 말이었다. 지구촌 변방의 우리는 클레이의 경쾌한 '아웃복싱'을 청각으로만 상상하며 매료되었다.

학교에서 들었던 중계방송의 기억은 그 후에도 계속된다. 멕시코 올림픽 농구 예선에서 문현장 선수가 경기 종료 1분여를 남기고 프리드 로우에 실패하여 분루를 삼키던 장면을 학교에서 라디오 중계방송으로 들으며 우리는 탄성과 한숨을 교차시켰다. 우리 학교 축구팀이 전국체육대회 경북 대표로 나아가 선전하는 장면을 온 교정에 중계방송한 적도 있었다. 작년 월드컵 응원을 만방에 과시했던 것에 절대로 못지않았다. 정말 우리들 심정은 그랬다.

그 중계방송을 해 주던 학교 방송실을 아시는지요. 붉은 벽돌 본관과 중학교 2층 별관건물을 잇는 공간에 종단으로 벋은 길죽한 단층 건물이 있었다. 이것이 지어진 것이 1963년 무렵이었는데, 이 건물에는 방송실, 등사실, 양호실, 숙직실 같은 방들이 있었다. 이 건물 북쪽 오른쪽 끝 방이 방송실이었다.

우리들의 자랑스러운 모교 송설학원에서는 무슨 연유로 그 권투 경기의 중계방송을 수업도 중단하고 학생들에게 제공했을까. 선생님들의 만장일치 결의를 하셨을까. 교장 선생님이 특별 배려를 하셨을까. 교실에는 물론 스피커가 없었다. 운동장에는 라우드 스피커로 긴박한 중계방송 내용이 흘러 나왔다. 교실 학우들은 모두 귀를 쫑긋 세워서 방송 내용 듣기에 골몰했다.

스피커는 60년대의 후진성을 그대로 보여주었다. 스피커 소리는 흐르는 바람을 타고 스치듯, 잠기듯, 커졌다 작아졌다 하며 들릴 듯 말 듯 애간장을 태웠다. 지글지글하는 잡음은 그것이 만리타역의 이벤트임을 실감나게 하는 데 일조를 했다. 선생님인들 사정이 다를까. 손을 놓고 귀를 기울였다. 지금 생각하면 학교 당국의 조치는 훌륭하고도 지혜로운 조치였다. 교육이 삶의 실제와 분리될 수 없다는 현대 교육철학을 그대로 실천하는 장면이었다.

제대로 먹지 못하던 시절이라 영양실조도 많았지만, 문화결핍증 또한 적지 않던 시절이었다. 심신 모두 무언가로 더 채워지기를 원하던 때이었다. 새로운 문화적 경험에 목말라 하였지만, 그것은 늘 아득한 피안의 세계이었다. 문화적 가치가 있는 정보에는 다가갈 기회조차 없던 시절이었다. 그나마 학교라는 공간이 있었기에 세계적이면서 동시에 대중성 있는 문화적 이벤트들을 실감 있게 만나기도 하였다.

집에 라디오도 없던 시절, 그나마 우리의 문화 결핍을 채워 주던 학교 방송실의 라디오 중계를 아련히 추억한다. 이제 그 소리만 귓전으로 남고, 감회는 가슴을 시리게 저미고 간다. 이광재 아나운서의 가슴 벅찬 억양에 우리들 애국심이 물결치듯 번져 나갔었지. 아, 1960년대 자체가 우리에게는 향수의 대상임을 이제는 알겠다.

부대 이동

우리가 모교 송설학원을 입학하던 해는 1962년이다. 그 해는 6·25 사변이 일어난 지 12년 되는 해이고. 그 전쟁이 포성을 멈추고 휴전이 된 지 만 8년 7개월이 되는 시점이다. 전쟁의 상처가 이 산하에 어지러이 흩어져 있던 때이었다. 그렇다. 우리 동기생들 대부분은 1949년에서 1950년에 걸쳐 태어난, 이른바 전쟁의 소용돌이에서 태어난 6.25동이라 할 수 있다.

우리가 모교 송설학원에 입학한 1962년 3월은 5·16 군사혁명이 일어난 지 만 9개월 되는 시점이었다. 격동 현대사의 한 복판이었다. 5·16 직후 군사정부는 학교에서 매주 1시간 이상씩 '작업'이라는 과목을 운영하게 하였다. 북한 학생들의 노동 및 군사훈련 시간에 남한 학생들도 정신적으로 대비한다는 뜻이 있었다고 한다.

이 '작업' 시간은 어찌 보면 처치 곤란이었다. 군사 정부의 긴급 지시로 이루어지는 것이라 아니 할 수는 없었다. 그러나 이 작업이란 과목은 교육적 타당성도 미약했을 뿐만 아니라, 구체적인 교육 내용도 설계되어 있지 못한 실정이라. 그저 학교 내외의 이런저런 잡일을 하는 식이었다. 흥미가 있을 리 없고, 개구쟁이 학생들이 잘 호응할 리 없었다.

마음결 부드러우셨던 시조 시인, 배병창 선생님께서 이 작업 시간을 감당하셨는데, '작업'이라는 과목도 마땅치 않았겠지만, 늘 우리들 때문에 힘들어 하셨다. 야외에서 작업을 한다고 하면 더더욱 떠들고 말 안 듣는 우리들, 몇 번 회초리를 들어도 그때뿐 우리는 한결같이 소란스럽고 산만하였다.

학교 앞 국도에 나가서 풀 뽑는 작업이라도 할라치면 우리들은 더더욱 제멋대로이었다. 어지럽게 설치고 뛰어 다녔다. 이런 철딱서니들을 회초리 위력으로 국도 변에 모아 놓고 기합을 주시며, 선생님께서 하시던 말씀이 어제인 듯 선명하다.

"요 녀석들! 육이오 때 대포 소리 총 소리 듣고 시끄러운 데서 태어난 녀석들, 조용한 걸 못 참아요. 그저 소란해야지 생기가 나는 놈들."

야단인 듯 푸념인 듯 말씀하시면, 우리는 우리대로 웃고, 선생님께서도 마지못하여 웃으시곤 하셨다. 그러다가 가끔씩 미군 작전 트럭의 행렬이 길게 지나가면, 기합을 받던 대오는 금방 무너지고 구경거리를 향해 환호를 지르며 일어나 흩어졌다.

"야! 부대 이동이다."

따지고 보면 그 시절 '부대 이동'이란 전쟁의 뒷모습이다. 그런 풍경 속에 우리들 소년기가 서 있다. 미군 차량 행렬이 30대씩 운동장 앞 국도로 이동하는 모습. 아주 훌륭한 구경거리이었다. 구경거리조차도 궁하고 모자라던 시절 아닌가. 우리는 하던 일을 멈추고, 플러타나스 늘어 선 운동장 가장 자리로 달려가서, 자연스레 횡대로 열을 지어 넋을 놓고 구경했다. 차량 행렬 뒤로 뽀얗게 일어나는 신작로 먼지도 신비스러웠고, 탈황되지 않은 자동차 배기가스 냄새에는 모던(modern)한 도시의 분위기가 배어 있는 것 같았다.

이런 일도 있었다. 시민대운동회 행사 준비로 우리들 전체가 운동장에서 매스 게임 단체 체조를 준비했었다. 훈련에 싫증이 잔뜩 나 있을 무렵, 정신 통일이 되어 있지 못하다고 체육 선생님께 훈계를 듣는 상황이었지, 아마.

그때 마침 우리들 등뒤에 있는 국도로 미군부대의 대규모 차량 이동이 전개되었다. 누군가가 열 가운데서 제법 큰 소리로 탄성을 발했다. "야! 부대 이동이다." 아주 자연스런 탄성이었다. 대오가 술렁이고 모두들 고개와 등을 돌려 국도 쪽을 보느라 왁자지껄 했다.

체육 선생님의 불호령이 떨어졌다.

"지금 부대이동이라고 외친 녀석, 앞으로 나와!"

그날 '부대이동'은 일벌백계의 곤욕을 치루었다. 물론 그날 이후 친구의 별명은 '부대이동'이 되었다. 부대이동, 그것은 6·25, 휴전, 5·16에 이르는 그 시대의 상징 기표로 남는다. 그 무렵 우리가 운동장에서 겪었던 부대이동의 사건 또한 1960년대가 아니면 성립할 수 없는 사건이었다. 지금은 이 모두가 통째로 그리움의 부호가 된다.

언제나 가보고 싶으면서도
가보지 못하는 산과 강과 마을,
어쩌면 무지개가 선다는 늪,
집채보다 더 큰 고래가 헤어 다닌다는 바다,
별똥이 떨어지는 어디쯤……
소년은 멀리 떠가는 연에다 수많은 꿈과 소망을 띄워 보내면서,
어느 새 인생의 희비애환과 옳고 그름을 아는 나이를 먹어 버렸다.

— 오영수, '요람기' 중에서

벌레 먹은 장미

'벌레 먹은 장미'를 아십니까. 혹시 '호박꽃 피는 밤'이라는 소설은 아시는지요?

왜 모를 리가 있겠습니까. 얼마나 흥분된 가슴을 안고 몰래 숨어서 읽었던 소설인데요. 아랫장터 뒷골목 으슥한 가판 마당에서나 헌책방 귀퉁이에 숨어서 박혀 있던 책. 이들 책에서 느꼈던 그 놀라움과 충격, 아, 그것까지도 짠하게 그립군요. 그뿐입니까. 고전적이면서도 민속적인 분위기가 감도는 '凹凸人生' 같은 책들도 있었지요.

이제 와 이 나이에 소설 내용에 새로운 관심을 가질 것이야 무어 그리 있겠습니까마는, 그 흥분 덩어리의 책을 품에 숨기고서 두근거리던 마음, 경이로운 성(性)의 세계에 발가벗겨 노출되던 충격, 내 안에 있는 형용할 수 없는 어떤 짐승의 존재를 발견하던 놀라움. 그런 추억은 제법 의미 있게 되돌아 보이는군요. 그래 그런 날이 있었지!

'벌레 먹은 장미'! 빛바랜 표지에는 춘해(春海) 방인근(方仁根)이란 저자명이 표시되어 있었지요. 1920년대 대표적 문예지 『조선문단』의 발행인, 바로 그 방인근이지요. 일찍이 전장억 선생님의 국어시간에 배워서 그 이름이 낯설지 않았지요. 재산 탕진하고 가난과 병고에 몰려 통속작가로 전락한 방인근을 우리는 '벌레 먹은 장미'에서 만나게 된 것이지요. 1960년대에 소년기를 가진, 우리 또래만이 갖는 방인근과의 시대적 인연이라고나 해야겠군요.

지금 와서 보니 그런저런 통속소설 경험도 사람의 성장에 일정한 역할을 한다는 생각이 드는군요. 물론 인생을 길고 크게 보면 그렇다는 거지요. 그 당시에는 그런 나부랭이 소설을 읽다가 들키면 영락없는 불량 학생으로 딱지가 붙었을 터이지요.

벌레니 장미니 하는 말이 나왔으니까 말이지만, 당시로서는 대단히 충격적인 성 묘사이었지요. 남녀의 몸이 섞이는 운우지락(雲雨之樂)의 장면을 틈입하여 보듯이 펼쳐 놓은 소설이었지요. 읽고서는 도대체 이 소설을 어디에 숨겨 놓아야 할지 몰라서 전전긍긍했었지요.

그러고 보니 우리들 모두가 성(性)에 눈뜨는 시기이었지 않습니까? 남녀 음양의 이치를 몸으로 느끼게 되면서 몸에 대한 호기심과 은밀한 성적 상상력으로 온통 머릿속이 혼란스러웠지요. 바로 그 때, 기묘한 성적 자극과 충동으로 우리들 감관과 호기심을 끌어당기며 다가왔던 소설이 '벌레 먹은 장미'이었다고나 할까요.

젊은 날의 이성애(異性愛)란 정체가 모호하지요. 한편으로는 고매한 감정 속에서 오로지 '순정의 깃발'로 올려지기도 하고, 다른 한편으로는 뜨거운 핏줄 속에서 '다스릴 수 없는 욕정'으로 들끓기도 하는 모순의 구조를 가지는 것 아닌지요. 그런 모순의 사춘기에 '벌레 먹은 장미'

는 어느 정도 성적 해방의 간접 탈출구 같은 역할을 했던 것일까. 아니면 그저 자기 모독의 수단에 불과했을까. 잘 모를 일입니다.

1960년대 우리들 사춘기의 성(性)에 가해 오는 대중문화적인 자극은 무엇이었던가요? 기껏 숨어서 보는 '벌레 먹은 장미'가 고작이었지요. 대중문화 자체가 단조롭고 건강했었지요. 방인근의 통속소설을 읽으면서도 성적 수치심과 성적 호기심을 균형감 있게 잘 조절했다고나 할까요. 사는 일의 다른 중요한 것들과 성이 함께 조화를 이루는 분위기이었지요.

'벌레 먹은 장미'를 두고도 요즘처럼 호들갑을 떨지는 않았지요. 우리들 스스로도 적절한 부끄러움과 적절한 호기심으로 성(性)을 함부로 하지 않았던 것 같기도 하구요.

끝 간 데 없이 까발려지는 요즘의 성 해방 문화와는 천양의 차이가 있었지요.

해방이라고 다 좋은 것이겠습니까? 알고도 모르는 척, 좀 숨기어 두는, 좀 가리어 두는 성 문화에도 그 나름의 묘미가 있지 않을는지요. 원래 우리는 '숨기듯이 드러내는 방식', 또는 '드러내면서 숨기는 방식'으로 사랑하고 미워하며 서로 소통하는 문화를 가꾸어 온 것 아니던가요. 다 말하지 않아도 알고, 다 따지지 않아도 이해하는 그런 문화 말입니다.

요즘 사이버 공간상에 떠도는 소위 변태성 짙은 '야설'이란 것에 비하면, 우리가 읽었던 그 시절 통속소설들은 제법 스토리와 플롯을 갖춘 것이었지요. 그러니까 '벌레 먹은 장미'에는 그 나름의 이야기성[敍事性]이 있다는 겁니다. 먼저 인간이 있고, 인간의 일부로 성(性)이 있음을 보여 준다는 것이지요.

포르노에 대책 없이 노출되어 있는 요즘 아이들에 비하면 우리는 아마도 축복받은 사춘기를 지낸 것이라 하고 싶군요. 요즘 성(性)과 관련된 대중문화는 극대화된 말초적 쾌락만이 클로즈 업 되어 있다는 생각이 듭니다. '인간'이 제거된 채 쾌락만이 있는 것이지요. 그것을 우리는 '변태'라고 합니다. 그런데 걱정되는 것은, 모두들 아무렇지도 않게 '변태'를 추구한다는 데에 있습니다. 우리들에 비하여 차세대들은 성적(性的)으로 더욱 행복할 수 있을까요? 공연히 그런 걱정이 드는군요.

오늘은 추억마차가 좀 이상한 곳으로 달려 간 것 같습니다.

그러나 여기쯤서 돌아보매, 우리들 사춘기의 몸과, 그 몸 안에서 작동하던 리비도(원초적 성 에너지) 자체에 대해서는 정말 아련한 그리움이 남는군요. 일종의 자기사랑이겠지요.

추억의 김천극장

'장마루촌의 이발사'라는 영화가 있었다. 1959년에 만들어진 영화이다. 당시 한창 잘나가던 20대 청춘스타 최무룡, 김지미, 조미령이 주연을 맡았다.

평화로운 장마루촌에서 사랑을 맹세하는 두 청춘 남녀. 6·25 전쟁으로 청년은 전선에서 부상을 입고, 불구의 몸으로 장마루촌에 돌아와 이발사가 된다. 그 사이 애인이 전사한 줄로만 알고 간호장교로 입대해 버린 여주인공. 얄궂은 운명의 장난으로 자꾸만 어긋나는 인연. 우여곡절 끝에 만나지만, 사랑하는 여인의 행복을 위해, 불구의 몸을 혼자 감당하며 냉정하게 돌아서는 청년. 장마루촌의 이발사. 대충 이런 내용이다. 콧등 시큰한 멜로물이다.

나는 이 영화를 아포 역전 공터의 가설극장에서 보았다. 누런 갱지의 영화 전단이 학교 담벼락에 나붙는 날 밤, 가설극장엔 학교 운동회 때보다 더 많은 사람들이 모였다. 밤이슬에 꼽꼽해진 눈으로 영화를 보다 하늘을 보면 별이 총총했다. 국산 영화 유통이 많지 않았던 때인지라, 이 영화는 그 뒤 김천극장 '문화교실'에서도 상영이 되었다.

송설학원에 입학하면서는 가끔씩 김천극장에 가서 단체관람을 하였다. 할인된 단체 입장료가 1962년도 화폐개혁 뒤의 기준으로 5원이었지 아마. 단체관람! 원래 운 좋으면 좌석이 얻어 걸리고, 그렇지 않으면 서서 관람해야 한다. 천신만고 자리를 잡았다가 선배에게 강제 양보를 당하는 것은 '하소연할 데 없는 비극'이었다.

그래도 김천극장 가는 날은 야릇한 흥분이 일었다. 아침부터 일이 손에 잘 잡히지 않았다. 이미 마음은 '감동하기로 작정한' 상태이었다.

김천극장! 아카데미극장! 그 앞에 서면, 보고 싶은 유혹의 영화도 많았다. 입구의 포스트나 사진만 들여다보아도 상상과 동경의 세계는 자극되었다. 남녀 배우들이 연출하는 사랑과 액션에 한껏 매력을 느끼기도 하며, 영화를 통해서 타자(他者)들의 인생의 창을 기웃거렸다. 그 창으로 들어가면 어디론가 길게 펼쳐져 있을 것 같은 별천지가 한도 끝도 없이 있을 것 같았다. 이런저런 인생의 욕구는 대충 극장 언저리에서 먼저 학습하였다고나 할까.

당시 영화보기는 대단히 이색적인 경험이었다. 마치 그날은 나의 다른 일상이 모두 증발해 버리는 듯했다. 또 영화의 플롯에 익숙하지 않았으므로, 영화를 보고도 스토리를 제대로 챙기지 못하기도 했다. 사실, 활동사진의 움직임 그 자체만으로 재미에 쏘옥 빠져들기 십상이었다. 스토리와 관계없이, 키스 신 하나 제대로 본 것만으로도 본전은 건졌다고 생각했다.

1964년쯤에는 아카데미 극장도 생겼다. 송설학당 다니는 동안, 친구들과 서로의 땀냄새 함께 나누며, 단체로 본 영화들. 이제 그들을 추억의 주마등처럼 열병하듯 둘러 세워 보자.

'두고 온 산하', '두만강아 잘 있거라', '마부', '돌아오지 않는 해병', '현해탄은 알고 있다', '비운의 왕비 달기', '저 하늘에도 슬픔이', '또순이', '빨간 마후라', '5인의 해병', '의사 안중근', '연산군', '유정', '스파르타카스', '벤허', '십계', '왕중왕', '소령 강재구', '피리 불던 모녀고개', '사상최대의 작전', '용문의 결투' 등등 정말 두서도 없이 떠오른다.

이 영화들이 오늘 우리에게 어떤 추억의 이름표가 되어 우리의 과거를 호명하는가.

돈이 궁하던 시절이다. 단체관람 때마다 매번 극장엘 갈 수는 없었다. 관람 다음날 교실에서는 어제 본 영화의 액션과 대사와 표정들이 재기발랄한 친구들에 의해서 어김없이 재현된다. 그저 그걸로 못 본 영화에 대한 아쉬움을 달래고…….

그런 걸 생각하면 우리의 1960년대는 조금은 서럽고, 언제나 노르스름한 허기 기운이 따라붙는 듯했다. 그걸 이렇게 멀리서 바라다보니 비로소 아름다움 비슷한 것으로 재생된다.

순정의 시대이었다. 선량한 주인공이 마침내 악당을 물리치면 극장 안은 박수의 물결이 흔들고 지나갔다. 반공의 시대였다. '5인의 해병'이 '괴뢰군'을 물리치면 또한 박수가 만장했다. 그것은 대체로 권선징악의 해피엔드를 암시하는 대목이고, 그러면 곧 영화는 끝났다.

남녀 주인공이 서로 은근한 눈길이라도 주며 '애정질'이라도 하는 장면이 나오면, 손가락을 입에 물고 요란한 휘파람 소리를 내었다. 야유인 듯 부러움인 듯, 나도 알 것은 다 안다는, 항변 비슷한 복합의 감정을 표출하곤 했다. 그래야 제법 영화 보는 극장 분위기 같았다.

낡고 낡아서 비 오는 듯 선이 죽죽 그어진 필름, 긁히고 긁혀서 벌레가 파먹은 듯한 오디오 소리, 과열 영사기 때문에 상영 중에도 화면이 누렇게 번지듯 타들어가던 필름. 그 구차스러움을 이제는 다 용서하고도 남겠네. 아니, 그 구차스러움의 풍경이 왜 이리 정겨운지.

그런데, 그때 그 김천극장은 정녕 어디로 갔는가.
모든 것이 무상(無常)하여 오늘 우리의 추억마차는 좀 호젓하고 외롭다.

토끼몰이 사냥

쌓인 눈 속에 매화가 움트고, 얼음이 풀리는 우수(雨水) 무렵이면 학교에서는 토끼몰이 사냥을 갔다. 전교생이 아침부터 신음동 뒷산(지금의 김천시청 청사 뒷산)으로 집결했다. 학교로 등교하지 않고 산으로 토끼몰이를 나간다는 것 자체가 신명을 불러 오는 일이었다.

그때 신음동은 한촌(寒村)의 모습이었다. 직지천 너머 산자락 아래 경북선 철로를 한가로이 끼고 있는 마을이었다. 지금은 화려한 신시가지의 중심이 되었다. '상전(桑田)이 벽해(碧海)된다.'는 옛말이 새삼 되뇌어진다. 그러나 우리 또래 송설인들에게 신음동은 '토끼몰이 사냥'이라는 추억의 키워드로 떠오른다.

사냥 본부는 상주 나들이 길목과 직지천이 만나는 제방 둑 위에 설치된다. 학교 당국이 트럭으로 싣고 온 여러 개의 큰 가마솥들이 방천 둑 위에 가설되고, 사냥에 참가하는 학생들에게 제공될 국밥을 준비한다. 이것만으로도 토끼몰이 사냥은 충분히 카니발의 분위기를 자아낸다. 통제하는 선생님들도 오늘따라 한결 너그럽고 유쾌하시다.

토끼몰이 사냥이야말로 공동체적인 작업의 전형이다. 당연히 team

spirit(단체정신)이 강조된다. 학년별 반별로 집결된 학생들에게는 오늘 토끼몰이 사냥의 기본 작전 계획이 하달된다. 사냥의 성과를 강조하고 토끼몰이를 하는 동안의 긴장과 반별 상호협응을 당부하지만 그것 때문에 스트레스를 느끼는 사람은 없다. 분위기는 '해방감'으로 충일하다.

산으로 투입되는 행렬과 대오들이 신음동 들판에 정연하게 산개된다. 멀리서 보면 나름대로 장관이다. 직지천 제방 위에는 우리들이 타고 온 자전거들로 장사진을 이룬다. 때가 2월 중순 경이라 막 졸업을 한 고3과 중3은 없지만, 그래도 넉넉잡아 1,000여명이 넘는 학생들이 산을 둘러싸는 것이다.

대보름 달불로 그을린 논두렁과 밭둔덕을 지나면 금방 경사진 능선으로 이어진다. 이동하는 동안 쉼 없이 조잘거리며 장난이 이어지지만 오늘은 그걸로 무어라 할 사람은 없다. 그것은 참으로 유쾌한 심사와 자연스러운 자유를 보여주는 증거일 뿐.

반별로 정해진 위치에 도달하면 금방 지휘 메시지들이 어지럽게 나돈다. 어느새 토끼몰이 사냥은 시작된 것이다. 토끼를 보고서 몬다기보다는 좌우로 전해지는 지휘 메시지에 따라 정신없이 대오를 재촉한다. 도대체 토끼는 어디에 있는가. 그런 생각을 하면서.

총을 든 포수는 사냥 표적을 직접 확인하고 추적하여 마침내 표적을 손수 획득한다. 이를테면 사냥에 대한 총체적 수행을 포수 자신이 직접 하는 것이다. 그러나 몰이사냥은 참가자 개개인이 그런 직접적 사냥 수행을 전적으로 할 수가 없다. 그저 몰이집단의 극히 작은 한 부분으로서 기능을 하는 것이다. 그래서 내가 잡는 것이 아니라, 우리가 잡는 것이다. 때로는 이 사냥에서 내가 어디에 무엇을 하는지도 잘 모를 때가 있다.

그런 생각이 방심을 불러 온 탓일까. 갑자기 전방 어느 쪽에서인가 '토끼다!' 하는 비명성 전언이 스치는가 하더니, 순식간에 내 옆으로 그림자 하나가 쏜살같이 사라진다.

"어바이매로* 그걸 다 놓치나." 친구들의 원망성 지탄이 쏟아진다.

그러나 우리가 구축한 포위망이 이중 삼중이다. 도망 간 토끼는 다른 포위망을 피해 가파른 경사면을 오르내리다가 기진하여 하향 경사면 어디쯤서 마침내 누군가에게 잡히고 만다.

점심때가 약간 지날 무렵 우리는 대오를 풀고 본부가 있는 직지천 제방으로 돌아온다. 제방에는 우리가 포획한 전과물들(수십 마리의 산토끼들)이 즐비하게 놓인다. 가마솥에는 당파가 숭숭 들어 있는 고기국이 펄펄 뜨거운 김을 내며 끓고 있다. 큰 양동이에 고기국이 배달되고, 둘러 앉아 점심을 맛있고도 달게 먹는다. 여기저기 무용담과 실패담이 푸짐하게 말 반찬으로 등장한다.

*'어리숙한 바보처럼'의 김천 사투리.

사냥이란 남성성의 본질에 가장 근접해 있는 행동이다. 그것이 주는 정복과 대결의 용기는 그 나름의 교육적 자질을 지닌다. 유약해진 오늘의 청소년들에게는 의미 있다.

또한 사냥은 생명에 대한 반성적 사고를 불러 온다. 그 무렵 우리는 국어 책에서 '노루'라는 작품을 배웠다. 노루몰이 사냥에 참여하여 노루의 애처로운 죽음을 연상하는 이야기이었던가. 신음동 토끼몰이 사냥은 이런 두 개의 생각을 동시에 몰고 온다.

토끼몰이 사냥! 우리에게 호연지기(浩然之氣)를 길러주기 위한 교육적 행사이었다. 학년말 성적 처리 업무에 바쁜 선생님들에게는 그날 하루가 수업 대신 번잡한 교무일에 골몰하는 시간으로 활용되기도 했다.

지붕 달린 칠판, 시사 게시판

학교 정문에서 본관까지 이르는 등하교 길을 마음의 눈으로 따라가
보자. 그 길을 따라갔던 사람들은 기억할 것이다. 송정 오름길 우편,
도서관 앞쪽에 서 있던 '학교 게시판'을. 추억마차가 지나치듯 그러나
유심히 언급하였던 그 게시판.

지붕을 얹고 서 있던 게시판! 이미 그 게시판이 마음 속 잔상(殘像)으
로 남는 학우들도 있으리라. 비를 막기 위해 칠판 머리에 처마를 달고,
반듯한 두 다리로 버티고 서 있던 게시판. 정확한 이름을 붙이자면 '시
사 보도 게시판'이 되려나. 넓이로는 반 평도 채 안되는 그 게시판에
1960년대의 모든 메시지가 다 스쳐갔다.

'시사 게시판'은 그 무렵 우리가 세계를 받아들이던 가장 믿을만한
안테나이었다. 5대양 6대주의 세상사를 감지하고, 격변의 한국 현대
사를 쉽게 이해하도록 정리해 주던 시사 메시지들이 모두 이 칠판에서
발신되어 우리들에게 수신되었다.

이렇듯 시사 게시판이 우리에게 의미 있는 추억으로 남는 것은 달리
보도 매체를 구경조차 하기 어려웠기 때문이다. 텔레비전은커녕 라디

오 구경하기도 어려웠던 시절이었다. 웬만한 집안이 아니면 신문 구독은 엄두도 못 내었다. 세상 뉴스를 조리 있게 이해 못하기는 동네의 어른들도 매 한가지. 그나마 세상 돌아가는 소식을 반듯하게 정리해 주는 발신처가 바로 이 게시판이었다.

이 게시판에 단골로 자주 게시되던 뉴스는 월남이나 태국의 쿠데타 소식이었다. 군사혁명 정부 시절이어서일까. 지구촌 쿠데타 소식이 자주 실렸다. 미국과 소련의 인공위성 발사도 단골 메뉴이었다. 1962년 10월 미국과 소련의 일촉즉발 쿠바 위기를 알려 준 곳도 바로 이 칠판이었다. 어린 마음에 핵전쟁이 임박했다는 공포감에 사로잡혔던 기억도 새롭다.

1963년 11월 J.F 케네디 대통령의 암살 소식을 전해 받은 곳도 이 칠판이었다. 사건 자체가 오리무중이었는데 나는 게시판의 해설이 오리무중인 것처럼 느꼈다. '해설을 하는 선생님들은 전지(全知)하셔서 능히 꿰뚫어 알고 계시다.'는 소박한 믿음 때문이었다. 비단 나만 그러했겠는가. 1965년에 시작된 중국의 문화혁명에 대한 보도는 여러 차례에 걸쳐 학교 게시판에 보도되었다. 어린 내게는 고난도(高難度) 뉴스이었다.

그 무렵 '북괴 도발'이라는 제목으로 남북 군사 충돌 보도가 자주 등장했다. 빈번했던 군사계엄령 소식도 있었다. 1966년 겨울에는 동해에서 해군 56함이 북한에 의해서 피격 침몰되었다. 이런 뉴스는 방학이 끝나고 개학하면 학교 게시판에 다시 정리되어 올랐다. 6·25 기념일에는 '북의 남침 야욕을 잊지 말자'는 메시지가 어김없이 실렸다. 현충일에는 호국 영령을 추모하자는 메시지가 빠지지 않았다. 격세(隔世)의 느낌을 아니 가질 수 없다.

1964년 동경 올림픽, 장창선 선수가 레슬링 자유형 플라이급 은메달을 처음으로 땄을 때도, 1966년 6월 25일 김기수 선수가 주니어미들급 세계 챔피언을 한국 최초로 땄을 때도 시사 게시판은 그 신명을 바로 전해 주었다. 학우들이 몰려와서 읽던 풍경도 생각난다. 이런 뉴스는 몇 주가 지나도 지우지 않았다. 그야말로 보고 또 보았다.

정부 시책 게시도 많았다. 쥐잡기 운동에 나서자, 퇴비 증산 운동에 앞장서자, 산림녹화에 온 국민이 힘쓰자, 내핍생활(耐乏生活: 결핍을 참는 생활)을 하자, 기생충을 몰아내자, 산아제한을 하자 등등. 또 콜레라 같은 전염병이 돌면 게시판에는 즉각 계몽 소식이 올라왔다.

이런 보도들이 학교 게시판에 나돌면 후속 조치가 잇따랐다. 송충이 잡기에 나서고, 나무심기 작업에 가고, 산에 가서 풀씨를 따와서 심고, 죽은 쥐꼬리를 잘라서 가져오고, 단체로 대변 검사를 하고, 기생충 약을 일괄 복용하고, 예방주사를 맞고……. 그 때는 그랬었다.

시사게시판 쓰기에는 여러 선생님들이 수고를 하셨다. 어쩌다 일찍 등교를 하다 보면, 온갖 색깔 분필을 쥐고, 게시판에 무언가를 쓰고 계시던 선생님을 뵐 수 있었다. 역사를 가르치시던 김건묵 선생님, 이광조 선생님, 도덕을 가르치시던 김영수선생님, 부드러운 지성적 매력의 김유해 선생님, 이 분들이 반 평짜리 게시판으로 우리에게 세상을 전해 주셨다.

나는 그분들의 단정한 분필 글씨를 지금도 아름답게 기억한다. 공들여 쓰신 육필(肉筆)에서 느끼는 인간적 정취도 소중하고, 백묵 글씨의 아름다움이 무엇인지를 육감으로 느끼게 해 준다. 워드나 태그로 쓴 글씨와는 격이 다르다. 정성인들 오죽했는가. 지명은 빨간 분필로, 인명은 노란 분필로 정성을 다해서 써 주셨다. 생소한 개념에는 괄호 속에 요령 있는 설명을 적절하게 넣어 주셨다.

게시판 옆 송정 올라가는 언덕길은 수목이 늘 푸르렀다. 수목의 푸른 그늘이 늘 드리워 주었다. 봄에는 게시판 옆 섶으로 개나리꽃 덤불이 좋았고, 여름에는 플라타너스가 지어주는 녹음이 좋았다. 가을에는 세상 소식조차도 낙엽들에 묻히는 듯했다.

이제는 인터넷 안에서 초단위로 지구촌 소식을 주고받는 세상이다. 옛날의 게시판도 사라진 지 오래이다. 사라진 것들은 애잔하여도, 감회로 남아서 안으로 아름답다.

그 마을 가는 길 입구에 들면
　싸리나무 잎새 걸러진 하얀 바람
　사그랑대며 온몸에 감겨 오지.

아직도
그 마을 가는 길 입구엔
신작로길 이어진 미루나무며
방천둑 흐드러진 임자 없는 산딸기
지독히 울어대는 매미소리 여전하지.

　－ 박천호, '그 마을 가는 길' 중에서

청소의 굴레, 청소의 추억

대학에 들어 온 학생들에게 물어 보았다. 대학생이 되었다는 사실을 가장 확실하게 실감하게 하는 것이 무엇이냐? 기발한 대답들이 나왔다. 그 중 하나가 '수업 끝나고 청소하지 않아도 된다.'는 것이었다. 옛날을 되돌아보게 하며 공감을 일으키는 대답이었다.

수업에서 해방되어 집으로 가는 즐거움을 누리려는 마지막 단계에서, 그 즐거움을 찍어 누르듯 요구되는 작업, 그것이 청소이었다. 그러니까 우리들 의식 속에 남아있는 청소는, '해방의 반대'이고, '자유의 반대'이고, '즐거움의 반대'이었다. 더구나 딱히 내 방도 아니고, 내 집 마당도 아닌, 이 넓은 운동장이며 교실 따위를 청소한다는 것은 따분하고 힘 빠지는 일이었다. 하긴 하는데, 오로지 집에 빨리 가기 위해서 하는 청소가 있을 뿐이었다.

동문 제위께서는 본관 중앙 꼭대기에 써 붙인 모교의 교훈을 기억하시리라. "깨끗하게 부지런하게"라는 교훈! 우리 학교는 청소와는 운명적 인연을 맺고 있는 학교인지도 모른다는 생각이 그때 들었다. 처음 중학교 들어가서 나는 이 교훈을 쳐다보며 '청소를 열심히 하는 사람'의 모습을 떠올리곤 했다. 이 모두가 청소의 추억에 시발점에 놓이는 추억들이다.

주변을 청결히 해야 한다는 만고불변의 원리는 자발적일 때만 고상한 생활 철학이 되는 것이다. 그 무렵 철부지들에게 '자발적 청소'란 게 가당하기나 했겠는가. 대충 얼렁뚱땅 하거나, 검사가 없을 것 같으면 청소 중 도망을 가거나 하는 일이 생기게 마련이다. 그래서 청소는 청소 그 자체보다도 청소 검사의 비중이 더 높아지는 양상을 보인다. 그러다 보니 청소는 학교가 규율로 권위를 작동하는 곳임을 여실히 보여주는 대표적인 사례가 된다.

추억으로 되돌아 가 보자. 학급마다 좀 다르기는 했지만, 한 학급이 보통 5개 분단 정도로 구성되었다. 각 분단별로 1주일씩 청소 당번을 맡는다. 그러니 대개 한 달에 일주일 정도는 청소 당번으로 복무해야 하는 셈이었다.

청소 구역은 크게 두 군데이었다. 하나는 우리가 사용하는 교실 그 자체이고 다른 하나는 이른바 공동구역이다. 운동장이나 교무실이나 강당이나 화장실, 온실 등 학교 공동의 공간을 학급별로 배당 받아서 청소를 하는 것이다. 공동구역 청소 배당이 눈에 잘 뜨이지 않는 운동장 끝머리라도 걸리게 되면 환호성을 질렀고, 화장실이라도 배정이 될라치면, 깊은 시름에 빠지며 팔자소관으로 돌릴 수밖에 없었다.

청소의 추억은 청소 검사로 집중된다. 주번 학생이 선생님에게 가서 '청소 완료'를 보고하면, '잘 했겠지?' 이 한 마디로 주번의 눈빛 보며 청소를 믿어 주시는 때가 많지만, 기어이 청소 현장을 확인하고 불합격 판정을 내리는 때도 적지 않다. 주번의 표정 연기가 중요하다. 다시 해서 재검사를 받아야 하는데, 힘이 빠지는 것은 어쩔 수가 없다.

청소 당번 모두가 중간에 사라지는 경우도 있다. 누가 애초부터 그럴 생각이었겠는가. 한 녀석 두 녀석 사라지는 걸 보며, 혼자만 남는 듯한 분위기가 왠지 어색하여 슬며시 나와 버리게 된다. 청소 당번들 전체가 신뢰를 잃은 케이스라 징계가 엄중하다. 매는 매대로 맞고, 청소 당번을 일주일 더 연장하거나, 골치 아픈 변소 청소 담당을 피할 수 없게 된다.

청소는 청소 그 자체의 가치에 충실해야 하는데, 다른 잘못을 한 벌을 청소로 치루게 하는 경우가 많다. 개구쟁이들의 업보이다. 청소의 굴레는 청소하다 발생하는 예기치 못한 사고들로 더욱 질곡으로 빠진다. 먼지를 털다 유리창을 깨는 낭패는 작은 사고이지만 참담하다. 그 무렵의 유리창은 왜 그리도 얇던지. 책상을 밀다 책상 위의 실험 기구를 망가뜨린다든지 하는 경우는 꾸중은 꾸중대로 변상은 변상대로 이중의 고통에 시달린다.

청소 자체는 구속이지만, 청소 시간 안으로 들어오면 그 안에서는 누구의 구속도 받지 아니하는 자유로운 장난의 시간이다. 청소는 엉거주춤 밀쳐 두고 구슬치기도 하고, 가져 온 작은 고무 공으로 미니 축구를 하기도 하고, 무언가 주은 물건을 서로 차지하려고 쫓고 쫓기고, 밀고 밀리고 그런 장난들이 잠시도 쉬지 않고 이루어지는 시간이 청소 시간이다. 각자의 인간성들이 적나라(赤裸裸)하게 발현되는 시간이 곧 청소의 시간이기도 하다. 그런데 그 적나라의 시간들을 우리가 공유함으로 해서, 서로 마음을 주는 우정을 쌓게 되는 것이다.

청소하다가 싸움 벌어지는 일이 많았다. 중학교 처음 들어와서는 이른바 서로의 힘을 겨루게 되는 경우가 많았는데, 그것이 주로 청소 시간의 사소한 시비들을 발단으로 본격적인 몸싸움으로 확장되는 것이다. 이런 싸움들을 여러 차례 겪어 내면서 힘의 위계질서가 서고, 서열이 정해지는 구도를 형성하는 것이다. 그러나 청소하다 벌어지는 싸움은 정말 청소처럼 시시한 싸움이 되기가 일수이었다. 그것은 아마도 그 시절 그런 청소가 일종의 스트레스를 달고 다니게 하는 데서 연유되었던 것 아닐까 하는 생각도 해 보게 된다.

그 무렵에는 청소 도구를 만들어 갔다. 떨어진 러닝셔츠 자락으로 걸레 한 장씩을 만들어 제출하기도 하고, 대나무 잔가지나 싸릿대로 마당 쓰는 빗자루를 만들어 가기도 하였다. 순박했다. 군말 없이 공동체를 먼저 생각하는 마음들이 있었다. 그 때 우리는 삶의 경험이 어른스러웠다. 학교 청소란 집에서의 농사 노동에 비하면 장난이었기 때문이다.

지난 시월, 서울 동기생들이 모여 정재만 동기의 '다미소'에서 조출한 소주 잔치가 있었다. 날씨가 제법 쌀쌀했지만 50여 명의 친구들이 따사로운 우정의 마음으로 모였다. 술과 안주가 돌고 찌개와 국과 밥이 입맛을 돋우었다. 어지러운 연회 어두운 뒷자리 마당을 오래도록 열심히 청소하던 나병태, 석영완, 한동수 친구의 모습이 오버 랩 된다. 아름다운 모습이었다. '청소의 철학'을 습득한 사람들처럼 보였다.

책보와 가방 사이

1960년에 나온 영화 '가방을 든 여인(La Ragazza Con La Valigia)'은 영화로도 유명하지만, 영화의 주제 음악으로 더 잘 알려져 있다. 파우스토 파페티(Fausto Papetti)의 색소폰 연주곡으로 우리에게는 익숙하다. 1970년대 텔레비전 CF에서 구두제품이나 양복제품을 광고 선전할 때면 배경 음악으로 자주 등장하던 바로 그 음악이다.

고등학교 졸업하고 역전 다방이나 아카데미 극장 맞은편의 다방(다방 이름이 뭐였더라)에 앉아 있노라면, 간간이 이미자의 '동백아가씨'나 '새벽길' 같은 노래의 틈새로 어울리지 않게 울려 퍼지곤 하던 음악이다. 유럽풍의 낭만적 격조가 매력 있게 느껴지던 노래이다.

'가방을 든 여인'을 영화로 본 사람들은 의외로 적은 듯하다. 인생의 신산(辛酸)을 겪은 농염한 연상의 여인 아이다(클라우디아 카르디날레 배역)를 연민과 연모로 다가가는 순진하고 풋풋한 청년 로렌츠오(쟈크 페랑 배역). 순수 청년 로렌츠오가 보여주는 순정이 플라토닉 사랑의 분위기를 깔고 있어서 오래 인상적 울림으로 남는 영화이다.

그 무렵의 우리는 전통적 유교 가치로 세상을 보았다. 그래서일까.

영화 속 여주인공은 속기(俗氣) 넘치고 바람기 있는 여인으로 다가온다. 로렌츠오가 이 여인에 성적으로 눈 뜨는 것을 보며, 악의 구렁텅이라도 빠지는 듯해서 염려스럽지는 않았던가. 우리들의 이런 유교적 감수성이야말로 순진하다고만 하기엔 좀 가련할 정도의 답답함도 함께 있었다.

'좋은 영화라는데…… 나만 제대로 이해하지 못했나.' 혼돈스럽게 극장 문을 나오던 기억은 없었던가. 환타지에 가까운 순결 순애보(純愛譜)만을 지고(至高)의 사랑으로 여기던 그 시절에 우리는 살았으니까. 영화가 전하려 했던 '실존주의적 각성'이라든지 '자유주의의 미학' 같은 것들이 언감생심 우리들 정서에 발붙일 염을 내기도 어려웠으리라. 당시 우리들로서는 이런 영화를 보며 서구세계와의 문화적 상대성을 인식하는 것만으로도 의미 있는 '문화적 충격'을 경험하는 셈이었다.

가방 이야기를 하고자 한 것인데, 이야기가 영화 쪽으로 나가 버렸다. 나는 이 영화에서 여주인공이 든 가방이 어떤 가방인지가 궁금했다. 상상하기로는 아주 멋스러운 가방, 그야말로 패션의 매력을 담뿍 담은 가방일 것이리라. 그러나 음반 재킷 사진에서 여주인공이 왼손에 든 가방은 그저 쇼핑백 비슷한 그물 무늬의 평범한 가방이었다.

'가방을 든 여인'을 내 상상력 안에서 연출을 해 보다가, 문득 가방과 관련된 우리들의 먼 자화상이 떠올랐다. 그렇다. '가방을 든 소년'이 떠올랐다.

우리 세대를 책보 세대라고 해야 할지, 가방세대라고 해야 할지 모르겠다. 초등학교 때까지는 책보에 책을 싸서 묶어 매고 다녔던 것 같다. 중학생이 되어 송설학원에 입학하니 가방을 들고 다녀야 하는 것이 교복을 입어야 하는 것과 같이 의무적인 규칙이 되었다. 가방을 가지게 되었다는 것만으로 가슴이 벅차오르던 입학식 전날 밤 생각도 난다.

가방에 관한 한 우리는 문화적으로 시대적으로 어중간한 중간 세대이다. 가방이란 원래 서양의 문물이다. 조선조 말 개화기에 이르기까지 우리에게 가방이란 것이 없었다. 벽안의 외국인들이나 가지고 다니는 물건이었다. 가방은 서구식 근대가 우리의 일상에 상륙함으로써 비로소 우리의 생활용품으로 들어 온, 이른바 박래품(舶來品)이다.

우리에게는 보자기가 있다. 보자기로 봇짐을 싼다. 손에 들기도 하지만, 허리에 차거나, 어깨에 둘러매거나, 머리에 이기도 한다. 먼 길 갈 때 걸머지는 조그마한 봇짐이 괴나리봇짐이다. 보자기가 가방으로 대치되면서 일상의 도구들이 근대화 되는 것을 실감한다.

그러나 책보의 문화도 여전히 살아 있다. 국정감사장의 국회의원에게 정부가 감사 자료를 갖다 놓을 때, 책보에 싸서 정중하게 가져다 놓는다. 가방에 넣어서 가져오지는 않는다.

중학생 시절 우리들 가방은 병사들의 배낭처럼 일사불란하다. 그러나 그 가방에 각양각색의 연출을 시도한다. 가방 끈을 군화 끈으로 바

꾸어 길게 늘여서 들고 다니는 경우는 파격적 패션이었다. 가방 겉면
에다 '고생보따리'라고 크게 써서 다니기도 했다. 학생 문화의 일종이
라고 할까. 대개는 반항성 메시지를 가방의 변형을 통해 드러내었던
것 같다.

입학의 포부나 초심의 각오도 잠깐, 가방은 이내 천덕꾸러기가 된
다. 도시락 반찬 국물이 흘러 시각적으로 후각적으로 공감각적으로 가
방을 유린했다. 잉크병은 기울어 쏟아져서 가방을 더럽혔다. 그 즈음
의 플라스틱 병뚜껑은 왜 그리도 잘 깨지고 약했던지. 잘 닳아진 청바
지처럼, 적절히 망가진 가방은 고단한 학창생활의 산전수전 경험을 보
증했다.

선생님들의 가방도 추억 속에 아롱거린다. 자전거 핸들 대에 걸고
다니시던 박병환 선생님의 큼직한 가죽 가방은 고색창연한 아우라
(aura)가 따라 다녔다. 영어를 가르치던 진원섭 선생님의 작은 손가방
은 마치 목욕 가방처럼 한 손에 잡히는 댄디(dandy) 풍의 멋이 있었다.
연세가 있으신 김이득 선생님은 오래 된 세간처럼 낡고 평범한 가방을
자전거 뒤에 챙챙 묶어 다니셨다. 도덕을 가르치던 김영수 선생님은
자주 걸어 다니셨는데 선생님 체격만큼 아담한 가방을 끼고 다니셨다.
반면 양갑석 교감선생님의 가방은 크고 두툼했다.

가방의 추억과 더불어 책보의 추억이 늘 그림자처럼 동반한다. 1965
년 1월 29일 우리는 목조 강당에서 중학교 졸업식을 하였다. 그 자리에

서 재단 이사장의 이름으로 졸업 기념품을 받았는데, 그것은 '축 졸업' 기념 문자가 새겨진 초록색 책보자기 두 장이었다. 천이 좋고 염색 상태가 좋아 그냥 보아도 좋은 책보로 보였다. 왠지 나에게는 이 책보의 추억이 강렬하다. 이 책보를 오래 간직하였다. 우리는 책보와 가방 사이를 오갔던 중간 세대임이 자명하다.

도시락의 추억

　그때는 도시락을 '벤또'라고 했다. 그때는 순수 우리말인 '도시락'이 무슨 외래어처럼 낯설었다. 일제로부터 해방이 되고 15년 남짓 세월이 지난 때이었지만, 도처에 일본말 잔재가 남아 있었다. 일본말의 잔재가 오래 남았던 것 중에 이렇게 먹는 것과 관련된 것이 많았다. 일제시대를 살아 지나온 어른들은 굳어진 일본말들을 생활에서 훌렁 털어버리지 못했다.

　우리들 도시락은 대개는 양철로 된 '벤또'이었는데, 한번 시멘트 바닥에 떨어뜨리기라도 하면 금방 우그러지고 찌그러졌다. (중1 때 우리들 교실은 마룻바닥이 아니라 그냥 시멘트 바닥에 가까운 것이었다.) 하굣길에 가방을 들고 냅다 뛰면, 빈 도시락에 젓가락 부딪치는 소리가 따갑게 요란했다.

　왠지 우그러지고 찌그러진 것은 '벤또'라고 불러야 그 이름에 값하는 것 같았다. 반듯하고 납작한 모양에 깨끗한 윤기가 도는 알루미늄 도시락이라도 가지고 온 친구가 있다면 그는 필시 부잣집 아들이었다. 그리고 그 도시락은 왠지 '벤또'라고 하기보다는 '도시락'이라고 불러주어야 할 것 같았다.

도시락의 추억에는 극과 극의 경험들이 애처롭게 걸리어 있다. 먹는 일이 사는 신명의 전부인 것처럼 느껴지던 그런 추억이 걸려 있는가 하면, 도시락 하나 싸오지 못해 생존의 빈칸을 공복(空腹)으로 채우던 추억도 걸려 있다.

비록 먹을 것이 없던 시절이었어도, 도시락을 여는 점심시간에는 가벼운 신명이 따라 붙었다. 사람 살아가는 데 먹는 일처럼 중한 일이 있을까. 그래서 먹는다는 말과 산다는 말은 늘 붙어 다닌다. '먹고살아야지', '먹고살려고 애를 쓴다.', '먹고사는 일이 중요하지.' 등등의 말이 그렇다. 먹는 일이 힘들면 사는 일은 말할 것도 없이 죽을 맛이다. 가난의 시절, 사는 맛과 죽을 맛을 다 맛보게 했던 것이 도시락 아닐까. 그래서 도시락에는 추억도 많다.

도시락에는 어머니 얼굴이 비친다. 먹고사는 고민을 끼니마다 감당해야 했던 어머니의 얼굴이 비치었다. 도시락 반찬통을 보면 집집마다 생계의 어려운 단면들이 고스란히 그리고 부끄럽게 노출되었다. 애써 책이나 손으로 가리고 도시락을 먹던 추억도 있다. 도시락이 무슨 부끄럼 통처럼 느껴졌다는 말도 이제는 이해할 수 있게 되었다.

그 당시 드물게 군침을 돌게 했던 도시락 반찬들을 말해 보자. 고급 반찬 랭킹 1위로는 단연 계란말이 반찬이었다. 계란 후라이 한 판을 도시락 밥 위에 이불처럼 덮어서 오는 경우도 부러움을 사기에 족했다. 형편이 괜찮은 집 아이들이 싸 오는 반찬으로는 두부조림이나, 오뎅볶음 같은 것이 있었다. A급에 속하는 반찬이다. 김밥은 평일 도시락에는 일종의 반란이 된다. 그건 소풍 때나 싸 오는 것이다.

평화시장 식료 잡화점에서 파는 작은 비닐봉지에 든 '튀각(미역 등의 해조류 말린 것을 기름에 튀긴 것)' 반찬도 고급 반찬에 속했다. 시내에 사는 아이들이 주로 가져오곤 했는데, 1963년 가격으로 한 봉지에 5원이었던 것으로 기억된다. 쇠고기 장조림을 별도의 작은 병에 담아 오는 경우는 부러움을 넘어서 가벼운 시샘의 대상이 될 수도 있었다. 우리의 고향은 바다로부터 먼 내륙 오지이었으므로 생선 반찬을 가져오는 경우는 거의 없었다.

촌에 사는 아이들은 가죽무침이나 가죽줄기튀김 같은 것을 별미 반찬으로 싸 왔다. 간혹 찰밥이나 조밥 등 별식을 도시락으로 가져오기도 했다. 산에서 캔 더덕이나 산나물이 반찬으로 오는 경우도 있었는데, 그 무렵엔 그런 반찬이 소중한 것인지를 몰랐다. 그뿐인가, 제 철에 제대로 난 햇마늘 종다리 같은 것을 집 된장과 함께 가져오기도 했는데, 지금 같았으면 그런 반찬만 보아도 막걸리 한 잔이 꿀꺽 생각날 것 같은 음식들이었다.

그러나 우리들 대부분의 도시락은 변화 없고 권태롭고 맛없는 반찬으로 일관하였다. 된장에 깊숙이 박아 둔 무장아찌는 일년 내내 단골 반찬이었다. 짠 데 절인 무를 먹어야 하는 인연은 군대 시절로 이어진다. 사병식당 메뉴에 어김없이 등장하던 '염장무'를 누가 잊을 수 있을까. 그 밖에도 사시사철 변함없이 등장하던 콩자반(콩장), 삭아서 시큼한 군내가 날 때까지 먹었던 김치 등도 우리들 도시락의 단골 메뉴이었다.

가을이 지나면 누구나 메뚜기 반찬을 싸 왔다. 누이들이 들에 나가서 메뚜기를 잡아 삶아 말려 다시 기름에 튀긴 메뚜기볶음이다. 당시의 우리에게는 아주 유력한 단백질 공급원이었다. 농약이 없던 들판이 있었으므로 메뚜기 반찬이 가능했었다.

그러나 무엇보다도 가장 보편적이고도 가장 삭막했던 반찬은 고추장이나 된장이었다. 다른 반찬 없이, 그냥 밥 칸에는 밥을 담고 반찬통에는 고추장(또는 된장)을 가득 담아 오는 것이다. 달리 반찬이랄 것이 없으니 홀가분하기야 하겠지마는, 이걸 반찬으로 담아주시던 어머니의 마음은 어떠했을까.

그러나 우리들 자신이 그걸 원망스럽게 탓하지 않으니 그나마 다행이다. 단순 고추장 반찬의 허접스러움을 잊기 위해서일까. 우리들의 도시락 처리는 기발했다. 고추장이 든 채로 밥 도시락을 머리 위로 열심히 흔들어 주었다. 당시 유행하던 트위스트 동작에 따라 즐겁고 신나게 흔들었다. 마치 칵테일 바에서 바텐더가 칵테일 술을 브랜드하려고 술병을 흔들어 대는 것과 같이 흔들었다. 그러는 사이 도시락은 자동 고추장 비빔밥이 되었다. 만 가지 시름을 잊고 그 누구보다도 그 무엇보다도 맛있게 먹었다. 사실 여기에 우리들 도시락의 페이소스가 있는지도 모르겠다.

도시락은 반찬 때문에 문제가 되지는 않았다. 문제는 다른 데 있었다. 점심시간도 되기 전에 미리 밥을 꺼내 먹는 것이 문제이었다. 주로 3교시 뒤에 먹고 교실이 반찬 냄새로 얼룩지면 4교시에 수업을 들어오신 선생님께 기합을 받는 경우가 많았다.

중간 체조 빼먹고 교실에서 숨어 도시락 먼저 먹다가 들키면 일종의 가중 처벌을 받았다. 몇 대 얻어맞으면 어떠랴. 무럭무럭 자라던 시절의 식성이었으니 그것도 능히 축복이라 할 만하다. 이 나이가 되어서 보니 모든 것이 사랑스럽기도 하다.

어려운 형편으로 점심 도시락을 가져오지 못하는 친구들이 간간 있었다. 사춘기 자존심이란 태산만큼 지중한 것이어서, 점심 굶는 일을 내색조차 하지 않았다. 그런 제자에게, 아무도 몰래 매점 식권을 챙겨서 배고픈 제자의 점심을 해결해 주시던 선생님도 계셨다. 그 점심을 먹고, 송설의 문을 나와, 훗날 유수한 국영기업체의 중역이 된 우리들의 친구 김종락 군은 그 은사의 사랑을 떠올릴 때면, 늘 가슴이 뜨거워진다.

요즘 학교는 개인 도시락이 사라진 지 오래이다. 학교 급식이 제도화 되어 있다. 그러니 요즘 아이들의 점심 식사 반찬이 훨씬 풍요로우리라. 그러나 감히 단언하건대, 도시락에 관한 추억에 있어서는 우리들의 도시락 추억이 그 아이들보다 훨씬 더 풍요하리라.

하늘하늘 봄바람에 꽃이 피면
다시 못 잊을 지난 그 세월
지난 세월 구름 같아 잊자 하건만
잊을 길 없는 추억의 그 봄
꽃을 잡고 불러보던 그리운 노래
불러보면 떠난 님 그리워

- 김억, '꽃을 잡고' 중에서

체육 시험에서 만났던 문제들

주마등처럼 스쳐 지나가는 그 옛날 체육 시험의 장면들을 모두 집합시켜 볼거나. 체육 시험은 실기시험 위주이었다. 하지만 필기시험의 추억도 간간 남아 있다. 마라톤 경기에서 달려야 하는 전체 거리를 묻는 문제가 더러 출제되었다.

1950년 보스턴 세계 마라톤 대회에서 1, 2, 3위를 한 한국 선수의 이름을 물어보는 문제들도 있었다. 축구의 '오프사이드'를 설명하라거나, 농구의 룰을 묻는 문제들이 선을 보였었다. 조종옥 선생님은 운동 근육을 강조하셨는데, 이두박근과 삼두박근 문제를 구술시험의 방식으로 테스트 해보시기도 했다.

중학교 체육 필기시험에서, 단골로 출제되었던 문제는 맨손체조의 순서를 쓰는 문제이었다. 1번 '팔다리 운동'에서부터 12번 '숨쉬기 운동'까지의 순서를 쓰는 것인데, 무조건 외워서 몽땅 쓰라기보다는 1번과 12번 사이의 맨손체조 운동들을 죽 널어놓고, 그 중 몇 군데를 빈 괄호로 두고 그걸 채워 써 보라는 식으로 문제가 나오곤 했다. 평상시 맨손체조를 능숙하게 눈 감고도 할 수 있으면서도 필기시험에서 이런 문제를 틀리는 친구들이 적지 않았다. 글쎄, 이를 필기시험의 맹점이라 해야 할지, 아니면 실기시험의 맹점이라 해야 할지.

체육과 관련한 시사(時事) 이슈들이 퀴즈 문제처럼 체육 필기시험에 등장하기도 했다. 1964년 동경 올림픽에서 콩나물 장사를 하는 모친 밑에서 자라 레슬링 은메달을 딴 장창선 선수 이야기이며, 1958년 동경 아시안 게임에서 마라톤 우승을 한 이창훈 선수 이야기이며, 1964년 동경 올림픽 농구 예선 멕시코와의 대전에서 자유투 두 개를 연달아 놓쳐 국민 모두에게 진한 아쉬움을 선사했던 문현장 선수 이야기 같은 것들이 그러했다.

그 당시 송설학원의 평가 체제는 어느 과목이나 중간시험 30점, 기말시험 40점, 평소점수 30점으로 해서 총 100점 만점의 체제로 점수를 내어, 통지표에 점수 표기를 하고, 총점과 석차를 나타내어 주었다. 30점 만점으로 된 평소점수는 대체로 기본점수를 20점 정도로 주고 시작하였으므로 평소점수로는 그리 심한 격차가 나지 않았다.

체육과목의 평소 점수는 체육복을 입고 오지 않은 경우 1점씩 감점되었다. 수업 중에 심한 일탈 행위를 보이다가 걸리는 경우에도 일정한 점수가 깎이었다. 그리고 우리 학교가 출전하는 시민대운동회나 각종 체육대회에 우리학교 학생으로서 단체응원에 참여하지 않는 경우도 평소 점수에서 일정한 점수를 감점하였다. 반면에 주요 체육 행사에 준비작업요원으로 차출되거나 진행요원으로 고생하게 되면 가점을 주기도 하였다.

우리가 치렀던 1962학년도 중학교 입학시험은 국가가 주관한 국가고시이었다. 아마도 중학입학시험을 국가가 나서서 국가고사로 치룬 것으로는 우리가 거의 유일무이했지 않나 싶다. 5·16 군사혁명 정부의 전체 지향의 국가주의 냄새가 물씬 나는 중학입학시험이었다고나 할까. 이 체육 시험은 전국의 중학 입학생을 대상으로 한 일종의 표준화된 체력장 테스트이었다. 실기 항목은 ① 100m 달리기 ② 턱걸이 ③ 야구공 던지기 ④ 넓이 뛰기 ⑤ 도움닫기, 멀리 뛰기 등이었다. 이것이 우리들 체육 실기시험의 원형인 셈이었다.

중학교 입학과 더불어 그 해 봄철 우리는 체육 활동의 집단성을 익힌다는 측면에서 대오를 질서 있게 움직이는 제식훈련을 익혔다. 이진택 체육선생님이 '좌향 앞으로 갓', '우향 앞으로 갓', '뒤로돌아 갓' 하는 구령을 내리면, 우리는 정신을 바짝 차리고 집단 체육의 기본 훈련을 하였는데, 이 과정에서 동작이 뻘쭘한 녀석들은 선생님의 수첩에 모두 감점 체크가 되었다. 아니 그 학기 체육시험의 일부는 그걸 실기시험으로 보았던 것 같기도 하다.

철봉과 평행봉은 송설학원을 다니는 동안 체육 실기시험의 핵심 기구이었다. 중학생 시절은 '다리 걸고 오르기와', '거꾸로 오르기'가 체육시험의 주 종목이었다. 단순히 할 수 있다는 것으로 끝나는 것이 아니라, 그 자세와 맵시와 힘의 구사가 아름답고 균형적이어야 했다. 하긴 하는데 어쩐지 폼이 엉성한 경우는 폭소가 터진다. 노력이 딱해 보이면 한번 더 시도할 수 있는 기회를 베풀어 받지만, 나은 자세가 단번에 나오지는 않는다.

철봉 실기시험은 나중에 가면 '차고 오르기'로 진화한다. 철봉대에 자연스럽게 매달려 몸을 그네 타듯 밀어 흔들다가, 갑자기 두 다리를 끌어 모아 올리는 듯 일정한 힘의 모멘트를 가하면서, 그 반동의 힘으로 살짝 몸을 뒤쳐서 철봉대 위로 올려놓는 기술이다. 부끄러운 기억이지만 나는 차고 오르기 기능을 끝끝내 습득하지 못하였다.

평행봉은 고등학교에 오면 필수적인 실기시험 도구로 등장한다. 이 무렵이면 스스로 몸만들기에 관심 가진 학우들이 있어서 굳이 체육시험을 의식하지 않고도 이미 경지에 오른 친구들이 생겨나기 마련이다. 운동장 동쪽 끝머리에 놓여 있는 평행봉 대에는 근육 만들기에 애쓰는 사람들이 언제나 모여 있었다. 그러나 이 평행봉 기능이야말로 부익부 빈익빈이었다. 높은 기량의 차고 오르기 능력을 가진 친구들이 상당수 있는가 하면, 평행봉 위에서 한번 구르는 것조차 신통치 못한 친구들이 있어서 실력의 편차는 상당히 컸다.

중3 무렵에는 줄넘기가 중요한 체육 실기시험이었다. 한번 뛰어서 그 사이 줄을 두 번 돌리기는 물론이고 세 번 돌리기까지 하는 사람들이 금방금방 늘어난다. 기량과 기능이 시험 준비하는 동안에도 죽죽 늘어나니 누가누가 더 잘 하는지 내기를 한다. 내기에 걸 물건이 달리 없으니 서로 꿀밤 먹이기 대결을 하거나, 집에 갈 때 가방 들어주기를 걸고 서로 겨루었다. 운동기능이든 지식이든 빠르게 흡수하고 익히던 젊은 시절이었다. 한껏 고생하여 겨우 익혀도 금방 잊어먹는 나이가 되고 보니, 언제 그런 시절이 있었나 싶다.

06
송정은 유정하고

그때 그 원숭이를 아십니까?

1963년 봄 무렵이던가. 학교에 원숭이가 입주했다. 본관 서무실 뒤편 양지바른 곳에 원숭이 두 마리가 살게 된 것이다. 당시로써는 쉽게 구경하기 힘든 동물이었다. 서울 창경궁의 동물원에나 가야 구경한다는 원숭이다. 동물원은커녕 서울 근처도 가 보지 못한 우리들에게는 일대 사건이었다. 재단이사장께서 교재용으로 기증하신 것이라는데, 아무튼 시골 학동(學童)으로서는 교재 이전에 대단한 구경거리를 만난 셈이다.

원숭이가 있던 서무실 뒤편은 원래는 화단 자리이었다. 아무튼 서너 평 됨직한 공간에 철망으로 삼면 벽을 만들고, 북쪽 한 면에는 잠자는 공간을 만들어 원숭이가 거할 곳을 만들어 주었다. 실물 원숭이를 본 적이 없었던 터이라, 우리는 마치 외계인을 구경하는 듯한 경이감(驚異感)으로 원숭이 울 앞에 몰려들었다.

원숭이로 인한 해프닝이 돌출했다. 워낙 소란스럽게 몰려 구경하려 덤비니, 원숭이 집 앞은 일대성시를 이루었다. 그 곳은 교무실이 있던 본관과 신관(중학교 2, 3학년 교실이 있던 2층 회색 시멘트 건물)을 잇는 통로 옆이었다. 수업에 들고 나시던 선생님들이 늘 지나다니는 곳이었다. 원숭이 울 앞 학생들의 무질서 장면을 목도하고는 학생부 선생님들이 기합을 주었다. 손들고 벌서는 학동들을, 원숭이가 잔망스레 구경하는 장면이 연출되곤 했다. 희화(戱畵) 같은 정경이었다.

그 무렵 원숭이로 인한 부작용 1위는 수업시간이 되어도 들어오지 않는 학생들이었다. 구경삼매경에 푹 빠지는 것이었다. 종아리를 맞으며 원숭이를 원망해보지만 후회에 불과할 뿐. 다음 날 복수 일념으로 꼬챙이를 가져 가 원숭이를 괴롭혀 보지만, 그 또한 고등학교 형님들의 호통 섞인 제지를 받았다. 아무튼 1960년대 시골 소년들이 겪는 느리고 지루한 일상의 한가운데를 원숭이 두 마리가 경이롭게 다가왔다.

키 작은 여우원숭이류에 가까운 녀석은 무료한 날이면 자신의 고추를 조물딱거리는 버릇이 있었다. 시도 때도 없이 고추를 만지작거려 그것을 키웠다 줄였다 하기도 했다. 민망스러운 순간들이 왜 없었겠는가. 서무실 여직원이나 여자 강사 선생님(음악을 가르치던)이 애써 외면하고 지나치기도 했다. 우리들 또한 민망스럽다는 것을 어렴풋이 느끼던 시절이었으니, 우리들이야말로 성(性)에 눈뜨기 시작했던 시절임에 틀림없었다.

한시(漢詩)에 등장하는 원숭이는 그 처연한 울음소리와 함께, 삶의 허허로움과 세상의 광막함과 존재의 외로움을 일깨우는 존재이다. 우리들 기억에 남아 있는, 그 때 그 원숭이는 지금 우리에게 무엇을 일깨우는가. 철없던 소년 시절에 대한 향수를 일깨우는가. 시간의 무상함을

다시 불러 일으켜 세우는가. 돌이켜 보니 그 시절로부터 참으로 많이
지내 왔구나.

중생은 다 하늘의 뜻으로 오고 떠난다. 작은 여우원숭이류의 수명이
그리 길지 않다 했으니 그때 그 원숭이도 진작에 죽었을 것이다. 아마
도 극락정토에 가 있을 지도 모를 일이다. 우리들과 그 시절에 맺은 사
연들이 온통 순진무구하였으므로 반드시 그러했을 것이다. 오늘 이렇
게 선명한 기억으로 되살아나는 원숭이의 추억을 어찌할거나.
여러분 그때 그 원숭이를 아십니까?

그 해 겨울

겨울은 차갑고 혹독한 계절이다. 그러나 추억 속에 있는 겨울은 그 반대이다. 누군가의 마음에 지금도 살아 있는 겨울, 그런 특정의 겨울 추억은 포근하고 따뜻한 것으로 연결되기 십상이다. 그렇다. 추억의 회로에 들어오면 모든 것이 부드럽고 따뜻하게 화해한다. 그리고 마침내 추억의 모든 잔상들이 눈물처럼 어른어른 아롱져서 세상만사가 다 나의 주관성 안에서 서로 포옹해 버린다.

1966년 그 해 겨울 우리는 특별교실 세 칸에 다다미 깔고 이른바 합숙 공부란 것을 했다. 100여 명 정도 되었던가. 그 해 겨울은 정말 눈이 많이 왔다. 한번 눈이 올 때도 많이 왔지만, 그 눈이 세상 먼지를 묻히기도 전에, 또 다시 눈이 분분히 내려 이전에 내린 눈을 순백으로 뒤덮었다. 강물에 비가 내리는 정경이 호젓하다면, 아무도 밟지 않은 미답(未踏)의 눈 위로 다시 내리는 눈은 너무 고적(孤寂)하여 마침내 슬프기까지 하다.

그 해 겨울, 우리는 그런 눈을 보았다. 어둠 깔린 모교의 운동장에서 보았다. 눈앞에 창출되는 눈세계를 온몸으로 느끼며, 우리는 눈 속에도 있고 눈 밖에도 있었다. 정밀한 어둠 속에서도 눈은 은빛 너울로 그 존재를 보여 주었다. 아무튼 그 해 겨울의 눈은 대단했다. 눈 속으로 학교 건물 전체가 지긋이 눌러 앉는 듯했다.

맞아. 합숙 교실에서 조개탄 난로를 피우면, 고드름 달린 긴 연통 굴뚝으로는 연기가 일었지. 눈 덮인 교정과 연기 나는 굴뚝 풍경은 미제 크리스마스카드에서나 볼 수 있던 환상적 정경이었다. 특별교실의 붉은 벽돌들이 그런 운치를 한껏 도와주었다.

합숙 공부는 그 자체가 이색적이었고, 우리들 스스로가 이색적 경험을 경쟁적으로 보태었다. 숟가락 하나씩을 꽁무니에 차고 추운 아침 복도를 지나 식당으로 가던 그 창밖으로도 언제나 눈은 내리고 있었다. 그 무렵에 나온, 비누곽 만한 마가린으로 밥을 비벼 먹을 때도 교정에는 눈이 쌓이고 있었다.

눈이 주는 정서적 자극 때문이었을까. 공부보다 연애편지 쓰기에 열중했다. 편지의 서두는 늘 그러했다.

"창 밖에는 지금 하염없이 눈이 내리고 있습니다."

그 때 그 수신인들은 지금 다 어디에서 하염없이 늙어갈까?

달리 목욕 시설이 없었다. 합숙 15일을 지나고, 시내 목욕 외출이 허용되었다. 목욕이야 해도 그만, 안 해도 그만. 그 무렵에는 대충 그렇게 살았다. 그보다는 '감시 체제'에서 벗어난다는 것이 야릇한 흥분을 동반했다. 목욕 외출을 이용하여 어디선가 막걸리 한 잔을 살짝 걸치고 들어 온 녀석들도 있어서, 티를 내며 흥얼거리는 바람에 단체 기합을 받았지.

야간 특공대도 있었다. 고1 교사 뒤쪽 엉성한 철조망을 뚫고 나가면 문지알 마을이었다. 가가호호 창호지 문짝마다에는 오렌지색 등불빛이 묻어 나왔다. 마을 입구 키 큰 느티나무 옆에는 마을 구판장이 있었는데, 막걸리 맛이 제법이었다. 아니, 무슨 맛을 알아서 맛이었겠는가. 금기를 깨트리는 맛이 그렇게 절묘했다는 것 아니겠는가. 공작원처럼 몰래 나갔다 들어오는 우리들을 짐짓 모르시는 척 하시던 분은 고무림 선생님이었던가.

특별 교실에 다다미 깔고 조개탄 난로 피우고, 군대 내무반처럼 칼잠을 자는, 그런 합숙 공부를 했다. 밤 12시, 소등 취침에 들고도 두런두런 잡담하던 소리들은 지금도 귓전에 있다. 선생님들도 교실에 야전 침대 놓고 함께 주무셨다. 방학 동안 함께 갇혀서, 사제동행의 봉사를 하셨다. 과묵하신 가운데 은근한 유머를 보여주시던 분은 고무림 선생님이셨다. 상황 맥락은 기억되지 않지만, 선생님의 이런 재담 한 마디는 지금도 생각난다.
"'추남호'는 똑바로 하면 '추남'이고, 거꾸로 하면 '호남'이로구나."

밤 10시 쯤이면 우리는 가끔씩 눈 덮인 운동장으로 나갔다. 눈 위에서 우리들은 목청을 가다듬어 노래를 불렀다. 최희준의 "돌아가지 않는 철새"도 부르고, 라디오 드라마 주제가인 가수 김상국의 "여기 이 사람들"도 불렀다. 눈밭으로 퍼져 흐르는 노래~ 노래~ 노래~.

정조(情調)가 제법 그럴 듯했다.

우리가 부르는 노래의 마디들은 곧바로 하늘로 퍼져 올라가 물먹은 별이 될 것 같았다. 그래서 올려 본 하늘에는 잔별들이 보석을 흩뿌리듯 초롱거렸다.

아! 진정 그 해 겨울, 우리가 부르던 노래의 음표들은 어디로 흘러갔을까.

친구야, 네가 너무 바빠 하늘을 볼 수 없을 때,
나는 잠시 네 가슴에 내려 앉아
하늘 냄새를 파닥이는 작은 새가 되고 싶다.
사는 일의 무게로 네가 기쁨을 잃었을 때,
나는 잠시 너의 창가에 앉아 노랫소리로
훼방을 놓는 고운 새가 되고 싶다.
너를 향한 그리움으로 다시 짓는 나의 집은,
부서져도 행복할 것 같은 자유의 빈집이다.

- 이해인, '사랑할 땐 별이 되고' 중에서

노래가 있던 풍경

붉은 벽돌 특별교실 건물의 첫 입구에 있던 음악실은 삼면이 창으로 되어 있어서 밝았다. 제법 운치 있는 소나무 두어 그루가 음악실 동녘 창을 지키고 있었지. 그 밝은 교실에서 우리들이 지어내는 노래들 또한 밝은 음조가 되어 교정에 울려 퍼졌다.

그 때 음악실에서 울려 나오던 노래들을 기억하는지요? 슈베르트의 '세레나데' 같기도 하고, 브람스의 '자장가' 같기도 하고, 이바노비치의 '다뉴브강의 물결'? '후니쿠라 후니쿠라'? '성불사의 밤'? 아니, 이 모든 노래들이 서로 타래를 섞어 가며 울려 퍼진다.

음악실에서 울려 퍼지던 노래는 마치 안개처럼 풀려 나와서 온 교정을 휘몰아 감싼다. 안개로 풀려나온 노래의 타래들이 강당 건물을 돌아, 고1 목조 교실 건물과 그 아래 연못에 머물다가, 다시 본관 붉은 벽돌 건물로 흘러간다. 다시 신관 중학교 건물로 감돌다가, 일부는 송정 숲으로 올라가 요정들과 어울려 뮤즈의 혼령이 된다. 다른 한 타래의 노래들은 운동장으로 흘러 들어가, 뛰노는 아이들의 호흡에 보이지 않는 향훈(香薰)이 되어 주었다.

그렇게까지 몽롱하게 추억 속으로 잠수하다니. 신화적 상상력이 지나치다고 누군가 말씀하실지 모르겠다. 아무튼 이건 지금 추억에 함몰하여 바라보는 마음의 풍경이 그러하다는 것이다. 추억의 색조를 벗겨낸 그 당시 실제의 음악실 모습은 그렇게 밝고 즐거움만의 분위기는 아니었다. 아니 좀 무서웠다고 하는 것이 정확하겠다.

섬세한 감수성과 괴팍스러우실 정도로 열정적이던 음악선생님은 우리들이 박자나 음계가 틀릴 때마다 작은 막대기로 실로폰 치듯이 우리들 밤톨 같은 머리를 빠른 템포로 두들겨 주셨다. 그래서 앞줄에 앉기를 모두들 기피했다.('쟁반 노래방'의 공포를 우리는 그때 이미 겪고 있었다). 그뿐인가. 빠른 대구 사투리로 꾸중이 따라 붙었다. 죽을 맛이기도 했다.

그런데 그 '죽을 맛'이란 것이 있었기에 추억은 비로소 정금(正金)처럼 아름다워지는 것 아닐까? 추억의 힘이란 이처럼 모두를 너그럽게 녹여낸다. 추억의 힘이 있기에 오늘 '노래가 있던 풍경'이 부활하는 것이다.

그때 우리의 음악실 노래들은 제법 품격이 있었다. 못된 송아지 엉덩이에 뿔난다고. 학교에서 가르쳐 주는 노래는 팽개치고 유행가 배우기에 골몰했었지. 그래도 그때 배웠던 클래식 노래 덕분으로 지금 몰교양의 수준은 겨우 벗어나는 것 아니겠는가. 감사 있을진저.

40년 전 음악실에서 배웠던 노래 레퍼토리들을 마음에 살려 회상해 볼거나. 중학교에 들어가서 처음 배웠던 Grieg 작곡의 '봄'은 중간고사 가창 시험 곡목이기도 했다.

가곡으로는 '동무생각', '옛동산에 올라', '고향생각', '가고파', '봉숭아', '그 집 앞', '이별의 노래', '바우 고개', '희망의 나라로', '김대현의 자장가' 등이 잔잔하게 흐르듯 떠오른다.

외국노래로는 '주와니터(이별의 노래)', '라팔로마', '콜로라도의 달밤', '희망의 속삭임', '로렐라이', '보리수', '들장미', '돌아오라 소렌토', '산타루치아' 등등. 이런 노래들이 꿈결처럼 귓전을 스쳐 돌아간다.

녹음이 짙어가는 6월 하순이면 수학이나 영어를 배우는 교실까지도 음악실 합창들이 흘러 들어왔다. 노래의 정조들이 너무 아련하여 졸음에 취한 듯 노래에 취한 듯 혼곤했었다.

만추의 날에는 세레나데 한 소절이 가슴 한 켠을 허전하게 쓸고 내려갔다. '어느 학년에서 부르는 노래들일까.' 상념이 아니 따라 붙을 수 없다. '지금 나의 사랑은 어디에 있을까? 그것을 모른다는 것이 말할 수 없이 고통스럽다.' 그런 마음의 풍경이 아득히 돌아 보인다.

음악 수업이 끝나기 5분전이면 김법 선생님은 '파격의 여유'를 보였다. '맹호부대 노래'를 합창으로 부르게 했다. 월남 파병이 시작되던 무렵이었다. 선생님이 피아노 건반에 따라 힘차게 부르는 '맹호부대 노래'는 참으로 이색적이어서 묘한 흥분이 감돌았다.

송설월보(松雪月報)의 추억

무심한 세월에 떠밀려 한참을 흘러왔지만, 유정(有情)한 심회로 그 시절을 돌아보면 옛 분위기를 살려내 주는 것들이 있다. '송설월보(松雪月報)'가 그러하다. 송설학창의 지적인 분위기를 유감없이 표상해 주던 송설월보. 가히 자부심을 가져도 좋을 신문이었다. 송설월보와 같은 저널을 정례적으로 발간하는 학교가 그 무렵에는 정말로 드물었기 때문이다. 배움과 문화를 소통하는 공동체로서, 송설학원의 수준과 품격을 보여주는 신문이었다.

송설월보가 발간·배부되는 날은 무언가 유별한 날이었다. 학사력(學事曆) 상으로 중요한 날이면 어김없이 송설월보가 나왔다. 입학식, 개교기념일(5월 9일), 송설당 추모기념일(6월 16일), 방학식, 지역체육대회, 김천문화제가 열리는 가을 무렵, 졸업식 등등. 그때마다 송설월보는 마치 축하의 전단(傳單)처럼 날아와서 송설가족들의 지적·정서적 유대를 강화해 주었다. 공부, 체육, 예능, 봉사, 선행 등의 분야에서 우리들이 이룬 각종 성과들이 빼곡히 지면을 채웠다. 읽노라면 송설 정체성(正體性)이 우리들 내면에서 무럭무럭 자라났다.

1965년 1월 21일은 우리들의 중학교 졸업식 날이었다. 우리는 송설월보와 더불어 활자화된 김세영 재단이사장의 졸업 축사를 읽었다. 이사장님이 주는 졸업기념품으로 '축 졸업 중29·고13회'라는 글씨가 들어 간 초록색 보자기[책보] 한 장씩을 받았다. 졸업장과 졸업앨범과 송설월보를 그 초록색 보자기에 싸 가지고 교문을 나섰던 기억이 있다. 그러고 보면 그 시절에는 누구 하나 학교신문을 버리는 경우가 없었다. 그런 행위가 '경우에 없는 일'에 속한다는 것을 이미 깨닫고 있었다고나 할까.

각종 미디어가 지천으로 깔려 있는 지금의 젊은이들은 송설월보가 지닌 오아시스 같은 매력을 체감할 수 없으리라. 종이를 아끼고 원고를 알차게 싣기 위해 9포인트 작은 활자로 8면(또는 4면) 타블로이드판으로 발간하였다. 활판 인쇄의 그 단단한 활자들이 인쇄잉크의 마른 향과 함께 지금도 내 눈앞에서 다정하게 아른거린다.

시민 체육대회에 나간 송설 선수들의 활약상도 보도되고, 영어 암송대회의 반별 입상 성적도 나오고, 교내 웅변대회의 결과도 발표되었다. 학교 목장의 소들 소식도 함께 실리고, 수학여행 기행문도 실렸다. 문당동이나 백옥동에 모심기 노력 봉사 장면은 흑백 사진과 더불어 실렸다. 학우들의 시나 수필이 실리면 친구의 내면을 서로 엿보며 무언의 공감을 나누기도 했다. 졸업한 선배들의 성공담은 참으로 큰 감화력을 주기도 하였다.

달리 교양 매체를 접할 형편이 못되는 터이라, 선생님들이 식견을 담아 쓰시는 글은 우리에게는 훌륭한 읽을거리가 되었다. 인간과 세상을 날카롭게 통찰하여 촌철살인(寸鐵殺人)의 담론을 항상 올려주시던 박병환(朴炳桓) 선생님의 글은 늘 신선한 지적 자극제가 되었다. 선생님은 사실 송설월보를 40년 이상 돌보고 가꾸어 오신 숨은 공덕을 쌓으셨다.

농촌 근대화의 계몽의지를 일관되게 펼치시던 안갑돈 선생님의 뜻을 어린 우리들이 처음 소개 받았던 곳도 송설월보이었다. 직지사 황새 서식을 연구하여 업적을 낸 전환상(全桓相) 선생님의 과학담론은 송설월보의 소중한 기사이었고, 1960년 동아일보 신춘문예에 당선하셨던 배병창(裵秉昌) 선생님의 시조 작품을 해설 노트와 더불어 접할 수 있었던 것도 송설월보 덕분이었다. 서무실에서 일하시던 이강세 선생님(이종명 동문의 부친)의 오언절구 한시(漢詩)를 맛볼 수 있었던 것도 송설월보를 통해서이었다.

1949년 7월 15일에 창간호를 낸 송설월보는 순탄치 않은 역사를 지니고 있다. 그 후 6년제 중학교가 공립 3년제 중학교와 사립 3년제 고등학교로 나누어지면서 초기 송설월보는 사라지고, 고등학교 중심의 '金高新聞'을 1954년 9월 1일에 창간한다. 1956년 봄부터는 제호를 '月刊金高'로 바꾼다. 1957년 5월 20일자로 '月刊金高'는 중고통합으로 인해 다시 '松雪月報'로 제호를 바꾸게 된다. 그러니까 순전히 제호(題號)상으로만 보면 송설월보는 두 번 창간되는 셈이다.

송설월보(김고신문)는 동문 출신 문인들을 길러낸 공덕도 있다. 소년기에 문학적 감수성을 키우고 펼치는 공간으로서 송설월보라는 글쓰기 공간이 없었다면 그 재능과 정체성을 어디서 마련할 것인가. 돌이켜 보면, 송설월보의 행간 행간마다 우리들 성장의 나이테들이 숨쉬고 있다. 이제 이 초로(初老)의 나이로 접어드는 우리들이 다시 송설월보의 기사거리로 등장할 수는 없을까.

교문에서 본관까지

등교하는 정문과 본관 사이에는 일상으로 만나던 것들이 있었다. 너무 친숙하고 낯익어서 별 산뜻한 감흥도 주지 못하던 것들. 너무 친해서 무심했던 것. 나이가 들어야 비로소 그런 것에도 마음의 눈길이 가닿는 것일까. 교문에 대한 추억이 바로 그러하다.

교문에서 본관까지! 무수히 드나들었던 코스이다. 오늘 추억마차는 그 코스를 따라 그 시절 모교의 공간을 사랑으로 응시한다.

봄이 오는 교문에는 벚꽃과 소나무가 색조의 앙상블을 이루었다. 교문 들자마자 오른쪽으로 매점 건물이 있었다. 단정하고 조그마한 목조건물이었다. 매점 지붕 위로는 여름날 서늘한 나무들의 그늘이 내리고, 만추에는 갈색 소나무 낙엽(김천말로 갈비)이 푸근하게 쌓인다. 이즈음에서 돌아보니 매점은 찹쌀모찌와 가끼우동 국물의 미각으로 우리들에게 남는다.

교문 오른쪽 매점 주변 소나무 그늘 아래로 묵직한 입석(立石)의 기념비가 운치 있게 놓여 있었다. 이른바 송설학원 수임(受任) 다섯 이사의 기념비이다. 들며날며 묵묵히 대면하여 그 입석비(立石碑) 앞에 서면, 송설의 고매한 이상과 포부를 스스로 돌아보게 된다. 아침저녁으로 대하며 받는 무언의 분위기에도 감동의 교류가 있음을 안다.

교문을 들어서서 오른쪽으로는 1963년에 만든 세심지(洗心池) 연못이 있다. 무지개 돌다리와 더불어 아담한 풍취를 보인다. 연못으로 흘러드는 물줄기는 송정 뒷산으로부터 내리는 것이었다. 졸업 앨범 사진을 삼삼오오 찍을 때는 풍경 좋은 세심지의 무지개 돌다리를 단골 배경으로 삼았다. 실습 작업이나 풀을 베는 날에는 하교도 늦었다. 그런 날은 저무는 석양과 더불어 세심지에 낫과 호미를 씻기도 했다.

매점 건물 오른쪽으로 낮은 둔덕을 올라서면, 10여 m 아래로 땅을 파내어 잘 닦아둔 정구장 코트가 있었다. 초가을 늦은 오후쯤, 땀에 젖어 연식정구를 치시던 선생님들 모습도 떠오른다. 선생님들의 묘기나 실수가 나오면, 하교 길에 둘러서서 구경하던 학생들에게서는 탄성과 폭소가 잇달아 터져 나오기도 했다. 그 풍경이 풍속화 한 폭처럼 각인된다.

아! 그 선생님들은 어디로 가셨을까. 경기에 한창 몰입하시던 선생님들. 지금의 우리보다도 10년 내지 15년은 더 젊으셨던 시절이다. 장년 또는 청년의 선생님들. 정말 그 선생님들은 어디로 가셨을까.

검도 3단의 강도희 선생님(사회과), 지리를 가르치시던 성세경 선생님, 미술을 가르치시던 형님같던 정인화 선생님, 패션 감각이 돋보이던 멋쟁이 진원섭 선생님(영어과), 중후한 신사의 매너를 보이시던 일본 체대 출신의 김동일 선생님, 쉐도우 복싱 동작이 인상적이던 명치 대학 출신의 이홍석 선생님(상업과), 지적 매력이 돋보이던 백유현 선생님(농업과). 그 분들 모습이 정구 코트 어디에선가 불현듯 나타날 것만 같다.

이제는 그 테니스 코트조차 완전히 사라졌다. 정구장 그 자리에는 강당 겸 멀티 교육관이 들어섰다.

교문을 들어서면 기율부 선배들의 까다로운 규찰을 받는다. 그러나 여기만 통과하면 좌우 플라타너스 나무들의 사열을 받으며 학교 건물을 향하여 등교한다. 본관 건물에 이르기까지는 얼마간 밋밋한 경사가 있었다. 선생님들의 자전거는 이 코스까지도 프리 패스이었다.

기억날지 모르겠지만, 교문에서 한참 본관 쪽으로 걸어 들어오면 '학교 게시판' 하나가 있었다. 이 게시판 뒤 남쪽 공간으로 농구 코트 하나가 있었다. 맨땅에 골대 두 개가 세워진 농구장이다. 농구장 자리에는 1965년도에는 도서관 건물이 들어섰다. 이 건물은 지금 '송설역사관'이 되었다. 그 도서관 건물 이후에도 '학교 게시판'은 자리를 지켰다. 농구장 남쪽 공간으로 연못이 하나 있고, 그 연못을 지나면 바로 송정으로 오르는 언덕이 된다.

교문에서 본관 건물에 닿는 끝지점은 최송설당 여사의 동상이 있는 지점이다. 마침내 학교에 도달하였음을 인정하는 자리에서 우리는 송설당여사를 동상으로 뵙게 되는 것이다.

우리가 이렇듯 송설의 교문을 드나드는 의미를 어떻게 매김해야 할까. 모교의 교가를 지었던 정열모 선생이 일찍이 표현하였던 구절이 떠오른다.

'들며날며 학우들은 갊아 들어도
한 가지로 맘에 새긴 이상(理想)의 보람'

그렇다! 송설 교문은 송설 건아들이 세대를 넘어서 갊아 들던 바로 그 문이다. 송설 교문은 우리의 이상과 보람이 힘차게 비상(飛翔)하는 바로 그 문이다. 교문에서 본관까지 발자국마다 추억이 살고, 다시 의지가 산다.

추억마차 또한 송설의 교문에 기대어 서서 가버린 세월을 반추한다. 또한 우리가 감당하려고 했던 '큰 이상의 새로운 일'들이 어떻게 이 교문 안에서 단련되었는지를 생각해 본다.

지난 세월, 저 교문 안에 존재하면서, 우리를 길러 준 모든 것들에 대해서 한없는 존경과 감사를 보내자.

백두산 아래 남쪽 나라, 삼천리 꽃 속에 든 세계
효자 충신 선을 쌓은 집에, 장부의 몸으로 태어나서
사서삼경 육도삼략, 차례로 섭렵하여 능통하거든
이부(伊傅)와 주소(周召)를 스승으로 삼고
요순(堯舜)과 우탕(禹湯) 같은 임금을 만나
국가사업을 다 한 후에
동서양의 위인으로 꽃다운 이름 후세에 전해볼까.

- 송설당, 가사작품 '술지(述志)' 중에서

사라진 연못, 사라진 전설

연못을 추억해 보자. 연못을 추억하노라면 어딘가 로맨틱하고도 신화적인 분위기가 따라 붙는 듯하다. 왜 모든 환상적 신화의 이야기들이 자주 연못으로부터 비롯되는가. 연못이 주는 물의 상상력이 우리의 정신을 끝 간 데 없는 초월의 세계로 데려가 주기 때문 아닐까.

신화나 전설 속에서 연못[또는 못]은 인간이 현실로부터 아득한 꿈의 세계로 나아가려는 출구의 의미를 지닌다. 신령한 존재가 연못에서 용이 되어 하늘에 올랐다는 신화 이야기가 그러하다. 그런가하면 연못은 인간의 부귀영화가 엄청난 힘에 의해 무너지면서 자연으로 회귀하는 흔적의 자리가 되기도 한다. 고대광실(高臺廣室) 큰 집이 일순간에 큰 못으로 변해버렸다는 장자못 전설 이야기 등이 그런 증거물들이다.

우리가 송설 학원에 다니던 때에 우리 학교에는 모두 네 개의 연못이 있었다.

첫 번째 송정에 있던 작은 연못이다. 봄에는 벚나무 꽃잎들이 낭자하게 수면에 휘날리고, 가을엔 활엽수 잎새들이 수면 위로 우수수 지곤 했다. 연못을 둘러 선 나무며 송정 고풍스런 취백헌 자취와 어울려 운치가 있었다. 우리들은 이 연못가에서 즐겨 사진을 찍었다.

두 번째는 송정에서 막 내려와 신관 동편, 도서관(지금의 송설 역사관) 자리 남쪽에 있던 연못이다. 연못 중앙에 수양버들 두어 그루가 자라는 작은 섬이 앙증맞게 떠 있던 연못이다. 송정 실습지에서 농업 실습을 하고 내려오며 삽이며 괭이, 호미 등을 여기서 씻기도 했다. 도서관 들어서기 전에는 농구 골대가 있었는데, 공이 이 연못으로 들어가는 일이 흔했다. 얕지 않은 수심이라 늘 수초들이 건강하게 일렁거리고 있었다. 요즘도 변치 않고 그대로이다.

세 번째는 교문 들어와서 왼편으로 놓인 '세심지(洗心池)' 연못이다. 1963년에 이른바 조경의 개념을 가지고 공들여 만든 연못이다. 송정 계곡으로부터 내리는 물줄기를 교문 근처에서 가두어 흐르게 하는 역할을 하는 연못이다. 연못 입구에는 무지개 돌다리도 있고, 아름다운 꽃나무들을 둘러서게 하였다. 세심지가 준공되던 1963년 여름쯤에는 제법 성대한 준공기념식도 했다. 당시로서는 구경거리이었다. 앨범 사진의 단골 배경이 되기도 했다.

마지막 네 번째 연못은 사라진 연못이다. 이 연못은 당시 고1 건물과 특별교실 사이에 있었다. 그러니까 이 연못의 남쪽은 고1 교사(校舍)이고, 이 연못의 북쪽은 특별교실이고, 이 연못의 동쪽은 목조 강당 건물이다. 지금의 '교과 교실' 건물 서쪽 자리이다. 사라진 연못의 위치를 글로 설명하려니 부득이 장황해 진다.

고1 건물은 네 개의 교실이 동서 일자형으로 된 단층 건물인데, 연못

남쪽 높은 위치에 지어져 있었다. 1965년 고1 시절을 보내던 우리는 늘 이 연못을 대하고 살았다. 물론 중학교 1, 2학년 시절에도 이 연못을 매일 지나치며 생활했다.

고등학교 동기생들이 공부했던 고1 건물이나 중1 건물(이 건물에서는 우리 동기생들 대부분이 중1, 중2 시절 등 2년을 보냈다)은 한국 전쟁 휴전 뒤에 미군 공병대의 지원으로 지어진 건물이다. 영구 건물이라기에는 어딘가 벽이나 지붕이 얇은 인상이고, 간이 건물이라기에는 바닥과 기둥이 반듯한, 공병대식 건조물이다. 짐작컨대 이 연못도 그 무렵에 만들어진 것 아닌지?

그 연못이 있던 1965년 풍경을 찾아가 보자. 고1 여름 한나절 오후, 문득 공부가 따분할 때면 누가 접어 날려 보냈을까. 종이비행기 한 대가 유유히 교실 창으로부터 나와 연못 상공을 선회하며 낙하한다. 건너편 특별교실에서 수업하던 아이들의 눈길에 일순 종이비행기에 가 멎는다. 들킬 듯 들키지 않는 스릴이 가히 즐길만하다.

겨울 방학이 끝나고 개학하는 이월 한달은 서서히 봄이 오는 해빙기이다. 기후만 해빙기인 것이 아니라 학년 진급을 앞두고 종업식을 기다리는 학생들의 마음도 해빙기이다. 연못에는 겨우내 얼었던 두터운 얼음들이 서서히 녹는다. 녹은 얼음이 크게 몇 개의 얼음장으로 나누어지면 우리는 장난기가 동한다.

누군가 영웅심으로 연못 위 얼음 위에 올라간다. 아슬아슬 얼음장을 건어 뛰며 연못을 횡단한다. 교실에서 나와 일제히 둘러선 학우들이 박수와 환호로 그 영웅적 장난기를 고무하면 뒤질세라 또 다른 장난 영웅이 얼음을 탄다. 그러기를 몇 회 누군가가 아슬아슬 얼음 타기에 실패하여 연못에 빠진다. 환호성이 일고, 연못에 빠진 영웅은 의연함과 늠름함을 과시한다. 혈기방장하던 시절의 모습이다.

찌는 듯 더운 날에는 덤벙 연못 속에 뛰어드는 경우도 드물지만 있었다. 쫓고 쫓기고 장난이 심하던 시절, 정신없이 장난치다 연못에 빠지는 경우도 더러더러 있었다. 당사자야 곤란한 일이지만, 구경하는 학우들에게는 신나는 해프닝의 장면을 선사하는 것이다.

이 연못에 한때는 물고기를 풀어 놓기도 했었다. 연못 근처 특별교실의 생물실 담에 기대어 지은 온실이 있었는데, 온실의 식물들을 기르는 물을 이 연못이 주로 공급하였다.

그런데 이 연못은 사라졌다. 연못이 있던 자리는 흙으로 덮어지고, 낯선 건물들이 둘러섰다. 휴전 직후 미군 공병대가 지원해서 지었다는 고1 교사(校舍)도 중1 교사(校舍)도 사라졌다. 사라진 연못이나 우물은 왠지 퇴로가 차단된 추억처럼 마음을 쓸쓸하게 한다. 우리들이 만들어 내었던 신화나 우리들의 환타지마저도 다 매몰된 듯하다.

매점, 다시 가 보고 싶은 공간

매점은 협소했다. 좁지 않았다면 이렇듯 선명하게 기억이 살아나기나 했을까? 꼭 구입해야 하는 물건을 매점에서 사야 하는 날이면, 매점 문턱 판매대 앞은 밀고 밀리는 몸싸움으로 터져나가는 듯했다. 저마다 상반신을 내밀어 서로 물건을 사려고 아둥거리는 모습은, 그곳이 매점임을 알리는 익은 풍경이었다. 매점 구매대 맨 앞쪽의 아이들은 뒤쪽에서 덮치듯 올라타는 친구들 때문에 와르르 무너지곤 했다. 그런데 그게 재미있었다.

매점에서 우리는 여러 가지를 구입했다. 지금 생각하니, 그 때 우리가 구입한 것은 그냥 단순한 물건이 아니라, 모두 추억의 상징물이 되었다.

처음 입학하여 송설 뺏지를 사고, 로마 숫자로 표시된 학년 뺏지를 사고, 교복에 달 소매 단추를 사고, 모자에 붙일 모표를 사고, 모자에 두를 백선 두 줄을 샀다.

학교를 다니면서는 흰색 체육복 바지를 사고, 매스 게임에 쓸 곤봉을 사고, 잉크를 사고, 철필을 사고, 도화지를 사고, 물감을 사고, 판화 새기는 칼들을 사고, 줄넘기를 사고, 삼각자를 사고, 콤파스를 사고, 실습용 글라이더 부품들을 사기도 했다.

조금 주머니 사정이 좋으면, 가끔씩은 우리끼리 차고 노는 작은 고무공을 사기도 했다. 그걸로 농구장에서 간이 축구를 했다. 농구 골대 기둥 하단의 삼각 지지대 안으로 공을 차 넣는 변칙 축구이다. 그것들 모두 이제는 추억의 소도구들이 되었다.

아! 또 있다. 그 무렵에는 왜 그렇게 광(光)을 내는 일이 많았는지. 매점에는 광내는 약이 있었다. 우리는 매점 앞에서 모표도 닦고, 단추도 닦고, 박클도 열심히 닦았다. 닦을수록 모표는 광채가 나고, 대신 우리들 손은 시커멓게 더러워져 갔다.

오늘 우리는 녹슨 추억의 가닥들을 열심히 닦는다. 세월이라는 티끌에 섬세한 기억들이 자꾸만 가리워진다. 닦을수록 흐릿하게 저만치 물러서는 추억들. 이 나이쯤에는 또 다른 마법의 매점이 있다면 좋겠다. 정녕 녹슨 추억을 환하게 닦아내는 묘약을 파는 매점이 송정 어디쯤 있으면 좋겠다.

좁은 매점은 크게 두 공간으로 나누어 있었다. 좁은 마루 위에 상품 진열공간이 있고, 그 마루가 끝나는 곳에 높이 1m가 약간 넘는, 큰 나무 칸막이가 있어서, 상품 놓인 곳과 구매 학생들 사이를 가로막았다. 학생들은 상품에 직접 접근할 수가 없었다. 가로막이 나무 이쪽에서 학생들은 사고 싶은 물건을 요구하였다. 가로막이 너머의 주인을 통하여 비로소 물건을 전해 받을 수 있었다.

매점은 교실에서 너무나 멀었다. 어쩌다 쉬는 시간에 찹쌀떡 하나라도 사서 먹을라치면 전 속력으로 달려 떡을 입에 물고 헐떡이며 교실로 달려와야 했다. 선생님보다 늦게 들어오면 한 두 대의 매는 피할 수가 없었다. 매점 다녀오느라 늦었다는 변명은 할수록 손해라는 걸 나중에 알았다. 군것질 자체가 악덕(惡德)으로 치부되는 시절이었다. 요즘 10대들은 어떻게 이해를 할지…….

매점 뒤쪽 공간은 식당이었다. 10여 평 될까말까 한 공간이었다. 식당 삼면 벽을 따라, 우동 그릇을 놓을 수 있도록, 식탁 대를 설치해 두었다. 좁은 공간을 효과적으로 쓰기 위해서이리라. 배식구에서 가끼우동 한 그릇을 받아들고, 왜간장 한 방울에 고춧가루 한 술을 집어넣으면 그게 그렇게 맛이 있었다. 서서 우동 한 그릇을 후루룩 먹고 가도 그 맛은 으뜸이었다. 1962년 화폐개혁 전의 가격으로 한 그릇에 40환이었던가, 50환이었던가. 지금으로 치면 얼마쯤 되는 금액일까.

'가끼우동 한 그릇'은, 먹고 싶다고 쉽사리 먹을 수 있는 것이 아니었다. 용돈이란 개념조차 없던 시절, 일년 내 가야 주머니에 돈 한 푼 넣고 다니기 어려웠던 시절이니, 그야말로 특별한 이벤트가 있어야 먹을 수 있기도 했다. 입학시험 치던 추운 겨울날, 부모님이 데리고 가서 사 주셨던, 그래서 처음으로 맛보았던 매점 식당의 가끼우동 한 그릇은 영원한 맛의 추억으로 남아 있다. 요즘 강남 최고의 호텔 뷔페식당이라 한들 어찌 그만한 맛의 추억을 줄 수 있겠는가.

학용품 진열대 옆에 가지런히 놓여 있던, 하얀 참쌀떡이나, 그 옆에 고소한 냄새를 피우던 도너츠 과자는 ‘먹었던 기억’보다 ‘먹고 싶었던 기억’이 더 강렬하게 남아 있다. ‘포만의 경험’은 쉽사리 잊혀지지만 ‘먹지 못했던 경험’은 오래 남는다. 그러나 바로 그 ‘먹지 못했던 경험’의 힘 때문에, 우리는 삶의 오기를 터득했는지도 모른다. 몸을 내던지듯 이를 악물고 일하여 이만한 풍요를 이룬 사람들이 바로 우리 세대임을 어찌 모르겠는가.

매점에서 우리가 사 먹었던 것들은 모두가 맛이 있었다. 맛이란 본래 지극히 주관적인 것이다. 추억마차에서 느끼는 매점의 맛은 더욱 각별하다. 가난 속에도 성장과 우정의 추억이 그 맛 속에 어리어 있으니, 감회를 불러온다. 오늘 돌이켜 보는 학창 시절 매점의 모든 것들은 더욱 아름다운 맛으로 휘감겨 온다.

친구여! 오늘 하루쯤 그 옛날의 매점을 추억의 환상 속에서 찾아가 봄이 어떻겠는가. 그리하여 송설 모표도 하나 사고, 흰색 체육복 바지도 하나 사고, 파일로트 잉크도 하나 사고, 줄넘기도 하나 사고, 스케치북도 한 권 사고, 찹쌀떡도 사고, …사고, …사고, … 사게나.

그리고 큰 맘 먹고 가끼우동 한 그릇 주문하여, 가장 친했던 친구와 더불어 젓가락 함께 나누며, 국물 훌쩍거리며 들어 보시게나. 매점 나오는 길에 도너츠 하나씩 입에 물고 송정에 올라 “우정 만세! 송정 만세!” 이렇게 파안대소(破顔大笑) 해 보시면 어떻겠는가.

환상이지만 제법 그럴듯하지 않겠는가.

생각나세요? 들판의 대장간

농고 입구를 지나 학교 쪽으로 오다 보면 들판에 대장간이 있었어요. 허허벌판 같은 들판에 오막살이 대장간이 있었지요. 학교 가는 길에 늘 만나는 그 대장간(풀무 공장)이었지요. 그때야 참으로 무심히 지나친 대장간인데, 이제는 신화 속의 대장간처럼 요원하고 신비롭군요. '숲 속의 대장간'이라는 음악 소품을 들을 때마다, 마음에는 들판 한가운데서 숨 가쁘게 뜨거운 쇠를 풀무질 하던 '들판의 대장간'이 먼저 자리를 차지하는군요.

우리는 들판 속의 그 대장간을 들어 가 본 적도 없고, 그냥 쇠망치 소리로만 기억하지만, 여태껏 우리들 기억의 중추를 그 대장간이 이렇게 희미한 듯 강렬하게 점령하고 있는 이유는 무엇일까요? 송설학원에 입학하여 처음 등교하던 날, 그 오막살이 대장간에서 아주 빡세게 콩콩거리며 쇠를 두드리던 소리를 듣지 않았었나요? 너무 오래 된 일이어서 생각이 나지 않는다고요? 그럴 수도 있겠지요. 기억을 도와 드릴까요?

학교 가던 국도 길을 반추해 봅시다. 김천역 지나 오른쪽으로 '부흥주택' 늘어선 평화동 언덕을 지나 다녔지요. 당시로는 반듯하게 신축한 계획 주택이어서 고급스러워 보였던 집들이었지요. 왼쪽으로는 평화시장이었지요, 그 무렵 불이나기도 했고, 새로 짓기도 했던 평화시장! 과일전이나 식료품전을 지나치노라면 왜 그리도 허기가 동하던지.

조금 더 올라가면 버스 터미널이 있었지요. 비 오면 진창이 지던 그 버스 터미널 말입니다. 거기서부터는 백색 담장의 교도소 건물과 나란히 가게 되지요. 교도소 바깥 공터를 벗어나면, 멀리 황악산 이마가 어느새 와 닿지 않았던가요. 다시 길은 왼쪽으로 느린 커브를 그리지요. 그 부근 길 오른쪽으로는 이발관이 하나 있었는데, 생각나세요? 커다란 세로 간판이 인상적이던 '후창이발관'이라는 건물이 있었지요.

이렇게 왼쪽 커브를 따라 가다보면 이내 부곡교 작은 다리를 건너지요. 그때만 해도 동네 빨래터 기능을 충실히 해 내던 곳이지요. 그래도 마르지 않는 물이 고성산과 원골(속칭 엉꼴)쪽에서 흘러내리던 곳. 다리 난간 주위에는 수양버들 몇 그루가 있었던 것 같기도 하고. 다리 인근 길가에는 작달막한 함석지붕에 목조 식탁 몇 개가 놓여 있던 자장면 집들도 두 어 개 있었던 것 같고요.

부곡교를 지나면, 길은 다시 오른쪽으로 느린 커브를 그리지요. 커브의 바깥, 즉 길 오른쪽으로는 가매실 마을이 등장하지요. 그 어귀쯤에 오른쪽으로 김천농고 들어가는 길이 있었지요. 김천말로는 '농고 질나들이'이지요. 이 '농고 질나들이'를 지나면 그냥 탁 트인 들판이지요. 구읍과 봉계와 태화를 거쳐 추풍령에 이르기까지 그냥 넓게 트인 큰 들이었지요.

이 들판이 시작되는 어름에 대장간이 있었어요. 대장간 있는 데를 지나 10여 분만 더 걸으면 학교 정문에 이르게 되는, 바로 그런 지점에 대장간이 있었어요. 바로 길옆이 아니고, 국도에서 보면 약 200~300m 떨어진 들판 가운데 있는 대장간이라, 무슨 상여집처럼 신비로운 분위기가 감돌기도 했지요. 아마도 농기구들을 벼리는 대장간이었겠지요. 그러나 대장간은 작지만 단단한 느낌을 주기에 조금도 모자라지 않았지요.

혹독한 추위가 있는 날에 대장간을 지나노라면 공연히 마음이 뜨거워지기도 하고, 여름날 폭염 속 하교 길에 대장간 근처를 지나노라면, 늘어진 정신에 불끈 의욕이 북돋아지기도 했던 것 같지 않은지요? 나무 문짝이 닫힌 채 대장간에 작업이 없는 날이면, 공연히 괴괴한 분위기가 느껴져서 궁금하고 허전하기도 했던 적은 없었는지요.

글쎄요, 누가 그런 생각을 그 즈음에 얼마나 했겠습니까마는, 이제 이렇게 세월이 흘러와 추억으로 각인하는 자리에 서다보니 꼭 그런 생각을 그 무렵에 하고 다녔던 것 같은 착각을 하는 것이지요. 생각해 보세요. 아름답게 추억하려는 마음이란 것이 얼마나 고상하고 이쁜 것인지 말입니다.

세상만사 정드는 이치는 같은 것이겠지요. 송설학창에서의 그 숱한 등하교 길에서 만났던 인연이, 무심한 대장간을 이렇듯 유정한 상관물로 끌어 올린답니다.

그 옛날 대장간이 있던 자리에는 아파트가 숲을 이루었지요. 그래도 우리는 소년 시절의 풍경을 새롭게 구성하여 꿈꿀 수 있겠지요. 그 대장간의 대장장이 신이, 노을 지는 저녁마다 우리들 추억의 뇌수에, 늙어도 꿈꿀 수 있는, '정령(精靈)'들을 잔뜩 채워 주고 가기 때문이라 생각하기로 해요.

구월이 오는 소리

구월의 문턱이다. 여름방학이 끝나고 개학하는 무렵이다. 다시 열대여섯살 소년이 되어, 그 시절 구월의 시간 속으로 대입되고 싶다. 이처럼 다시 학창(學窓)이 그리운 것은, 그 학창으로 돌아갈 수 없다는 시간의 법칙을 속절없이 깨닫기 때문이다.

구월에는 왠지 마음이 순종한다. 지나 온 시간과 남은 시간들이 가진 각각의 방향과 질서들에 마음이 순종한다. 그리고 모든 애탐과 모든 감정이 시간 앞에 스스로 자명해진다. 구월은 그런 성숙을 머금게 하는 계절이다.

구월에 이르러 지금쯤 송정에 오르면, 녹음 위로 해설피 저무는 저녁의 기운이 보일 듯 사라진다. 또 그토록 무성했던 여름이 저물고 가을의 기척을 느낄 것이다. 그건 송정을 몸으로 체감하는 이들만이 알 수 있는 그리움에서 오는 것이다.

추억을 오로지 사건 중심으로만 떠올리는 사람이 있는가 하면, 추억을 분위기 중심으로 떠올리는 사람도 있다. 일반적으로 남자들이 앞의 유형이다. 사건 중심으로 추억담을 늘어놓다 보면, '맞네, 틀리네' 시비를 벌이기 일쑤이다. 여자들은 뒤의 유형에 가깝다. 우리를 위안으로 인도하는 추억은 분위기와 더불어 환기되는 추억이다.

오늘은 온통 이미지로만 구월의 추억을 환기하려 한다. 그러니까 사건도 없고 인물도 없고 행위도 없는 그런 추억 속으로 들어 가 보려 한다. 추억이란 일종의 몽환(夢幻)인지도 모른다. 우리는 구월의 송정 교정을 몽환처럼 걸어서 갈 것이다. 그리하여 40년 전의 추억의 회로를 자유로운 연상(聯想)의 이미지로 산책해 보려 한다.

구월은 우리를 여름방학에서 깨운다. 그리고 후다닥 개학의 마당으로 우리를 데려간다. 긴 여름방학 동안 학교 건물과 목조 강당 주변으로는 잡초들이 웃자랐다. 그 억센 풀들을 보는 순간 낯선 황량감(荒凉感)이 든다. 운동장에는 큰비에 잔돌과 굵은 모래들이 뭉치어 드러나 있고, 더러는 빗물에 파인 곳들이 보인다. 군데군데 키 작은 질경이들이 자라나 있었다. 화장실 지붕 기와 틈새로는 대궁 자란 풀들이 긴 여름의 시간을 웅변해 보인다.

구월은 비극의 추억도 동반하였다. 여름 방학 동안 농약을 치다 목숨을 잃는 친구의 추억은 얼마나 허망했던가, 뇌염 따위의 질병으로 일찍 우리를 떠났던 비극의 주인공들도 있었다. 이런 추억은 그냥 아쉽고 애잔하다. 그들이 가지 않았던 이 세상의 길이 어떠했을지 새삼 펼쳐져 어른거린다. 그런데 이런 추억은 어디에다 가두어 두어야 하는가.

개학날 우리는 청소를 한다. 방학 동안 우리가 비워 둔 공간, 그 공간에 녹슬듯 달라붙은 여린 쓸쓸함을 지워내기 위해 우리는 온갖 잡초를 뽑고 학교 마당을 고르고, 대청소를 한다. 개학 첫날의 대청소는 그렇게 꺼칠해진 운동장과 건물들 주변을 우리들 눈에 익숙하도록 만드는 것이었다. 우리의 손길을 다시 입혀서 그 꺼칠함을 반들반들하게 하는 것이었다.

개학날의 학교는 생소함과 친숙감이 이율배반처럼 휘감겨 오는 곳이다. 어찌 보면 개학날의 학교는 신병훈련소 입소 첫날만큼이나 생소하여 저만치 마음 안에서 달아난다. 또 어찌 보면 학교는 나를 위해 더 많은 훈련이 앞으로 놓여 있는 곳이다. 나의 숙명적 공간이 되어 내 안으로 파고들기도 한다. 문득 눈을 들어 학교며 송정이며 뒷산이며 운동장이며 수목이며 등을 바라보노라면, 이들 모두가 갑자기 '주름살도 눈에 익은 사람'처럼 다가온다.

구월의 풍경 이미지는 학교 주변으로도 번져 나간다. 학교 앞 국도로는 간간이 부대 이동하는 미군 작전 트럭 대열이 뽀오얀 먼지를 일으키며 길게 늘어져 지나갔다. 그 먼지 틈새에도 이미 꽃을 피운 초가을 코스모스들이 제멋대로 자라났다. 그 사이 도로 둑에는 아주까리 대궁들이 제법 굵어간다. 장날이면 부락별로 사고 팔 물건을 잔뜩 실은 소 달구지들이 지나간다. 중학교 건물 앞 벼논(지금의 체육관 부근 일대)에서는 벼줄기에 벼이삭이 영글기 시작한다. 곧 메뚜기 떼들이 날아들겠지. 학교 옆 문지알 마을 구판장에는 추석맞이 윷놀이 대회를 알리는 창호지 공고문이 나 붙게 될 것이다.

한더위가 물러가고 사람들이 다시 생기를 낸다. 구월 무렵이면 여름 내 보이지 않던 팔 척 장신의 실성한 사나이(사람들은 그를 '돌모리 근식이'라 불렀다)가 국도변에 나타난다. 살다가 무슨 일로 저리 정신을 놓쳤을까. 헝클어진 머리에 울긋불긋 천 조각들 휘두르고, 낡은 농구화 어지러이 신고, 팔과 다리 휘이휘이 흔들면서, 학교 앞 도로를 걸어간다.

오늘쯤은 이런 연상이 허용되어도 좋으리라. 그의 모습에서 고난의 티베트 수도승을 떠올리는 연상을 한다. 오늘은 '아름다운 슬픔'의 한 풍경으로 그의 모습을 되돌아보게 된다. 그 선량한 눈빛의 장승같던 사나이, '돌모리 근식이'! 그를 미치게 한 것은 무엇이었을까. 신의 섭리가 관장하는 운명이었을까. 아니면 시대가 가한 고통이었을까.

구월은 우리들이 성큼 자라서 변신을 재촉하는 시기이기도 했다. 방학 동안 몸이 부쩍 자라서 학교에 나왔다. 목소리도 굵어지고, 근육이 발달하고, 거뭇거뭇 수염과 체모들이 자라났다. 어느 사이 유행가 한 대목씩을 중얼거리기도 하고, 마음에 남 몰래 찍어 둔 여학생 하나가 생기기도 하였다. 그래서 송정에 올라보면 우리들 자라는 마음처럼 숲은 어느새 가을의 색조를 은밀히 준비하고, 하늘은 드높았다. 멀리 눈 아래 직지천 물길은 맑게 차가워 질 것이다. 학교 목장 옆 오리나무 숲에서는 풀 마르는 냄새가 향기로웠다.

추억을 머리에 새기는 사람은 기억력이 좋은 사람이고, 추억을 가슴에 새기는 사람은 감성이 따뜻한 사람이고, 추억을 풍성하게 잘 풀어내는 사람은 상상력이 좋은 사람이다. 추억을 이야기할 때, 늘 현장에 있었듯이 표현이 생생한 사람은, 추억의 주인공이 되고 싶은 사람이다. 추억을 소중히 하는 사람의 공통점이 있다면 무엇이겠는가. 그것은 삶을 고상하게 의미화 하려는, 자존(自尊)의 마인드를 가지고 있다는 점이다.

소박한 추억을 위하여, 추억의 세례를 위하여, 구월이 오면, 그 어느 날 해 저무는 송정에 가볼까. 홀로 은일(隱逸)하여 나의 자존(自尊)을 응시해 보면 어떻겠는가. 참으로 감사한 일이지 않겠는가.

길고도 길었던 시간들

1966년 개교 35주년 대운동회, 단체 매스 게임을 준비하던 햇볕 따가운 운동장, 부분 동작으로 연습하고 다시 연속동작으로 여러 수십 번 연습 또 연습, 해가 기울도록 하던 그 연습의 시간들은 참으로 길고도 길었다. 석양에 나무들 그림자가 길게 이울도록 연습은 길었다.

입학식이 끝나고 강당에 임시로 설치된 새 교과서 배부 장소, 책을 타려는 긴 행렬, 좀체 줄어들지 않는 그 줄 사이에서 새 책을 받기 위해 차가운 손들 겉 주머니에 비벼 넣고 한량없이 기다리던 시간들은 길고도 길었다. 줄서고 기다리는 시간들이 많았던 시절이었다.

방학식날 통지표 내어주던 종례 시간은 길고 긴 전달사항과 장황한 숙제 공지로 끝이 올 것 같지 않게 길었다. 여름방학 끝나고 개학하는 날, 운동장과 교사(校舍) 가장자리에 자란 잡초들을 뽑는 시간은 길었다. 개학날은 학교 전체의 퀴퀴한 장마의 흔적들을 내몰듯이 청소를 했는데, 그게 무한정 길고도 길게 느껴졌다. 운동장에는 장마 비에 파이고 잔모래는 씻겨 내려가고 왕모래들이 도드라져 있는데, 간간 플라타너스 바닥 뿌리 사이로 음습한 기운의 버섯들이 우리들이 부재했던 지루한 시간들을 길게 증명해 보이고 있었다.

학교에서 콜레라 예방주사를 맞는 시간은 길었다. 앞에 앞의 반에서 주사가 시작되면, 주사 놓는 간호사가 우리 반에 도달하기까지는 마음으로 헤아리는 시간이 길고도 길었다.

체육복 가져오지 못해서 운동장 한 구석에서 엎드려뻗쳐 동작으로 기합 받는 시간도 길기는 마찬가지이었다. 도난 사고가 생겨 소지품 앞으로 다 내놓고 전원 책상 위에 올라가 눈감고 대기하던 시간은 컴컴하게도 길었다. 훔친 아이가 잡혀도 길었고, 끝내 훔친 아이를 찾지 못해도 길었다. 그것은 적어도 심리적으로는 다음날까지도 오래오래 무한정 길었다.

6월 초여름, 공식 조례 절차가 끝나고도, 교실에 들지 않게 하고, 대오를 운동장에 그냥 남겨 세운 채로, 흡연 학생 단속을 위해 주머니 검사를 하고, 다시 교실에 두고 온 가방 검사를 한다. 이렇듯 특별 단속 날의 조례는 견디기 힘들 정도로 길고도 길었다. 가방 속에 꽁초 나부랭이라도 두고 온 친구들에게는 그 시간이 유독 더 길었으리라. 그래서 최종적으로 단속 대상이 되어 앞으로 불려나간 친구들의 하루는 정말 길고도 길었으리라.

송정 풍경을 수채화로 그리는 미술 시간, 도화지와 물감을 제대로 챙기지 못하고 빈손으로 온 아이들은 머리에 꿀밤 몇 대 쥐어 박히고, 준비불량자로 감점 당하며, 미술 시간 다하도록 앉아 있어야 했다. 그 시간 또한 길고도 길었다.

달리 교육 자료가 풍성치 못하던 시절, 수업 시작부터 칠판 가득 참고서 내용 따라 판서해 놓으면, 한 시간 내내 그것을 노트에 옮겨 적는 시간은 참으로 지루하고 길었다. 잉크라도 노트에 엎질러지면 온종일 짜증의 기분이 길게 이어졌다. 따분한 수업을 못 이기고, 숨어서 장난치다 딱 걸리면, 선생님은 볼따구니를 아프게 집어서 오래오래 흔들었는데, 그 시간은 참으로 엄청나게 길었다.

경부 역전 마라톤 대회라는 것이 있었다. 어느 해 늦은 가을, 경북 팀이 1위로 김천을 통과하던 때이었던가. 학교 앞 국토 연변을 일찌감치 나아가 마라톤 선수들이 역주(力走)하는 장면을 기다리던 시간은 길었다. 곧 올 듯 곧 올 듯 기다리는 시간은 기대만큼이나 길고도 길었다. 오랜 기다림에 비해 그들은 너무 빨리 지나갔다. 기다림은 길면 길수록 기다림 자체로 의미 있는 것임을 그때는 터득하지 못하였다.

음악 시험은 실기 시험이었다. 괴팍스러우신(?) 김범 선생님 앞에서 그 학기에 배운 가곡 하나를 부르는 시험인데, 내 순서에 도달하기까지 참으로 길고 긴 시간으로 느껴진다. 심리적 긴장이 길고 긴 시간의 형상으로 우리들 마음에 압력을 가해 오는 것이다.

송정 학교 숲에서 송충이잡기를 하는 시간도 길고 길었던 시간의 상위 랭킹을 차지할 만하다. 흉물스럽기 짝이 없고 쏘이면 환상적인 쓰라림을 주던 송정 송충이를 우리는 그 징그러움을 꾹꾹 눌러가며 잡았는데, 우리가 꾹꾹 눌러 잡은 것은 징그러운 송충이라기보다 그 지겹고 긴 시간이었는지도 모른다.

졸업하는 선배들을 위해 겨울 방학 중에 학교에 불려가서 하는 졸업식 예행연습이란 것도 지루하고 긴 시간의 한 장을 차지한다. 들러리 역할이 주는 따분함 때문에 예행연습은 유독 길게 느껴졌고, 그 추억마저도 길고 긴 시간의 틀에 갇혀 있다.

길고도 길었던 시간의 추억으로는, 점심도 걸러 가며 찌는 찜통 같이 더운 극장에서 단체로 관람했던 4시간 가까운 영화 관람이었다. 명화라고 말하는 '벤허'와 '사상 최대의 작전'은 영화도 길었지만 관람의 기억 자체가 길고도 긴 시간 속에 있었다.

그러나 무어라 해도 가장 길고도 길었던 시간은 이런 경우가 아닐까?

학생 입장 금지의 영화를 몰래 갔다가, 아카데미 극장 2층 계단 모서리에서 순간적으로 그러나 분명하게 조우한 학생생활지도 선생님의 얼굴, 황급히 도망쳐 나오기는 했지만, 분명 나를 알아보신 듯한 그 표정! 아 내일 학교에서 호출이 없을까. 이제 오늘 밤에서 내일에 이르기까지 참으로 길고도 긴 걱정의 시간이다. 이 긴 시간을 어떻게 감당할거나!

세상 풍조가 변하여 즐기기 좋아하는 세상이 되어 버렸다. 이런 풍조 속에서는 '길고 긴 시간을 감내하는 일' 자체를 촌스러운 작태인양

취급한다. 정말 요즘 아이들은 지루한 것을 조금도 참지 못한다. 찰나적인 자극들이 도처에 기성품처럼 대기하고 있어 심심할 틈을 주지 않는 것이다. 심심하면 불안해지는 경향도 보인다. 그래서 얼마나 행복할까.

길고 긴 시간 견디고 감당하는 것을 나는 감히 미덕이라 칭하고 싶다. 우리들 악동의 시절, '길고도 길었던 시간'들을 잘 감당해 낸 우리들이 대견스럽게 되돌아 보인다.

추억을 머리에 챙기는 사람은
기억력이 좋은 사람이고,
추억을 가슴에 새기는 사람은
감성이 따뜻한 사람이고,
추억을 풍성하게 잘 풀어내는 사람은
상상력이 좋은 사람이다.

추억을 이야기할 때,
현장에 있었듯이 표현이 생생한 사람은
추억의 주인공이 되고 싶은 사람이다.

- 박인기, 본문 중에서

소리, 지금도 들리는 소리

소리를 주목해 본 적이 있는가. 소리는 소리 날 때만 있다가 시간과 함께 이내 증발해 버린다. 현존(現存) 이외에는 그 존재를 증명할 수 없는 소리! 눈으로는 확인되지 않는 소리! 형상이 인간의 영역이라면 소리는 신의 영역이다. 위대한 신일수록 소리로서 존재한다. 이스라엘 민족을 이끌던 모세에게 시나이 산에서 십계명을 주던 모세의 신은 소리로서 현신(現身)하던 신이 아니었던가. '소리'는 신화나 전설을 구성하는 신령한 에이전트(agent)이다.

소리로서 환기되는 추억은 그 울림이 크고 오묘하다. 소리야말로 뒤를 돌아보게 하는 힘이 있다. 소리는 강물과도 같다. 작고 미미한 시원(始原)에서 시작하지만, 마침내 큰 흐름을 이루어 바다에 이르는 것이 강이듯이, 소리는 작고 희미한 추억의 근원에 놓이지만, 마침내 모든 과거의 풍정(風情)을 다 불러 온다. 사람들은 추억을 형상(모습)으로 떠올리지만 진정으로 오래 남는 추억은 소리와 더불어 우리의 감관(感官)을 지배한다. 오늘 송정으로 가는 추억마차는 그 옛날 우리를 맴돌았던 소리들을 기억하려 한다.

송설 학창의 시절을 관류하는 소리의 추억은 단연 조종옥 선생님의 휘슬(whistle) 소리이다. 일반 호각 소리가 다소 유치하고 촌스러웠다면, 선생님의 휘슬 소리는 품격 있는 카리스마와 잘 연결되었다. 부드럽고 스무드(smooth)한 소리인데도 소리가 전달되는 범위는 컸다. 선생님이 휘슬 소리는 혼돈과 질서를 일시에 분리해 내는 마법의 피리와도 같았다. 전교생의 가지런한 대오와 엄정한 기율이 그 휘슬 소리에서 형성되고 연출되었다. 그 소리는 이렇듯 강렬하게 남아 있는데, 선생님의 그 휘슬은 어디서 윤회(輪廻)를 거듭하고 있을까?

하루에도 열 번 이상 기계적으로 듣던 무덤덤한 소리이었지만, 지금은 한량없이 유정(有情)한 소리가 있다. 그것은 수업 시작과 끝을 알리던 본관 2층의 따가운 전종(電鐘) 소리이다. 사환 아저씨가 손으로 쳐서 땡땡 울리던 초등학교 종소리에 비해 전종 소리는 한결 경고적인 분위기를 조성했다. 이 전종 하나로 학교 공간 전체의 수업 신호를 날카롭게 전파했으니, 그 요란하게 때리는 소리의 강렬함이 얼마나 청각을 아프게 파고들었던가. 마치 땡볕에서 땡벌에게 쏘이는 듯한 청각의 자극을 받았다. 그러나 무서운 선생님께 고통스러운 벌이라도 받다가 수업 종료를 알리는 이 전종 소리를 들을 때는, 그 어느 소리보다 푸근했다. 실존하는 '해방'을 이처럼 명징하게 지각시키는 것이 또 있을까. 어찌 무덤덤한 일상의 기계 소리라 할 수 있겠는가.

본관 건물 중앙 정면에 〈교훈〉을 적은 큰 간판이 있었는데, 그 간판 뒤편에 본관 지붕으로 통하는 큰 구멍에 박쥐 떼가 살고 있었다. 비바람 심하게 흩뿌리던 어느 날, 교훈 간판이 흔들리는 바람에 박쥐 떼들이 놀라 튀어 나와, '찍' '찍' 소리를 내면서 퍼덕거리며 날았다. '깨끗하고 부지런하게'의 교훈 간판 뒤에서 튀어 나온 박쥐들의 울음소리는 갑자기 일상의 친숙한 것들을 망가뜨리고 마술적 분위기를 연출해 보였다. 그 때 박쥐들의 소리를 추억하노라니 '해리 포터의 마법사'처럼 온갖 환상들이 요동을 친다. 그 소리는 지금도 강렬하다.

졸음에 겨워지는 봄날 오후, 수업을 마치고 하학하는 행렬이 교문을 연이어 나서고, 송정 뒷산에는 신록이 눈부시다. 보랏빛 꿈과 봄 서정이 가득한 교정, 어디에선가 울려 퍼지는 온갖 악기들 소리! 다가오는 체육행사와 송설당 추모 제사 등을 위해 악대부(樂隊部) 학생들이 연습으로 부는 트럼펫 소리, 트럼본 소리, 간간이 끼어드는 큰 북 작은 북 소리들이다. 각자 제멋대로 연습하는 소리들이니 제대로 된 연주 소리가 아니다. 울퉁불퉁하고 불안정하기 그지없는 불협화음의 연습 버전(version)인 셈이다. 그런데도 나에게는 이 추억의 소리가 어떤 오케스트라의 말끔한 연주 소리보다도 더 정감 있게 남아 있다. 봄날 오후, 악대의 서툰 연습의 음조들은 '정감 가득한 불협화음'의 소리 추억으로 남아 있다.

겨울날 바람 모질게 센 날이면 유난 덜컹거리던 중1 가건물 교실 유리창 소리, 그 덜컹거림을 무엇이라 표현해야 할까. 시대의 헐벗음을 보여주는 것이라고나 해야 할까. 궁핍의 한복판에서 몸으로 부대끼며 살아야 했던 서러움이라고나 해야 할까. 유리창과 벽은 그저 바깥과의 경계를 위해 있을 뿐, 보온의 역할은 감당할 틈이 없었다.

추웠다. 많이 추웠다. 그래도 덜컹거리는 유리창 너머로 눈보라가 비껴 날아 창에 부딪치면 우리는 차가운 손을 호호 비비고 시러운 발을 동동 굴러가면서도 가벼운 환성을 올렸다. 감성이 아름다웠다.

유리창 추억에는 빠질 수 없는 것이 있다. 그것은 유리창 깨지는 소리와 관련된 추억이다. 아, 그 때는 왜 그리도 유리창들이 잘도 깨어졌던가. 교실마다 금이 간 유리창들도 많았었지. 창호지를 오려서 예쁜 꽃무늬 만들어서, 깨어진 유리창 금 따라 조심스레 붙여놓던 기억은 좀 슬프기도 하고, 좀 아름답기도 하다.

어쩌다 실수로 유리창을 깨면 중죄라도 짓는 느낌이었다. 그래서 유리창 깨지는 소리가 유독 무서웠다. 유리창 깨지는 소리, 그것은 대사변이라도 난 듯한 소리로 받아 들여졌다. 시대가 온통 가난했으므로 모든 재물의 파손은 엄중한 책무와 변상을 물어 왔다. 그러므로 나로 인하여 유리창이 깨지는 소리, 그것은 깊은 근심이 되기에 충분했다. 집에 가서 알리기에는 너무도 부적절한 사건이었다.

크리스마스 가까울 무렵, 어느 반 음악 수업이었을까. 수업 끝날 즈음, 음악실 모퉁이에서 안개처럼 울려 퍼지던 크리스마스 캐럴 노래소리, 그 캐럴 소리와 함께 우리들 마음에는 기약도 없는 설렘과 끝닿을 데도 없는 희망이 아무런 근거도 없이 묻어났다. 청춘의 시절인 것만으로도 얼마나 가슴은 벅차고 영혼은 아름다웠던가.

어른이 되어 도회의 휘황한 불빛 아래, 이름난 가수의 목소리로 캐럴 소리를 듣지만, 이미 그 옛날 음악시간 끝자락에서 부르며 느꼈던 캐럴의 감수성은 없었다. 그 벅차고 아름다웠던 소년의 영혼은 가고 없었다. 생각이 여기에 이르니, 소리의 추억, 더없이 애잔하다.

공유된 기억과
공동체적 발효의 향기

안청시(서울대학교 명예교수, 정치학)

나는 이 책을 쓴 박인기 교수와는 송설학원에서 몇 년 선배로 만났지만, 같은 대학을 다니며 세심학사(洗心學舍)에서 한솥밥을 먹은 인연을 포함하여, 50여년을 막역하게 지내온 사이다. 전문서적이 아닌 글을 평하거나 추천의 글을 쓰는 일은 평소 내가 해 온 분야와 거리가 없지 않지만, 저자가 이 책에서 다루는 '환(幻)'의 대상들과 관련된 많은 사실과 기억들에 나 역시 한 발을 담그고 살아왔기 때문에 이 책에 대한 소감을 적어 달라는 그의 청을 기꺼이 받아들였다.

박교수가 이 책에서 이끌어낸 기억의 소재들 중 적지 않은 사실들은 나도 같이 보고, 느끼고, 보듬어 기리고픈 기록들이다. 이 책을 보니 그야말로 나를 잠시나마 60년 전의 송정으로 되돌아가게 해 준다는 느

낌을 아니 가질 수 없다. 이 책은 원래 2003년부터 6년에 걸쳐 인터넷 공간에 연재될 때 '송정으로 가는 추억마차'라는 제목으로 사람들 사이에 읽혀졌다고 한다. 나 역시 이 책으로 들어가 보니 만감의 추억들이 와 닿는다. 나를 이렇듯 '추억마차' 옆자리로 초대해 준 박교수에게 감사드린다.

저자의 탁월한 기억력과 이야기꾼으로서의 성실성과 심미적 안목에 감탄과 찬사를 보낸다. 이 책이 나와 비슷한 시대와 같은 장소에 대한 기억을 공유하는 여러 사람들에게 널리 읽혀지기를 바라는 마음으로 발문을 쓴다.

기억의 따뜻함과 정밀함

이 책에서 박인기 교수가 언급하고 있는 수많은 사실(fact)들은 모두 그 나름의 의미를 가지는 일들이다. 따라서 이 책은 1960년대 송설의 미시역사(微視歷史, micro history)를 언급하고 있는 측면도 있다. 제도나 학제나 교육과정을 공식적으로 언급하지는 않지만, 눈에 잘 보이지 않는 학생들의 생활양식, 그리고 심리적 정서적 지향성을 이처럼 질적으로 잘 보여주기도 쉽지 않을 것이다. 동시에 시대나 사회에 투영된 풍속의 일면도 여기저기 적실하게 노출되어 있어서 글을 읽는 재미가 생긴다. 그런 층위에서 이 책은 송설학창 50년의 역사를 흥미 있게 증언해 주는 가치를 지닌다고 할 수 있겠다.

이 책을 읽으면서 우리는 '아! 맞아, 그래 그런 일이 있었지.'하고 맞장구를 치며 자신의 기억을 확인하게 된다. 저자가 송설 학창의 시간과 공간을 두루 넘나들며 세세한 기억들까지 재생시켜내고 있는 것을 보면서, 우리는 우선 저자의 뛰어난 기억력에 감탄을 금할 수 없다.

주목할 것은 저자의 기억력이 기본적으로 어떤 따뜻한 마음을 바탕으로 생성되고 있다는 점이다. 이 책에 등장하는 무수한 사건들을 재생함에 있어서 원망이나 비난이나 회한을 토로하는 대목은 거의 없다. 저자는 이 책에서 '추억의 진정한 힘은 화해를 불러 오는 데 있다.'고 말한다. 저자 자신의 세계관이나 인간관이 화해적 인식과 세계관에 기반하고 있다는 생각이 든다. 그러고 보니 내가 아는 박교수는 따뜻하고 부드러운 사람이다. 그 따뜻함에 바탕을 두는 기억으로 인하여, 이 책에 등장하는 모든 추억들은 슬프고 아팠던 것까지도 푸근하고 고마운 것으로 전이되어 재생한다.

박교수가 이 책에 실어 놓은 수많은 사실들은 단순한 팩트(fact)로서의 의미에서 그치지 않는다. 그의 글은 사건 하나를 언급하면서도 그것과 관련되는 풍성한 의미와 맥락을 모두 동원한다. 요컨대 저자는 우리가 공유한 몇 십 년 전의 학창 서사(narrative)들에 대해서 매우 적극적인 해석(解釋)을 시도하고 있다. 그 속에는 1960년대 우리 사회의 풍속과 그 시대 사람들의 삶의 맥락이 숨 쉬고 있어서, 50년 전의 송설 학창 풍경임에도 오늘 우리들 삶의 내면에 깊숙이 꿈틀거린다. 그리고 눈앞에 살아 있는 듯한 섬세한 감흥으로 부활되어 다가오는 것을 느끼노라면, 감칠맛이 풍겨난다.

시대의 정서를 포착하는 지적 통찰

〈송정의 환〉에서 저자가 담아낸 추억 담론들 속에는 1960년대의 한국사회(또는 김천사회)를 위한 증언과 변호(辯護)라는 정서적 지향이 담겨 있다. 당시 송설 학창 공간에서 겪었던 일들이 심층적으로는 어떤 사회문화적 맥락에 닿아 있는지를 놓치지 않고 포착하려 한다. 또한 그 당시 송설 학도들의 발달과 성장에 가담한 여러 체험들이 어떤 심리적 특징과 어떤 정서적 의미를 가지는지 저자는 입체적으로 들여다본다.

저자는 성장의 시절을 반추하면서 성장의 본질을 꾸준히 응시한다. 이는 저자가 자신의 전공 영역이라 할 수 있는 '문학교육' 영역에서 함양해 온 통찰력에 힘입은 바가 크다고 할 수 있을 것이다. 그렇게 본다면 이 책은 저자의 인문학적 안목이 부지런히 구사된 책이라 할 수 있다. 또 그만큼 인문 교양의 가치를 지닌다. 또한 글 전체에서 섬세한 느낌과 유려한 문장이 돋보인다. 이는 저자인 박교수 특유의 문체와 문학적 감수성이 잘 드러난 것이라 할 수 있다.

저자는 1960년대 송설 학창의 온갖 경험을 추억하는 기제를 다양하게 구사한다. 그의 추억 기제 안에는 그 무렵 김천의 사회 문화적 배경들이, 그리고 김천 사람들의 심리적 정서적 내면 풍경들이 끊임없이 드러난다. 물론 이는 에세이라는 장르에 의존하고 있으므로, 논리적 논변이 되기보다는 박인기라는 개인의 경험과 정서에 의존하여 드러난다. 글 속에는 그런 내면 풍경들이 깊게 삼투(滲透)되어 있다.

박교수의 글은 사회과학자나 사회경영적(social-engineering) 글들처럼 건조한 설명의 언어가 아니라, 조용하면서도 큰 울림으로 읽는 이에게 다가온다. 이는 저자의 지적 통찰과 언어구사의 방편이 비판적 성찰을 놓치지 않으면서도 그윽하고 깊은 미적 감수성으로 다가오기 때문으로 보인다. 당시 시대의 특성과 지역사회의 문화적 색깔들이 저자의 문학적 감수성으로 아름답게 표현되어 한층 부드럽고 안온하게 소통될 수 있는 아름다움을 빚어낸다.

근대화의 새벽 징후와 학교공동체의 의미

이 책의 곳곳에서 저자는 '궁핍 또는 내핍'을 1960년대의 시대적 아이콘으로 다루고 있다. 박교수는 송설 학창의 추억 담론 속에서 부족하고 어려웠던 시절에 절절히 대응했던 우리들의 경험을 반추한다. 그러면서 독자들에게 또는 그 시절을 공유한 기억 공동체에게 그 무렵 우리들의 '가난'은 어떤 의미를 지니는지 생각해 보게 한다.

아마도 저자는 그 시절의 궁핍 또는 내핍을 고난의 질곡으로 인식하면서도, 동시에 가난이야말로 '긍정의 에너지'로 작용했음을 말하려 하지 않았을까. 실제로 이런 대목이 여러 군데서 나타난다. 가난은 반드시 극복해야만 한다는 의지의 근원으로서 가난을 인식한 기성세대의 정신을 이야기 한다. 이른바 궁핍 속에서 이 땅에 '근대화'를 일구어 온 세대의 자기 정체성을 보여 주는 대목이다. 이제 다시 이것을 넘어서는 시대정신이 나와야 할 것이다.

이 책에서 저자가 보여주는 또 다른 주제는 '근대에 대한 감수성'이라 할 수 있다. 저자가 자주 클로즈 업 시키는 '모던(modern)한 풍경'에 대한 포착이 그러하고, '계몽주의'라는 용어로 설명되는 여러 징후들도 여기에 해당된다. 이 책은 1960년대 근대 지향의 모습을 '김천'이라는 구체적 지역 공간을 통하여 비교적 잘 드러내 주고 있다.

이 책에는 저자가 살던 시대와 지역의 모습이 함께 숨 쉬고 있다. 문화적 변방으로서의 지역을 인식하면서도, 심리적으로는 언제나 중심으로 자리매김하고자 하는 자부심도 숨기지 않고 있다. 이는 아마도 명문 사학 교육을 자처하면서, '세상의 중심'을 지향하는 사학교육의 선도자로서의 ‘송설학원이 지켜 온 교육정체성적 특성’을 각별히 중시하려는 의식에서 나온 것 아닐까, 자문해 본다.

이 책은 새삼 ‘학교란 무엇인가’를 다시 생각하게 한다. 저자는 이 책에서 50년 전 그 무렵의 수업시간 풍경을 세밀하게 묘사하기도 하고, 옛 스승들이 구사하셨던 독특한 교수언어를 재현해 내는가 하면, 교과 활동이나 체육 활동들까지도 구체적이고 치밀하게 살려내고 있다. 그런데 저자는 당시의 추억들을 ‘충실히 재현’하는 것에 만족하지 않고, 오늘 그 경험을 공유한 사람들에게 학교가 어떤 심리적 또는 사회 문화적 작용을 하는지에 더 많은 관심을 할애한다. 이는 그 무렵 학교를 다녔던 동문 모두에게 새로운 현재적 의미를 발생시킨다. 그러므로 학교는 지금도 동문들에게는 현재형으로 존재하게 된다.

박인기교수의 〈송정의 환〉은 우리들 모두에게 학교를 이렇게 긴 호흡으로 볼 수 있음을 일깨워 준다. 우리는 이 책을 통해서 학창에서의 체험과 기억이 그 공동체 구성원들에 의해서 50년에 가까운 시간을 넘어 지금까지도 어떤 기억과 상징으로 부단히 발효되고 있음을 확인할 수 있다.

이 책에서 우리는 50여 년 동안 여전히 진행형으로서의 의미와 가치를 생성해내고 있는 송설학원을 확인한다. 그리고 그 송설학원 사람들의 공동체적 궤적을 확인하게 된다. 학교는 재학하는 동안의 배우는 활동과 과업으로만 그 의미가 규정되지 않는다. 학교는 현재의 학생들에게는 배움의 공동체이지만, 학교를 졸업한 동문들에게는 더 넓고 더 유연한 공동체 기능을 발휘한다.

우리는 이 책에서 송설학창의 공유된 기억을 통하여, 송설학원 사람들이 매우 독특한 문화 공동체로서 서로 관계 맺고 살아감을 본다. 그런가하면 송설학원의 전통과 역사, 그 역사를 꾸준히 지속 생성시키는 역사공동체가 되기도 한다. 또 그런가하면 송설학창의 기억과 역사를 콘텐츠로 해서 부단히 소통을 하고, 그 소통을 다시 부지런히 매개하는 소통공동체로서 놓이기도 한다. 이 책이 그런 매게 기능을 확장할 수 있기를 기대한다.

이 책이 송설을 거쳐 간 수많은 선후배 동문들로 하여금 다시 한 번 송설공동체를 하나로 힘 있게 묶어내고자 하는 동기를 부여해 주는 데 도움이 되기를 소망해 본다.

기억에 참여하다

김종태 ‘송정의 환’은 이젠 가물가물해진 추억들을 현실처럼 생생하고 아름답게 부
활시켜 줍니다.

윤혜철 박인기 교수님의 송정으로 가는 추억마차! 드디어 출발하니 명문장을 다시
접하게 되겠구료. 고맙기 그지 없는 일……

홍정우 친구의 소중한 글을 만날 수 있다는 생각만 하여도 마음이 벌써 학창시절 송
정에 와 있는 것 같습니다.

김동범 벌써 가슴이 설레는 군요. 박인기님의 좋은 글 안에서 그 시절의 아련한 추
억을 되새김하며, 50대의 마음들을 새롭게 엮어가리라 생각합니다.

이영규 드디어 기다리던 글이 올라온다고 하니 너무 반갑구나. 기대가 크고 8월에
는 꼭 한잔 하자.

이기석 벚꽃피는 송정은 송설인의 마음의 고향! 학창시절엔 걸어 올라 갔지만 박교
수님 덕분에 추억의 마차를 타고 가게 되었네. 값진 추억! 잊혀졌던 추억들이 보석
처럼 하나하나 영롱하게 빛이 나는군요.

01: 내 맘 속에 사는 이, 그대여!

송정으로 가는 추억마차 1

송정 벚꽃 아래의 언약

나병률 송정은 우리 마음의 영원한 안식처! 여기서 맺은 인연과, 여기서 쌓은 학문
과, 여기서 겪어낸 시련들로 우리들 모두 송정의 낙락장송처럼 우뚝 자란다.

송건수 송정은 우리들 우정의 언덕으로 우리들 가슴에 환상처럼 살아 있지. 그곳은
단순한 물리적 공간이 아니라, 무슨 영험한 힘을 가진 신화적 공간으로 살아 있어
서, 학창을 떠난 우리의 삶이 지치고 외롭고 삭막할 때, 서늘한 위안으로 다가온다.

석현양 어느 해 가을, 송정에서 교내 백일장을 했다. 초가을 밝은 햇살에 기대어
‘탑’이라는 제목으로 글을 썼었다. 웅변 연습하느라 하학 후의 송정에서 목청 훈련
을 하기도 했었지.

김성겸 송정에 서서 멀리 황악산 너머 떠도는 구름을 보았다. 청운(靑雲)의 꿈이 저

절로 펼쳐졌다. 꽃그늘 고운 날에도 단풍잎 슬픈 날에도 송정은 다양한 표정으로 우리들 허기진 마음들을 위로해 주었다. 꿈을 피워 올리던 곳, 송정!

송정으로 가는 추억마차 2

신발·가방 수선하던 아저씨

이장현　축구 선수를 했던 나는 축구화 뽕 수리로 아저씨와는 더 많은 접촉이 있었는데……. 망각의 바다 저 밑바닥에서 우리들의 추억을 예인하였네요. 우린 아저씨의 징글을 내 것처럼 쓰고 구두칼 못 등 빌려 자가 수선 했었죠. 집안에 일이 있어 못 나오시는 날은 우리들의 발바닥이 고생을 하였죠.(못이 올라와)

송정으로 가는 추억마차 3

우리 시대의 영웅들

이영규　학창시절은 수많은 영웅들을 흠모하고 그들과 같은 영웅이 되고픈 꿈도 간직하고 있었다. 김일과 김기수 같은 스포츠 영웅들이 있었다. 그들이 텔레비전이나 영화에 나온다고 하면 환호작약하였던 우리들이 아니었던가.

이기석　서태범 선배는 우리들 보다 2년 선배이시고 힘이 제일 세었다. 강당에서 방과 후 나하고 유도도 같이 했는데 그 당시 검은띠를 맨 유단자였었다. 14회 졸업생 중에서 영웅이었다.

이장현　그 시절 감회에 눈감고 회상에 젖어 봅니다. 지금 거론된 영웅들도 편향된 학창생활로 남모르는 고민도 많았을 것입니다. 더욱이 세상살이에 적응하기는 더 많은 각고의 노력이 필요했겠지요.

김주　스포츠를 좋아하는 분들은 모두가 응원에 열광적이었다. 운동회 때나 경기 시합할 때, 박수치고 감동을 많이 받았다. 영웅은 육신이 강해야 한다. 끊임없는 노력을 통해 강인한 체력으로 삶을 살아야 하니까.

악동(惡童)들을 용서하시옵시고……

이영규　중학교 시절에 농업을 가르치셨던 김이득 선생님은 우리들에게 아버지나 할아버지 같은 분이셨는데 하늘나라에 계신다고 하니 늦게나마 천복이라도 빌어드려야겠네. 그 당시에 개구쟁이들이 많았는데 지금 생각해보면 즐거운 추억이지 뭔가. 옛일이 주마등처럼 살아나니 너무 좋고 고맙네.

윤혜철　실업 선생님을 '고구마', '감자'로 구분한 자는 좋은 학자가 되었을까? 김이득 선생님 자제인 김광수 선배는 모교재단의 사무국장 일을 보신다.

김주　잔주름이 늘어가고 어느덧 노을이 보이는 50대가 된 제자들. 중학교 시절이 까마득하지만 그래도 존경하는 선생님의 모습이 떠오릅니다.

플라타나스의 추억

김동범　플라타나스는 뿌리가 잘 내리고 잎이 무성해지지요. 그래서 각급 학교에 많이 심었는데, 10여 년 전부터 그 열매가 학생들에게 호흡기질환을 유발한다고 해서 다 베어버렸고, 지금은 느티나무를 많이 심지요.

이영규　우리들이 그렇게 커가는 것을 말없이 묵묵하게 지켜 보았던 그 우람한 교정의 플라타나스 나무들……. 우리들의 추억이 듬뿍 배인 그 나무들을 뽑아내기 시작하는 것을 보았는데, 너무 아쉬웠다.

이장현　본관 앞 화단으로는 소나무가 있고 운동장 가장자리로 플라타나스 나무가 울창했지. 도로 쪽 운동장 가장자리에는 버드나무(미루나무라 하나)가 많이 있었지. 우리 재학시절 일부 베어서 유도장의 마루로 사용되었지. 그리고 교문 쪽에서 들어오는 길에는 벚나무가 많아 벚꽃이 필 때면 장관을 이루었지. 운동장으로 들어오는 입구 쪽에는 아주 잘 가꾸어진 명물의 등나무가 하나 있었다. 그리고 본관 뒤쪽엔 벽오동나무가 있어 그 열매를 까먹던 기억도 나는군. 주로 교실 밖에서 살던 내가 나무에 대해선 기억이 많지.

김태섭　박인기 선배님의 글을 소중하게 감사히 잘 보고 있습니다. 저희들도 선배님들의 추억과 회상에 늘 감동을 받습니다. 저는 89년부터 모교에 체육교사로 근무하고 있습니다. 몇 년 전부터 교정의 플라타나스는 베어져 이제 중학교 스텐드 뒤 5그루가 남았습니다. 4년 전 배구장 옆의 제일 큰 나무를 베어낼 땐 만류도 했지만 우리들에겐 그런 힘도 없습니다. 그 나무는 오전엔 중학교 운동장에 시원한 그늘을 만들어 주며 오후엔 고등학교 운동장의 반을 그늘로 만들어 그 나무 밑에서 육상부들과 운동하든 추억까지도 다 날아가 버렸습니다. 그날 김천중 출신 김천고 1학년 김애원(김달원 선생님의 손자)학생이 내게 달려와 선생님 왜 저 나무를 베냐고 눈물을 흘리던 모습이 아직도 눈에 선합니다.

서영기　정말 우리는 역사적 사료를 보존하는 데 너무 인색한 것 같다. 일찍 뜨거워지지만 또한 일찍 식는다. 김태섭 선생의 글은 많은 걸 생각하게 한다.

김주　플라타나스. 그것이 상징하는 의미는 '위안', '휴식', '용서'라고 한다. 송설 교정에서 뛰놀던 날에는 그가 베풀어 주는 그늘에서 쉬었고, 그가 바람을 막아 주어 안식을 얻었다. 정말 아름다운 추억과 아련한 과거를 떠올린다.

가는 추억마차 6

악대부(樂隊部)를 기억하는가

한용철　이제는 악대부할 학생은 없고 악기들은 창고에서 썩는가? 우리 때는 좀 못살아도 낭만이 있었지.

윤혜철　악대부 송건수 동기 부탁으로 같은 악대부였던 인도근 친구를 찾으려고, 천안 인씨 종친회에도 물어봤으나 못찾았다오. 누가 인도근 악대부원의 근황을 모르시나요? 이안삼 선생님은 지금도 음악 대가로 맹활동 중이시고…….

서영기　악대부의 인기는 컨닥터(Conductor)에 있었지. 그래서 성의여고 컨닥터는 늘 인기있었지. 트럼펫(Trumpet)은 악단의 꽃이었고, 섹스폰(Sexphone)의 음색은 저녁 밤 하늘을 물들었다. 또한 닦기는 얼마나 힘들었던가. 한많은 악기.

이영규　우리들의 악대부는 송설의 또 다른 상징이었다. 'VICTORY'를 영어로 외치며 전교생이 운동장이 떠나가도록 응원하는 모습이 아직도 귀에 쟁쟁한 느낌으로 다가 오는 듯하다.

이기석　악대부의 연습 광경은 시골 약장사의 인기와 비슷했다. 동심이 발동하여 부러운 눈으로 먼 발꿈치로 지켜보곤했는데……. 쉬는 시간이 되면 몰래 트럼펫을 빌려 '도레미파솔라시도' 계이름을 배워 부르곤 했었지. 덕분에 초등학교 동요 중에 쉬운 곡은 더듬더듬 연주했던 게 기억난다.

송정으로 가는 추억마차 7

웅변은 어디로 갔을까

박인기 　여기 N군은 나기덕 군이라고 기억되는데 아무튼 재미있는 추억이었지요.

한용철 　좋은 글 공감! 많은 사람 앞에 서는 것도 훈련이 필요하고 "내가 지금 자리에 앉아 나를 쳐다 보는 사람들보다 우월하다!"는 자기최면이 중요합니다. 스타는 관중이 적으면 신나지 않지요.

전제훈 　우리들의 시대는 아마 보릿고개라는 상황에서 어떻게 하면 벗어나는가에 초점을 맞추었던 때였어. 그러한 국민적 공감이 있었기에 우리네 웅변의 주제도 거기에 맞추었던거지.

서영기 　'오인의 해병' 중의 한 사람이었던 독고 성을 어느 친척의 결혼식에서 만나 인사한 적이 있었다. 그의 아들, 독고영재는 박정희 역을 맡아서 성가를 올리는데 그는 얼마 전 유명을 달리했다. 그때 그의 나이보다 우리들의 나이가 훨씬 더 많다.

송정으로 가는 추억마차 8

음악실의 추억

김주 　음악과 더불어 살고 싶었는데, 음치라 고생을 했었어. 노래를 잘 하거나 악기를 다루던 친구들을 보면 정말 부러웠지. 박인기 교수님의 추억 불러오기에 감사하며 올해 모든 동기들의 건강과 행복하심을 기원합니다.

서영기 　푸니쿨리푸니쿨라? 처음 도입부분과 후렴에서, 8분쉼표에서 틀려 반질반질한 옹이로 머리를 맞았던 기억이 생생해. 선생님은 헤어스타일 때문에 베토벤을 연상시켰다. 지금 생각하면 음악이론은 너무 어렵게 배운 것 같아. 이해하고 나니 간단한데. 어쨌던 그 이론을 배경으로 한 덕분에 나는 기타를 30년 넘게 쳐왔었네.

하모니카여, 하모니카여!

윤혜철　하모니카 친구들 중 몇몇 친구는 연락이 되지 않고 있으니, 우리가 삶의 하모니(조화)를 이루지 못한 탓인가?

한용철　나는 지금도 악기 하나를 다룰 줄 모릅니다. 하모니카로 〈바위고개〉 〈나의 살던 고향은〉 등을 어설프게 불러도 보았지만 소질이 모자랍니다. 그러나 술마시고 마이크 잡고 노래는 할 줄 압니다.

전제훈　마침 어제 저녁(2005년 7월 25일)에 백우기의 하모니카 연주로 교가를 들었는데 박교수의 글을 읽으니 감회가 새롭네. 승원이 집 짓는 골짜기에서 술이 얼큰한 가운데 듣는 하모니카 소리란! 박교수가 있었더라면 더욱 멋진 이야기가 나왔을지 모르겠군.

조광일　백우기의 하모니카 부는 솜씨는 일품이었어. 따라하려고 무던히도 노력했지만 백우기만큼은 안 되었고, 요즘 김정우가 섹스폰을 불고 있더군. 늦게 배운 솜씨지만, 소리가 일품이었어.

가을엔 편지를 하겠어요

한용철　글을 읽는 내내 사춘기 때 서툴게 쓴 편지들이 생각나 등허리에 땀이 배었습니다.

서영기　그때 난 일본의 한 여학생과 오래도록 펜팔을 했었다. 지금도 내 앨범에는 그녀의 사진이 있는데, 1960년 대 사진이었는데도 컬러사진이었다는 게 놀라웠었다. 먼 훗날 내가 출장차 일본을 찾았을 때마다 그녀가 생각나곤 했었다.

그 소녀, 그 소녀, 그 소녀

한용철　우리모두 사춘기의 열병을 앓으며 성장했지! 우리들의 열병의 대상인 그 소녀들도 그랬을까. 어느 여류인사가 한 말이 생각난다. "처녀 때는 마음에 드는 멋진 남자가 프로포즈하도록 분위기를 만들 줄 몰랐다! 그것을 알 나이엔 시시한 남자의 아내가 되어 있었다.”

이기석 　그 소녀! 보고 싶다. 지금은 쭈굴쭈굴한 얼굴의 백발이 되었을 테지만…….

김주 　모암동에서 역전가는 길에 김천극장을 지나 미장원에 걸린 아름다운 여성사진을 보고 가슴이 뭉클했던 철없던 시절이 내게도 있었네.

안용호 　이제는 남의 부인이 되어있는 그 소녀. 그래도 추억은 남아있지요. 흔히들 남자는 첫 사랑을 영원히 잊지 못한다고 하더군요. 항상 애쓰는 두 분께 감사드립니다.

서영기 　아스라히 저편에 말없이 서있는 그녀를 바라보기만 했다. ‘유정’ 우리는 순백의 사랑을 꿈꾸었다.

🐎 송정으로 가는 추억마차 12

축구의 추억

이장현 　박교수는 내 주변, 내 과거를 나보다 소상하게 아시니 송정으로 가는 추억마차가 송설인들이면 좋아하지 않을 수 있을까? 흘러간 그 시절을 떠올리며 음악에 묻혀 하염없이 추억에 젖어 보았네.

한용철 　정말 박교수의 기억력은 대단합니다! 운동으로 성공하기가 쉽지 않고 국가대표 선수를 했다고 생활인으로 성공하는 것도 아니다. 선수 이후에 생활인으로 성공한 사람이 많은 것은 명문 송설의 저력이라 생각된다.

이상종 　김천고 축구경기가 있는 곳엔 언제나 찾아가 열심히 응원했던 추억이 그립네요.

서영기 　쉬는 시간, 점심시간이면 젠자이 내기를 걸고 작은 공으로 농구골대 받침대 사이에 골인시키는 게임을 했었어. 조경수, 조헌구, 김정태, 이청근. 그 후 군대에서 5관구 근무시절 군대 축구대회에 우리 김고 출신들이 선수로 많이 뛰었다.

정치호 　박교수의 메모리는 과연 최고야! 군대축구 이야기가 나왔는데 나도 대구 성서 50사단에 근무할 때 1년에 한번 체육대회가 있는데 120연대 선수로 내가 출전했었지. 그때 조경수가 사단직할대선수로 뛰었어. 아 옛날이여.

이장현 　나는 중학축구부에는 나중에 합류했지. ‘야구하는데 뭘 또 하나.’라고 생각했지. 그 당시 성의중학교에는 몇 년을 유급하여 나이가 많고 체격이 큰 선수들이 많았다. 그중 독보적인 존재가 정웅이었지. 그자를 막으라고 홍재룡 선생이 특별히 나를 풀백으로 기용했지. 이것이 축구하게 된 계기가 되어 공부하고는 더 거리가 멀어지고……. 까마득한 옛날 얘기네.

서영기 그때 규덕이 형 규배의 빠른 드리블에 고생했지. 그 후 그의 동생 규덕이가 우리 학년에 들어와서 김고 축구가 강자의 반열에 오르는 데 일조했지. 그 규덕이도 몇 해 전 이응탁 장군이 초청한 고향친구들의 축구대회에서 만나보니 세월이 비켜가지 않았더군. 같이 뛰었던 이장현, 김준태, 편재원 등이 생각난다. 아, 옛날이여.

김성겸 김고와 성의상고와의 대전은 연고전보다 더 뜨거웠던 것 같습니다. 성의상고의 선수가 문전으로 공을 몰아오면 우리의 영웅 우민홍 골키퍼가 거미손처럼 잡아내곤 했지요. 이 글을 읽으면서 저는 잊고 지낸 추억의 빛바랜 한 장면을 보는 듯합니다.

송정으로 가는 추억마차 13

온 나라가 송설 교정으로 모이다

윤혜철 김천이 대구 다음으로 시(市)가 된해는 1948년(전국적으로는 수원과 같은 해임). 3~40년간 인구 5~9만 명으로 정체되어 있다가 금릉군과 시·군 통합이 되면서 10만대를 넘어섰구나. 경부선 개통되며 서울 다음으로 상공회의소가 생겼던 도시이기도 하다.

이영규 지금도 김천에서 전국체전을 유치했다고 큰 화제인데, 몇십 년 전에 이미 전국 단위의 야구대회가 열렸다고 하니 조그마한 도시에서는 대단한 일이었지. 그리고 중학교 때 수학을 가르치셨던 김덕수 선생님께서 성실히 야구선수들을 지도했던 모습도 떠오르는군요.

김주 우리들의 영웅은 당시에 운동 잘 하는 동기들이고 또 공부 잘 하는 동기들이었다. 나는 만화책 즐겨보고, 박수 잘치는 관중의 한 사람이었다.

야구의 추억

서영기　정성기 선배의 아들 정진원도 야구를 하였다. 정선배는 뒷날 배명고 야구 학부형 회장을 역임하여 동대문운동장에서 나와는 자주 만났다. 자기 자신의 선수생활에 대해서는 입이 무거웠다. 우리 학교가 교세가 부족하여 야구부 창단 못하는 건 아닌지 모르겠다. 야구팀이 학교를 알리는 데는 최고의 종목인데……. 지금이라도 검토해보면 어떨까?

정치호　그때 김천에서 전국중학야구대회는 그 열기가 대단했지요. 손문석 선배님은 지금도 저와 교류하고 있습니다. 가끔 그때 이야기 한답니다. 그 당시 고등학교 갈 때 계속 김고에 있으라고 하셔서 체육선생님 두 분이 와서 대구 쪽에서 스카웃이 와도 안 가고 김고에 특기장학생이 되었다죠.

이장현　야구에 대한 이야기는 박창효가 해야 하는데……. 1960년대 초에 김천에는 초등학교 야구경기가 치열했었다. 그중 라이벌이 서부초등과 김천초등이였는데, 서부의 언드스로 괴물투수 박문규(박행남으로 개명) 김천초등의 정통 왼손잡이 김득용이 널리 알려져 재미를 더한 시절이 있었다. 이 또래의 선수들이 김천의 야구명맥을 이어갔던 선수층이었다. 서부초등에는 박행남, 손문석, 하태경. 김재한 등이 있었고 김천초등에는 김득용, 한석봉, 김맹추가 있었고 중앙초등에는 김갑수, 여수정, 김정태 등이 있었지. 김초선수들은 성의중으로 진학해서 축구선수로 많이 변신했고 서초와 중초 선수들은 김천중으로 진학해 지금의 야구 이야기의 중심 인물들이 되었지.

　중2 때 연식야구면맹 회장기 쟁탈 전국대회가 열렸었지. 김천야구는 아마추어도 초보라 실력이 일천하여 다른 중학의 실력과는 많은 차이가 있었다. 그래서 당시 고1이었던 박행남, 김재한, 하태경, 여수정 등 선배들과 중3선수의 최진수, 김해천, 김광석 그리고 창효 본인(이장현) 등이 출전선수로 구성되어 서울의 경서중학과 시합을 가졌는데, 다 이긴 경기를 마지막 이닝 투아웃 주자 3루인 상황에서 상대가 친 평범한 3루 앞 땅볼을 당시 3루 베이스맨 김광석의 폭투로 경기를 놓쳤다. 그 후 코치의 질책으로 자괴감에 빠진 김광석 선배는 김고로 진학하지 않고 농고로 진학하는 일까지 있었다.

그리고 위에서 언급한 1964년 10월 23일 경북 경식야구대회는 고등학교 선수가 모자라 중3선수인 창효와 내가 고등학교 선수로 출전했지 창효는 투수로(이때부터 전적으로 투수로 연습시작) 난 외야수로 출전했다. 가을시즌의 2학년이하로 구성된 대구의 팀들은 우리와 수준이 비슷했다. 그러나 동계훈련이 끝나고 나면 많은 차이가 난다. 우린 겨울에는 겨울잠을 자야 하니 새 시즌이 시작되면 상당한 차이가 난다.

대구공고와의 시합에서 내가 친 센터앞 빨래줄 히트를 야수 실책으로 그라운드 홈런을 친 기억이 난다. 이 시합 이후로 김고의 야구는 사실상 해체한 것과 같이 유명무실해 진다. 예산, 선수수급, 코치수급 등 여러 문제가 있다.

한용철 내가 알기로는 중학교부터는 야구공이 준경식 경기로 기억합니다. 우리 동기중 이장현, 이종명, 박창효 선수는 소질도 상당했으나 당시 김천은 지도자를 모시질 못했습니다. 운동을 해 본 사람으로서 옳은 지도자 없이 함부로 교기(校技)를 정하는 것은 선수들의 장래를 망치는 일이라 생각합니다. 운동은 어릴 때 기본기가 평생으로 이어 지니까요.

이기석 대구초등학교를 졸업한 나는 초등학교 시절 교기가 야구였는데 학반별 야구부가 있을 정도로 열성적이었다. 경상중학교에 진학을 하여 실장을 했는데 교기가 야구여서 선수 선발을 체육시간에 할 때 일조했었다. 타격좋은 선수를 후보로 뽑는다는 것이었는데 난 파울 볼을 쳐서 아웃되고는 했지만 우리 반에서는 잘 치는 편이었다. 야구 선수들 대부분이 대구초등 출신들이 많았고 경상중 우리 동기들이 후에 전국을 석권한 뉴스가 있었다. 지금도 야구에 대한 추억이 남아 있어 TV 중계를 꼭 본다.

송정으로 가는 추억마차 15

"야들아, 봐라!"

정재만 박교수 늘 가까이 그대 곁에 있지만 당신의 그 빛나는 기억력은 새삼 날 경악스럽게 만들 정도라네. 그뿐인가? 적어도 이 글을 읽는 시간만큼은 얼마나 큰 행복을 느끼는지!

이기석 이광조 선생님은 이웃에 살았었는데(후생주택) 노모를 모신 것으로 보아 아

마 장남인 것 같다. 효자로 소문이 났었다. 노모 또한 깔끔하여 훌륭한 어머니상을
보여 주셨다.

좋아하고 또 좋아하고

강영구 글을 읽고 있노라니 옛 은사님의 모습이 아스라히 떠오르는군요. 고 1학년
때 담임선생님이셨던 이재민 선생님은 어머님이 돌아가셨을 때 용기를 잃지 말라
고 많은 격려를 해주셨고, 김의교 선생님께서는 나에게 여드름이 많이 났다고 '멍
게'라고 별명을 지어 주셨던 분이셨다오. 학창시절의 아름다운 추억의 글 늘 감사
하다오 건강하시길…….

김주 과거를 돌아볼 수 있는 마음의 여유를 가지고 우리들의 삶이 더욱 더 값진 것
이 아니겠습니까? 박교수님과 주인장 김동범 선생님께서 잊혀진 세월을 일깨워주
는 데 감사합니다.

신사와 오토바이

서영기 그분들은 그 당시 연세가 지금 우리들 나이보다 젊으셨다. 세월의 뒤안길에
서 그분들의 그때 인생을 추억해본다. 주마등같이 파노라마가되어 나를 비껴간다.
우리 선생님들이시라면 그 당시 김천고 최고의 엘리트 그룹이 아닌가.

한용철 선생님께서는 知育·德育·體育을 실천하신 것으로 기억을 합니다. 나는 선
생님으로부터 연식정구를 배워 감회가 새롭습니다!

김성겸 나를 어렵게 만든 과목은 체육과 음악이었고 항상 바닥은 내가 깔았습니다.
자연히 체육 선생님에게 미운 오리새끼였는지도 모릅니다. 그런데 김동일 선생님
은 한번도 꾸중하시거나 비하하시는 말씀은 없었습니다. 못난 학생을 사랑해 주시
는 마음은 훌륭하신 인품때문이 아닐까 생각합니다.

전제훈 김동일 선생님의 추억이 새삼스럽다오. 그 당시 고교 겨울 방학 때 창배, 영
철 그리고 나는 자전거를 타고 무주구천동을 간답시고 논 가운데 쌓아놓은 짚가래
에 잠을 자면서 행차를 하였네. 하룻밤은 구성의 이장원네 사랑방에서 호강을 누

리고, 무풍재를 넘던 길이었지. 눈이 얼마나 많이 내렸던지 자전거를 밀어도 나가지 않아 고생을 하였는데, 고개 중턱에 선생님 댁에서 신세를 진 일이 있지. 선생님의 따뜻한 손길이 생각나네. 박교수의 펜 속에는 김동일 선생님의 모든 게 함축되어 가슴으로 다가오는 구료.

송정으로 가는 추억마차 18

양갑석 선생님

나병태   의지가 강하시고 심지가 굳으신 분이다. 그런 성품으로 목표를 향하여 말없이 실천하셨기 때문에 우리 제자들 마음에 깊이 각인되었다.

송종헌   경북고 근무하실 때도, 학생들 인기가 대단했어요. 엄정 엄격하셨지만 선생님을 존경하고 따르는 학생들 많았어요. 김천고로 가신다고 할 때 많이 섭섭해 했지요.

박태식   내가 3학년에 재차 복학하여 선생님의 수학2 강의를 들을 때, 나와 같은 처지의 복학생들의 심리적 형편을 자상하게 이해해 주셨지요. 일차 진단 평가를 하고 난 뒤에 내게 적절한 과업과 더불어 나를 학습으로 끌어들이는 질문을 주셨어요. 문제 해결에 창의적 발상을 가지도록 유도하며, 교육내용을 알기 쉽게 잘 구조화하시는 분으로 기억합니다.

김종락   양갑석 선생님의 인간적 고뇌와 고통을 느낄 수 있습니다. 그런 와중에도 후배 양성을 위하여 결단을 내리신 선생님의 충정에 거듭 박수를 보내드리고 싶습니다.

정영애   오랜 세월이 흐른 후에도 기릴 수 있는 스승이 계시다는 것은 행운입니다.

송정으로 가는 추억마차 19

결투

김주 결투하는 친구들은 건장한 체격들이었다. 그들은 영웅처럼 보였다.

송정으로 가는 추억마차 20

너희가 바람을 아느냐

윤혜철 김천 분지가 맞이해야 했던 추풍령의 한냉한 바람이 우릴 단련시켜 주었지. 당시는 매서웠지만 지금은 그 바람 그립구나.

이기석 추풍령 바람을 안고 등교하는 사람은 오후엔 등지고 하교하는데도 귀가 떨어져 나가는 것같은 추위였다. 왜 그리 추웠는지? 특히 자전거 타고 다니는 친구들은 가속이 붙어 더 했으리라. 토끼털로 만든 귀마개낀 친구들 부러웠는데…….

김동범 그 바람의 결은 항상 우리의 마음 속에 녹아 있다. 우리는 지금 그 바람을 그리워하고 있다.

송정으로 가는 추억마차 21

데모의 추억

윤혜철 선생님들은 자전거를 세워 막는 체(?) 하던 것이, 요즘 Police Line을 들고 서 있는 여경들 풍경과 묘한 점묘를 이루면서 떠오릅니다.

이영규 데모라! 사실 그 당시에는 나라를 걱정하는 마음보다는 다분히 군중심리나 집단적으로 교문을 뛰쳐나가는 해방감도 작용했을 것이다. 선생님보다는 선배님을 추종하는 의리의 심리랄까, 그때는 거리에서 떠들 때가 데모할 때 뿐이었는데 다른 한편으로는 뿌듯했던 기억이 납니다.

이기석 데모! 그때 데모는 아주 민주적이었고 신사적이었다. 플래카드를 내세우고 고작 길거리 시위였으니…… 지금의 데모는 과격해졌다. 자기의 사상과 이념이 다르다고, 자기 뜻대로 안 된다고 물건과 재산을 부수고, 목숨까지 버리는 사람이 있다. 안타까운 일이다.

그 뜨거운 날의 데모

한동수 데모 마치고 오후수업을 했었지 아마? 수업은 안 할 줄 알았는데……. 말리는 놈들도 없었고……. 별 싱거운 데모도 다 있다는 생각을 한 기억이 난다.

이상종 우리 송설 친구들의 열정이 아니었던가? 그런 기상이 있었기에 우리 모두가 사회에서 바르게 살아가는 것이 아니겠는가?

안용호 그 당시 재두는 기율부장이었고 기율부에 속한 여러 명 경렬, 수연 등등이 민첩하게 행동하여 데모가 시작되었고 나는 홍재룡 선생님에게 엄청 기압받았던 생각이 나는군요.

고재두 생생한 박교수의 글에 감사합니다. 나는 기율부장의 책무를 다했을 뿐이라고 생각하오. 숨은 얘기를 하나 하자면, 故 금수연 군의 남산동 집에서 밤새 플래카드를 만들고 행동계획을 상의했던 기억이 생생하네. 글을 읽다가 문득 작고한 수연 군의 생각이 간절합니다.

빼상집의 추억

이장현 빼상집은 모범생들은 생소할거고 우리 같은 비범생들이 많이 애용하던 곳이지. 철봉이 세워진 운동장 끝 둔덕을 내려와 철조망을 통과해야 빼상집에 갈 수 있었지. 단팥죽과 앙꼬빵 맛은 식욕이 왕성하던 시절을 감안하더라도 그 당시로선 일품이였지.

이기석 멀근 단팥죽이지만 혀안을 감치는 맛은 둘이 먹다 한사람 죽어도 모를 정도로 맛이 있었지. 골방 같은 조그만 방에 옹기종기 모여앉아 담배 맛도 모르면서 아리랑 한 대씩 피우고 마음껏 폼을 잡으며 우쭐대던 철부지 시절! 학생과장 선생님은 용서해 주셨으니 하늘같은 스승의 은혜! 이제 알 것 같다.

전제훈 아마 철조망을 넘는 스릴로 잰자이 멀건 단팥죽이 더욱 맛이 있었는지 모른다. 반항기에 금지된 것을 해보고 싶은 마음들이었지. 일탈하여 돌출 상황을 연출한 친구를 영웅처럼 바라보았던 기억이 아련하다.

김주 단팥죽은 어린 시절에 별미였다. 점심시간이면 철봉과 평행봉에 매달리면서 빼상집과 잰자이집을 드나들던 학생들을 힐끗 쳐다보곤 했었지.

헌 책을 위하여

이기석　헌책과 새책을 소유한 수로 가정형편을 대충 짐작할 수 있던 시절이었다. 헌
　　　책보다 새책을 많이 소유한 친구가 부러웠으니. 유니온 영어교과서는 비싼 관계로
　　　때로는 현금이 부족할 때 화폐 가치가 있었다. 당구장에서 게임에 지면 주인에게
　　　영어 책을 맡겨두고 그 다음날 갚았더랬지.

윤혜철　박문당 서점 전씨 아저씨(성남에서 무덕관하는 15회 전청구 부친)는 아직도 그
　　　서점을 운영 중이라고. 50년 헌책방으로 교육·문화사업을 한 이 분을 가끔 기자
　　　들이 취재해 간다고 한다.

이영규　그때는 으레 신학기가 되면 대부분의 학생들이 헌책방을 순례하는 것이 다
　　　반사였는데 헌 책 교과서마저도 보배처럼 여겨서 헌 달력 등으로 곱게 책표지를
　　　싸서 입혔던 기억이 새롭게 떠오른다.

김성겸　박문당 서점에서 영어사전을 샀는데 너무나 두꺼운 종이로 되어 있어서 몇
　　　단어가 나오지 않았어. 그래서 평화동에서 아래장터까지 걸어서 바꾸어 오기도 했
　　　지. 박인기 교수와 내가 문예반에 들어갔는데 박교수는 특출했었다. 그때 문예반
　　　선생님이 누구셨더라?

워커의 추억

한용철　나도 워커를 신고 송설운동장에서 공을 찬 추억이 있지. 정치호야! 워커
　　　끝으로 차는 콧볼 생각나나? 나의 사촌은 어렵게 마련한 워커를 도둑맞기고 하
　　　고…….

윤혜철　그래요. 그 군화는 자전거로 통학하든지, 도보로 통학하든지 갖고 싶어하던
　　　생활필수품이었죠. 저는 형들에게서 그것조차 물려받아 신었다오.(책을 물려 받으
　　　니 요점과 밑줄이 잘 쳐져있어 좋더라만, 중고군화는 냄새만…….)

이기석　그 당시 형겊으로 된 새 운동화도 도둑들의 관심이었다. 집에 도둑이 들어

운동화를 잊어버렸던 황당한 일이 있었다. 워커는 말할 것도 없었지.

🐎 송정으로 가는 추억마차 26

내한 마라톤

윤혜철 그때 잘 배운 때문인지, 저는 이 나이에도 매주 하프마라톤(21.1km)을 달리고 있습니다. 어쩌면 배고픔을 잊기 위해 고학하며 달린 그것이 평생의 취미로 면면히 되살아납니다. 아마도 그 힘의 근원은 바로 내한 마라톤일지도.

이영규 내한 마라톤! 그것은 면면히 이어져 온 전통이자, 송설의 얼이었다. 우리들은 이를 더욱 계승하고 발전시켜야 할 것이다.

🐎 송정으로 가는 추억마차 27

통학생 순정

이영규 통학열차! 낭만이 있는 것 같기도 하나 사실 힘든 노정이었어. 하느님이 유용하게 쓰실 요량으로 먼저 데리고 간 박경호, 안창윤 두 동기의 유지를 남은 동기들은 이어 나갔으면 하네.

이상종 나와 아주 가깝게 지냈던 안창윤의 사진을 보니 안군이 마지막 가던 날부터 장례가 끝날 때까지 그의 옆에서 모든 일을 처리하였지? 그대가 살아있었다면 지금쯤 교장으로 근무하고 있을텐데…… 정말로 아까운 친구였다.

🐎 송정으로 가는 추억마차 28

그 해 여름 청암사에서는

이영규 고색창연한 청암사! 우리 동기들을 비롯한 송설의 면학의 족적은 이어지고, 맑은 솔바람 속에 송설정신의 영혼은 오래도록 각인될 것이다.

김주 1967년도 국민소득 160불 시절, 여름방학 때에 숲 속의 청암사계곡에서 물놀이, 다이빙, 하기 싫은 영어공부, 또 암기……. 그래도 아름다운 산과 나무들과 숲과 친구들의 공부하는 열정에 전염이 되어 지냈던 시절이다.

전제훈 지금 청암사는 승가 대학을 운영한다지. 당시에 청암사로 책 보따리를 싸던 친구들을 보면서 나는 멀리 무전여행을 따라 갔었어. 세상 공부를 좀 한 셈이 되었지만 박교수의 글은 아득한 그 시절로 나를 옮겨놓는 것 같다. 아마 친구들도 이 글을 읽으면서 지난날을 내려다 볼 수 있는 나이를 실감하리라.

서영기 여름방학에 도를 닦듯이 우리들은 공부했다. 비가 억수같이 오던 날 칠흙같이 어두운 밤에 발가벗고 밖에 나갔다. 천연샤워를 했다. 청암사 북의 몸통에다 이름 새기다 혼줄이 났었지.

김종태 수의사 참 기억이 새롭구려. 정신없이 보낸 청암사에서의 한 달 공부가 그래도 남들이 체험 못한 자랑의 순간이었지요. 이제 다시 가 보고 싶은 추억의 청암사여!

송정으로 가는 추억마차 29

자취생 엘레지

윤혜철 "동생에게는 형의 동태를 물어보며 혹시라도 수상한 게 있으면 말하라고 한다. 형에게는 동생에 대한 책무를 주며 '너만 믿는다'는 믿음을 전한다." 하하하. 교육환경이 김천만큼 못했던 여러 곳에서 김천으로 유학왔었지. 그 지방 인재들이 모인 곳이었는데…….

홍정우 철조망 넘어 문지알 친구들 자취방에 가서 고추장 비빔밥 얻어먹으며 함께 즐거워했던 그 시절! 아름다운 추억이지요. 자취, 하숙, 통학 등 열악한 환경에서 열심히 공부하여 사회에 큰 일을 하는 친구들도 많습니다.

이상종 나도 송설학원에 다닐 때 문지알에서, 후생주택에서 자취생활을 했었지. 박교수 글을 읽으니 고생하면서 자취한 생활, 자취방 옆 집의 어느 처녀생각 등 여러 생각들이 스치는군요.

이영규 인생의 황금기인 송설학원시절의 자취생활! 평화동, 부곡동일대에서 미래의 희망을 꿈꾸며 자취를 했던 많은 친구들, 모두 고생했지만 문득 그 시절이 그리워지는 것은 왜일까? 추억이란 나이 들어 갈수록 더욱 소중한 것인가 보다.

김태섭 "붉은 태양은 자취방의 시계울리는 소리에 놀라 튀어오르고 / 타버린 연탄의 과거를 새로운 연탄의 미래에 얹어 자취생의 하루를 연다 / 뛰지 않고서는 갈 수 없는 우리들의 꿈의 세계로 / 소나무 같은 진리를 안고 간다 / 밤이 깊어 황혼의 기타소리 울려퍼지고 / 가고 싶은 고향 땅 보고 싶은 부모님의 얼굴 / 가슴이 타도 자

취생의 하루는 저문다." 옛날 자취할때 친구와 불러본 노래입니다. 선배님들 모두
건강 하십시오.

🐎 송정으로 가는 추억마차 30

중학교 입학시험 치던 날

이기석　실과 문제가 재미있네. 도시에 살아도 우리는 달걀을 마음껏 먹지 못했다.
간혹 내 옆 짝 도시락 흰 쌀밥 위에 반숙한 달걀을 얹어 올 때면 부러운 눈으로 침
을 흘리며 쳐다보곤 했는데 요즘 아이들은 그런 향수를 못 느낄 것이다.

이영규　1962학년도 중학교 입학시험이라 긴장했던 것은 또렷이 기억납니다. 아무튼
우물안 개구리가 넓은 세상을 나온 것같은 기분이었는데, 옛 추억을 회상하는 것
이 나이 들어가는 우리에게 큰 즐거움이지요.

이기석　그때 나는 턱걸이를 20개 이상 했었다. 날씨가 싸늘했었는데, 가벼운 몸무게
를 유지하려고 팬티만 입고 했고, 자기 차례가 돌아오기를 기다리는데 많은 열량
을 빼앗겨 추위에 떨었던 기억이 난다.

🐎 송정으로 가는 추억마차 31

금오산 봄바람과 청춘의 초상

윤혜철　지금처럼 노래방은커녕, 라디오마저 귀해 부자들의 LP판에 의지하거나 간
간히 빌린 휴대용 전축(포터블이라 불렀지)으로 노래가사 적으며 배웠었지. 국어책
에 나온 시가 유행가로 불리어졌던 〈산 넘어 남촌에는 누가 살길래〉는 봄의 시그
널이 아니었던가?

서영기　남성 Husky voice의 원조 정원. 그때의 인기를 뒤로하고, 지방방송에서 처량
하게 아직도 그 노래를 붙잡고 있더군. 나는 공부 잘 하지도 못했는데도 민태원의
'청춘예찬'을 잊을 수가 없다. 팝송들이 가까워지던 사춘기 <Seal with kiss> <The
saddest thing> <Dance there was a love>를 들으며, 잠을 이룰 수 없었고, 기타 줄
을 당기느라 왼손가락에 굳은 살이 많았다.

저항의 시절, 모자 꼴 백태(百態)

한용철 계속 좋은 추억에 감사! 우리들은 항상 우리에게 금지된 것에 반항했지요!
일부러 매맞을 짓을 자청하는 심리는 무슨 심리인지.

이기석 모자도 패션이 바뀌었다. 입학식 때 쓴 모자는 해병대 모자처럼 약간 높고
각이 있는 것이었으나 졸업 시에는 윗부분이 둥근 모양의 모자였다.

서영기 열십자로 모자 가운데를 칼로 베고 또 그대로 재봉틀로 박고…… 무슨 훈장
이라도 되는 것처럼 폼을 잡았다. 고인이 된 친구 유승호가 생각난다. 일탈의 미학
이라면 지나친 자기합리화인가?

가방아! 가방아!

이기석 얄팍한 상술 탓인지 가방 손잡이 연결부위가 잘 떨어져 안고 다닌 친구가 많
았다. 나는 긴 구두 끈을 구해 내 나름대로 그럴듯하게 독창적으로 수리하여 다닌
기억이 난다. 회고해보니 가난은 새로운 패션을 낳는 것 같다.

군대에서 만난 친구들

이장현 1970년 5월 20일 김천의 친구들(송설동기와 동네친구)은 대구 50사단으로 입
영했지. 신병교육대 3중대 1소대 많은 동기들과 동네친구들은 한솥밥을 먹는 전우
로 변신했었지. 하루는 사격술 교육을 하는데 교관은 2년 선배 이한범 중위였는데
2시간 연이은 교육 후 소변보러 갔다가 2시간 넘게 교육을 한다고 불평(욕)하는 전
우 옆에 있다 마침 교관 이중위가 나오면서 나를 보았는지 끌려가서 엄청나게 기
합을 받았다. 내가 아니라해도 막무가내였다네. 엉덩이가 한 일주일 얼얼한 기억
이 있지. 참, 나도 바보였네. 선후배임을 말하고 내가 욕하지 않았다고 밝히면 될
것을……. 이럭저럭 신병훈련도 1주 정도 남았을 무렵 영천2사관학교를 막 졸업하
고 우리중대에 교생장교로 최용수가 왔지. 어제까지 친구였는데 신분의 차이가 하
늘과 땅차이로 나니 군대 계급을 실감했었지. 후반기 교육은 공병학교로 배정되었

고, 마침 여름이라 육사생도 병과교육 일환으로 온 육사생도 중에는 우리동기 나병태, 이응탁, 나상수 등이 끼어 있었지. 피도 마르지 않은 나 같은 졸병이 군대에서 장교후보생 친구들을 만나니 마음만 반가웠지. 말 한마디 건네지 못했다네.

서영기　1970년 5월 23일 이장현은 나와 함께 입대했다. 최용수는 실습장교였다. 비교적 일찍 입대한 터라 동기들 중 선배들이 꽤 있었다. 15회 이병수, 14회 박병호, 이창근 등이 있었다. 박병호, 이창근 형들은 소위 자대배치도 같이 받았는데 박병호 형은 비상이 걸려도 따블백을 싸지 못해 나는 그의 것부터 해주고 내 것을 쌌다. 훈련생도가 보기에는 훈련소 내무반장은 무소불위의 권력이 있었다. 그때 도상문이라는 내무반장은 이상하게도 나를 잘 보았는지 나를 그의 '따까리'로 임명하여 여러 가지 편의를 제공하고 베풀었다. 6주동안의 그의 배려를 나는 잊을 수 없었다. 인터넷(사람찾기)을 통해 대구에서 형사로 근무하고 있는 그를 찾았다. 대구에서 나는 제대후 20~25년 만에 그를 해후하였다. 나는 저녁식사로 당시의 고마움을 정중히 전했다. 30년 진 빚을 조금이나마 갚은 기분이었다. '도상문'. 그는 나에게 평생 지울 수 없는 소중한 사람이다.

이기석　1970년 2월에 RNTC 1기로 졸업하여 그해 4월부터 예비군 훈련을 받았다. 1972년 경 경주에서 예비군 중대에 소속된 최인섭 고참 중위를 만나 학창 친구와 새로운 사귐을 일구었다. 지금도 만나면 그 얘기이다. 인섭이의 의리를 잊을 수 없다.

이두만　박인기 교수님, 오랜만이요. 송정추억마차에 내 이름 석자가 오를 줄은 꿈에도 몰랐소. 새삼 그 어려웠던 시절이 물안개처럼 피어올라 잔잔하게 내 가슴을 적시오. 세상사 다 그렇겠지만 어려웠던 시절에 어려운 가정에서 태어나 감내하기 어려웠던 나의 소년시절인데 이제 환갑을 넘기고 나니 그 시절도 그립구려. 군대도 제일 먼저가고 자랑스런(?)예비군 훈련도 가장오래(20년)한 경력의 소유자라오. ^*^ 우리 이제 남은 세월 추억을 반추하며 멋있게 살다가세.

놀이의 추억

윤혜철　질박하고 순진한 놀이들이 총망라 되었군요. 얼마전 누가 "자치기 한번 하
　자"에 의아해서 더 들어보니 골프치자는 얘기라 웃고 말았다오.

서영기　가이센은 '가이센 사구센'에서 따온 것으로 생각되는데, 즉 가이센은 외선,
　사구센은 작전, 즉 적을 포위하여 싸우는 작전에서 유래한 것으로 사료됨.

강영구　어릴 때의 놀이를 통해서 어린 시절의 추억이 아지랭이처럼 피어오르는군
　요. 옥자치기, 동서남북 놀이(종이를 양손 엄지, 집게손가락이 들어갈 수 있도록 접어 임
　금, 거지, 부자, 가난뱅이 글자를 적어서 일정한 수만큼 가로, 세로로 폈다, 오므렸다하여 좋
　은 글자가 나오면 이기는 게임), 진돌이 등 새록새록 떠오르는군요. 나이 들면 추억을
　먹고 산다는데 아름다운 추억을 되살려주어 감사합니다.

03: 추억의 이름으로 포옹하기

보강의 추억, 우리들의 공부 문화

한용철　좋은 글 감사! 어제의 과정의 결과가 오늘이고, 오늘 과정의 결과가 미래라
　생각 됩니다.

서영기　공부! 이 공부에 함축된 인생 전체의 방향과 의미를 생각해 본다. 공부에 대
　한 당위를 깨달았던 것은 아마도 군대 제대하던 무렵인 것 같다. 그래도 그때는 학
　교 졸업하고 직장 구하는 것은 쉬웠다. "완전고용"시대라 감히 얘기하면 다들 동의
　한다. 지금 청년들로서는 실감나지 않는 이야기로 여겨질 것이다.

이기석　공부는 끝이 없어요. 평생교육이라는 말이 증명합니다. 그래서 우리는 지금
　도 공부를 하고 있습니다.

김주　공부 열심히 해서 성공의 길들을 찾으려 했다. 안정된 직장, 훌륭한 보수, 보다
　나은 근로 조건 등등 산업화 시대의 교육시스템 속에서 공부의 가치를 추구했던
　것 같다.

자전거를 찾습니다

윤혜철   김천의 명물이던 자전거들이 사라져 감을 보니, 전통도 관리가 필요함을 느끼네(지금은 상주가 자전거의 도시라고). 모교 찾을 때마다 그 당시의 자전거포 흔적을 밟고는 깊은 감회에 젖곤 하지. 단속을 피해가며 나를 태워서 그 당시 금지된 2인승을 자주해 주던 K에게 영원한 정을 전하오.

이기석   자전거방 아저씨 기억력은 최고였다. 처음 타고 온 자전거도 못 본 자전거도 누구 자전거인지 다 알았으니.

김주   저의 집이 자전거포라서 어릴 적에 자전거 배울 때, 많이도 넘어져서 무릎의 상처가 아물 날이 없었습니다. 학교 앞 자전거보관소의 수많은 자전거를 보면서 매일 운동하는 즐거움이 있었지요.

시험에 들게 하지 마옵시고

이영규   이제는 아련한 추억의 장으로 넘긴 일들을 주마등처럼 반추해보는 재미가 쏠쏠하군. 학창시절의 모든 결과는 시험성적이었지. 몇 십년을 지내고 보니 하루치기다해서 시험 공부하던 때가 좋을 때인 것 같네.

이기석   컨닝은 아무나 하나? 정의파인 송설 동기들은 불의의 행동은 하지 않았던 사람들이 더 많았다. 공부를 잘한 키가 큰 박우택이는 1, 2학년 때 한 반 했는데 내 앞에 앉아서 시험지를 보여 주었지만 나는 고치지 않았다. 그 인연으로 지금도 그를 존경한다.

서영기   조욱연 선생님의 눈에 나게 되어서 고생했다. 다행히 선생님은 나를 좋게 봐주셨다. 내 남동생 여동생은 항상 내 이름으로 호칭을 갈음하였다. 군대시절, 경북대 박사과정 이수하실 때 본 것이 마지막이었다. 끝까지 좋으셨던 선생님, 꼭만나 뵈어야지. 정언기 선생님과 더불어 내 인생의 스승님.

재건체조와 중간체조

한용철 조형원의 선친이 생각납니다. 그 우렁찬 목소리 "거기는 뭘하나?"

윤혜철 흰색 면샤츠에 송설 마크를 달고, 체조를 했었지. 곤봉, 아령 같은 간단한 도구만 있으면 좋았던 그 시절! 그 추억!

이영규 재건체조와 중간체조, 학생시절에는 하기 싫을 때도 있었지만 지금 생각하면 굳은 몸을 풀어주는 요가 이상이었다.

유행가, 유행가, 우리들의 대중문화

윤혜철 1960년대의 대중가요는 삶의 애환을 대변하였지. 국민가수 최희준, 이미자는 선망의 대상이었어. 조광일 부친이 열차에서 이미자를 가까이 봤다는 얘기에 모두가 부러워할 때였으니 말이지.

이영규 유행가! 학창시절에는 약간의 일탈을 느끼게 하는 말이지만 마음 속에는 누구나 수용하고 있었지. 그 당시 최고 학부라고 하는 서울대 법대와 고대 법대를 나온 최희준, 김상희를 동경하던 시절이었다. 그때에 비해서 요즘은 대중가요가 완전히 10대 중심이 아닌가 생각된다.

서영기 박시춘, 현인은 음악학교를 졸업하고도 대중가수로 선회하여 외도를 했다. 요즘은 박인수, 이동원같은 성악가들이 대중가요를 부르기도 하고, 호세까레라스, 플라시도도밍고도 Autumn Leaves, My way를 부른 적이 있지요.

이기석 소풍이나 수학여행가서 부른 노래로서 〈불나비〉〈장충단 공원〉〈보슬비 오는 거리〉〈무작정 걷고 싶어〉〈고향무정〉〈황포돛대〉 등이 히트를 쳤었다오. 멋쟁이 윤주섭 선생님은 흘러간 노래로 〈황성옛터〉를 불러 앵콜송을 청하기도 했어요.

김주 음악은 우리들의 문화이다. 문화도 시절따라 변하고 인간은 세월따라 늙어간다. 그러나 젊은 시절의 감미로운 유행가, 그 당시에는 마음이 찡했다.

그날 저녁의 김기수

윤혜철 나는 그때 고등학생이지만 정시당에 입주 가정교사를 할 때라 안테나 설치 공사 후 그 경기를 본 적 있었다오. 그때 가르친 제자는 지금 김천대학 교수가 되어 있고…….

서영기 몸으로 번 fight money를 한푼도 헛되이 쓰지않고 차곡차곡 모아 명동에 참피온 다방을 운영, 복싱지망생들의 나아갈 길을 제시하였다. 복싱 스타일도 일발필도의 호쾌함보다는 위빙, 더킹으로 상대의 공격을 피하고 점수 따는 영리한 복서였다. 한 세기를 풍미한 그가 젊은 나이에 타계한 것은 우리에게 큰 상실감을 주었었지.

안용호 김기수라는 이름은 복싱과 씨름 두 경기에서 두각을 나타냈던 시절이었지요. 명동에 있던 챔피언 다방이 기억이 납니다. 원래 그는 왼손잡이 복서가 아니었어요. 나중에 밝힌 일이지만.

비, 비, 비, 비의 추억

정재만 빗줄기에 울적한 시간과 공간을 커피 한 잔과 함께 푸른 낭만의 시간으로 데려가 주어 늘 감사드리고 있나이다. 무디어가는 우리의 삶 속에 낭만과 아릿한 감성으로 이 글을 읽고 있으면 가슴을 에이는 아픈 사랑만큼 소중한 추억들이 살아납니다. 하염없이 빛을 발하는 기억을 따라 그리움 속을 따라가다 보면 그곳에는 언제나 옛 친구들이 날 반기며 우뚝 서 있지요. 밝게웃는 그리운 얼굴들 그대로이더이다.

서영기 비……. 고등학교 여름방학 청암사에서 공부하던 그날 야심한 밤에 비가 억수로 내렸다. 우리들 몇이 발가벗고 온몸에 비누칠을 하고 밖으로 나가 비를 맞았다. 그야말로 천연샤워를 한 셈이다.

그리운 냄새들

이장현　도시락 반찬이 시원치 않던 시절이라 보리차물을 반찬삼아서 밥말아 입방아 두어번 찧곤 그냥 넘겼지. 후루룩 후루룩 두어 번 하면 도시락 다 비우고 송정으로 운동장으로 달려갔지. 되돌아보니 냄새도 훌륭한 추억거리가 되는군요.

이상종　보리차하면 생각나는 것이 있네요. 1970년 초임발령을 받아 운동부를 지도하여 김천대표선수를 데리고 대구로 시합을 하려갔지요. 그때 음식점에서 물을 주는데, "물 속에 짚들이 들었어요."라고 선수들이 말하지 않겠어요? 보리차를 처음 구경한 것이지요. 박교수 좋은 추억을 주어 잘 읽었어요. 건강하세요.

만월단　추운 겨울철 점심시간 때 도시락을 보리차에 말아 먹던 그 맛! 정말 꿀맛이죠! 한창 자라는 시기였으니, 쇠뭉치인들 소화 못할까? 그런 추운 날씨에(그때는 양철 지붕과 시멘트 바닥 교실에 난로도 없었음) 따끈따끈한 보리차는 정신이 번쩍드는 생명수, 청량제였죠. 그때 말아먹던 버릇인지 지금도 말아 먹으면 뒷탈도 없고 속이 편하기까지 하니 이래서 세 살 버릇이 여든까지 간다나.

서영기　어쩌다 밥맛이 없다고 투정이라도 할라치면 "밥맛이 없으면 입맛으로 먹어라." 하고 아버지의 불호령이 내 귓전에 꽂였다. 내 가방 속의 책, 노트, 참고서들은 김치국물의 세례에 주황색 칼라를 면할 길이 없었다.

김주　지난 40여 년 전의 기억을 되새기게 하는 아름다운 추억의 글에 고개 숙여 감사드립니다. 무공해 식품, 유기농으로 도시락을 싸들고, 소음과 공해없는 환경과 아름다운 숲 속의 학교에서 성장하던 10대 시절이 가슴 속에 아련한 향기처럼 피어오릅니다.

송정으로 가는 추억마차 44

조종옥 선생님

김주 아름다운 추억 속에 스승님들의 얼굴과 모습이 아련합니다.

송정으로 가는 추억마차 45

풀베기 노작(勞作)

김주 겨울을 나는 동안 먹을 건초(엔실레지:소김치)를 마련하려고 학교 뒷산에서 풀을 베다가 누군가가 지나가던 노루를 쳐서 잡았다. 그리고 그 노루를 보고서 친구들이 몰려들었다. 그런 일도 있었다.

송정으로 가는 추억마차 46

업어치기 한판을 위하여

윤혜철 나도 6급인가 받은 걸로 기억한다. 사물함이 없던 시절, 책가방 가운데 얹어서 들고 간 도복입고 상대의 힘을 역이용하여 큰 체구 가진 상대를 업어치기 하던 그 단맛은 지금도 아름다운 추억.

이영규 그 당시 유도과목은 우리학교의 교기라 할 수 있었는데, 교내 대련에서 지금 대전에 있는 이장현 동기가 괴력을 발휘해서 일사천리로 열 명을 이긴 기억이 생생한데 과묵하고 온화하신 김동일 선생님 모습도 떠오른다.

이기석 유도경기에 대표선수로 나갔던 친구들은 문경의 최홍수, 서울의 여창배, 경주의 이기석, 서울의 안병목, 엄재현이다! 그 외에 나상수가 빠졌네. 강당에 가면 급수판에 호패처럼 개인 이름이 급수별로 걸려 있는데 아직까지 걸려 있더라. 박창효 큰 형님이신 박원효 유도 선생님도 보고싶구나!

윤혜철 대의멸친(大義滅親, 큰 뜻을 위해선 사사로움을 버려라)! 그 유명한 휘호는 지금 송설 역사관 관장실에 걸려 있다.

체조에 관한 또 다른 추억

윤혜철　요즘은 그 멋진 메스게임도, 체조도 없어지고 응원가 부를 기회도 거의 없나 보다. 경희대의 백남욱 교수는 안비호(안용호 형), 김웅대(경북고 교사) 등 후배들을 경희대 체대에 많이 스카웃해 갔었지.

이기석　안용호 사촌 형인 김천고 15회 안정호 선배가 기계체조를 잘 한 것으로 기억이 나는군요. 키는 크지 않았지만 신체 근육이 발달하여 보기 좋았고 안마, 평행봉, 링 등을 가르쳐 주었었지요.

이장현　35주년기념 체육대회를 회상하면 팬티에 대한 안 좋은 추억이 있지. 그 당시 전교생이 하얀 상의에 검은 펜츠 옆 선에 두 줄의 하얀 줄이 들어가는 단체복장을 갖추어야 했지. 검은색에 옆에 하얀 두 선이 들어가는 팬츠는 특별히 주문해서 교내매점에서 팔았는데, 제일 나중에 겨우 구입하니 작은 것만 남아 있어 다리가 들어가지 않았지. 그래도 그날 입어야 하니까 다리부분을 타서 치마처럼 입고 장애물 경주를 한 기억이 생생하군.

서영기　사까다찌, 케아가리를 기억하는가? '물구나무서기' '차오르기(철봉)'인데 용어만으로도 신기하던 그때. 안용호 형은 안비호가 있었는데…….

한동수　나는 운동신경이 유달리 둔했던 것 같다 .삼 년 동안 평행봉과 철봉을 아침 저녁 빠지지 않고 했는데 기술적인 것은 졸업 때까지 못하고 말았지. 덕택에 새가슴이 제법 넓어지긴 했지만…….

김주　그 당시 점심시간에 철봉과 평행봉에서 놀았다. 나중에 팔굽혀펴기를 100개 이상을 했다. 요즈음도 허리를 스트레칭하기 위해서 매달린다. 허리의 스트레칭은 철봉과 체조와 평행봉이 최적이다.

청암사에 두고 온 추억

윤혜철　이 가을. 대덕을 거쳐 청암사에 한번 가봤으면…….

서영기　그때 청암사의 스님이 기억난다. 무골립의 글자와 활궁을 좌부방 우부방으로 써놓고 가운데 콩 두자를 써넣고 보이시면서 '허허'하고 웃으시던 그 여유로움에 나는 반했었다.

꾸중과 매의 추억

윤혜철　이미 작고하신 선생님 얘기에 숙연해 지네요. 상업과 이홍석 선생님은 나중 공업과목을 전담하시고, 성세경 선생님은 대구에서 택시사업으로 성공하셨다지요.

이장현　기억에 남는 분이 한 분 있다 그분은 벌할 대상이 생기면 우선 얼굴이 붉어진다. 상기된 얼굴로 학생을 불러세워 놓고 턱을 왼손으로 괴고 토톰한 오른손으로 뺨을 강타 한다. 강타라기보단 스냅을 이용한 정확한 타격이라 보아야겠지. 뺨의 얼얼함은 맞아보지 않은 사람은 알 수 없다.

서영기　나를 '부엌 강아지'라고 부르던 정언기 선생님은 나에게 인생의 갈길을 가르쳐 주셨다. 그런데 소천 하신 것도 모르고 살았다. 조욱연 선생님은 내 남동생과 내 여동생을 다 가르치셨는데 초지일관 내 이름으로 동생들의 이름을 연결하셨다. 두 분 선생님, 용서를 빕니다.

이기석　조욱연 선생님은 별명과는 달리 우리들에게 사랑과 용기를 주신 분으로 기억하고 싶다. 수학문제와 독일어 시험을 같은 시간에 쳤는데 수학문제가 얼마나 어려웠던지 수학을 먼저 손댔다가 모두 낭패를 보았다. 독일어 시험지를 들여다 볼 시간조차 모두 빼앗겨 버렸기 때문이다. 독일어 시험을 먼저 친 나는 48점을 받아 칭찬받은 기억이 난다.

개구리 해부의 추억

이영규　안갑돈 선생님은 몇 년 전에 별세하셨다는 이야기를 들었는데 직접 목장과 농장도 하셨고, 현장경험을 중사하는 교육을 가르쳐주신 분이었지요. 개구리 해부에 대한 글을 읽으니 오랫만에 중학교시절로 되돌아간 것 같아서 즐겁군요.

김동범　안갑돈 선생님께서는 김천중을 그만두시고 성주의 한 사립중학교 교장으로 가셨는데, 그 후 그 사립중이 공립으로 전환되면서 영천여고, 용궁상고 등 공립학교 교장님으로 근무하시다가 정년퇴임하셨으며, 그 후 사립고등학교인 상주고등학교에서 75세까지 교장으로 계셨으며 퇴직하신 후 3년 만에 타계하셨습니다.

김성겸 안갑돈 선생님은 우리집의 3형제를 가르쳐서 다 잘안다네. 내가 경북에서 교사시험을 1972년인가 볼 때에 뵈었는데, 역시 정정하셨지. 자상하시면서도 애정이 많으신 참 스승이라네.

서영기 내가 ㈜선경에 갓입사하니 안갑돈 선생님조카 안동인이 총무과 대리로 근무하고 있었다. 그도 정년퇴직했고 벌써 우리의 나이가 그때 선생님들보다 많으니 세월이 유수같구나.

이성배 그런 값진 교육을 철이 안들어 건성으로 보냈으니 안타까움이 나의 마음을 휘젓는구나. 안선생님께 감사한 마음을 전합니다.

김종태 수의사 난 사실 그때 적당히 장난치고 배웠는데. 지금 같으면 내가 시범을 보일 수도 있는데, 현재는 내가 메스를 들고 휘두르고 있으니…….

🐎 송정으로 가는 추억마차 51

글라이더의 유령

한동수 모든 촌스러움에 찬사를!

김주 객관적인 눈높이로 학교생활을 보지 못하고, 늘 변두리에서 구경꾼으로 관망하던 열등생의 세월도 이제는 아름다운 추억으로 남습니다. 감사!

🐎 송정으로 가는 추억마차 52

살며, 외우며, 자라며-영어의 추억

박종근 고1 때 멋쟁이 김정영 영어선생님 수업시간. 한 시간 동안 'question' 발음으로 애를 태운 기억이 난다. 박병환 선생님의 특이한 발음과 열성적인 수업도 생각난다. 당시로서는 반복과 암기를 통한 학습이 최고의 수업이었습니다.

이기석 일본식 발음인지 미군들이 쓰는 지방 방언인지도 모르고 살며, 외우며 자랐다. 그때 익힌 짧은 영어 실력으로 외국에 나가보니 콩글리쉬로 다 통할 수 있다는 자신감이 생기는 것으로 보아 선생님들의 사랑과 실력을 새삼느낀다.

추억 속의 참고서

이상종 다른 참고서는 겨우 생각날 지경이지만 A.W 메들리가 쓴 '삼위일체 영어'는 나도 꽤 열심히 본 책이라 기억에 생생하군요. 그때 이 책에서 나오는 단어 20개를 무작위로 선정하여 아리랑 담배 사주기 내기를 J씨와 한 기억이 생생하네요.

서영기 이 책의 첫 페이지는 부정관사 'a'로 시작했다. 그 당시 메들리 영어는 몇 번 읽었느냐가 실력을 가늠하는 하나의 잣대가 되기도 했다. 그 책에 나온 단어와 숙어는 초로의 나이에든 우리들에게 지금도 화수분이 되어 다가온다.

김성겸 착실했던 박교수. 문학에도 뛰어나고 늘 웃음을 잃지 않았다. 중학교 때 한 반인데 박교수따라 문예반도 들어가 보기도 했네. 참고서에 대해 어찌 그리 소상히 아는가?

05: 60년대적인! 너무도 60년대적인

영화 '추풍령'

김동범 요즘은 벅스 뮤직이 유료화 되어, '추풍령' 노래가 링크되지 않네요. 우리에게는 정말 정든 노래인데 말입니다.

박인기 감독이나 배우나 당시로도 일급으로 분류되는 널리 알려진 인물들은 아니었지요. 그러나 그렇게 중요하지는 않았습니다. 주연 여배우 이름도 노경희인지 이경희인지 혼돈하기 쉬웠지요.

학교에서 들었던 중계방송

두리 송정으로 가는 추억마차 함께 타고 그 옛날을 돌아보며 감동하고 갑니다.

김주 근육질의 권투영웅을 보면서 나도 저런 몸매를 원했다. 그래서 도전했다. 무리한 운동과 영양결핍으로 고민 고민하다가 여러 병고에 시달리기도 했다. 그 시절에는 영양실조가 참 많았다.

부대 이동

김주　청소와 풀 뽑는 작업과 단체 체조, 그리고 단체기합. 모두 즐거운 기억 속에 아련히 남아있습니다. 오늘 다시 한 번 과거의 추억과 삶을 돌아봅니다.

김성겸　체육시간이었지. 그런데 어디선가 누가 '야, 부대 이동한다!'고 했어. 선생님이 그 녀석 앞으로 나오라 했지. 순진한 친구 어김없이 앞으로 나갔지. 일벌백계라고나 할까, 기강을 바로잡는다고나 할까. 아무튼 엄청난 꾸중과 야단을 맞았다. 우리 모두는 정신이 번쩍 들었다. 부대이동은 산골 출신 친구들에게는 생전 처음 보는 그럴만한 구경거리였음에 틀림없다.

벌레 먹은 장미

한용철　좋은 글입니다. 절제를 자연스럽게 체득한 우리들이 지금의 청소년보다 행복했다고 확신을 합니다.

윤혜철　재주있는 친구가 어디선가 구해온 〈Play Boy〉 잡지처럼 책상 속에 숨겨 보던 책이었지.

이영규　요즘은 물질만능과 쾌락위주의 세태인데, 우리의 성장시기는 지금과 비교하여 얼마나 순수했던가. 조금 야하다 싶은 책이면 숨기기 급급하던 시절이었지. 아련히 떠 오르는 그 시절이 그래도 좋은 때가 아닌가 합니다.

추억의 김천극장

윤혜철　김희갑이 김천극장 뒷 여관 안주인과 그렇고 그런 사이라서 자주 온다고도 근거없는 소문들이 있었지. 그래서 여관 주변으로 김희갑 배우 보러가기도 했다. 김천극장 영사실 발전기 돌리는 아저씨에게 오래된 외상값 받으러 가면, 돈은 안 주고 영화구경만 시켜주었다.

이영규　글에 나오는 영화도 재미있었지만 중학교시절에 도금봉이 주연한 〈심청전〉과 중학교 졸업할 때 촬영을 해서 고등학교시절에 상영을 했던 〈추풍령〉이라는 영화가 아직도 떠오르는군. 그 시절은 왜 그렇게 극장에 가고 싶던지. 원래 하지 말라고 하면 더 하고 싶은 것이 사람의 심리지만…….

강영구 박교수님! 〈성웅 이순신〉도 단체 관람을 했던 기억이 나는군요. 난 〈달기〉 영화를 보고 여자 주인공인 '린다이'를 오랫동안 짝사랑 했던 기억이 있군요. 새삼 기억이 새롭군요.

김동범 송설 29회 양경태님의 꼬리말을 전합니다. 김천극장 바로 앞에 장우 선배의 찐빵집이고, 그 밑으로 몇집 내려오면 '아이스케키'집과 중국집사이 '담배집'이 바로 우리집이었어. 당시 동아일보 신문배달할 때 광고전단지를 끼워서 배달해주는 대가로 극장표를 받아 밤 중에 빵모자 눌러쓰고 숨어숨어 〈리오 부라보〉 서부극을 한참 보다가 안갑돈 선생님한테 들킨 사건도 있었다네.

이기석 김천 극장에서 〈처녀 19세〉라는 영화를 몰래보다가 합동단속반에 걸려 보지도 못하고 쫓겨나와서 다음날 꼼짝없이 정학받을 줄 알았는데 구사일생으로 용서받은 적이 있다. 종종 선생님과의 숨바꼭질하는 것처럼 망보다가 〈대한 뉴우스〉가 끝날 무렵 날렵하게 들어가 영화보는 재미는 스릴만점이었지.

서영기 김천극장 바로 앞 장우선배의 빵집? 장준호(개명전 장정식)의 형이 장호이고 성내식당이 장준호 친구의 집이었나? 돈 없어 식당밥 사먹기 어려웠을 때, 매일 식당밥 먹을 수 있는 준호가 부러웠고, 극장 구경은 꿈도 못 꾸었다.

송설으로 가는 추억마차 59

토끼몰이 사냥

이영규 학년 말의 토끼몰이 사냥! 예부터 사냥이라는 말만 나와도 남자들의 호연지기를 자극하였지. 전교생이 총출동해서 산을 누비며 협동심을 발휘하는 정신! 이것도 연중행사이지만 송설의 얼을 살리는 하나의 축제였다는 생각이 드는군.

한동수 그때 먹었던 고기국이 토끼국이었나, 노루국이었나? 돼지비계 몇 점 밖에는 먹은 기억이 없는데……. 그래도 그렇게 맛있는 국을 요즘 아이들에게 먹여보지 못하는 것이 안타깝다.

김주 토끼 몰이는 건강에도 좋았다. 산을 타고 오르내리는 것은 심폐기능을 향상시켰다. 팀워크 훈련도 되고, 스트레스 해소에 도움을 주었다.

이기석　토끼를 빼돌린 친구 자취집에 초대되어 토끼탕을 먹은 적이 있다. 잡은 토끼를 점퍼 속 겨드랑이에 숨겨 미리 가서 토끼탕을 장만하게 했는데 늦게 가서 국물밖에 못 얻어먹었다. 그때 그 친구들 지금은 전부 서울 살더라.

서영기　"이제는 말할 수 있다" 이기석 시인이 혐의가 있었는데 지금 양심선언했고, 나머지도 대라. 그러나 그들은 다 잘 살고 있다.

🐎 송정으로 가는 추억마차 60

지붕 달린 칠판, 시사 게시판

이영규　시사 게시판! 모든 것이 우물안 개구리였던 우리들은 그 게시판을 보면서 정치, 경제, 사회, 문화와 체육 그리고 국제정세까지 알 수 있었는데 인터넷이 발달한 지금도 그때가 그립기만 하군.

윤혜철　반평짜리 게시판으로 우리에게 세상을 전해주던 그 고마운 선생님, 고마운 학교, 고마운 친구들! 그 정신 이어받아, 나는 하루 몇 시간을 동문 인터넷 카페에 카페지기가 되어 투자한다.

🐎 송정으로 가는 추억마차 61

청소의 굴레, 청소의 추억

서영기　죽기보다 싫었던 청소. 분단별로 돌아가면서 하기로 하였지만, 벌칙청소에는 아픈 기억들이 있다.

이장현　우리 동기들 중에서는 아마 내가 제일 거부를 많이 했지. 같이 청소를 맡은 급우들에게 지금 생각해도 미안한 마음이 든다. 무슨 배짱이었는지 모르지만 무조건 도망치고 봤어. 일 학년 때 조욱연 선생은 내가 도망 잘 간다고 뒤에 큰 아이들에게 감독을 맡겼으니 그게 통하나? 그냥 도망갔다.

🐎 송정으로 가는 추억마차 62

책보와 가방 사이

이상종　옛 추억에 되살아나는군요! 가방에 반찬 국물이 흘렀던 추억, 잉크가 쏟아진 추억, 떨어진 가방을 바늘로 꿰메서 쓰던 시절이 생각나는군요.

한용철　어려운 삶도 살아온 우리들의 삶이, 부족한 것 모르고 사는 요즘의 아이들보다 추억거리도 많습니다.

🛒 송정으로 가는 추억마차 63

도시락의 추억

한용철　그 당시 많은 집의 대청이나 공부방 벽에는 푸쉬킨의 〈삶〉이란 시가 걸려 있었고, 먹고 먹어도 배고픈 우리들은 점심시간 전에 도시락을 까먹으며 '먹는다! 고로 존재한다!' 하며 서로 보고 웃었지. 우리는 그때 행복했었다!

이상종　글을 읽은 순간 입 안에서는 침이 슬렁슬렁 나오는 것을 말릴 수가 없군요. 난 고추장과 밥을 도시락째 흔들며 트위스트쳐서 먹던 비빔밥 생각이 가장 먼저 나는군요. 그리고 3교시 마치고 몰래 도시락 까먹던 추억이 스쳐 지나가는군요.

강영구　박교수님의 도시락 글을 읽으니 39세의 젊은 나이로 돌아가신 어머님 생각이 간절하군요. 자식 배불리기 위해 높이가 보통 도시락의 2배쯤 되는 큰 도시락에 밥을 싸주시기에 친구들 보기에 부끄러워 숨어서 점심을 먹으면서 어머니를 원망했던 기억이…… 지금은 어머님의 마음을 알게 되었지만…… 어머님이 병석에 계실 때 아버지께서 손수 준비한 도시락을 점심시간에 맞춰 학교로 가져오신 기억도 새롱새롱 돋아나는군요.

김주　도시락을 엎어서 굴 속같이 파먹고, 그것을 살짝 뒤엎어 놓으면 겉으로는 말짱!

🛒 송정으로 가는 추억마차 64

체육 시험에서 만났던 문제들

서창록　박교수님 송설 30회의 서창록입니다. 항상 이 글을 읽으며 송정에서의 추억 등으로 학창시절을 떠올리곤 했는데, 체육시험이야기까지 등장하는군요. 내가 체육교사라서인지 그 시절 은사님들 함자만 들어도 찌릿함이 있는데, 세세한 이야기를 대하니 감회가 새롭습니다. 체육시간이 없는 날은 학교에 가는 재미가 없었던 나이고 보니 너무 고마운 이야기입니다. 하얀 운동모자와 체육복, 모자만 안써도 감점을 주시던 선생님들이셨지요. 그런 추억들이 가슴에 그리움으로 확 다가오는

군요! 감사합니다.

이장현 체육점수는 항시 99점이였지요. 특히 홍재룡 선생님이 많이 주셨지요. 선생님들께서도 운동하는 학생들의 고충을 이해하고 공부로 점수 못 따니까 이쪽에서 보충해 주시느라 일부러 배려하신 것 같습니다.

김성겸 조종옥 선생님에서 이진택 선생님까지 시험문제 스타일을 다 아는 박교수님, 두 분 선생님은 무섭지만 자상한 것은 늘 제자들을 사랑했기에 가능하였을 것 같습니다.(이제는 그리운데 뵙지를 못하니……. 조종옥 선생님의 아들인 형원친구를 보면서 생각할 수밖에 없네) 철봉을 잘하는 친구는 안용호였네. 이 글들은 1960년대 초의 아름다운 우리의 실상을 진솔하게 그려주고 있습니다.

06: 송정은 유정하고

송정으로 가는 추억마차 65

그때 그 원숭이를 아십니까?

윤혜철 김세영 이사장님의 가야산업이 무역업(도라지호와 아리랑호는 당시 중학교 국정 교과서에 사진까지 실렸었다.)하며 사 왔다는 원숭이! 그 원숭이는 없지만 그 이름을 따서 별명을 붙인 우리 친구는 아직 건재하구나. 참, 그때 원숭이집에 벌을 집어넣었던 친구는 누구였더라?

이기석 작년에 산악회 모임으로 김천고 앞에 모일 때 수위 아저씨께 원숭이의 안부를 물은 적이 있다. 수 년 전에 죽었다는 이야기에 가슴이 뭉클했다. 성질이 온순하고 잡식성이어서 키우기에 별 무리가 없었는데 학교에서는 사료를 사서 주어야 하기 때문에 예산문제로 천덕꾸러기가 되었다. 원숭이 종류는 '돼지꼬리 원숭이'였던 것 같다.

Dany 박교수, 그때 그 원숭이는 '긴꼬리원숭이'였을거야. 그때 새끼를 낳았는데 모성애가 대단했지. 아빠 원숭이는 눈을 다쳐서 주위 사람들을 안타깝게했지.

그 해 겨울

이영규　그해 겨울 뿐만이 아니라 우리들의 어린시절에는 눈이 많이 와서 무릎이 푹푹 빠질 정도였다. 소백산맥의 분지에 자리해있는 지리적위치 때문이겠지만 하여튼 눈이 오면 우리들은 꿈 속으로 가는 것처럼 기뻐했었지. 그런데 우리들에게 너그럽게 대해주시던 고무림 선생님의 안부가 궁금해지는군.

윤혜철　여름 청암사, 겨울 학교합숙공부는 학원이나 교육방송 및 사교육없던 시절, 대입을 위한 스트레칭이었지. 찬 두부 훔쳐 먹고는 무용담 늘어놓다 벌 받은 이상종 교장. "밖에는 눈이 오고 있어" 하며 용서해주던 전장억 선생님.

이상종　그때 그 시절 취침시간 직전 동범이와 찬두부에 대해서 서로 자신이 잘 알고 있다고 우기던 일이 생각나는군요.(난 단순히 찬두부란 차가운 두부이고, 동범이는 발로 차는 두부가 찬두부라고 했다.) 싸움거리가 될 수밖에 없었지? 정말 그 추억이 아련하구나.

서영기　난마와 같이 엉켜있던 나의 과거를 하나하나 실타래 풀듯 끌어내는 인기군! 놀랍다못해 경외롭군. 누구나 나이 들어 추억을 먹고 산다지만 나의 과거에는 내가 주인공이니…… 삶의 질곡도, 내보일 수 없던 부끄러움도 이제는 다 부질없는 것이었다. 내 지난 날의 청춘이여 소설이면 지우고 다시 쓰고 싶다.

노래가 있던 풍경

이기석　소풍가서 노래자랑을 하여 1등한 적이 있다. 심사한 친구는 나중에 경찰청장까지 지냈던 잘생긴 김대식 친구이었지.

한용철　김범 선생님께 그때 배운 음악 지금도 생생히 기억을 합니다. 그리고 박팔용 시장이 〈산타루치아〉를 음계에 맞지 않게 부르다가 야단맞았다는 에피소드도 있습니다.(김재한 형의 말)

윤혜철　몇 년 전부터 김범 선생님 가족 근황을 찾았으나 아직도 모른다. 철학이 강한 선생님 중의 한 분이셨으니……. 음악하면 떠오르는 밴드부! 지금은 다들 어디서 무얼 하는지?

이영규 음악선생님인 김법 선생님은 우리들 추억에 자주 등장하신다. 그때의 명곡
이나 가곡은 아직도 아련히 귓전을 맴돌고 있는 것 같은데.

송건수 그렇게 정겨우시던 김빠빠 선생님이 가시고 이안삼 선생님이 오셨을 때부터
우리 어설픈(?) 악대부는 죽었었다. 3~4부 화음도 잘 안되던 우리는 서곡을 흉내냈
지. 그때 친구 인도근. 연락좀 하렴. 너무 그립다. 그래도 우리 악대부는 행사 때마
다 주둥이가 당나발이 되도록 악을 썼단다. 농고 악대부보다 크게 불려고……

서영기 '라쿠카라차' 배우던 일이 생각난다. 보통 노래는 합창으로 부르면 거의 다맞
게 되어 있다. 지금 보면 아무것도 아닌데, 그 당시 8분음표 쉬고 들어가는 초입부
엇박자는 합창인데도 할 때마다 우리는 틀렸다. 그때마다 나무 뿌리옹이로 된 작
대기로 전부가 어지간히 맞았었는데…… 아련한 추억이여.

송설월보(松雪月報)의 추억

윤혜철 월보로 못 나올때 송설학보라고도 했지. 우리 때는 BBH라는 필명으로 글도
자주 쓰셨던 박병환 선생님이 그걸 인쇄하러 대구까지 다녀오시곤 하셨고, 기별축
구시합 전날 김천 시가행진할 때 열렬히 박수처주시던 그 은사님이 그립군요. 과
거를 읽고 현재를 돌아보며 미래를 설계하는 이 글이 나를 더욱 참된 송설인으로
하네요!

김동범 송설 29회 안진기 선배의 댓글 옮겨 전합니다. 이미 타계하신 은사님들의 모
습을 대하니 송구스런 마음이 앞서는군. 후배님의 글을 대하면서 아련한 추억이
되살아나기도 하고 그때 '나는 참 하는 일 없이 세월을 보냈구나' 하는 자괴감도 드
는군.

김주 송설월보(松雪月報)의 추억. 정말 까마득한 일인데, 어쩌면 그렇게도 자료정리
를 잘해 주실까? 희미한 기억이 새롭게 되면서 삶의 질이 높아지고 있습니다.

서영기 나의 과거는 유장한 세월 속에 묻혔었다. 그러나 추억의 마차를 타고 나는
과거로의 여행을 떠난다. 아련하고도 아린 나의 지난 세월들, 그 속에 떠오르는 친
구들을 그리워한다.

박종근 송설학보 기자로 기사와 원고교정을 하러 대구 경북인쇄소를 밤늦게 다녀야

했다 인쇄소 앞 중국집에서의 짜장면은 얼마나 맛이 있었던가. 덕분에 경북대 학보사 기자를 했고, 다시 모교에서 송설학보 지도교사를 거쳐 오늘날 이렇게 작은 글이라도 남길 수 있으니…… 아! 참으로 그리운 추억이네.

송정으로 가는 추억마차 69

교문에서 본관까지

윤혜철　검도 3단의 강도희 선생님, 지리 성세경 선생님, 미술의 형님같던 정인화 선생님, 패션 돋보이던 멋쟁이 진원섭 선생님(영어과), 신사의 매너를 보이시던 일본체대 출신의 김동일 선생님, 쉐도우 복싱동작의 명치대학 출신의 이홍석 선생님(상업과), 지적 매력이 돋보이는 백유현 농업선생님! 모두 훌륭한 은사들.

이기석　교문에서 본관까지는 아름드리 큰 나무들이 울창하게 숲터널을 이루고 있고 소나무 아래 할머니 동상이 눈앞에 삼삼하다. 좌청룡 우백호의 명당자리에 우뚝솟은 붉은 벽돌의 본관 건물은 6·25의 포탄도 꿋꿋이 견디며 끈질긴 면모를 전해준다. 자랑스런 송설학원, 훌륭한 인재들을 배출하고 있음에 긍지를 느낍니다.

김주　봄이 오는 교문에는 벚꽃과 소나무가 색조의 앙상블을 이루었다. 표현이 절묘합니다. 글은 생각이요, 추억이요, 그림이요, 예술입니다. 반복하면 엄청난 힘이 생깁니다.

전제훈　까까머리로 드나들던 교문과 붉은 벽돌 건물 사이의 추억이 가슴을 파고든다. 박교수의 추억 반추는 50대 후반을 살아가는 우리네를 소년시절과 같이 착각으로 몰고가는 마력을 발휘한다. 등교길, 모자창 하나라도 바르게, 교복에 달린 단추 하나라도 반듯하게 하고서 벚꽃길을 통과했을 때의 짜릿함이 지금도 느껴진다. 박교수 언제 한번 중산의 청암사 추억도 청암 숲길을 걸으며 되돌아 봄이 어떨까? 늘 건강하시게 그리고 맑은 마음 그대로이길…….

송정으로 가는 추억마차 70

사라진 연못, 사라진 전설

한용철　좋은 글 항상 감사! 추억을 공유하고 동질성을 느끼고……. 세심지에서 방학 때 연식정구하다가 김천회장 김강태. 하늘나라에 있는 권영채등과 목욕도 했지.

김동일 선생님께서 우리 목욕하는 것보고 "야! 이놈들 거기 들어가면 안 돼!" 하시며 웃으셨지.

윤혜철 송정과 세심지 얘기는 과거로 가는 길만이 아니라 미래의 우리 우정을 돈독히 하는 매개체가 되어야 한다.

김종태 수의사 박교수의 자세한 설명으로 옛 모습이 눈에 선하구려. 어쩌면 기억이 그리도 생생한가? 역시 교수님의 명석함이로고. 연못 한 개가 사라졌다니 한편 아쉽구려. 급할 땐 거기서 양동이로 물을 길러다가 청소 했는데.

송정으로 가는 추억마차 71

매점, 다시 가 보고 싶은 공간

이상종 우동 한 그릇 사먹기 어려운 시절의 추억담을 주셨네요. 송설마크가 새겨진 검은 모자가 그렇게도 자랑스럽고 좋았는데 그 모자는 지금은 간데없소. 간직하였더라면 지금 한번 써 보고 싶은 생각이 나는군요. 좋은 추억거리를 주어 감사하오.

김주 그때 우리 집은 자전거포를 했는데, 나는 가끔 아버지 몰래 혹시 삥땅쳐서 단팥죽 사먹고 어깨에 힘을 주기도 했다. 맛있던 우동, 그 근처의 평행봉과 철봉, 아름다운 추억입니다.

서영기 얼마 전 김천갈 때 고속버스 안에서 최호를 만났다. 그도 우리가 학교 다닐 때 그의 부모님보다 나이가 많은 초로의 신사가 되어 있었다. 그 당시는 그가 얼마나 부러웠는지 모른다.

전제훈 운동장 철봉 너머로 잰재이라는 단팥죽을 팔던 집과 함께 매점에 묻은 추억이 아련한 기억 속에서 꿈틀거리는군.

송정으로 가는 추억마차 72

생각나세요? 들판의 대장간

한용철 혹독한 추위때는 엉성한 함석문 안의 작업장이 따뜻하게 느껴지기도 했고 한더위 때는 열기를 겁내며 그 앞을 빨리 지나가기도 했었지!

이영규 유사이래 철기시대부터 농업기술이 급격히 발달하였는데, 선조들의 손때가 묻은 낫을 비롯하여 도끼, 괭이, 쇠스랑, 쟁기 등 농촌의 모든 연장을 철에 따라 썼

다. 특히 장날에는 대장간에 줄을 선 풍경이 눈에 선한데 농경사회의 퇴조에 따라
사라져가는 대장간을 문화유산으로 계승, 보존하는 것이 좋을 것 같군요.

김주   그때 우리 집도 자전거포를 하며 농기구도 만들고 있었습니다. 야기도 넣고,
신주가지고 떼우기도 했지요. 나는 자전거에서 나오는 부품과 화약과 탄환 껍대기
로 장남감 총기놀이를 하곤 했는데 오발 사고로 왼쪽 검지가 파열되어 지금도 손
가락 끝이 상해 있습니다. 그 시절을 지금도 잊지 못합니다.

🐎 송정으로 가는 추억마차 73

구월이 오는 소리

최수모   구월은 송정의 풀내음과 산록의 빛깔에서 감지되었다. 이제는 학교 부근도
상전벽해가 되어서 이런 구월의 분위기가 느껴지려나. 세월 너머로 사라진 그 옛
날 분위기와 소리와 냄새를 진하고 애틋하게 떠올려 준다.

박용배   학교 다닐 때는 이렇게 섬세한 감수성으로 느껴지는 못했었는데, 추억의 정
서에 들어오고 보니, 송정 초가을 모습이 참 아련하고 삼삼하게 감성의 줄을 건드
립니다.

박창효   우리 운동선수들은 여름 방학 내내 학교 운동장에서 살았다. 플라타너스 그
늘과 운동장에서 휴식과 연습을 번갈아 하며 여름을 죽여내고 있었다. 구월이 오는
줄도 모르고. 그러나 각종 운동경기대회가 구월과 함께 바짝 정신없이 다가왔다.

정영애   이 글을 읽고 있노라니 송정 언덕에 구월이 오는 소리가 들리는 듯합니다.
아련하고도 그리운 그 시절의 정서를 느끼게 됩니다.

🐎 송정으로 가는 추억마차 74

길고도 길었던 시간들

이기석   길고 긴 시간을 견디고 감당해 왔기에 아름다운 추억으로 승화되어 우리의
가슴에 잔잔하게 파문처럼 흐르고 있는 것이 아닌가요?

서영기   새 책을 받을 때마다 공부 잘해보겠다고 각오를 다졌다. 그리고 새 책을 펼
때의 상큼한 인쇄 잉크 냄새가 지금도 콧전을 아른거린다. 결코 돌아갈 수 없는 그
때가 문득 문득 생각나는 것은 ……

이상종 음악시간에 가곡 한 곡을 시험볼 때, 가곡에 자신이 없기에 긴 기다림, 떨림이 있었지요.

이장현 동기들은 다 교실에서 공부하는데 나 혼자 복도에 있을 때가 제일 시간이 길었지. 발도 저려 오고 위에 언급한 긴 시간들을 나는 무슨 배짱이었는지 고통의 시간과 바꾸어 보낸 적이 더 많았는데…….

김주 아름다운 추억, 아름다운 순간, 잊지못할 정지된 시간이 새롭습니다.

전제훈 그렇지. 우린 언제나 제 앞에 벌어지는 상황에 지루함을 느끼곤 했지만, 지금 생각하면 순식간에 시간들이 흐르고, 우리의 머리카락을 허옇게 만들었는데…….

송정으로 가는 추억마차 75

소리, 지금도 들리는 소리

백마초인 박교수의 글을 매번 필독을 하고 있는데, 박 교수의 정성어린 글월들은 마치 우리가 중3 국어 시간에 배운 '창랑정기(滄浪亭記)'를 읽는 듯한 아련한 향수에 빠져들게 해요. 자취만 남은 송정 뜰의 고색창연한 흔적과 어렴풋한 기억의 '창랑정(滄浪亭)'이 서로 오버랩 됩니다. 옛 권세가(權勢家)의 고풍(古風) 어린 풍경이 서로 상통하고요. 다만 '창랑정기'의 주인공(어린소년)과 함께 놀던 을순(乙順)이 년만 없는게 다를 뿐! 돌아갈 수 없는 옛 추억에 순수했던 동심들은 마냥 서러움만 삼킬 뿐이라오.

서영기 김벌레! 그는 우리나라의 효과음의 체계를 잡는데 선구자적 역할을 했다. 저쪽에서는 Jack Foley라는 사람이 음향효과를 영화의 한 섹션으로 정립시켰지. 음향효과 담당자를 그래서 Foley artist라 한다. 즉 Foley가 보통명사가 되었다. 어느 날 형원이한테 물어보니 그의 아버님, 우리들의 조종옥 은사님의 호루라기를 간수 못해 못내 아쉬워했다.

송정의 환(幻)

초판 인쇄 2011년 3월 1일
초판 발행 2011년 3월 1일

저 자 박인기

사 진 백승환
편 집 윤예미 윤수경
책임편집 윤예미

발 행 처 도서출판 지식과교양
등 록 제2010-19호
주 소 132-908 서울특별시 도봉구 창5동 320번지 행정지원센터 B104호
전 화 02-900-4520 / 02-900-4521
팩 스 02-900-1541
전자우편 kncbook@hanmail.net

ISBN 978-89-94955-02-5 03810   정가 20,000원